LA TRIBU

Allie Reynolds est une ancienne championne de snowboard qui a enchaîné les compétitions pendant cinq ans, notamment dans les Alpes françaises. En 2003, elle part en Australie où elle se met au surf et enseigne l'anglais pendant quinze ans. Son premier thriller, *Hors-piste*, publié chez Calmann-Lévy en 2021 et véritable best-seller international, a été traduit en vingt-quatre langues. *La Tribu* est son deuxième roman.

Paru au Livre de Poche :

HORS-PISTE

ALLIE REYNOLDS

La Tribu

TRADUIT DE L'ANGLAIS (ROYAUME-UNI)
PAR MANON MALAIS

CALMANN-LÉVY

Titre original :

THE BAY

Publié par Headline Publishing Group, Londres, Royaume-Uni, 2022.

ISBN : 978-2-253-24953-5 – 1re publication LGF

Pour mes garçons, Daniel et Lucas.
Je vous aime si fort.

Prologue

La marée monte. Chaque vague semble déferler un peu plus loin, en effaçant, petit à petit, les traces de ce que j'ai fait.

Avancer un pas après l'autre, en enfonçant mes orteils dans le sable, a quelque chose d'apaisant. Toutes sortes de débris ont été jetés sur le rivage par la tempête de la nuit dernière. Des feuilles, des cosses, des fleurs de frangipanier, une orange entière qui éclate sous mon pied – elle ne contenait guère que de l'eau de mer.

Les autres dorment encore. Du moins je l'espère. J'ai balayé le sable, mais quiconque arriverait maintenant pourrait distinguer la trace d'un poids qu'on a traîné vers l'eau. On risquerait aussi de se demander ce que je faisais sur la plage de si bonne heure sans ma planche de surf.

Surtout qu'on ne pourra pas surfer de la journée. L'océan charrie encore des masses de sable soulevées par la tempête, au point de troubler ses eaux. Le vent hurle toujours. Les mouettes y font face, les plumes en désordre, les yeux plissés. L'une d'elles me dépasse à petits pas rapides, la queue ébouriffée.

Je tourne en rond. Je guette. J'attends.

Les requins n'ont pas encore trouvé le corps. Mais ça ne tardera plus.

1

Kenna

— Mademoiselle, s'il vous plaît ! Tenez !

Une femme blonde me tend un flyer. Elle a un léger accent – néerlandais, suédois, quelque chose dans le genre. Je cligne des yeux, éblouie par le soleil au sortir de la gare. Pourquoi la lumière est-elle si éclatante alors que j'ai l'impression d'être au milieu de la nuit ?

— Resto thaï ! Le meilleur du coin ! s'égosille un jeune homme.

— Chambre à louer ! Qui veut une chambre ? appelle une fille au visage couvert de piercings.

Des vendeurs à la sauvette qui tentent de résister au flot des voyageurs sortant du train : Sydney a beau être de l'autre côté de la planète, ce n'est pour l'instant guère différent d'une arrivée à Londres ou à Paris.

Mon sac à dos est si lourd que je manque perdre l'équilibre à chaque pas. Le garçon du restaurant thaï tente de me refiler un prospectus, mais j'ai ma carte de transport dans une main et mon sac de surf dans l'autre, si bien que je le contourne en m'excusant d'un haussement d'épaules.

— Happy hour ! crie une autre voix. Schooners à six dollars !

Alors que je me demande ce que peut bien être un schooner, une main m'agrippe le poignet. La Néerlandaise. Elle doit avoir la cinquantaine, les cheveux blond cendré, avec de grands yeux bleus. Elle serait jolie si elle n'avait pas l'air au bout du rouleau, les traits tirés. Je voudrais me dégager et continuer ma route – l'ignorer comme tous les autres – mais le désespoir dans son regard m'arrête.

Disparue : Elke Hartmann, clament ses flyers. *Allemande.* Sur la photo, une blonde souriante, planche de surf sous le bras.

— Ma fille, précise la femme d'une voix blanche.

Elle n'est donc pas néerlandaise. Je suis nulle avec les accents. La foule se divise autour de nous tandis que je parcours l'affichette. Elke a vingt-neuf ans, un de moins que moi. Portée disparue depuis six mois. J'adresse un sourire de sympathie crispé à sa mère. Mon sac pèse vraiment une tonne… Pourvu que l'arrêt de bus ne soit pas trop loin.

Une valise me rentre dans le mollet et mes yeux se lèvent vers la pendule au mur. Dix-sept heures trente : l'heure de pointe. Voir ça me donne mal au crâne. Je n'arrive jamais à dormir en avion, si bien que cela fait deux jours entiers que je n'ai pas fermé l'œil.

— Vous n'avez jamais perdu quelqu'un que vous aimez ? me demande la femme.

En l'entendant, je reporte mon attention sur elle. Car oui, j'ai bel et bien perdu quelqu'un.

— Elle traversait l'Australie sac au dos. Comme vous…

Je voudrais lui répondre que ce n'est en fait pas mon cas, mais elle ne m'en laisse pas l'occasion.

— Ces jeunes à l'étranger, qui ne connaissent personne... Quand ils disparaissent, on ne s'en rend compte qu'après des jours. Ce sont des proies faciles...

Sa voix se brise et elle baisse la tête, les épaules secouées par les sanglots. Gênée, je la prends dans mes bras. J'ai les paumes si moites que je crains de ruiner son chemisier. Il faut vraiment que j'y aille, mais je n'ai pas le cœur à la laisser comme ça... Peut-être que je devrais l'emmener prendre un thé quelque part ? Mais je voudrais arriver chez Mikki avant la nuit. Je vais attendre une minute en espérant qu'elle cesse de pleurer.

J'observe le défilé des employés de bureau. Les femmes sont plus apprêtées qu'en Angleterre : toutes bien coiffées, en jupe courte et talons pour mettre en valeur leurs jambes bronzées. Les hommes sont en chemise, manches relevées, deux boutons défaits, la veste jetée sur l'épaule, sans trace de cravate.

La sueur me mouille les aisselles. Cette humidité qui colle à la peau... Mikki s'en plaignait toujours : *Presque pire qu'au Japon*. Nous sommes en mars, l'automne australien, et je ne m'attendais pas à une chaleur pareille.

Les vendeurs distribuent toujours leurs prospectus : le mec du resto thaï en offre à tous ceux qui passent à sa portée, mais les autres semblent viser tout particulièrement les jeunes en sac à dos. Avec leur énorme paquetage et leurs membres trop blancs ou rougis par les coups de soleil, on les repère de loin. *Des proies faciles.*

La mère d'Elke renifle, puis se met à fouiller son sac pour en sortir des mouchoirs.

— Excusez-moi...

— Je vous en prie. Ça va aller ?

— Je vais vous laisser partir, dit-elle, penaude, en se tamponnant les yeux. Mais faites attention, d'accord ?

— C'est promis. Vraiment, ne vous en faites pas, je ne suis pas itinérante. Je suis là pour voir une amie. Elle se marie bientôt.

— Oh, toutes mes excuses ! Elle doit vous attendre !

— À vrai dire oui…

À vrai dire non.

2

Kenna

— Je vais te tuer ! hurle Mikki.

Sur le pas de sa porte, courbée sous le poids de mon sac à dos, je grimace.

— Je savais que tu ne serais pas contente.

Elle a le front et les pommettes piquetés de taches de rousseur. Ses longs cheveux, autrefois d'un noir brillant, sont pleins de frisottis, brûlés par le soleil d'Australie. L'arbre en fleur près de l'entrée répand un parfum exotique dans l'air nocturne, comme pour bien me rappeler que je suis à l'autre bout du monde.

Mikki me dévisage, l'air incapable de décider si elle est heureuse de me voir ou non.

— Pourquoi tu ne m'as pas dit que tu venais ?

Parce que tu m'as dit de ne pas venir. Autant repousser cette discussion pour le moment.

— J'ai essayé de t'appeler, mais ça ne répondait pas…

— Je te l'ai dit, le portable ne passe pas sur la plage où on surfe !

Son haut Roxy blanc laisse voir sa peau bien bronzée et ses biceps bien dessinés. Aussi discrètement que possible, j'essaie de repérer des hématomes, sans en trouver aucun. J'expire profondément. La voilà devant moi, ma meilleure amie, saine et sauve. En apparence.

— *Oh my God*, Kenna, dit-elle en affichant enfin un grand sourire. Tu es vraiment là !

Je souris en retour. *Oh my God!* C'est son expression favorite. Elle me la sort tout le temps, souvent en réaction à un de mes coups de folie.

Elle me serre dans ses bras, ce qui me conforte dans ma décision. Voilà ce que font les meilleures amies. Si l'intention est bonne, s'imposer n'est pas une erreur.

Qu'est-ce qu'une amitié, sinon la somme des souvenirs en commun ? Et meilleurs sont les souvenirs, plus forts sont les liens. Avec Mikki, je perds le compte : la fois où nous avons surfé une nuit, ivres, dans le plus simple appareil ; la fois où j'ai poussé sa Coccinelle hors d'âge sur une étroite route de Cornouailles qui longeait une falaise, pour l'aider à démarrer ; la fois où, au camping, elle avait oublié la tente, si bien qu'on a baratiné les gens d'à côté jusqu'à ce qu'ils nous cèdent l'une des leurs…

Toutes ces histoires hilarantes… Je viens d'en ajouter une de plus au catalogue : la fois où je suis venue lui rendre une visite surprise en Australie. En tout cas, c'est ainsi que j'essaie de le voir. Ses cheveux sont collés par le sel – elle doit avoir passé la journée à surfer. Je recrache une de ses mèches et je me dégage de son étreinte pour mieux la regarder.

— Je n'arrive pas à croire que tu aies fait tout ce trajet, dit-elle. Et si je n'avais pas été chez moi ?

— J'aurais trouvé un hôtel.

On sent une certaine raideur entre nous. Peut-être

parce que nous ne nous sommes pas vues depuis plus d'un an ? J'ai l'impression que ce n'est pas la seule raison.

Elle m'invite à entrer, et je prends soin d'ôter mes chaussures en passant le seuil. Même si Mikki a quitté le Japon à l'âge de six ans, elle a hérité beaucoup des coutumes de ses parents. Après avoir lâché mes sacs, je jette un regard alentour. Un plancher de bois, des meubles d'occasion. Est-ce que son fiancé est là ? Pourvu que non.

— Tu as faim ? me demande-t-elle.

— Euh… aucune idée, avoué-je, ce qui la fait éclater de rire. Mon horloge interne est complètement détraquée. Il est quelle heure ?

— Presque dix-neuf heures, répond-elle après un coup d'œil à sa montre.

— Sérieusement ? Laisse-moi faire le calcul… Ça fait huit heures du matin en Angleterre.

— J'étais en train de faire toute une marmite de *nikujaga*.

Lorsque je la suis dans la cuisine, où flotte une riche odeur de ragoût japonais, je me rends compte que je suis bel et bien affamée. Ma peau est moite de sueur. Les fenêtres sont ouvertes, la porte arrière aussi, mais la brise qui traverse la moustiquaire est aussi brûlante que l'air de la pièce, et le ventilateur au plafond ne fait que brasser la chaleur.

Mikki remue le contenu de la marmite d'une main et s'évente de l'autre. Le choc passé, elle semble ravie de me voir, mais avec elle impossible d'en être sûre : sa culture d'origine privilégie la politesse avant toute chose. Alors que moi, je suis incapable de masquer la moindre de mes émotions. Si bien que je continue à examiner la pièce avec application.

La vaisselle s'empile dans l'évier. Des fourmis circulent sur le plan de travail. Bizarre : Mikki est une maniaque de la propreté – en tout cas, elle l'était autrefois. Notre appartement en Cornouailles était toujours immaculé. Elle suit mon regard et se met à écraser les fourmis d'un doigt. À force de déshydratation, de fatigue et de décalage horaire, ma migraine empire.

— Je peux avoir un peu d'eau ?

Elle remplit un verre au frigo, et je bois avec empressement, des gouttes glacées tombant sur mes doigts et mon tee-shirt. C'est si agréable que j'ai envie de me renverser le verre sur la tête.

Mikki s'essuie le front. Elle est plus mince que jamais, encore plus en forme qu'à l'époque où elle faisait de la compétition. Je détaille son short en jean aux bords effilochés, ses pieds nus aux ongles vernis de noir.

— Tu es magnifique.

— Merci. Toi aussi…

— Pas la peine de mentir. Surtout après le voyage. Pas étonnant que tu ne veuilles pas rentrer en Angleterre, qui voudrait refaire un vol pareil ?

Malgré tous mes efforts pour dissiper la tension entre nous, rien n'y fait.

— Tes cheveux, dit-elle en tendant la main pour les toucher. Ils sont tellement…

— Ennuyeux ?

Depuis notre rencontre en CM2, mes cheveux sont passés par toutes les couleurs de l'arc-en-ciel. Toutes, sauf leur brun terne naturel.

— J'allais dire « normaux » ! s'esclaffe-t-elle.

J'éclate également de rire, même si « normal » n'est sans doute pas un compliment venant d'elle. Ça n'en serait pas un venant de moi.

Mikki nous sert deux assiettes de ragoût. Lorsqu'elle les pose sur le comptoir, je repère le tatouage au creux de son poignet.

— Qu'est-ce que c'est que ce truc ?

Elle y jette un regard distrait, comme si ce n'était pas grand-chose. Nous avions discuté de tatouages avant que je me fasse faire le mien – un oiseau en vol qu'elle a dessiné pour moi, sur mon omoplate. Quand je lui ai dit qu'elle devrait s'en faire un, elle a secoué la tête. *Mes parents me tueraient. La plupart des Japonais pensent que les tatouages sont sales. Impossible d'aller à la gym ou à la piscine lorsqu'on en a un.* Comme je m'étonnais que ce soit toujours le cas de nos jours, elle me l'a confirmé. *Ou alors, il faut les couvrir. Beaucoup d'entreprises refuseront de t'embaucher si tu as des tatouages. Ce n'est pas bon pour leur image.*

Autant dire que le dessin sur son poignet me fait un choc, et je détourne vite les yeux.

Nous nous installons sur deux tabourets de bar. J'ai tant de choses à lui demander… mais pas tout de suite. Je ne voudrais pas que l'atmosphère se refroidisse encore davantage.

Bizarre de manger du *nikujaga* dans cette petite kitchenette surchauffée. Nous en avons tellement avalé dans notre cuisine glacée par les courants d'air en Cornouailles, tremblantes au sortir des vagues…

— Alors, Londres, ça te plaît ? demande-t-elle.

J'ai récemment eu trente ans et mon anniversaire est passé presque inaperçu. Mes nouveaux collègues ne connaissaient pas la date, et je ne les ai pas mis au courant. Ma mère m'a envoyé une carte, et quelques amis se sont manifestés sur mon portable, mais rien d'autre.

— J'adore. J'ai déjà fait plein de rencontres sympas.

— Et le travail, ça se passe bien ?

— Très bien. Beaucoup de boulot. Mes patients n'arrêtent pas de se blesser.

— À Londres ? dit-elle, incrédule.

— Mais oui. Le rugby, le yoga, ce genre de choses…

Là, au moins, c'est la vérité. Je lui parle de certaines des blessures dont je me suis récemment occupée, mais je vois bien qu'elle ne m'écoute qu'à moitié.

— Et toi, tu travailles toujours dans cette boîte de nuit ?

— Non, j'ai démissionné il y a des siècles.

Mikki doit avoir hérité d'une petite fortune à la mort de son grand-père, car elle m'a dit qu'elle songeait à acheter en Australie.

— Alors, qu'est-ce que tu fais, en ce moment ? j'insiste.

— Oh, des choses et d'autres… Merde, qu'est-ce qu'il fait chaud ! ajoute-t-elle en s'éventant avec un flyer qui traînait sur le comptoir (*Planches de surf McMorris : fabriquées à la main, pour ceux qui savent faire la différence !*).

— Tu dis merde, toi ? Depuis quand ?

— La faute à l'Australie, sourit-elle.

Je souris en retour, la mâchoire serrée à m'en faire mal pour retenir tout ce que je voudrais dire.

3

Kenna

Il est violent, Mikki ? Il te fait du mal ?

J'espère me tromper, mais durant nos appels, j'ai relevé tellement d'éléments inquiétants… Comment amener la question sur le tapis ? Est-ce que je lui sors ça de but en blanc ? Elle pourrait se braquer et tout nier. Je préfère guetter ma chance tandis que nous discutons de nos amis communs, de nos parents, et de la Brésilienne Maya Gabeira, qui a battu le record du monde de la plus grande vague jamais surfée par une femme.

Un bruit de clés nous avertit : un grand blond athlétique fait son entrée. Mikki semble presque gênée.

— Euh… Voici Jack. Jack, je te présente Kenna.

Je suis aussitôt sur mes gardes. C'est donc lui. Je l'ai déjà entraperçu pendant nos visios, j'ai entendu sa voix dans le fond, mais je n'avais jamais bien discerné son visage. Plein d'assurance, il me serre la main, souriant.

— J'ai beaucoup entendu parler de toi.

Son regard intense me fait rougir. Je l'observe attentivement. Il est solidement bâti, mais s'il fait du mal à ma meilleure amie il ne s'en tirera pas comme ça. *Du calme, Kenna. Tu n'en sais rien.* D'accord, mais j'ai bien l'intention de le découvrir.

— Tu savais qu'elle venait ? lance-t-il à Mikki avec un regard amusé.

— Eh non, répond celle-ci dont le sourire semble forcé.

— C'est ta première fois en Australie ? reprend-il à mon attention.

— Oui…

Hors de question que ce mec me plaise, mais il est tellement beau que c'en est ridicule. Vu son bronzage et ses mèches presque blanches par endroits, il passe le plus clair de son temps à l'extérieur. Rasé de près, la mâchoire carrée avec une fossette au menton, large d'épaules sous son tee-shirt Quiksilver, il semble sortir tout droit du plateau de *Point Break*.

— Moi, je n'ai jamais été en Angleterre, dit-il. Trop froid. Un pote à moi y est parti un an. Qu'est-ce qu'il a pu se geler ! Imagine surfer en gants et bonnet… Et encore, en été !

— C'était bien, le boulot ? demande Mikki.

— Tranquille.

Il se sert une assiette de ragoût. Il ne l'a pas embrassée, ni même serrée dans ses bras – mais qui suis-je pour juger de la façon dont un couple se salue ?

— Tu as fini plus tôt que d'habitude…

Le ton accusateur de Mikki s'ajoute à la liste de mes soupçons. Mais Jack se contente d'acquiescer nonchalamment tout en ôtant son tee-shirt, qu'il balance dans un coin avant de sortir une bière du frigo. Je lutte pour fixer son visage plutôt que son torse nu.

— T'en veux une, Kenna ?

— Mieux vaut éviter, ou je vais m'endormir.

Et je dois garder toute ma lucidité.

Jack s'assied près de moi et prend une longue gorgée au goulot. Je n'arrive pas à décider s'il me plaît ou non. Il faut avouer qu'ils vont bien ensemble, tous les deux : lui, blond et athlétique, elle brune et plus petite d'une tête. Sans compter qu'ils ont un intérêt majeur en commun – le surf. Mais pendant nos conversations téléphoniques, c'est à peine si Mikki le mentionnait. Si Jack lui plaisait vraiment, elle serait intarissable à son sujet, non ?

Elle a emménagé avec lui juste après leur rencontre, et leurs fiançailles n'ont pas tardé : on pourrait s'attendre à ce qu'ils soient fous d'amour. Mais maintenant que je suis en leur présence, ce n'est vraiment pas l'impression qu'ils donnent. Mikki n'exprime qu'un léger agacement, et Jack une tolérance aimable. Elle a toujours été réservée, et ils sont ensemble depuis presque un an ; peut-être leur passion dévorante s'est-elle déjà transformée en braises plus durables, plus discrètes. Mais Mikki est si évasive… J'ai vraiment l'impression que quelque chose cloche.

J'ai dû lui tirer les vers du nez pour apprendre le peu que j'en sais sur Jack. Il ne travaille pas beaucoup – il a des problèmes de dos – si bien qu'elle « l'aide » avec le loyer. Et elle a abandonné son projet de faire le tour de l'Australie, car Jack lui a montré « la meilleure des plages ». Tout cela trahit un côté dominateur qui ne me plaît pas du tout.

L'annonce de leur mariage lui a échappé lors de notre conversation la semaine dernière, comme si elle ne comptait même pas m'en parler. Ç'a été la goutte d'eau.

— Je saute dans un avion, j'arrive ! ai-je dit immédiatement.

— Mais non, mais non. On ne veut pas en faire toute une histoire… Ce n'est pas grand-chose.

Son ton était fatigué, résigné, presque triste.

— Tu es enceinte ?

— Quoi ? Bien sûr que non, a-t-elle bafouillé.

Alors pourquoi ? Mais elle ne s'est pas expliquée plus avant. J'étais si inquiète que j'ai réservé mon billet dès la fin de l'appel. Cela impliquait de rater un mois de boulot, ce qui n'était pas idéal, mais comme je suis free-lance je peux prendre des vacances à mon gré, et je n'avais pas fait de pause depuis dix-huit mois. Je n'ai pas été une très bonne amie, trop prise par mes malheurs pendant trop longtemps. Il y a deux ans, quand j'avais tant besoin d'elle, Mikki était là pour moi. Je me dois maintenant de lui rendre la pareille.

Avant de partir, j'ai appelé ses parents pour leur annoncer que j'allais lui rendre visite, et pour les sonder discrètement. Je n'ai pas mentionné le mariage, et eux non plus, ce qui laissait à penser qu'ils n'étaient pas au courant. Autre signe inquiétant.

J'ai peur que Jack veuille l'épouser pour son argent. Ce ne serait pas la première fois que quelqu'un se servirait d'elle. Mikki se laisse toujours avoir par les gens qui cherchent à jouer sur ses sentiments. Du genre de ceux qui accostent les passants en demandant un peu d'argent parce qu'ils ont perdu leur portefeuille et qu'il ne leur manque qu'une livre cinquante pour le bus… et qui répètent le même numéro tous les jours. À chaque fois, ça ne rate pas, Mikki leur donne sa monnaie. Je n'ai jamais rencontré personne d'aussi gentil, au point qu'elle me semble parfois inadaptée à la vie adulte.

Jack est-il au courant que la famille de Mikki est à la tête d'une grande chaîne de magasins de surf ? Même si elle ne l'a pas mentionné, il peut très bien l'avoir découvert en ligne.

Le voilà qui referme sa large main sur le bras de Mikki. Je me raidis immédiatement.

— La paperasse, tout ça, c'est fait ?

— Ouaip, répond Mikki.

Aucun signe de frayeur chez elle, mais ça ne veut pas dire qu'elle n'en ressent pas.

— Plus que deux semaines, poursuit Jack.

Merde. Ils doivent être en train de parler du mariage. Je ne pensais pas que les choses se feraient si vite. Il ne me reste donc que quinze jours pour la convaincre de changer d'avis. Je jette un coup d'œil à son annulaire : pas de bague de fiançailles. Mikki s'en moque, sans doute. Elle a beau venir d'une famille aisée, elle fait partie des gens les moins matérialistes que je connaisse.

J'observe Jack pendant qu'il mange. Son fiancé… Je n'arrive toujours pas à me le rentrer dans le crâne. Cela fait bien longtemps que je connais Mikki, et je ne lui ai jamais vu de relation sérieuse. Elle a eu un copain au lycée, quelques autres ensuite, mais ça ne durait pas. Pendant un moment, j'ai songé qu'elle préférait peut-être les femmes, mais celles-ci ne semblaient pas non plus l'intéresser outre mesure. Peut-être qu'elle n'a besoin de rien d'autre dans la vie que le surf, sa véritable passion.

Jack est très différent de ses précédents petits amis, tous des artistes barbus aux cheveux longs, tendance hippie. Lui est plutôt du genre athlète décontracté. Bien plus attirant. *Ce genre de remarque, ça n'aide pas, Kenna.*

Je dois absolument discuter seule à seule avec Mikki. En voyant Jack ramasser les assiettes vides, je me dis qu'au moins il fait sa part de travail. Pendant qu'il s'occupe de la vaisselle, j'ouvre mon sac à dos et j'en tire des cadeaux : des sachets de chocolats anglais – Mikki disait qu'ils lui manquaient –, des livres, et une jolie paire de tongs décorées d'un personnage de manga.

— Oh, je les adore ! s'écrie Mikki en les enfilant aussitôt.

— Et aussi…

Un peu gênée, je sors des articles de maquillage, toutes les marques qu'elle adorait à l'époque où nous vivions ensemble.

— Je ne savais pas si tu pouvais en trouver ici… Ou si tu en portes encore.

— On en trouve. Mais merci !

Elle ouvre le rouge à lèvres et part s'en mettre devant le miroir du salon. Puis elle revient, les lèvres roses, et me serre dans ses bras pour me remercier. Il y a toujours une drôle de tension entre nous, mais au moins elle ressemble davantage à celle qu'elle était autrefois.

— Comment va Tim ? me demande-t-elle.

Qu'elle se souvienne ne serait-ce que de son nom m'impressionne.

— On ne s'est vus que quelques fois. J'ai rompu avec lui il y a longtemps. Je ne te l'avais pas dit ?

— Tant mieux. Il avait l'air hyper ennuyeux.

J'éclate de rire. Elle me connaît si bien.

— Fallait me le dire !

— Ce n'était pas l'envie qui me manquait ! rétorque-t-elle en s'esclaffant aussi.

L'espace d'un moment, je me croirais revenue au bon vieux temps. Elle et moi, amies pour la vie. Je n'ai qu'un frère aîné dont je ne suis pas très proche, mais Mikki est comme une sœur.

— Tu le trouvais trop gentil ? demande-t-elle.

Cette question me perturbe. Faut-il y lire un indice sur sa relation avec Jack ?

— Pas exactement… Le cœur n'y était pas, c'est tout.

— Alors, tu n'as personne, en ce moment ?

Comme je secoue la tête, Jack me jette un regard par-dessus son épaule, ce qui me met mal à l'aise. Il s'essuie les mains sur un torchon et revient nous trouver.

— Heureusement que tu es arrivée aujourd'hui, Kenna. Parce qu'on part sur la côte demain.

Je regarde Mikki, dont l'air penaud me confirme les paroles de Jack. Une pointe s'enfonce dans mon estomac. J'ai fait tout ce trajet pour ne la voir que quelques heures ?

— Tu as des projets ? enchaîne Jack.

— Euh…

Oh, pas grand-chose. Passer du temps avec ma meilleure amie, en apprendre plus sur ce mec bizarre qu'elle compte épouser, lui faire entendre raison et la ramener en Angleterre.

— Pas vraiment, non.

— Alors tu n'as qu'à venir avec nous !

Mikki écarquille les yeux, sans qu'il le remarque. Décidément, il y a quelque chose d'étrange chez elle. Puis elle surprend mon regard et réarrange ses traits.

— Oui, carrément !

— Je ne voudrais pas m'imposer, si c'est un voyage en amoureux…

— Non, on sera six, précise Jack.

Je me tends à nouveau. Mikki n'a guère parlé de leur petit groupe de surfeurs, et le peu que j'ai entendu ne me plaisait pas trop. Histoire de gagner du temps, je demande :

— Et vous allez où ?

— À la plage.

Le grand sourire de Jack laisse entendre qu'il s'agit d'une blague, et que je ne suis pas dans le secret. Je me tourne vers Mikki.

— C'est votre plage de surf, celle dont tu m'as parlé ? Où il n'y a pratiquement personne ?

— Oui…

Le rouge lui monte aux joues. Jack et elle échangent un regard chargé de non-dits.

— Et vous resterez longtemps ?

— Autant que possible. Pas vrai, Mikki ? lance Jack.

J'attends que l'un d'eux mentionne le mariage, en vain.

— Vous campez là-bas ?

— Ouaip, dit Jack. Tu fais du surf, pas vrai ?

— J'en faisais avant, mais plus maintenant.

— Tiens, pourquoi ?

Aucune envie d'entrer dans les détails.

— J'ai arrêté.

— Qui arrêterait le surf ? s'étonne-t-il en fronçant les sourcils.

Quelqu'un qui ne supporte plus de voir l'océan. Pas après ce qui s'est passé.

— J'ai déménagé loin de la côte pour le boulot.

— Mais là, tu n'es pas au boulot, si ?

— Je n'ai pas de planche…

— Tu fais du shortboard ou du longboard ?

Ce n'est pas un peu fini, ces questions ?

— Du shortboard…

— Attends-moi là.

Il quitte la pièce. Aussitôt, je me retourne vers Mikki.

— Si tu ne veux pas que je vienne avec vous, dis-le !

— Bien sûr que si.

— Tu vas bien ? dis-je en baissant la voix. Parce que s'il… s'il te fait du mal, je peux t'aider.

Voilà. C'est dit.

— Quoi ? sursaute Mikki. Non !

— Tu n'as pas l'air très heureuse.

— Ce n'est pas ça du tout… Je ne m'attendais pas à te voir, c'est tout.

Cette réponse trop rapide me laisse pleine de soupçons. Elle jette un coup d'œil vers l'encadrement de la porte.

— Et puis… Il s'est passé des trucs bizarres dans la Tribu, dernièrement.

— La *quoi ?*

— C'est le nom qu'on se donne. Mais je t'assure, j'ai vraiment envie que tu viennes ! Ce sera super !

Voilà qu'elle en fait trop. Dans quoi est-elle allée se fourrer ? L'angoisse me serre le ventre.

— Tu étais bizarre au téléphone. C'est pour ça que je suis venue. Je veux que tu rentres avec moi.

— Non. Je…

Jack revient en sifflotant, un shortboard[1] à la main.

---

1. Voir le lexique en fin d'ouvrage.

Mince alors ! Il le dresse près de moi. Le deck est déjà ciré, mais vu l'état quasi neuf de la planche, elle n'a sans doute presque jamais servi. Il me prend l'épaule, ce qui me fait sursauter, et me pousse dos contre elle. Ça ne me plaît pas du tout.

— Qu'est-ce que tu en dis ? fait-il en jaugeant l'espace qui sépare le sommet de ma tête du nez de la planche. C'est une cinq pieds onze pouces…

Je m'écarte en le fusillant du regard, mais il ne le remarque pas, tourné vers Mikki.

— Sinon, Mikki en a quelques autres…

Ma meilleure amie a toujours eu tout le matériel qu'elle voulait grâce au business de ses parents. La semaine d'avant mes vingt et un ans, la seule planche que je possédais s'est cassée en deux. Comme je ne pouvais pas m'en acheter une autre, elle m'en a offert une pour mon anniversaire, magnifiquement emballée – tout le rouleau de papier cadeau a dû y passer. Mikki m'a toujours donné plus que je ne pouvais lui rendre, raison de plus pour que je la soutienne aujourd'hui.

— Oui, tu as le choix, approuve Mikki avec un vigoureux hochement de tête.

— Crois-moi, en voyant les vagues qu'il y a là-bas tu ne pourras pas résister ! lance Jack. On a une tente en rab… On a de tout en rab. Alors, tu viens ? Allez !

Il est tout excité, comme un petit garçon. Hésitante, je repose les yeux sur Mikki. Si je les accompagne alors qu'elle n'en a clairement pas envie, ça risque d'être gênant. Mais à l'évidence quelque chose ne va pas. Je ferai tout pour la ramener saine et sauve à la maison.

4
Kenna

Le pick-up de Jack est si gigantesque qu'on dirait un petit camion. Noir et chrome, avec une plaque d'immatriculation personnalisée – *Jack0* –, il est perché sur d'énormes roues. Comment peut-il s'offrir un monstre pareil s'il est fauché ? Mikki aurait-elle payé pour ça aussi ?

La radio est à fond. *Il va faire très chaud ! Si vous êtes en route pour la plage, on attend un mètre de houle sud avec un léger vent d'ouest…*

Le décalage horaire m'a tirée du sommeil à deux heures du matin. Bien réveillée dans mon lit, je me demandais comment en apprendre davantage de Mikki ; mais le temps qu'elle se lève, Jack était déjà à pied d'œuvre, occupé à charger la voiture. Je n'ai pas pu lui parler seule à seule. Au moins, elle est tout sourire ce matin, et semble désormais sincèrement heureuse que je les accompagne.

Jack prend un virage et me désigne la fenêtre.

— La plage de Bondi !

Les bâtiments s'écartent pour révéler une plage en forme de fer à cheval, enserrant le bleu brillant de l'océan. Malgré l'heure matinale, on se regroupe déjà sur le rivage blanc. Des joggeurs solitaires, la foulée alourdie par le sable ; des nageurs sauveteurs aux casquettes jaune et rouge. Le soleil est éblouissant, les couleurs si vives que je dois m'abriter les yeux. En mettant une photo de cet endroit à côté de celle d'une plage anglaise, on pourrait croire que cette dernière a été prise sans flash.

Quelques centaines de surfeurs flottent déjà sur l'eau, à la poursuite des rouleaux. Trois d'entre eux se partagent une même vague : un shortboarder, un longboarder, et un bodyboarder à demi caché dans l'écume. Le premier file le long du deuxième avec de grands gestes furieux ; le troisième, juste derrière, s'agite dans tous les sens comme s'il voulait couper entre les deux autres. Puis la vague se referme et tous trois partent en vrille dans un enchevêtrement de bras, de jambes et de planches. Je retiens mon souffle jusqu'à les voir crever la surface.

— Pourquoi on passe par là ? demande Mikki, assise à l'avant.

— Je voulais montrer tout ça à Kenna, au cas où elle ne reviendrait pas, dit Jack.

— Comment ça ? Je décolle de Sydney, dis-je. Il faudra bien que je revienne.

Jack se retourne pour me jeter un regard, les yeux cachés derrière ses verres miroir.

— Qui sait ? Peut-être que notre destination te plaira tellement que tu ne voudras plus repartir.

Un frisson me parcourt malgré l'étouffante chaleur de la voiture.

Jack s'arrête devant un supermarché.

— Rappelle-moi d'acheter des cartouches de gaz ! lance-t-il à Mikki.

Ils prennent un caddie chacun, et je les suis à l'intérieur. Jack attrape des sacs de pâtes et de riz, des conserves de légumes et de poisson, ainsi que quatre énormes bouteilles d'eau. Mikki, une liste à la main, coche les cases au fur et à mesure.

— Plutôt brocoli ou haricots verts ? demande Jack.

— Le brocoli, ça se conserve mieux.

Il attrape un gros fruit jaune qui m'est inconnu, puis le repose lorsque Mikki fait la grimace. Je les observe tous les deux en tentant de détecter d'autres traces d'une dynamique inquiétante. Pour le moment, Jack n'a rien de l'homme dominateur que je m'étais imaginé, mais il pourrait donner le change en ma présence. Peut-être est-il complètement différent une fois les rideaux tirés.

— Qu'est-ce que c'est que ça ? dis-je en désignant une chose rose vif, couverte de pointes.

— Un fruit du dragon ! Tu vas adorer, répond Mikki qui en prend un.

Lorsque je visite d'autres pays, l'une de mes activités préférées est de goûter leur chocolat. Mais à ma grande déception Jack et Mikki ignorent complètement l'allée des sucreries. Heureusement, une sélection est en vente près des caisses. Certaines marques me sont familières, d'autres pas du tout. J'en prends quelques-uns pour les ajouter sur le tapis roulant. Quand Jack m'adresse un clin d'œil, je me sens comme une gamine qui glisse des bonbons dans le caddie de ses parents.

Il sort directement avec sa part des courses, en laissant Mikki payer. Il n'y a pas eu de débat entre eux à ce sujet, ce qui laisse à penser qu'il s'agit d'une habitude de longue date. Encore un mauvais signe. Je sors deux cents dollars de la liasse de cinq cents que j'ai retirée à l'aéroport.

— Tiens, Mikki, laisse-moi participer.

— Sûrement pas ! Tu ne resteras peut-être que quelques jours, réplique-t-elle en refusant de la main.

Avant que je ne puisse insister, elle sort en poussant son caddie. Jack a ouvert le coffre pour y révéler une glacière géante que nous remplissons de lait, de viande et de fromage. Les restes du ragoût d'hier s'y trouvent déjà. Je sors un sac de glaçons du caddie avant de vaciller, surprise par son poids. Les mains de Jack se referment sur les miennes et il pousse son genou sous le sac.

— Je l'ai, t'inquiète.

Un frisson me parcourt à son contact. Je relâche le sac qu'il place sans effort dans la glacière. Il se tourne vers Mikki.

— Ça va, l'hypoglycémie ? Tu veux une banane ?

— Non, non, c'est bon.

J'ai beau le cacher, qu'il ait songé à poser la question m'impressionne. Mikki a toujours eu des problèmes avec son taux de sucre et doit manger régulièrement pour ne pas avoir de vertiges. Jack sort une banane du sac et la pèle rapidement avant de mordre dedans.

— Et toi, Kenna ?

— Pas maintenant, merci.

L'habitacle est brûlant – littéralement ; je pousse un cri en y grimpant, au contact du cuir des banquettes.

— Désolé, la clim est foutue ! me lance Jack.

Nous traversons la banlieue, où l'odeur de gazon fraîchement coupé se mêle aux gaz d'échappement. Nous longeons des terrains de cricket, de rugby. À chaque feu rouge, je découvre une vignette de la vie australienne. Un homme en chapeau de paille debout au bord d'une rivière, avec sa canne à pêche ; des parents et deux enfants qui traversent la route, chargés d'une grosse glacière. Sur la route, chaque véhicule semble transporter de quoi aller sur l'eau, à l'intérieur, sur le toit ou dans une remorque – des jet-skis, des planches de surf, des bateaux, des canoës…

— Vous vous connaissez depuis l'école primaire, c'est ça ? demande Jack.

— C'est ça. Ma famille a quitté l'Écosse quand mon père s'est retrouvé au chômage. Mon oncle maternel avait une ferme en Cornouailles, et il avait besoin d'un coup de main. Du coup, j'ai changé d'école en milieu d'année. J'étais la nouvelle avec le drôle d'accent écossais. Quand la maîtresse m'a fait entrer en classe, j'ai vu une fille avec les mêmes baskets que les miennes.

Des Adidas, noires, avec des rayures blanches. « Cool, ton nom », m'a dit Mikki quand je me suis assise près d'elle. « C'est mon surnom, j'ai répondu. En fait, je m'appelle McKenzie. J'adore tes chaussures. »

Il n'en fallait pas plus. La vie est si simple, à cet âge. Si seulement elle pouvait le rester.

J'observe une femme en bikini attacher un longboard à sa voiture, ce qui me rappelle la fin de mon adolescence – ces étés en Cornouailles, la Coccinelle de Mikki avec son toit qui ployait sous le poids de nos planches.

À l'approche du centre-ville, la circulation ralentit en un énorme embouteillage.

— Allez ! Bougez-vous ! s'énerve Jack, dont le genou tressaute sous le volant. J'ai trop hâte d'être à l'eau !

— Pareil, approuve Mikki.

La route plonge dans l'ombre d'immenses gratte-ciel. Une femme en burqa traverse la route, un plateau de sushis à la main ; une jeune Japonaise passe avec un sac McDo. On se croirait presque dans une grande ville anglaise, mais à y regarder de plus près on repère les vieux en short et casquette de marque de surf, et les dames d'un certain âge qui se promènent en sandales, les jambes nues, au lieu de se cantonner à d'épais collants marron et de sages tennis bien lacées.

Une affiche sous un abribus accroche mon regard. *Portée disparue : ressortissante française.* Sur la photo, une jeune fille brune, souriante. Le bus à l'arrêt repart, en découvrant le reste du mur. Une autre affiche. Et une autre…

— Ça alors ! Vous avez vu tous ces backpackers disparus ? dis-je en songeant à la mère d'Elke, à son regard si triste.

— L'Australie, c'est grand, répond Mikki avec un geste de la main. Trente mille personnes y disparaissent chaque année.

Je me retourne vers les affiches tandis que Jack repart : un trio de jeunes femmes.

— Regarde, là ! s'écrie-t-il en pointant le doigt.

Entre des immeubles, je discerne les fameuses voiles blanches de l'Opéra de Sydney, ce qui ne suffit pas à me distraire.

— Mais où vont-ils tous ? j'insiste.

Mikki se tord le cou pour me regarder. Les poutrelles entrecroisées du pont Harbour dessinent sur son visage un complexe motif d'ombres.

— Qui sait ? Ce sont des gens qui se perdent, ou qui avaient envie de disparaître… On finit toujours par les retrouver. Pour la plupart.

5
Kenna

Sorti des bouchons, Jack appuie sur l'accélérateur, et une brise des plus agréables entre par les fenêtres ouvertes. Des falaises couleur cuivre s'élèvent de chaque côté d'une route clairement creusée à même le roc. On dit que l'Australie est le pays de la chance, mais les gens qui ont excavé ce passage ne devaient pas être du même avis. Je dois crier pour me faire entendre malgré le courant d'air :

— Cette plage, elle est loin ?

— Quatre ou cinq heures ! hurle Jack en retour. Ça dépend de la circulation !

— La vache, ça fait beaucoup…

J'imagine que je pourrai rentrer en bus ou en train s'il le faut.

— T'inquiète ! Ça vaut le coup !

— Ça vaut *carrément* le coup, m'assure Mikki.

Leur enthousiasme est communicatif. Une plage… Je ne suis pas allée au bord de la mer depuis que j'ai quitté les Cornouailles, il y a dix-huit mois.

— Elle a un nom ?

— Sorrow Bay, dit Jack. La baie du Chagrin.

La route se met à grimper. De chaque côté de la route, de profonds défilés entaillent de larges pans de forêt.

— Elle a un point break rocheux côté sud, et une embouchure de rivière au nord. C'est un coin relativement fréquenté du côté opposé au nôtre, mais là où on est il n'y a personne. Il faut encore rouler une heure après avoir quitté la route – impossible de s'en approcher sans un 4 × 4. Bon, il y a une piste, mais elle est pleine de nids-de-poule. Personne ne se fatiguerait à explorer le coin à moins de savoir ce qu'il y a au bout.

J'ouvre Google Earth sur mon portable. *Sorrow Bay*. Une minuscule plage beige au bout d'une verte étendue de parc national. Voilà la rivière…

— « Shark Creek » ? Il y en a ? Des requins ?

Jack jette un regard à Mikki comme s'il se demandait ce qu'il doit répondre.

— Il y a eu quelques attaques au fil des ans, mais c'est mieux pour nous. Ça décourage les gens.

— Des attaques ? Tu veux dire que…

— Oui, en général, c'est des requins blancs. Difficile de survivre à ça. Mais ça évite les foules. Plein de gens venaient y camper avant, et maintenant, il n'y a plus que nous.

— Bon, dis-je en avalant ma salive. Heureusement que je n'ai pas l'intention d'aller à l'eau.

— Attends de voir…

Les surfeurs essaient tout simplement de ne pas penser aux requins. Ce n'était pas un souci dans les Cornouailles, mais Mikki et moi il nous est arrivé de surfer dans des eaux où l'on en voyait souvent. On ne peut que l'accepter comme l'un des risques de ce sport, tout comme les skieurs et snowboardeurs acceptent les risques d'avalanche.

Mikki, à l'avant, est penchée sur son téléphone. C'est donc ça qu'elle fait ici ? Elle surfe avec les requins ? Ça ne devrait pas m'étonner autant. Depuis que je la connais, sa vie tourne autour du surf. Ç'a été aussi le cas de la mienne, pendant des années, mais pas au même degré que Mikki. Avec son travail de prof de surf, elle était à l'eau toute la journée, tous les jours.

J'étouffe un bâillement. Le décalage horaire se fait sentir. Une fois de plus, j'ai l'impression d'être au milieu de la nuit en dépit du grand soleil. J'envoie un e-mail à mes parents et je vais faire un tour sur les réseaux. Lorsque je lève à nouveau les yeux, on croirait voir les Cornouailles par la fenêtre : des champs en pente douce, parsemés de pissenlit, où broutent des vaches accompagnées d'oies blanches. Seul un palmier çà et là trahit la vérité – en plus de l'aspect assoiffé de la végétation, comme laissée trop longtemps au four.

Les panneaux routiers se succèdent. Swans Creek, Herons Creek… En Angleterre, on ne prend pas la peine de nommer nos ruisseaux, mais la plupart de ceux que nous dépassons me font plutôt penser à des rivières. Muddy Creek, Eight Mile Creek…

Mikki est toujours sur son portable. Je me penche pour lui tapoter l'épaule.

— Ça va ?

— Oui, pourquoi ?

— Tu ne dis pas grand-chose…

Elle n'a quasiment pas desserré les lèvres depuis que nous avons quitté Sydney. Jack lui envoie un petit coup de coude.

— C’est qu’elle n’a pas eu son café. Pas vrai, Mikki ? On s’arrêtera à la station-service avant de quitter la route.

Une fois de plus, je suis impressionnée de constater comme il la connaît bien. Mikki a parfois de sacrées sautes d’humeur, surtout quand elle n’a pas assez de caféine dans le sang. Je reviens à la fenêtre. Grassy Plains, Shallow Bay… J’aime bien ces noms. Plaines vertes, Baie sablonneuse, ils vont vraiment droit au but, pas la peine de se demander ce qu’on va y trouver. Cow Creek – une vache s’y serait-elle un jour coincée ? Mosquito Creek. Pas très envie d’y tomber. Rattle Creek… Celle-là non plus, les serpents à sonnette, très peu pour moi.

À la station-service, Mikki et moi allons aux toilettes tandis que Jack fait le plein. En sortant, je trouve mon amie qui scrute les petites annonces. Les papiers fichés au panneau de liège s’agitent dans l’air conditionné : des bulletins météo, des promenades dans le bush, des cours de yoga, des cercles d’hommes…

Portée disparue : ressortissante allemande. Vue pour la dernière fois le 2 septembre sur la plage de Bondi. Je connais le visage qui me fixe depuis l’affiche : Elke. Une sensation étrange me parcourt. À croire qu’elle me suit.

En me voyant, Mikki sursaute, puis me guide vers le comptoir.

— Tu prends quoi ?

— Un cappuccino, dis-je. Mais c’est moi qui paie.

— D’accord…

Elle semble distraite. Comme Jack s’approche de la fenêtre, elle le renvoie à la voiture d’un geste, en criant qu'elle s'occupe de régler. Puis elle commande nos cafés. Pendant que nous patientons, son regard ne cesse de revenir aux petites annonces. Je tente bel et bien de payer, mais une fois de plus Mikki m'en empêche.

— Merci, dis-je en sirotant mon cappuccino.

Dehors, Jack discute avec deux femmes près d'une Jeep de location jaune canari, avec deux planches sur le toit.

— Y a Bumble Bay au nord, leur explique-t-il. Celle-là est pas mal.

— Attends… Ah oui, trouvé, répond l'une des deux femmes qui parcourt un petit guide de surf.

Je me force à oublier les backpackers disparus pour le moment.

— Bonjour, je lance. Vous êtes américaines ?

— Canadiennes, répond l'autre femme.

— Désolée, je suis nulle avec les accents…

Son café à la main, Jack passe derrière la plus grande des deux.

— Bouge pas !

Elle écarquille les yeux. C'est une jolie rousse, vêtue d'une combi en jean. Jack referme sa main sur son épaule.

— Moustique. Mais je l'ai eu !

— Oh, merci, rit-elle. Ils sont horribles ici, vraiment…

— Attends ! Un autre !

Il ne s'en lasse pas. Moi, je ne suis pas sûre de voir des moustiques. Il ne fait que trouver des excuses pour la toucher. Je jette un regard à Mikki, gênée pour elle, mais elle reste sans réaction. Comme si ce genre de comportement était dans les habitudes de Jack.

— Les moustiques adorent ma femme, fait remarquer la brune.

— Tu leur as parlé de Sorrow Bay ? je demande à Jack.

— Bon, allez, faut qu'on y aille, tranche-t-il.

— Sorrow Bay ? répète la rousse en consultant son guide. Elle n'est pas listée…

Mais Jack s'est déjà éloigné à grandes enjambées. L'instant d'avant, il draguait tout son soûl, et voilà qu'il décolle dès qu'il entend les mots « ma femme ». Ça ne lui suffit pas de flirter devant sa fiancée, il est homophobe par-dessus le marché ? Je précise :

— Elle doit être trop petite pour figurer dans les guides.

— Kenna, on y va ! insiste Mikki.

— On peut camper là-bas. C'est notre destination.

— Kenna ! s'écrie Mikki en me tirant par le bras.

— Je vais regarder…, murmure la brune en ouvrant Google.

Jack appuie sur le klaxon. Mikki en est presque à me déboîter le bras.

— Allez, Kenna, bouge !

— Désolée, je dois y aller, dis-je aux deux femmes. Profitez bien !

— Vous aussi !

Jack revient sur l'autoroute dans un silence de mort.

— Regardez comment les arbres penchent, finit-il par dire. Le vent vient du sud. Si ça continue comme ça, on n'aura pas de vagues…

Mais quel con ! Je m'intime l'ordre de lâcher l'affaire.

— Tu vérifies les prévisions pour la houle avant qu'on quitte la route ? demande-t-il à Mikki.

Elle sort son portable, et je dégaine le mien, car les backpackers viennent de me revenir à l'esprit. Plusieurs articles en parlent. J'ouvre le premier. *Déjà huit disparus*… Je parcours les photos. La plupart sont des femmes. Les deux seuls hommes sont comme le jour et la nuit : l'un en combinaison de surf, les cheveux blonds collés au visage, l'autre en costume-cravate, tellement propre sur lui qu'on peine à se l'imaginer en baroudeur. On y trouve pêle-mêle des Américains, des Suédois, des Irlandais… Quelques-uns ont été pris en photo un surf à la main. Le café ne m'a fait aucun effet, et je me sens partir malgré tous mes efforts pour garder les yeux ouverts.

— Un mètre à un mètre cinquante aujourd'hui, annonce Mikki. Moins que ça demain.

— Et merde ! lance Jack.

Nous dépassons un panneau : *Bienvenue à Sorrow National Park*. La route s'est changée en piste de gravier. Une étendue d'eau noire transparaît entre les arbres. Shark Creek, j'imagine, même si là encore, on croirait voir toute une rivière. Un autre panneau : *Inondations fréquentes*.

— Et le vent ? demande Jack.

— Vent du sud tous les matins, répond Mikki en consultant son portable. Ça tourne au nord l'après-midi.

En bâillant, j'ouvre un autre article. Encore un backpacker disparu vu pour la dernière fois sur la plage de Bondi, tout comme Elke. Enfin, j'imagine que la plupart d'entre eux passent par Bondi.

— Tu ferais mieux de te grouiller ! me lance Jack

en remarquant ce que je fais. Dans une minute, plus de réseau.

— Sérieux ?

— Il n'y a personne par ici, dit-il. Personne à part nous.

Je commence à regretter de m'être laissé embarquer là-dedans.

— Pas d'Internet, pas de réseau du tout ? Merde !

L'article refuse de charger : ça y est, je ne capte plus rien. D'habitude, je suis tout le temps connectée. Mes patients réservent en ligne, grâce à mon site web. J'ai laissé un post pour leur signaler que je serais absente tout le mois, mais si l'un de mes habitués se blesse il tentera sûrement de me contacter malgré tout. Et si je veux partir ? Sans portable pour appeler un taxi ou un Uber, me voilà dépendante d'un mec que je connais à peine.

Mais mes paupières sont si lourdes que les garder ouvertes me fait mal. Impossible de lutter plus longtemps. Avisant un sweatshirt noir à mes pieds, je le ramasse pour le rouler en boule contre la fenêtre en guise d'oreiller. En sombrant, j'entends la voix de Mikki, accusatrice :

— Elle dort ! Tu n'as quand même pas…

— Mais bien sûr que non, se défend Jack. C'est ta copine !

Je me demande vaguement de quoi ils parlent, mais je suis trop épuisée pour m'en soucier.

6

Kenna

Mes yeux s'ouvrent d'un coup : je suis projetée en avant. La voiture vient de freiner brusquement. Une épaisse canopée plonge la route dans l'ombre, si l'on peut appeler ça une route – ce n'est guère plus que de la poussière et des cailloux. Une barrière bloque le passage. *Danger ! Glissements de terrain. Route fermée.*

Mikki descend du 4 × 4 et sort ouvrir la barrière. Jack s'engage sur la piste en faisant crépiter le gravier sous ses roues. Maintenant bien réveillée, je panique en cherchant mon amie des yeux ; mais déjà il s'arrête et elle revient s'asseoir. Derrière nous, la barrière est à nouveau en place. Jack continue son chemin sur la piste, en cahotant.

— Ça disait que la route est fermée…, dis-je en scrutant le terrain par le pare-brise.

— T'inquiète pas pour ça.

Jack poursuit pendant de longues minutes malgré les nids-de-poule. En passant dans un trou plus large, j'entends un terrible grincement sous la carrosserie. Je m'agrippe à mon siège, terrifiée à l'idée qu'un pneu éclate – qu'est-ce qu'on deviendrait ? Un coup d'œil à mon portable me confirme qu'on ne capte toujours rien : impossible d'appeler un dépanneur.

La forêt semble s'étendre à l'infini dans toutes les directions, les troncs parfois nus et noircis, parsemés de jeunes feuilles vertes qui repoussent avec courage. Au détour d'un virage, un torrent traverse la piste. Jack le franchit sans ralentir, dans une gerbe d'eau qui éclabousse jusqu'aux fenêtres. Je commence vraiment à paniquer : je ne m'imaginais pas que l'endroit serait reculé à ce point.

— Je n'ai pas de sac de couchage…

— On en a un pour toi, répond Mikki.

— Ni de crème solaire…

— Tu pourras emprunter la mienne. C'est nouveau que tu t'inquiètes autant pour tout, ajoute-t-elle en me jetant un regard par-dessus son épaule. Moi aussi, j'étais comme ça en arrivant ici. Cet endroit va te faire du bien.

Jack donne un violent coup de freins.

— Qu'est-ce qu'il y a ? demande Mikki.

Il désigne une longue forme allongée en travers de la route. Un bâton… Non : un serpent. Jack fait rugir le moteur, sans que l'animal réagisse.

— Merde, souffle-t-il.

— Passe dessus et puis voilà, suggère-t-elle.

— Non, je ne veux pas l'écraser…

Il respire avec lenteur, cramponné au volant.

— Tu veux que je…, commence-t-elle.

— Non, ça va, répond-il en ouvrant soudain la portière.

— Fais attention ! lui crie-t-elle.

Il sort et Mikki et moi l'observons au travers du pare-brise.

— Il est venimeux, tu crois ? je demande.

— Sûrement. Jack a une peur bleue des serpents.

Jack fouille le bord de la piste et ramasse une brindille, qu'il lance vers le serpent. Celui-ci reste de marbre. Au deuxième essai, le bout de bois rebondit sur son dos écailleux, et cette fois il s'en va en ondulant. Jack remonte dans la voiture, très pâle.

— Bien joué ! lance Mikki en lui tapotant l'épaule.

Il reste un long moment immobile, cramponné au volant, avant de repartir.

Des véhicules nous attendent, garés au bout de la piste : un pick-up d'un rouge flamboyant et un 4 × 4 moucheté de boue. Jack s'arrête dans un crissement de gravier. En sortant, je sens sous mes pieds une terre sèche, très dure. Des odeurs d'écorce et de mousse embaument l'air immobile, empli du grésillement des insectes. Jack ouvre le coffre et nous lance :

— Prenez tout ce que vous pouvez porter !

Mikki se charge de sacs et s'engage dans un étroit chemin de terre. J'enfile mon sac à dos, je sors la planche que Jack m'a montrée la veille, j'attrape mon sac de surf et je lui emboîte le pas. Ça me fait tout drôle, de me retrouver avec une planche sous le bras. Hors de question que ça redevienne une habitude. Mikki prend un virage, et je la perds de vue. Le chemin se divise en deux, sans aucun signe d'elle.

Un panneau de bois annonce : *Plage.* J'entends le murmure des vagues au loin. Les insectes me bourdonnent aux oreilles tandis que je me hâte de continuer. Une toile d'araignée me barre le passage. Je n'aime pas les araignées, mais au moins en Angleterre elles ne sont pas mortelles. Je me retourne en espérant l'apparition de Jack, en vain. En plus, je n'entends plus les vagues, ce qui est curieux. Avec précaution, je déchire la toile du bout de la planche, puis je passe en baissant la tête, à l'affût d'un mouvement. Les arbres semblent se rapprocher des deux côtés du chemin, en m'attrapant les cheveux du bout des branches. Je ne me suis quand même pas trompée ?

Soudain, au virage suivant, un homme.

— Oh… Bonjour, dis-je en m'arrêtant net.

Il ne porte qu'un short de surf. Ses cheveux bruns sont coupés court. Il a de magnifiques yeux gris-vert et me fixe comme s'il avait vu un fantôme.

— Je m'appelle Kenna…

— Clemente, se présente-t-il d'une voix enrouée.

Il a la peau bronzée, les hanches étroites et le torse musclé d'un surfeur. Des tatouages s'enroulent autour de ses bras et jambes. Il doit appartenir à leur groupe – la Tribu.

— Je cherche la plage, dis-je. Et mon amie Mikki…

Clemente semble se secouer un peu.

— Ce n'est pas par là.

Il a un accent… espagnol, je crois.

— Ah bon ? Mais le panneau disait…

— Viens, ordonne-t-il en me prenant le surf des mains avant que je ne puisse l'en empêcher.

Je retrace mes pas à sa suite, au travers des buissons, jusqu'à revenir à l'embranchement. Nous arrivons à une clairière où quatre tentes ont été plantées en cercle, autour d'un banc de pique-nique et d'un barbecue. Sur le côté, une petite structure de béton – des toilettes, sans doute.

— T'es qui, toi ? aboie une fille en s'avançant vers moi.

J'essaie de ne pas tressaillir. Elle a un fort accent australien, de longues dreadlocks blondes, et une peau qui a trop pris le soleil.

— Je vous présente Kenna, lance Jack. La pote de Mikki. Elle arrive d'Angleterre. Kenna, voici Sky…

Sky se retourne vers mon amie comme un cobra.

— C'est lui qui l'a invitée, pas moi, murmure Mikki.

Ces mots me blessent. Jack m'entoure la taille d'un bras et m'entraîne vers le tas de sacs et de planches.

— Tu peux poser tout ça là, pour le moment.

Pour une fois, je suis bien contente qu'il soit aussi tactile. Je me raidis en frôlant Sky, à moitié convaincue qu'elle pourrait me décocher un coup au passage. Un mec sérieusement musclé, noir, le crâne rasé, les pommettes hautes, s'avance d'un pas pour faire corps avec elle et Clemente. La façon dont ils m'observent de la tête aux pieds me donne l'impression d'être une criminelle devant un jury. Sky se retourne vers Jack.

— Tu n'as pas le droit d'amener des gens comme ça, sans prévenir.

Elle est un peu plus petite que moi, mince et musclée, avec un débardeur de sport qui met en évidence ses solides épaules. Elle porte un short d'homme déchiré ; ses pieds sont nus, ses ongles peints en bleu océan. Son copain au crâne rasé secoue la tête.

— Ouais, mec, tu peux pas continuer comme ça.

Lui aussi a un accent, mais je ne saurais pas l'identifier.

— Ça va, Victor, elle a fait tout le voyage depuis l'Angleterre, se défend Jack. Ç'aurait été bête de venir d'aussi loin pour ne passer que quelques heures avec sa pote !

Quand Mikki m'avait parlé de ce groupe, je m'étais représenté des hippies qui se tressaient des fleurs dans les cheveux, fumaient de l'herbe et dansaient pieds nus autour du feu de camp. Pas… ça. Serrés ensemble pour mieux discuter de mon sort, ils me rappellent une équipe de rugby occupée à élaborer la meilleure stratégie pour détruire l'ennemi.

7

Kenna

Mikki me jette un regard impuissant. *Allez, Mikki, dis quelque chose... Défends-moi...* Mais elle garde le silence, clairement gênée. Mon arrivée l'a mise dans l'embarras. Jack envoie un coup de coude à Clemente.

— Hé, je me disais, tu trouves pas qu'elle ressemble à…

— La ferme, siffle Clemente en me fixant.

Ces yeux extraordinaires… Je ne peux pas détourner le regard. Ni avaler ma salive. Ni même respirer. Quel soulagement lorsqu'il s'en va soudain d'un pas rageur entre les arbres.

— Bon, qu'est-ce qu'on fait ? soupire Sky.

— Kenna va nous tenir compagnie quelques jours avant de poursuivre son voyage, suggère Mikki.

Enfin, elle ouvre la bouche. Mais ce n'est pas grand-chose, et surtout c'est trop tard.

— Mais oui, voilà, approuve Jack. Et la prochaine fois qu'on ira faire les courses, je la déposerai à un arrêt de bus.

J'essaie de masquer mon inconfort en buvant une gorgée d'eau à ma bouteille avant d'observer ce qui m'entoure. Une bâche tendue entre les arbres abrite des équipements de sport : des tapis de yoga, des ballons de gym, des rouleaux de massage, comme ceux dont je me sers dans mon cabinet. La clairière est jonchée de planches de surf posées à l'envers sur le sol, afin de protéger leur face cirée du soleil qui filtre entre les branches.

— Mais maintenant, elle connaît cet endroit, insiste Victor.

— À qui tu veux qu'elle en parle ? demande Jack.

— J'en sais rien ! C'est bien le problème !

Un corbeau effrayé quitte son arbre en croassant. Sky referme sa main sur l'épaule de Victor pour le rasséréner ; en réponse, il passe son bras autour d'elle. On dirait bien qu'ils sont ensemble.

— Victor a raison, appuie-t-elle. Il faut vraiment que tu ne parles de cet endroit à personne, Kenna.

— C'est précieux, ce qu'on a construit ici, renchérit-il.

— À qui j'en parlerais ? Je ne connais personne en Australie à part Mikki et vous.

— Vous voyez ! lance Jack.

— Direction la plage ! appelle une autre voix.

Tout le monde se retourne : c'est Clemente, qui revient en courant sur le chemin.

— Il y a trop de vent, objecte Sky.

— Le vent a tourné, réplique Clemente qui se met à cirer une planche.

Les voilà qui se jettent tous sur leur matériel, en faisant circuler la wax. J'attends que ma présence leur revienne en tête, mais Clemente repart à petites foulées et les autres le suivent un à un. Il ne reste plus que Mikki et moi. Elle a le rouge aux joues.

— Désolée… Ils tiennent beaucoup à cet endroit. Ça leur passera.

— Oui, j'imagine, dis-je avec un sourire forcé.

D'habitude, Mikki est toujours de mon côté, quel que soit l'adversaire. Qu'elle ait aussi radicalement changé de camp me donne le vertige.

Elle fouille son sac à dos, en sort un haut de bikini et l'enfile sous mes yeux, après avoir fait valser son tee-shirt et son soutien-gorge. Encore un choc pour moi : elle autrefois si pudique ! Comme elle est déjà en short de surf, il ne lui reste plus qu'à ramasser sa planche.

— Du coup… Tu viens ? demande-t-elle, hésitante.

L'espace d'un instant, je suis tentée. Si seulement je pouvais effacer ce qui s'est passé, revenir à une époque où l'océan n'était pas un poison pour moi.

— Non. Mais amuse-toi bien.

— Merci.

Elle part au même rythme que les autres. La clairière est maintenant silencieuse, en dehors des bruits de la nature : le frémissement des feuilles, la rumeur distante des vagues.

Puis une silhouette bondit soudain vers moi.

L'instant d'après, je souffle : ce n'est qu'une combinaison de plongée qui s'agite sur un cintre, accrochée en hauteur. J'essaie de digérer ma frayeur, mais les mouvements des arbres et des buissons ne cessent de relancer l'adrénaline.

Mon argent, mon passeport et mon portable se trouvent dans mon sac de surf : je l'attrape avant de descendre la piste pour retrouver les autres. Les arbres se raréfient et le bruit des vagues forcit. L'air a le goût du sel. Au sortir des broussailles, je tombe sur un panneau de bois : *Danger ! Plage non surveillée. Forts courants.* En arrière-plan, une baie sablonneuse, garnie de sombres rochers acérés côté sud. Les vagues s'y enroulent telles des sculptures de verre. C'est un tableau doux-amer, comme rencontrer un ex pour lequel on ressent toujours quelque chose même si la relation était toxique. Moi qui ai déménagé à Londres pour ne plus voir l'océan, voilà que je me retrouve à nouveau face à lui. Il m'attire toujours autant.

Mikki est en train d'escalader les pointes de roc. Les autres sont déjà à l'eau, ramant avec les mains vers le large. J'enlève mes tongs d'un coup de talon, et le sable me caresse les orteils lorsque je me dirige vers les rochers.

L'eau est d'une incroyable couleur turquoise. Je pensais autrefois que c'était cela qui donnait toute sa magie au surf ; puis j'ai surfé sur les vagues grises du crépuscule, sur l'eau noire des clairs de lune, sur la houle argentée par temps de pluie. Je suis passée par tous les tons de bleu et de vert. Tous sont magiques.

Clemente prend une vague et y dessine de puissants virages, presque jusqu'au rivage. Derrière lui, Sky s'est déjà lancée sur la vague suivante. Rester sur le sable devient une souffrance. Je pourrais courir au campement, m'emparer de la planche prêtée par Jack et les rejoindre. Hors de la forêt, le vent est plus fort et me pousse vers l'eau, comme s'il lisait dans mes pensées. Je me laisse aller en arrière pour lui résister, tout en me déplaçant en crabe sur les rochers, à la recherche d'une pierre plate où m'asseoir. Ah, voilà.

L'eau est si claire que j'aperçois les coquillages et les galets sur le fond. Je me penche pour en prendre un peu dans mes mains en coupe, et je la laisse filer entre mes doigts. C'est fou de penser que ces mêmes molécules ont peut-être connu une plage de chez moi, ou un récif hawaïen, ou un gigantesque iceberg.

Le reflet du soleil sur l'océan m'éblouit. J'aurais dû mettre mes lunettes de soleil. Je ne m'étais pas préparée à autant de lumière. Une vague plus grande que les autres vient se briser sur les rochers en trempant mon short, mais je m'en moque. Sur mes lèvres, un goût de sel. Ce que ça m'avait manqué… Je m'avance un peu pour mettre les pieds dans l'eau, et j'ai l'impression d'y laver mon âme.

Jack prend une vague dont le sommet moutonneux se recourbe déjà au-dessus de sa tête ; il disparaît dans le rouleau et ressort comme une flèche de l'autre côté. Je songe à nouveau à aller chercher cette fameuse planche, mais je sais très bien ce qui se passerait si je le faisais. Déjà, je m'étalerais, car je manque cruellement d'entraînement. Mais surtout, et bien pire : je deviendrais à nouveau obsédée par ce sport auquel j'ai renoncé.

Pendant mes années de surf, impossible de faire de projets, car toute ma vie tournait autour des vagues. Un travail de bureau ? C'est dans la journée que l'océan est le moins couru. Le mariage de mon cousin ? Il y avait de super rouleaux ce jour-là. Une virée en ville avec les copines ? Pour un total de deux cents livres, autant prendre un vol pour Biarritz ! Quand j'ai arrêté, c'était presque un soulagement. Je pouvais à nouveau vivre ma vie, me concentrer sur ma carrière. Mais je ne peux pas dire que ça m'ait rendue plus heureuse.

Une vague menace Mikki, qui part la chercher en diagonale. *Ne la prends pas, Mikki !* Celle-là va se former droit au-dessus des rochers, découverts par le reflux. Si Mikki tombe, elle risque de se faire très mal.

Elle se met en position. L'océan se soulève derrière elle : j'ai un instant l'impression qu'elle va basculer en avant, la tête la première dans l'eau. Mais elle s'accroupit pour prendre un étroit virage et parvient je ne sais comment à rester debout. Une vague qui reflue depuis le rivage submerge un instant les rochers, ce qui permet à Mikki d'y passer en zigzag.

Me voilà rayonnante de fierté. Elle est tout aussi audacieuse à trente ans qu'elle l'était à vingt. Mais quels risques elle prend ! Plus tôt je la sortirai d'ici, mieux ça vaudra. Je fouille mon sac pour y trouver mon portable. Toujours aucun réseau. Sans véhicule, sans même de quoi appeler un Uber, je suis à la merci des autres. Derrière moi s'élèvent des falaises : là-haut, je capterais peut-être, mais comment y grimper ?

Je repars le long de la plage. Le soleil tape dur sur ma nuque, mes bras. Je n'ai pas songé non plus à mettre une casquette ou de la crème solaire. Tout au bout de la baie, une barre rocheuse s'avance dans l'océan. J'imagine que l'embouchure de la rivière se trouve juste derrière. L'eau est parfaitement calme, là-bas, ce que je ne manque pas de noter. Si je n'avais pas passé mon adolescence à prendre les vagues sur la perfide côte des Cornouailles, je n'aurais pas su l'identifier : un courant puissant qui va droit vers le large.

Après avoir récupéré mes tongs, je continue ma route vers les arbres. Le frémissement des feuilles et les quelques degrés de moins sont bien agréables. Le chemin se divise à gauche, à droite, sans que la forêt semble jamais finir. Par endroits, les broussailles sont si épaisses que je perds la piste de vue : j'avance au hasard jusqu'à la retrouver. Des nuages de moustiques s'élèvent de chaque buisson que j'écarte.

Les criquets stridulent si fort qu'ils en deviennent assourdissants. J'ai l'impression que je pourrais marcher des kilomètres dans n'importe quelle direction sans jamais me sortir de là. De temps à autre, je me retourne pour vérifier que le chemin que j'ai emprunté jusque-là est toujours bien visible.

Quelque chose attire mon attention : un papillon bleu vif qui ouvre et referme ses ailes, posé sur une feuille. Hypnotisée, je m'arrête pour l'observer. Puis un insecte me bourdonne aux oreilles et rebondit sur ma joue ; je le chasse avec un petit cri. En relevant les yeux, je suis désorientée. Je tourne lentement sur moi-même. Du vert, où que je regarde – tant de vert que j'en ai le vertige. Les broussailles s'ouvrent des deux côtés. D'où suis-je venue ? Je jette un regard à gauche, puis à droite. Parfaitement identiques. Je n'entends plus les vagues : impossible de savoir si la plage est devant ou derrière moi.

Un coup d'œil sur mon portable me confirme qu'il n'y a toujours pas de réseau. *Pas de panique.* Je ne marche que depuis trois ou quatre minutes. Je vais choisir un chemin au hasard – celui de droite – et l'emprunter pendant cinq minutes. S'il ne me ramène pas à la clairière, je reviendrai sur mes pas et je prendrai l'autre. Pas plus difficile que ça.

C'est parti. Déjà, mon tee-shirt me colle à la peau, et je suis assoiffée. Ma bouteille d'eau, encore quelque chose que j'aurais dû prendre. Un article me revient en mémoire : un touriste perdu des jours durant dans les montagnes d'Australie a survécu en buvant l'eau qui s'était amassée au creux des feuilles. J'examine les buissons environnants, mais rien. Il fait trop chaud.

Comme c'est long, cinq minutes. À moins qu'elles ne se soient déjà écoulées ? J'ai le tournis. Je m'adosse au tronc le plus proche en essayant de réfléchir. Est-ce que je ferais mieux de poursuivre ma route, ou d'attendre qu'il fasse plus frais ? Je ferme les yeux.

Un autre bourdonnement à mon oreille me réveille en sursaut. J'ai dû m'assoupir un instant, car j'ai encore plus soif qu'avant. Une migraine me bat aux tempes. Comme les arbres qui me font face semblent plus épais, je m'y avance pour trouver de la fraîcheur. Il y a quelque chose dans les broussailles. L'espace d'un instant, je ne comprends tout simplement pas ce que je vois.

Étendu par terre, à peine visible entre les feuilles : un corps.

8

Kenna

Un hurlement m'échappe.

Le corps se relève en titubant : c'est un homme aux longs cheveux blonds emmêlés, à la barbe mal taillée, qui se dirige maintenant droit sur moi. Je lève les mains d'instinct lorsqu'il s'approche, mais il ne passe pas à l'attaque.

— Bonjour…, dis-je d'une voix suraiguë.

Ses yeux quittent mon visage pour se poser sur les arbres alentour. Son tee-shirt blanc sale est frappé d'un logo *California Dreaming.* Fait-il partie de la Tribu ? Est-ce un genre de randonneur, voire un SDF ?

— Je me suis perdue. Tu saurais comment revenir au camp ?

— T'es qui ? demande-t-il avec colère.

— Kenna… L'amie de Mikki ?

Il y réfléchit un instant, puis me contourne.

— Par là.

Qu'est-ce qu'il faisait là, allongé par terre ? Je m'empresse de le suivre en tentant de retrouver mes esprits.

— Ton nom, c'est… ?

— Ryan.

— Tu es canadien ?

— Américain, corrige-t-il en me jetant un bref regard.

— Oh. Tu viens d'où ?

— *New York, my dear*. Nan, je déconne, Californie.

Est-ce qu'il fait partie de ces gens qui se sentent obligés de tout tourner en dérision ? J'ai horreur de ça : impossible de savoir s'ils sont sérieux, quoi qu'ils disent. En général, il s'agit d'un mécanisme de défense. Si tout est toujours drôle et léger, on reste à la surface des choses, sans jamais taper plus en profondeur, là où ça fait mal. N'empêche que c'est très agaçant.

Ryan s'arrête net et me montre quelque chose du doigt : une boule orange dans l'arbre qui nous fait face. Un fruit ? Il escalade le tronc en le serrant entre ses cuisses.

— Qu'est-ce que c'est ? je demande.

— Une papaye.

Il la cueille, l'inspecte, puis la jette loin de lui comme s'il s'était brûlé les doigts.

— Les chauves-souris sont passées par là. Elles peuvent transmettre des maladies.

Après avoir craché dans ses mains, il les essuie sur l'écorce noueuse. Des buissons environnants s'élève soudain un bruit suraigu.

— Et ça, c'est quoi ? dis-je en reculant d'un pas.

— Des criquets, c'est tout.

Nous continuons notre route.

— Comment tu fais pour trouver ton chemin ? Tout est tellement uniforme…

— J'ai appris. On finit par trouver des points de repère, répond Ryan en m'indiquant un gros arbre de près d'un mètre de diamètre, à l'écorce creusée de profondes fissures.

— Bizarre qu'il n'y ait pas plus de panneaux.

— Avant, il y en avait.

Dans les branches, des taches vertes et rouges. Je plisse les yeux pour mieux voir les oiseaux.

— Des loriquets, précise-t-il.

Il replace une mèche blonde derrière son oreille. Chaque fois que nos regards se croisent, il détourne les yeux. Nous repartons ; les broussailles s'épaississent.

— Tu devrais siffler, dit-il.

— Quoi ?

— Pour avertir les serpents.

— Tu plaisantes ?

— Par un temps pareil, ils aiment prendre le soleil. Je te déconseille de marcher dessus. S'ils t'entendent, ils ont le temps de filer.

Je ne sais pas s'il se moque de moi ou non, mais je me mets à siffloter entre mes dents, les yeux rivés sur le sol, en zigzaguant à sa suite dans la forêt.

Soudain, nous revoilà dans la clairière. Les autres sont déjà là, dans leurs tenues de surf dégoulinantes. En me voyant, ils deviennent silencieux. *Ça alors, je me demande bien de quoi ils pouvaient parler.* Mikki m'adresse un sourire penaud.

— Vous pouvez me dire ce qu'elle fout ici ? demande Ryan en s'avançant à grands pas.

— T'inquiète, répond Sky. On a déjà géré. Elle ne restera que quelques jours.

— Personne ne m'a demandé mon avis !

Moi qui pensais que Sky et Victor étaient ensemble, je la vois passer un bras autour des épaules de Ryan dans un geste très intime. Elle l'attire entre les arbres pour discuter. Les autres se dispersent. Après un autre sourire à mon intention, Mikki part vers une tente. Je voudrais lui parler, mais elle va sans doute se changer.

Ma bouteille est là où je l'ai laissée, près des sacs entassés. Je bois à longs traits. L'eau a la température d'un bain chaud et un goût de plastique, mais je m'en moque : elle est merveilleuse. Clemente et Jack sont au robinet et improvisent une douche en remplissant leurs gourdes pour se les renverser sur la tête.

Une douleur intense me transperce soudain le gros orteil. En baissant les yeux, j'aperçois sur mon pied une énorme fourmi, marron et luisante.

— Merde !

Je la chasse et sautille sur place en regardant tout autour de moi – et s'il y en avait d'autres ?

— Qu'est-ce qui se passe ? appelle Jack.

— Une fourmi m'a piquée !

— Ah oui, une fourmi-bouledogue. Saloperie.

— Putain, ça fait mal…, dis-je en sentant les larmes me monter aux yeux.

— Mets de la glace dessus.

La glacière sortie de sa voiture a été déposée à l'ombre d'un arbre. Il va y chercher une poignée de glaçons. Avant que je ne puisse protester, il m'entraîne vers la souche d'un tronc, pose mon pied sur ses genoux et y applique les cubes de glace. Comme sous l'effet d'un signal, deux loriquets décollent des branches et font un tour au-dessus des arbres dans un concert de criaillements.

Je sens les poils de la cuisse de Jack contre ma cheville. Ce type n'a vraiment jamais entendu parler du concept d'espace personnel. Clemente nous jette un regard noir. Puis je me rends compte que Sky et Ryan nous fixent également.

— Je vais le faire, dis-je en lui prenant les glaçons de force et en les plaçant contre mon orteil.

— Je t'ai vue à la plage, lance Jack. Qu'est-ce que t'en penses ? Pas mal, non ?

— Oui, ça vaut le détour.

— Tu vois ! rayonne-t-il.

J'ai du mal à le cerner. Gentil avec les serpents alors qu'il en a une peur bleue, attentif avec Mikki, et parfaitement amical envers moi jusqu'à maintenant. Alors, qu'est-ce qui m'empêche de l'apprécier ? Est-ce juste ma conviction qu'il compte se servir de mon amie ?

Celle-ci ressort de la tente avec son équipement trempé à la main et part l'étendre sur un fil tendu entre les arbres. Clemente est à la glacière. Ses cheveux humides sont hérissés en petites pointes sombres. Je le vois remplir une chaussette de glaçons pour en entourer ses doigts.

— Tu t'es fait mal ? dis-je en boitant vers lui.

— C'est rien, élude-t-il avec un claquement de langue.

— Tu veux que je regarde ?

— Non, tranche-t-il avant de s'éloigner.

Bonjour l'accueil. Je pars trouver Mikki.

— Qu'est-ce qu'il voulait ? demande-t-elle en désignant Clemente de la tête, en train de remplir sa bouteille aux cartons d'eau rapportés du supermarché.

— Rien.

Mes yeux ne cessent de revenir vers lui et, à chaque fois, je le trouve en train de m'observer. Probablement parce qu'il sent que je le regarde. *Arrête ça, Kenna.*

— C'est quoi, cet endroit, à la fin ? Ces gens ? dis-je en revenant à Mikki.

Une expression indéchiffrable frémit sur ses traits.

— Quoi ? j'insiste.

— Ils étaient là pour moi quand toi, tu ne l'étais pas.

— Tu m'en veux pour quelque chose ?

Elle prend une inspiration tremblante.

— Tu sais, ce que tu as vécu en perdant Kasim ? C'est ce que j'ai vécu quand tu as déménagé à Londres ! Enfin, je sais bien que ce n'est pas pareil, mais… je ne peux pas contrôler ce que je ressens. Tu as disparu du jour au lendemain !

Je suis stupéfaite. Ça ne lui ressemble pas de dire des choses pareilles.

— Ce n'était carrément pas pareil, tu veux dire. On pouvait s'appeler, et faire des visios, et…

Mais mes paroles se tarissent à mesure que je me rappelle comme je me suis refermée sur moi-même, sans prendre ses appels.

— Je suis désolée.

Ses yeux brillent de larmes, et à ses épaules tremblantes je devine les efforts qu'elle déploie pour réprimer son émotion. Je la serre dans mes bras.

— Je suis tellement désolée… Arrête, je vais pleurer, moi aussi.

Elle me rend mon étreinte puis s'écarte, en essayant toujours de se dominer.

— Ce que tu as traversé était mille fois pire, j'en ai bien conscience. Mais j'ai eu si mal… Même si je n'arrêtais pas de me dire que tu reviendrais un jour, tu avais déménagé pour de bon, c'était clair…

— Je te l'ai dit, tu aurais pu venir me voir à Londres ! Tu aurais pu rester autant que tu voulais…

— Je suis prof de surf. Qu'est-ce que je ferais à

Londres ? Je me sens comme morte quand je suis loin de l'océan.

Comme morte. Je le comprends très bien.

— Les Cornouailles n'étaient plus les mêmes sans toi. Je me sentais si seule…

Elle essuie avec colère l'unique larme qui roule le long de sa joue.

— C'est pour ça que je suis venue ici. Et maintenant, ça y est, je suis à nouveau heureuse. Encore plus heureuse qu'en Cornouailles. Mais tu n'arrêtes pas de me harceler pour que je rentre ! J'ai besoin que tu comprennes que ça n'arrivera pas.

— Je t'ai vue tout à l'heure, dis-je en changeant d'angle d'attaque. Tu surfais dans dix centimètres d'eau.

Je m'attends à voir un air coupable se peindre sur son visage, ou au moins qu'elle reconnaisse à quel point c'était dangereux, mais elle se contente de lâcher :

— Et alors ?

Me voilà dans le rôle de la mère qui se mêle des affaires de sa fille ado.

— Tu dois bien comprendre que c'était hyper risqué, non ? On est au milieu de nulle part. S'il t'arrivait quelque chose…

— Sérieusement ? m'arrête-t-elle. C'est toi qui me dis ça ?

9

Kenna

Vingt ans plus tôt

Deux paires de baskets Adidas qui se balancent sous le pâle soleil d'hiver. Mikki et moi, côte à côte sur la cage à poules de la cour de récré. Mon premier jour dans ma nouvelle école. La brise sentait la bouse de vache, rien à voir avec mon école d'avant qui, elle, embaumait le pot d'échappement à cause de la voie de bus juste devant le portail.

— Les autres filles ne m'aiment pas, j'ai murmuré.

— T'inquiète pas, m'a répondu Mikki. Moi, je serai ta copine.

— D'accord, ai-je dit en refoulant mes larmes.

Mon ancienne école, mon ancienne maison, mon ancienne vie me manquaient. Mikki m'a entourée d'un bras.

— Ce sera nous deux contre les autres.

— Je déteste cet endroit. D'abord, il n'y a rien à faire par ici.

— Tu sais faire du surf ?

— J'ai jamais essayé.

— Je vais t'apprendre !

— Cool…

C'est à peine si je savais nager, mais hors de question de l'avouer. Je sentais que j'allais beaucoup m'amuser avec cette fille aux couettes d'un noir lustré et au sourire malicieux.

— Et moi, je vais t'apprendre à marcher sur la cage à poules. Tu veux essayer ?

Mikki a poussé un petit cri en me voyant me lever.

— Le secret, c'est de ne pas baisser les yeux !

Lentement, elle m'a imitée, les yeux écarquillés par la peur.

— Fais comme moi ! Tu vois les barres, non ? Oublie le vide entre elles et marche normalement, c'est tout.

Mikki a fait un pas en avant, hésitante.

— Hé ! Vous deux ! Arrêtez ça tout de suite !

Elle a perdu l'équilibre et a failli tomber ; heureusement, j'ai agrippé sa main à la dernière minute. Nous nous sommes précipitamment rassises avant d'éclater de rire. En bas, Miss Rotterly agitait les bras.

— Allez, les filles, on descend ! Maintenant !

J'ai passé l'après-midi assise devant la porte du directeur, punie pour mon comportement « dangereux ». Quel soulagement quand la cloche a enfin sonné ! Devant le portail, ma mère s'est mise à discuter avec celle de Mikki. En les attendant, j'ai grimpé à un arbre.

— Comment tu es arrivée là-haut ? m'a crié Mikki.

— C'est facile !

Je suis redescendue en glissant le long du tronc pour venir lui montrer où placer ses pieds. Comme elle était plus petite que moi, je lui ai fait la courte échelle. Puis je l'ai rejointe dans les branches.

— Bon, allez, on y va ! a fini par appeler sa mère.

Mais Mikki ne pouvait plus redescendre. J'avais oublié que c'était bien plus difficile que monter. Sa mère a dû appeler les pompiers. Miss Rotterly est sortie de l'école pour se renseigner sur l'origine de tout ce dérangement : en apprenant que l'origine, c'était moi, les fusibles ont sauté.

— Mais qu'est-ce qui ne va pas chez toi ?! a-t-elle hurlé. Si tu continues comme ça, quelqu'un va finir gravement blessé !

10

Kenna

Mon orteil pulse de douleur. J'y applique à nouveau la glace.

— En gros, je me comporte comme toi, tu le faisais avant, conclut Mikki. Et c'est toi qui me fais la leçon ?

— Mais Kasim est mort, dis-je tout bas, submergée une fois de plus par la culpabilité.

— Ce n'était pas ta faute !

Je n'en suis pas si sûre, mais à quoi bon rouvrir le débat ? Nous avons déjà eu cette discussion – bien trop souvent. Quelque chose me pique l'épaule : un énorme moustique. Lorsque je l'écrase, du sang s'étale sur ma peau.

— Ils sont vraiment terrifiants, les moustiques, ici.

— On s'y habitue.

— Et les fourmis ? Ça ne te dérange pas ?

— Pas vraiment. Rien que les papillons de nuit. Et même ça, je commence à m'y habituer.

— Ah bon ?

Elle a toujours été terrorisée par les papillons de nuit – et de nuit seulement. Je trouvais ça amusant et assez mignon – ça ne pique même pas, ces bêtes-là ! – jusqu'à ce que j'assiste à une de ses crises de panique.

— Tu te rappelles celui qui s'était coincé dans tes cheveux ?

Nous étions sur une étroite route toute en lacets, comme la plupart des routes de Cornouailles, quand un papillon de nuit s'est engouffré par la fenêtre ouverte côté conducteur, en plein visage de Mikki. Elle s'est mise à hurler et a complètement perdu le contrôle de la voiture, qui a fait un bond en avant, puis a calé sur le côté de la route, fort heureusement. J'essayais de rendre sa liberté au papillon de nuit, mais Mikki se débattait tant que je ne pouvais pas atteindre l'insecte paniqué qui voletait dans l'angle du pare-brise.

— Mieux vaut pas en parler, rigole Mikki.

Car maintenant, nous pouvons en rire. Mais en y repensant, je crois que je n'ai jamais frôlé la mort d'aussi près. Soulagée de retrouver la Mikki que je connais, je sors mon portable. Toujours pas de réseau.

— Tu t'y habitues, à la déconnexion ?

— J'adore.

— Sérieusement ? Quand je pense aux notifications que j'ai ratées, ça me rend malade. D'habitude, j'aurais déjà été sur les réseaux une bonne douzaine de fois. J'essaie d'y passer moins de temps, mais je n'avais pas prévu de tout arrêter d'un coup.

Surtout, je m'inquiète pour mes patients. Dom Williams, qui a perdu toute sensation dans l'épaule. Et Jolanta Novak, qui a son opération du genou cette semaine…

Tu ne déconnectes jamais, toi, s'est plaint Tim lors de notre deuxième rendez-vous. Si quelqu'un se blesse, on pourrait avoir besoin de moi. Mais même s'il fut un temps où j'aimais le fait d'être indispensable aux gens, je dois admettre que j'ai un peu saturé, cette année.

— Passe donc quelques jours avec nous, répond Mikki. Puis tu pourras retrouver tout ça.

— J'imagine…

Comment vais-je faire pour la convaincre de rentrer avec moi ? Je suis à court d'idées, pour l'instant. Au moins, cette conversation semble avoir désamorcé la tension entre nous : Mikki me serre la main fort comme si elle ne comptait plus la lâcher.

Un rire s'élève entre les arbres – celui de Sky, vraiment très particulier. Aucune réaction de la part des autres, qui doivent l'avoir entendu un million de fois. Elle est avec Victor, occupée à tenir la position de la planche sur un tapis de yoga, seulement vêtue d'un bikini qui laisse voir ses abdos impressionnants.

— Tu pourrais même surfer un peu, dit Mikki en m'envoyant un léger coup de coude.

— Je te l'ai dit, j'ai arrêté.

— Arrêté… de t'amuser ? interroge-t-elle avec douceur. Que tu surfes ou non, ça ne le ramènera pas. Tu ne peux pas te punir comme ça pour toujours.

— Mais ç'aurait pu être moi… ou toi !

Adolescente, je me sentais invincible sur les vagues. Ce n'est que lorsque mon petit ami est mort que j'ai vraiment pris conscience du danger.

— On va tous mourir un jour.

Mikki me rétorque ce que je n'arrêtais pas de lui sortir : je ne sais pas comment y répondre.

— Tout ce que je sais, c'est qu'ici et maintenant, avec la Tribu, je me sens plus vivante que jamais. Et puis, de toute façon, il n'arrivera rien de grave. Reste sur les petites vagues, et puis voilà.

— Ça ne marche pas comme ça, tu le sais aussi bien que moi.

Avec un sport comme le nôtre, on en veut toujours plus. Plus grand, plus vite, plus effrayant. Il faut toujours aller plus loin pour garder les mêmes sensations. Ou alors, ce n'est que moi qui éprouve ça.

— Ça ne te manque pas ? demande Mikki dont la voix se radoucit à nouveau.

— Terriblement.

Un moustique me bourdonne à l'oreille ; je le chasse d'un geste.

— Mais j'ai changé. Ma vie a changé.

— Je sais…

Et son expression en dit long sur ce qu'elle en pense.

— C'était quand, la dernière fois que tu t'es sentie vraiment heureuse ?

Facile : pendant l'année que j'ai passée en Cornouailles avec elle et Kasim. J'ai reconstruit ma vie à Londres, mais je ne peux pas dire que j'y sois heureuse. Mes « amis » dans l'immeuble où je travaille, si je peux leur donner ce titre – les autres thérapeutes, le réceptionniste et l'agent de sécurité qui gère la porte – semblent m'apprécier, mais je ne sais pas pourquoi. Ils sont polis, sans doute, voilà tout. Ils ne me connaissent pas vraiment, pas telle que j'étais avant que la tragédie ne frappe.

Je passe en général mes jours de congé allongée sur mon lit, à ressasser mes souvenirs. *Ce n'est pas grave*, me suis-je rassurée au début. *Il te faut du temps.* Mais c'était il y a deux ans. Durant l'année écoulée, je suis devenue de plus en plus consciente que si, c'est peut-être grave.

Je me mordille la lèvre, désormais hésitante. Mikki insiste :

— Peut-être que c'était ton destin, d'arriver ici. Si tu t'ouvres à cette possibilité, tu pourrais bien t'y plaire autant que moi.

Je jette un regard aux alentours en détaillant les affaires de surf usées qui dégoulinent sur le fil, les tentes blanchies par le soleil. Le fouillis de broussailles, émaillé de couleurs – de grosses fleurs blanches ébouriffées, de petites fleurs roses aux pétales pointus qui s'agitent dans la brise comme des anémones. Et les arbres, par centaines de milliers.

Un endroit où parler de deuil, ça doit bien pouvoir se trouver, m'a dit mon père il y a peu. Sans doute avait-il en tête une église de quartier, ou le centre d'activités au bout de la rue. Rien qui ressemble à cet endroit, j'en suis sûre.

Clemente et Victor descendent le chemin d'un pas incertain, chargés d'affaires tirées du coffre de Jack. Celui-ci vide la glacière dans un petit frigidaire.

— Comment ça se fait qu'il y ait un frigo ? je demande. Vous avez l'électricité ?

— Non, ils le font tourner avec une cartouche de gaz. Comme le barbecue.

En effet, je vois Clemente déposer une cartouche près du frigo pour changer l'ancienne. Ryan découpe des légumes près du barbecue avec un couteau à faire peur. Les restes de ragoût de Mikki sont non loin de là. Lorsque la brise m'en apporte l'odeur, je me retrouve soudain affamée. Ryan n'arrête pas de lever les yeux comme s'il attendait quelque chose. Bourré de tics, celui-là. En croisant mon regard, il se hâte de baisser la tête. Je le revois comme je l'ai trouvé, étendu au sol. Qu'est-ce qu'il fabriquait ?

Victor et Clemente s'approchent. Le premier tient à la main une tasse avec une paille en métal, apparemment remplie d'herbe. De la marijuana ?

— Bravo, Mikki ! Super vague aujourd'hui ! s'écrie-t-il en lui tapant dans la main.

— Elle était à moi, cette vague ! Elle m'a doublé, lance Clemente en la chatouillant, vengeur.

Comparé à tout à l'heure, on dirait une tout autre personne. Mikki le repousse en riant, et je ne peux m'empêcher de sourire avec eux. J'adore la voir si à l'aise avec les deux hommes. On dit parfois des gens qu'ils ont trouvé leur tribu, et c'est vraiment son cas, même s'il lui a fallu aller jusqu'à l'autre bout du monde. Elle s'est débrouillée pour tomber sur un groupe tout aussi passionné de surf qu'elle. Mais je ne peux pas fermer les yeux sur les risques qu'elle prend.

— Ce qui m'inquiète, c'est que vous êtes à des kilomètres de l'hôpital le plus proche, dis-je. Vous ne vous blessez jamais ?

Les sourires s'étiolent, remplacés par un silence gênant. Mikki me jette un regard de reproche. Je me tourne vers Clemente.

— Ta main, ça va ?

— Je me suis déboîté un doigt, répond-il en claquant la langue. Mais ça va, je l'ai remis en place. C'est pas la première fois.

— Ça m'est arrivé un jour, et ça faisait un mal de chien.

— Je vais mettre une bande. Mais d'abord, la glace, explique-t-il en montrant sa chaussette de glaçons.

— Je peux voir ?

Il lève un sourcil.

— Peut-être qu'il est cassé.

Avec un soupir d'exaspération, il enlève son pack de glace pour me laisser prendre sa main. Dans l'équipe de rugby locale, les doigts déboîtés sont monnaie courante, si bien que j'ai l'habitude d'en voir au travail. Pourtant, examiner Clemente me semble autrement intime. La fraîcheur de sa paume, la pression de ses doigts contre mon poignet me serrent la gorge. Il doit ressentir la même chose, à en juger par son immobilité totale.

J'examine chaque doigt avec attention, et je l'entends avaler sa salive malgré les chants d'oiseaux. Même dans la lumière déclinante, inutile de lui demander lequel est blessé : son annulaire est violacé, enflé. Je mets encore plus de douceur à le manipuler, mais il ne tressaille même pas.

— Rien de grave, dis-je enfin. Mets autant de glace que possible, puis entoure-le d'une bande.

— Oui. Comme je disais, réplique-t-il avec agacement.

— Tu en as ? De la bande ?

Il acquiesce en se libérant brusquement et part à grandes enjambées. Un autre silence inconfortable s'installe. C'est Victor qui le brise :

— Tu surfes, Kenna ?

— J'ai surfé. C'est quoi, ton thé ?

— Du *chimmarão.*

— Quoi ?

— Du maté brésilien, rigole-t-il en me le tendant. Des herbes… Tu veux essayer ?

— Non, merci.

— C'est super bon. Essaie.

J'en sirote un peu pour être polie ; le liquide âcre me brûle la gorge.

— La vache ! C'est corsé !

— Pas mal, hein ? Garde-le.

Puisque je n'ai apparemment pas le choix, je continue à boire. Peut-être que ça atténuera ma fatigue.

— Il est d'où, ton accent ? demande Victor.

— D'Écosse, je réponds, impressionnée qu'il l'ait détecté. Mais j'ai déménagé quand j'avais dix ans. Je ne pensais pas l'avoir gardé.

Les gamins des Cornouailles m'avaient tant taquinée que j'avais fait des efforts délibérés pour m'en débarrasser.

— Et toi, donc, tu es brésilien ?

— Oui, je viens de Rio.

— Tu parles très bien anglais.

— Ah ! Tu entends ça ? hurle Victor à Clemente, radieux. Elle dit que je parle très bien anglais !

Aucune réponse de l'intéressé.

— Alors, qu'est-ce que tu en penses ? demande-t-il avec un signe de sa tête rasée en direction de la plage.

Il est amical, mais trop bruyant à mon goût ; impossible cependant de reculer un peu sans paraître impolie.

— Oui, c'est un super coin.

— Le meilleur ! corrige-t-il en gonflant le torse. Et ce qu'il y a de mieux, c'est qu'il n'est rien qu'à nous !

Il ouvre les bras avec un grand rire. Je m'efforce de sourire en réponse, mais ses mots me dérangent. Il peut bien dire ce qu'il veut, ces vagues ne leur appartiennent pas. Elles sont à tout le monde, dans un parc national. Je dois bien admettre que l'endroit est magnifique – alors pourquoi n'y a-t-il personne d'autre ici ? En tirant les vers du nez à Mikki durant nos appels, j'ai cru comprendre qu'elle y venait depuis près d'un an, et que les autres le fréquentaient depuis plus longtemps encore. La route n'est quand même pas barrée depuis tout ce temps, si ?

— C'est pas tous les surfeurs qui peuvent se vanter d'avoir leur coin réservé, insiste Victor. Je t'assure, Kenna, je tuerais pour cet endroit.

Il ne sourit plus du tout.

11

Kenna

Mon portable ne sert plus guère qu'à donner l'heure, et bientôt il ne servira plus à rien si je ne trouve pas comment le recharger. Je l'enfouis dans mon sac. Il est dix-sept heures, et la chaleur du jour commence enfin à se dissiper. Les loriquets caquettent dans les arbres comme s'ils se disputaient sur leurs activités de la journée ; les moustiques virevoltent dans l'ombre.

Clemente fait des tractions sur une barre tendue entre deux arbres. À le voir, impossible de deviner qu'il vient de se disloquer un doigt. Je me dirige vers lui.

— Tu ne devrais pas faire ça.

Il soutient mon regard en se hissant à nouveau vers le haut et répond entre ses dents serrées, sans faire de pause :

— Pourquoi pas ?

Je me contente de secouer la tête avant d'aller chercher mon sac à dos. Autant enfiler des chaussures de marche pour me protéger les orteils des fourmis et des moustiques. Justement, quelque chose vient de me piquer au talon : je lève le pied, sans rien voir. Mikki approche.

— Qu'est-ce qu'il y a ?

— Quelque chose dans mon talon…
— Tu as marché sur un bindii ?
— Un quoi ? Aïe !
— Ils laissent des graines piquantes partout, c'est horrible. Attends…
Elle éclaire mon talon de sa torche.
— Là, tu vois ? Et là, une autre.
Sur son ongle, je distingue une pointe minuscule, aussi fine que les poils sur mes bras. Incroyable que cela puisse irriter autant !
— Il y en a partout, alors regarde où tu marches, me conseille-t-elle. Moi, je ne les sens plus, mes pieds se sont endurcis.
Elle se baisse pour cueillir quelque chose : nous étions juste à côté d'un plant de tomates cerises.
— Tu en veux une ?
— Oh oui, merci…
Le jus m'explose dans la bouche.
— Elles poussent à l'état sauvage ?
— Non, on les cultive.
Maintenant qu'elle me les montre, je vois les rangs bien nets d'un potager au sein des broussailles. Des rires masculins nous parviennent : Clemente et Jack discutent ensemble. Le premier lance quelque chose et le second s'esclaffe en lui balançant une claque dans le dos.
— C'est prêt ! appelle Ryan.
Dans des bols ébréchés, on sert les restes du ragoût de Mikki, avec une jardinière de légumes pour compléter. Victor se frotte les bras.
— Il fait frais ce soir ! On fait un feu ?
À l'évidence, les Brésiliens n'ont pas la même notion du froid que moi. Jack écrase un insecte et lance :

— Oui, vas-y, ça éloignera les moustiques.

Victor sort un briquet. Comme Mikki, il a un tatouage au creux du poignet, une énorme vague à l'encre bleue, couronnée d'écume. Il s'affaire autour des restes du feu de la veille avec Jack, en marmonnant entre ses dents. Clemente les écarte d'un bras.

— Laissez-moi faire.

Son mouvement met les muscles de son dos en valeur. Pour ceux qui ne comprennent pas qu'on puisse aimer les dos, regardez donc ceux des surfeurs. Ils ont les dos les plus sexy du monde.

Bientôt, un petit feu crépite, et nous nous installons en cercle sur un assortiment de souches et de rochers. Sky est assise près de Victor, vêtue d'un chemisier vaporeux, couleur pêche, sur un short militaire. Jack ne mange que d'une main ; l'autre est occupée à frotter la cuisse de Mikki. Ryan s'est assis un peu à l'écart du groupe, penché sur son assiette, le visage caché par ses cheveux blonds. Je me tourne vers Clemente.

— Alors, tu viens d'où ?

— D'Espagne, dit-il sans lever les yeux vers moi. Barcelone.

Son accent le rend encore plus attirant.

— Tu y retournes souvent ?

— Je n'y suis pas allé depuis sept ans.

— Ça ne te manque pas ?

— Non.

Comme j'ai l'impression de devoir me battre pour chaque mot qui sort de sa bouche, je laisse tomber et je le regarde manger. Puis je remarque que les autres m'observent, moi. Sky sourit soudain.

— Mais où sont nos manières ? On devrait se

présenter à notre invitée. Allez, je commence. Je m'appelle Sky, et je faisais de la natation en compétition au lycée avant de découvrir le surf.

Victor lui jette un regard d'adoration. Voilà qui explique ses épaules. C'est très utile d'être bon nageur pour un surfeur. J'aimerais pouvoir en dire autant.

— Moi, je viens de la Gold Coast, dans le Queensland, lance Jack. La plage était juste au bout de la rue. Je séchais tout le temps les cours pour aller surfer. Tous les profs me disaient que je n'arriverais à rien dans la vie, mais j'ai trouvé mon premier sponsor avant mes douze ans.

— Moi, c'est Victor, enchaîne Victor. Ce que j'aime, c'est les grosses vagues… parce que plus c'est gros, mieux ça passe !

Les autres éclatent de rire. Lorsque Sky lui décoche une tape à l'arrière de la tête, je prête attention aux tatouages qui s'enroulent autour de ses biceps : un entrelacs de lianes et de fleurs qui me rappellent les broussailles d'ici. Clemente garde le silence jusqu'à ce que Sky lui touche le bras.

— Je suis arrivé à Sydney il y a cinq ans avec un visa vacances-travail et je ne suis jamais reparti, lâche-t-il.

— Tu as eu un permis de séjour ?

— Oui.

Il n'explique pas comment. La main de Sky s'attarde sur son bras bronzé. Elle a l'air très tactile, comme fille. Victor s'en avise et passe un bras autour de sa taille, possessif.

— Tu restes longtemps, Kenna ? demande Sky.

Ryan ne s'est pas présenté, mais elle ne l'y pousse pas. Je jette un regard à Mikki avant de répondre :

— Un mois environ.

Ou moins, si j'arrive à la convaincre de partir avant.

— Mikki nous a dit que tu surfais, avant. Pourquoi avoir arrêté ?

— Mon copain s'est noyé.

Un silence s'abat sur le groupe. Ils m'observent non sans sympathie, mais aussi avec curiosité. Sky reprend :

— Et donc maintenant, tu as peur de l'eau ?

Ils sont vraiment directs, les Australiens.

— Non. Je n'avais plus envie, c'est tout.

— C'est bien dommage, parce que l'océan peut tout guérir, répond-elle avec un regard pensif. C'est pour ça que nous sommes là. Nous sommes tous abîmés, d'une façon ou d'une autre. Ou alors, quelque chose nous manquait, et nous l'avons trouvé ici, dans cet endroit, dans ce groupe. Nos problèmes n'ont pas disparu pour autant, mais on y travaille.

J'en prends note en me demandant ce que peuvent bien être leurs soucis respectifs.

— Alors, qu'est-ce que vous faites de vos journées ?

— On surfe, on s'entraîne…

— Non, je veux dire… Qu'est-ce que vous faites comme travail ?

— Ici, nous ne sommes pas définis par le travail, Kenna, rétorque-t-elle en fronçant les sourcils.

J'ai l'impression d'être une gamine qui se fait gronder par la prof, mais je m'efforce de le dissimuler.

— Et vous fréquentez l'endroit depuis longtemps ?

— Ça va faire quelques années.

— Vous êtes là souvent ?

— J'y passe quasiment six mois par an. Comme nous tous.

Les autres hochent la tête, même Mikki – voilà pourquoi je n'arrivais presque jamais à la joindre. Je me demande comment ils s'en sortent financièrement, mais poser la question serait sans doute impoli.

— Qui voudrait surfer à Sydney ? Avec la foule qu'il y a là-bas ! lance Jack.

— Mais ouais, renchérit Victor. Je ne pourrais plus supporter Bondi. Il suffirait d'un mauvais jour pour que je tue quelqu'un.

C'est la deuxième fois qu'il parle de meurtre, ce qui me met mal à l'aise. Je change de sujet.

— Alors, qui a trouvé cet endroit le premier ?

Le silence qui s'installe révèle clairement que j'ai mis le doigt sur un point sensible. Puis Clemente s'éclaircit la gorge.

— Jack, Victor et moi.

— Et Sky, ajoute Jack.

Clemente lui jette un regard noir. Un autre silence tombe, tout aussi lourd de sens.

— Pas Ryan ? dis-je.

— Non, Ryan est arrivé comme un cheveu sur la soupe, lance Jack.

Tout le monde s'esclaffe à nouveau, un peu trop bruyamment.

— On était repartis bosser à Sydney quelques mois, commence-t-il. C'était le printemps, quand le vent change les vagues en purée inutilisable. On avait laissé des trucs ici, planqués hors de vue : de la bouffe, des équipements de gym… Mais quand on est revenus, certains avaient été déplacés et d'autres avaient carrément disparu.

Victor se tapote les cuisses, une main, puis l'autre,

du bout des doigts, puis de la paume, en alternant sans cesse. J'aimerais bien qu'il arrête – j'ai du mal à me concentrer sur ce que raconte Jack.

— D'abord, on a cru que des campeurs étaient passés par là. Mais notre bouffe continuait à disparaître. En sortant pisser quelques nuits plus tard, Clemente a entendu quelqu'un qui partait en courant entre les arbres. Il lui a couru après, il l'a chopé… C'était Ryan, qui s'était pointé en notre absence, et qui s'était planqué dans les buissons quand on était revenus.

— Il dormait où ? je demande.

— Il avait un swag. Il nous regardait surfer pendant la journée et il partait prendre les vagues quand on rentrait.

J'observe les arbres derrière Jack. N'importe qui pourrait nous épier sans que l'on en sache rien. Même dans la journée, il serait si facile de se dissimuler dans les broussailles.

— Et c'est comme ça qu'il a rejoint le groupe, conclut Jack en attrapant Ryan par le cou pour lui ébouriffer les cheveux. Et il n'a plus jamais quitté cet endroit depuis. Ou alors juste une fois, c'est ça, non ?

— C'est ça, répond Ryan qui se dégage bien vite avec un sourire forcé.

— On l'a nommé gardien, proclame Jack.

— Quoi ?

— On ne voulait pas que ça recommence. Qu'on nous pique nos affaires, tout ça. Alors quand on repart tous à Sydney, il reste ici et surveille le camp.

Je me tourne vers Ryan.

— Mais qu'est-ce que tu ferais si quelqu'un arrivait en l'absence des autres ? Ce n'est pas comme si tu pouvais les appeler…

— Je… Je resterais planqué, dit-il, hésitant. Je ferais disparaître des trucs, je saccagerais leurs tentes… Ce genre de choses. Heureusement, ce n'est jamais arrivé.

Il se lève pour ramasser les assiettes et je saute sur mes pieds pour l'aider.

— Non, c'est bon, c'est mon tour…

— Je t'assure, ça ne me dérange pas.

Je m'accroupis avec lui près du robinet pour faire la vaisselle dans un seau d'eau. Les autres restent autour du feu.

— Du coup, qui a eu l'idée de constituer la Tribu ?

— Clemente, j'imagine. Ou sa femme.

Encore une de ses blagues. Je ris pour ne pas le vexer. Depuis l'autre côté de la clairière, Clemente me jette un regard. Il a l'air de sacrément s'intéresser à moi pour quelqu'un d'aussi inamical.

— Ou Victor, continue Ryan. C'est à eux qu'il faudrait poser la question.

— Attends, tu es sérieux ? Clemente est marié ?

— Eh oui.

— Où est passée sa femme ?

— Elle est morte, dit Ryan qui fixe les assiettes.

— Oh… c'est vraiment… Mais quand ?

— Peu après mon arrivée dans la Tribu, dit-il en se tirant sur la barbe. Ça fait presque deux ans.

Pas si longtemps, donc.

— Elle s'appelait comment ?

Mais Ryan se ferme : ses joues se sont empourprées, comme s'il avait dit quelque chose qu'il ne fallait pas dire.

— Demande à Clemente.

12

Kenna

Je jette un regard pensif à Clemente de l'autre côté de la clairière. Peut-être que c'est son veuvage qui le rend si renfrogné.

En voyant Jack occupé à installer une tente près de celle où s'est changée Mikki plus tôt, je pars l'aider à planter les sardines. Cette odeur de toile mouillée me remet en mémoire tant de randonnées en Écosse, dans mon enfance… L'herbe verte si élastique sous le pas, les fougères couleur rouille, la bruyère d'un rose délicat sous le ciel éternellement gris. La veste en polaire, les chaussures crottées de boue, les joues rougies par le soleil. Rien à voir avec ce campement quasi tropical.

— Je dormirai là, m'explique Jack. Et toi avec Mikki.

J'ai bien envie d'accepter – je n'attends qu'une occasion de parler seule à seule avec elle. Mais les tentes sont si rapprochées que les autres pourraient écouter tout ce que j'ai à dire, sans compter que le décalage horaire me réveillera sans doute encore à l'aube.

— Non, ça ira, je dormirai seule.

— Comme tu veux, répond Jack en tuant un moustique sur son tibia.

Il monte les arceaux avec rapidité. L'aisance avec laquelle il bouge son propre corps laisse entendre qu'il serait tout aussi à l'aise avec le corps d'un autre. *Arrête ça, Kenna.* À l'évidence, Mikki est sous son emprise, d'une façon ou d'une autre. Hors de question de m'y laisser prendre, moi aussi.

— Tu le veux ? lance Sky en s'approchant pour m'offrir un sac de couchage.

— Oh, merci…

Jack fait soudain un petit bond de côté, avec un grand sourire idiot. Sky est juste derrière lui. Elle ne lui aurait pas pincé les fesses ? Il ouvre la moustiquaire de la tente, et j'y entre à quatre pattes avec mon sac à dos. Mieux vaut sortir mes affaires pour la nuit avant qu'elle tombe. J'extrais ma trousse de toilette et un grand tee-shirt en guise de pyjama. Mikki passe la tête par l'ouverture pour me tendre un tapis de yoga.

— Tiens, mets ça par terre.

— Rassemblement ! hurle Sky.

Je me glisse hors de la tente pour voir ce qu'ils fabriquent. Sky se baisse pour ramasser quelque chose.

— Vous voyez ce brin d'herbe ? Allez, tout le monde en cueille un !

Les autres s'y emploient, certains avec moins d'enthousiasme que d'autres. Je crois que je sais de quoi il s'agit – j'ai entendu parler de cette technique dans les Mémoires d'un ancien joueur de rugby, que l'un de mes patients m'avait convaincue de lire. Après avoir commis une erreur en compétition, les athlètes font cela pour se vider l'esprit : ils fixent le brin d'herbe en se répétant qu'il représente leur faute, puis le jettent pour s'en délivrer. Sans me faire remarquer, j'en ramasse un au pied d'un arbre, moi aussi.

— Pensez à ce que vous avez raté tout à l'heure dans l'eau ! clame Sky en levant son brin d'herbe vers le ciel. Concentrez-vous, remplissez-le de toutes vos erreurs !

Les autres imitent sa posture et de longues minutes de silence s'ensuivent. Je fixe le mien. J'ai fait beaucoup d'erreurs aujourd'hui. Je n'imaginais pas découvrir un endroit pareil – si éloigné de tout, complètement coupé du monde. Je ne pensais pas non plus que les amis de Mikki se révéleraient si territoriaux. Il faut que je fasse en sorte de m'intégrer.

— Et maintenant, mangez-le !

Je relève brusquement la tête. Elle est sérieuse ? Mais oui, la voilà en train de mâcher son brin d'herbe. Les autres lèvent les yeux au ciel mais l'imitent. Je n'ai jamais mangé d'herbe, et je suis quasiment sûre qu'on ne peut pas la digérer. Elle est propre, au moins ? En la reniflant, je remarque soudain que Sky et les autres me fixent. Je me force à mastiquer et à avaler mon brin d'herbe – il n'a aucun goût – en me sentant complètement stupide, d'autant que je n'étais pas invitée à me joindre à l'exercice.

Sky s'essuie les mains pour bien montrer qu'elles sont vides, et conclut :

— C'est comme ça qu'on gère les erreurs ! Mangez-les, faites-en une part de vous-mêmes. Laissez-les bouillonner en vous pour en tirer de la force !

Plutôt original, comme méthode.

— Et maintenant, on se réveille ! Course de falaise ce soir !

— Tu plaisantes ? râle Clemente. Il fait quasiment nuit.

— Exactement, sourit Sky.

Les autres échangent des regards. Même si je ne sais pas exactement ce qu'elle veut dire par « course de falaise », je sens l'odeur du danger. Comme Mikki repart vers sa tente, je surprends son expression : elle ne semble guère enthousiaste. Je l'attends dehors pendant qu'elle change de short, et lorsqu'elle ressort, je lui glisse :

— Tu n'as qu'à refuser si tu ne veux pas le faire.

Elle secoue la tête et enfile des chaussures d'escalade. Je la regarde faire, impuissante. C'était toujours moi qui grimpais partout, pas elle. J'ai grandi loin de la mer dans une ville humide et grise. Ma mère vient d'Islande et a toujours été incroyablement douée en escalade, si bien que mon frère et moi avons connu ce sport dès notre plus jeune âge. En intérieur, au chaud et au sec, ce qui était préférable à la plupart des autres options. L'été, on s'attaquait à de vraies parois en extérieur.

— On prend nos frontales ? demande Ryan.

— Surtout pas, réplique Sky. On est là pour *sentir* le roc, pas pour le voir !

C'est complètement idiot. J'attends que quelqu'un le fasse remarquer, mais pas une voix ne s'élève. Clemente et Victor, en particulier, semblent pourtant du genre à ne pas se laisser faire. Pourquoi se plient-ils ainsi aux désirs de Sky ? Ils protestent tout de même, mais d'un air plus résigné qu'autre chose, comme des enfants à qui l'on dit de ranger leur chambre.

Ils ont tous enfilé leurs chaussures d'escalade. Je

pense soudain à Clemente et à sa blessure. Il a sorti un rouleau de bande.

— Tu veux que je…

— Non, coupe-t-il sans me regarder. Ça va.

— Si tu te blesses encore plus, tu ne pourras plus surfer.

Il m'ignore et déchire un bout de bande bleue avec les dents. *Résiste à l'eau*, proclame l'emballage. Je le regarde en entourer ses trois derniers doigts. Peut-être que je pourrai le faire réagir en le piquant au vif.

— Tu as peur de refuser ou quoi ?

Il lève enfin les yeux pour me jeter un regard noir.

— Je ne sens rien, OK ?

Je n'arrive pas à comprendre s'il veut dire que son doigt ne lui fait pas mal, ou qu'il ne ressent rien du tout. Déboussolée, je regarde les autres : silencieux, concentrés, ils se changent et remplissent leurs gourdes. Lorsque Ryan se fait une queue-de-cheval avec l'élastique qu'il porte au poignet, je m'étrangle : jusqu'à maintenant, son visage était à demi caché par ses cheveux.

Avec son bronzage prononcé et la barbe qui lui mange la moitié du visage, il n'a plus grand-chose en commun avec l'homme en costume trois-pièces que j'ai vu en ligne plus tôt dans la journée, dans la liste des disparus. Mais aucun doute : c'est bien lui.

13

Kenna

En file indienne, ils descendent le chemin qui mène à la plage. Me revoilà seule dans la clairière. Un mouvement attire mon regard, mais ce n'est que cette fichue combinaison de plongée, qui se balance comme un pendu.

Je n'arrête pas de penser à Ryan. Il faut un visa pour se rendre en Australie. Il a dû tomber amoureux du pays en vacances, au point de ne plus vouloir repartir. C'est illégal – s'il était découvert, on le jetterait dehors et il n'aurait sans doute plus le droit de revenir – mais compréhensible, sans rien de particulièrement inquiétant. Tout de même… D'après l'affichette trouvée en ligne, quelqu'un chez lui s'angoisse, au point de lancer un avis de recherche. Qui s'évanouirait dans la nature sans avertir ses proches ?

Et les autres disparus ? Je me frictionne les bras en me remémorant la réaction de Mikki face aux affiches. Est-ce lié à Ryan ?

Avec les arbres pour seule compagnie, je suis si mal à l'aise dans la clairière que je finis par courir après les autres, ma gourde à la main, chassant les moustiques de l'autre. La lumière semble baisser un peu plus à chacun de mes pas. Le temps que j'arrive à la plage, l'océan a viré au bleu marine et la falaise n'est plus qu'une masse brun sombre aux contours presque invisibles. Sky a tort : il est essentiel d'y voir pour bien grimper, surtout en extérieur. Ce sport consiste en grande partie à savoir localiser et évaluer les prochaines prises avant de se décider.

Ils ont le regard tourné vers le sommet, sur la gauche. La falaise doit bien faire quarante ou cinquante mètres de haut. À mi-chemin sur la paroi, deux jalons : un bleu, un rouge. Après une adolescence dans les Cornouailles, je connais bien les dangers des falaises en bord de mer. Fouettée par le vent et les vagues, la paroi sera de qualité variable, avec des prises qui risquent de vous rester dans la main. Probablement glissante par endroits. J'examine le groupe de plus près. Pas de corde, pas de magnésie pour les mains. Ils plaisantent ? De l'escalade libre dans une obscurité pareille, c'est quasiment du suicide.

Et puis… ils ne vont quand même pas grimper tous en même temps ?

— Mikki, dis-je à voix basse. C'est de la folie.

— J'essaie de me concentrer, me reproche-t-elle.

Je dois absolument la convaincre d'y renoncer.

— Les perdants font le dîner pendant une semaine ! lance Sky.

— Essaie de pas perdre, mon pote, grimace Victor en serrant l'épaule de Jack.

— Allez, c'est reparti, du kangourou bolognaise à tous les repas, marmonne Ryan.

— C'est le plat préféré des Australiens, mec ! s'esclaffe Jack.

— Équipe rouge ! crie Sky. Mikki, Jack et moi ! Équipe bleue : Clemente, Victor et Ryan !

— Les filles contre les garçons, ricane Victor en envoyant une bourrade à Jack.

Encore une fois, je m'interroge sur la position de Sky au sein de la Tribu. De loin, je me réjouirais de cette dynamique : *Vas-y, Sky ! Mène-les à la baguette, tous ces mecs qui te dépassent d'une tête !* Mais d'aussi près, son pouvoir sur eux m'inquiète plus qu'autre chose. Je n'arrive pas à le comprendre.

Les équipes discutent à présent entre elles pour savoir qui passe en premier : à l'évidence, il s'agira d'une course de relais.

— Le dernier ne verra plus rien du tout, avec cette luminosité…, remarque Jack.

— Génial ! s'écrie Sky. Vous avez entendu ? Jack se propose pour passer en dernier !

Son regard dur le met au défi de protester. Victor lui envoie une bourrade de plus. Quelque chose me dit que je ferais mieux de ne pas me mettre Sky à dos. Elle lève le bras en l'air.

— On carbure à la peur !

— La panique, c'est la mort ! répondent-ils tous d'une même voix.

Sky et Ryan prennent position au bas de la falaise. J'observe à nouveau Ryan, qui regarde par-dessus son épaule, guettant le signal de Victor. Les autres sont-ils au courant qu'il est porté disparu ?

Puis je me rends compte que Clemente me dévisage à nouveau.

— Quoi ?

— Désolé, sursaute-t-il. Tu me rappelles quelqu'un, c'est tout.

— Qui ?

Mais il se contente de secouer la tête en détournant les yeux. Le début de la course coupe court au reste.

— Go ! hurle Victor.

Ryan et Sky se jettent sur la paroi. Je comprends aussitôt que ce sont des grimpeurs expérimentés, surtout Ryan, qui a perdu toute sa nervosité et ses tics. Il s'élève avec fluidité, en rythme, apparemment sans effort.

— Allez, allez ! s'excite Victor.

Je laisse mon regard les devancer sur la paroi en cherchant des prises pour les pieds, les mains, comme si j'étais à leur place. Une part de moi-même, que je pensais avoir abandonnée pour toujours, est en train de revenir à la vie.

Ryan et Sky sont déjà si hauts qu'une chute les blesserait sérieusement. En appui sur la tranche du pied, Ryan se dirige vers la droite. Je repère la faille qu'il vise : il a bien préparé sa trajectoire. Le voilà déjà quasiment à la hauteur de son jalon. *Fais attention*, le supplie une voix dans ma tête. Une autre, plus bas, s'élève : *Je veux faire pareil.*

Clemente les regarde, les bras croisés. Aucun signe d'inquiétude ; pourtant, il doit bien en ressentir un peu. Comment fera-t-il pour grimper avec ses doigts bandés ? Sky et Ryan sont idéalement bâtis pour l'escalade – musclés mais minces, avec des avant-bras forts et noueux. Clemente est plus trapu, plus lourd.

Sky atteint son jalon peu après Ryan, puis tous deux se déplacent rapidement vers la gauche, là où l'océan se brise contre la falaise. Sky jette un regard entre ses propres jambes, vers le bas : elle surplombe désormais l'eau. Dans le noir, impossible d'en connaître la profondeur. Elle doit être à vingt mètres de haut : je m'attendais à la voir descendre un peu avant de sauter, mais elle repousse la paroi d'un bond, avec suffisamment d'élan pour se retrouver face au large.

Splash !

Mikki se lance. Victor sautille d'un pied sur l'autre, prêt à partir dès que Ryan aura atterri dans l'eau. Il a vraiment de l'énergie pour trois, celui-là. Peut-être que c'est à cause de son maté brésilien.

Ryan saute, et Victor se jette sur la falaise. Mikki est déjà à mi-hauteur, ce qui m'inspire une autre bouffée de fierté. On voit qu'elle s'est entraînée, car elle est bien meilleure qu'avant, ce qui ne l'empêche pas d'être pantelante, constamment à chercher ses prises du bout des orteils. Victor aussi déploie de gros efforts.

Mikki lève le pied jusqu'à hauteur de taille, sans remarquer une corniche plus bas, et s'élève en y mettant toute son énergie. Le temps d'atteindre son jalon, elle a les bras qui tremblent, je le vois même d'en bas. Sky l'applaudit, mais Mikki est encore loin d'être revenue en sécurité à mes côtés. Je fixe les rochers en contrebas. *Je me demande quel bruit ferait son corps en s'y écrasant.*

Un moustique me pique à la cheville. Je le tue sans quitter Mikki des yeux. Elle se déplace maintenant vers la gauche. Déjà les vagues lèchent la falaise sous elle, mais l'eau est encore trop peu profonde pour qu'elle saute : il faut qu'elle aille plus loin. Elle poursuit son trajet horizontal. Victor la talonne, et elle n'arrête pas de se retourner vers lui. *Regarde où tu vas, Mikki !*

Puis le pied qu'elle venait de poser glisse. Pendant

un moment terrible, elle se balance au-dessus du vide, encore accrochée à la paroi par une main, en tentant désespérément d'y reprendre appui, mais sa chaussure ne fait que griffer le roc. Elle ne tient plus, tombe, et crève la surface.

J'ai l'impression de revivre l'un de mes pires souvenirs, il y a plus de dix ans.

14

Kenna

Treize ans plus tôt

Cette année-là, la chaleur inhabituelle de l'été indien nous rendait fous. L'école venait de reprendre, et le long hiver ne tarderait pas à nous tomber dessus. Notre petit groupe tenait à profiter du soleil pendant l'une de nos heures d'études. Comme la mer était calme, nous étions passés à l'épicerie du coin – où le jeune vendeur ne vérifiait jamais l'âge de ses clients – avant de partir battre la campagne, armés de cidre et de Pringles.

Chaque fois que j'y repense, la scène se joue en Technicolor dans ma mémoire : l'or des champs de blé, le rouge sang des coquelicots le long des haies, les nuages qui s'étiraient au ralenti dans le ciel d'un bleu vif. La carrière Hungerford n'avait fermé que récemment : les ouvriers et les machines l'avaient désertée, et on l'avait quasiment barricadée. Mes amis et moi étions comme une bande de chats de gouttière à la découverte d'un nouveau territoire. Nous nous glissions sous les barrières et escaladions les clôtures tout en faisant tourner la bouteille de cidre.

Nous ne savions pas s'il y aurait de l'eau dans la carrière, et nous avons hurlé de plaisir en en trouvant. *Danger ! Baignade interdite !* avertissait un panneau. Quels rabat-joie, nous sommes-nous dit. À côté de la mer des Cornouailles avec ses traîtres courants et marées, quels risques pouvions-nous bien courir dans ce petit trou d'eau ?

Nous n'avions pas de maillots de bain.

— À poil ! a hurlé Toby Wines en donnant aussitôt l'exemple.

La plupart des garçons l'ont imité. Mikki et moi connaissions bien Toby qui était comme nous au club de surf : j'étais à fond sur lui depuis des années. Garçon de la campagne, bien bâti, athlète naturellement doué, il m'avait plusieurs fois adressé la parole dans le couloir et m'avait même récemment raccompagnée chez moi. Je croisais les doigts pour qu'il me demande de sortir avec lui.

Mikki et moi nous sommes mises en sous-vêtements. Certaines des filles ont même enlevé leur soutien-gorge, mais pas moi, car je savais que Mikki n'en aurait pas envie. Nous avons dévalé les rochers en courant pour nous jeter dans l'eau. De la même couleur que les plaques d'ardoise qui l'entouraient, celle-ci avait une étrange odeur métallique, mais la température était merveilleuse : tiède en surface, glaciale au-dessous.

— On en a le souffle coupé ! a lancé Mikki près de moi.

Nous sommes ressortis avec la chair de poule. Comme la bouteille de cidre était vide depuis longtemps, nous avons grignoté des chips en nous réchauffant au soleil, tout en essayant de ne pas fixer trop ouvertement les garçons nus près de nous.

Les parois étagées de la carrière étaient parfaites pour sauter. Après quelques plongeons d'une hauteur modeste, certains d'entre nous se sont mis à grimper plus avant. Je me rappelle le soleil qui me chauffait le dos tandis que j'escaladais le roc, jusqu'à déclencher une petite chute de cailloux. Je suis allée aussi haut que possible.

— Mon Dieu, Kenna ! Fais attention ! a glapi Mikki.

Toby me regardait en plissant les yeux, une main en visière contre le soleil. J'étais debout au bord de la plus élevée des corniches, les orteils dans le vide. Je n'avais pas peur du vide, et je voulais qu'il le voie. Mikki grimpait lentement le long de la paroi sans cesser de me crier d'être prudente. Mais si c'était Toby qui me le demandait, cela voudrait dire que, peut-être, je lui plaisais.

Il m'a rejointe là-haut, Mikki encore à la traîne.

— Tu vas sauter ? m'a-t-il demandé.

— Je ne sais pas.

D'ici, l'eau n'était qu'un carré gris, luisant sous la lumière. Déjà trouble, elle était devenue complètement opaque avec toute la boue que nous avions remuée.

— Je saute si tu sautes, m'a-t-il dit.

Plus tard, à l'hôpital, il me dirait : *Je plaisantais. Jamais je n'aurais cru que tu le ferais vraiment.*

— D'accord.

Puis j'ai sauté.

Ma chute m'a remplie de terreur, et la surface de l'eau m'a semblé très dure. Puis j'ai émergé en crachotant. Toby me regardait de là-haut.

— Vas-y, alors, à toi !

Mon cri a éveillé tous les échos de la carrière. Il n'a pas bougé.

— Poule mouillée ! j'ai hurlé.

Les autres se sont mis à faire des bruits de basse-cour. La colère montait en moi. Il ne pouvait pas me dire de sauter puis se débiner !

— Allez ! Saute !

— Saute ! Saute ! Saute ! ont renchéri les autres.

Je faisais toujours du surplace dans l'eau ; soudain, mon pied a cogné quelque chose de dur et coupant.

— Attends ! Toby, attends, il y a un truc dans…

Trop tard. Toby s'était lancé. Ses jambes ont pédalé pendant sa chute, comme s'il m'avait entendue et tenté de renoncer à la dernière minute. Il est entré dans l'eau comme un chef, à pieds joints. En refaisant surface, il a poussé un hurlement étranglé.

Je l'ai rejoint aussi vite que possible, et les autres m'ont aidé à le traîner sur la rive. Ses jambes étaient… mutilées, il n'y a pas d'autre mot. Quelqu'un a appelé les secours, et nous avons supporté ses cris jusqu'à l'arrivée de l'ambulance.

Invisible de la surface, une grue avait été abandonnée au fond de la carrière, et il avait atterri pile dessus. Il s'était brisé les deux jambes et plusieurs vertèbres. Des semaines plus tard, il a quitté l'hôpital en fauteuil roulant. Il ne s'était pas encore lancé dans le surf, et il n'en aurait plus jamais l'occasion.

15
Kenna

Nous bondissons d'un rocher à l'autre pour rejoindre Mikki. L'eau était-elle assez profonde ? Je n'en ai aucune idée, et les autres non plus. Je respire trop fort, trop vite.

Quand Kasim est mort, ma vie s'est brisée en morceaux. Il m'a fallu des mois pour les ramasser et tenter de les recoller ensemble. L'un de ces morceaux, c'était Mikki – le plus important, le plus entier. Je viens à peine de la retrouver. Je ne peux pas la perdre, je ne peux pas.

Sa tête crève la surface.

— Tu vas bien ? je m'étrangle.

— Enfin un peu d'adrénaline !

Sa voix tremble – rien d'étonnant, elle a failli se briser le crâne.

— Vas-y, Jack !

Je suis trop soulagée pour me mettre en colère. Victor se jette à l'eau depuis la falaise, en atterrissant non loin de Mikki ; c'est au tour de Clemente et de Jack. Mon cœur bat toujours à grands coups. Ce n'est que lorsque Mikki vient me rejoindre, indemne et rose d'excitation, que ma respiration revient à la normale.

Entretemps, le ciel a viré au bleu roi, l'océan au noir, scintillant sous un croissant de lune. Ryan, près de moi, essore son tee-shirt. Les backpackers disparus me reviennent en tête.

— J'ai vu une photo de toi en ligne, dis-je à voix basse. Un avis de disparition.

Il se tourne vivement vers moi. Je voudrais lui demander qui le recherche, s'il a donné des nouvelles, mais son expression m'en décourage. Au lieu de ça, je lui demande :

— Depuis combien de temps tu es en Australie ?

Il reste si longtemps silencieux que je songe un instant qu'il ne répondra pas.

— Deux ans.

Comme je le soupçonnais, son visa a donc expiré. Je chercherais bien à en savoir plus, mais je n'arrive pas à détourner les yeux de la falaise. Clemente et Jack sont de bons grimpeurs, solides, mais sans la grâce de Ryan ou de Sky.

Jack s'est déjà élevé de quelques mètres lorsque sa prise lui reste en main, alors qu'il s'étirait vers le haut pour en atteindre une autre. Il tombe, toujours agrippé à son inutile bout de rocher, et s'écrase sur le dos ; le choc se réverbère dans mon propre corps.

Nous nous précipitons vers lui, mais il lève déjà une main pour nous rassurer. Clemente redescend de la falaise tandis que Jack se redresse en grimaçant. Vu la raideur de ses mouvements, il doit souffrir. Clemente lui adresse quelques mots à voix basse, et Jack hoche la tête en se frottant le dos.

— Et maintenant ? s'interroge Victor.

— Il recommence, assène Sky.

Clemente se tourne vers elle, et je ne peux m'empêcher de remarquer qu'il fait un rempart de son corps à Jack.

— Ce n'est pas une bonne idée. S'il tombe encore…

— On ne lâche pas l'affaire comme ça ! tranche-t-elle.

— On ne s'acharne pas jusqu'à l'idiotie non plus ! rétorque-t-il.

Il a raison. Jack doit s'être fait un sale hématome ; peut-être même s'est-il fêlé une côte. S'il tombe encore, les conséquences pourraient être bien pires. J'intime mentalement aux autres d'intervenir. Clemente cherche d'ailleurs à croiser le regard de Ryan, puis de Victor – mais ils s'y refusent.

Leur dynamique me rappelle une meute de loups. Sky est le chef, mais les autres sont prêts à attaquer si elle montre le moindre signe de faiblesse. Là où la comparaison s'arrête, c'est que la domination de Sky ne repose pas sur la force brute. Si c'était le cas, Victor ou Clemente mèneraient la danse. Alors, quoi ? Garde-t-elle son ascendant sur eux grâce à sa seule assurance, ou est-ce autre chose encore ?

Le beau visage de Jack est crispé de douleur. Une idée folle me vient. Non – je ne fais plus ce genre de choses. Mais juste pour cette fois…

— Je grimperai à sa place, dis-je.

Dans le silence qui suit, Mikki m'observe. Elle semble satisfaite de ce qu'elle voit, car elle se tourne ensuite vers Sky. Celle-ci hausse les épaules.

— En position, alors.

Mais je sais qu'elle n'oubliera pas de sitôt que je l'ai défiée. Victor pousse un cri de joie.

— Un challenger !

Clemente fronce les sourcils, sans faire de commentaire. Je lève les yeux sur la falaise, heureuse d'avoir choisi un short de gym pour plus de confort durant le trajet en voiture, plutôt que celui en jean. J'essuie mes paumes moites sur mon tee-shirt. Pour l'instant, je ne ressens rien d'autre qu'un mélange d'excitation, pétillante comme des bulles de champagne, et de culpabilité. J'ai beau me dire que je fais ça pour Jack, je ne cherchais qu'un prétexte pour revenir dans l'action.

Tu n'as aucune peur en toi, m'a dit ma mère la première fois qu'elle m'a emmenée sur un mur d'escalade.

Je devais avoir sept ans, et je ne comprenais pas ce qu'elle voulait dire. J'avais ma corde, mon harnais : si je tombais, ils me rattraperaient. Du plus loin que je m'en souvienne, j'ai toujours grimpé sur tout ce que je trouvais – les arbres et la cage à poule du jardin, l'étagère de la maison pour aller chercher un jouet qu'y avait jeté mon frère… Ce n'est que des années plus tard que j'ai compris que certains avaient peur du vide.

Ma famille partait parfois grimper sur de larges rochers en escalade libre, avec un épais matelas pour amortir d'éventuelles chutes. Je n'étais toujours pas inquiète : si je glissais, c'était la honte, rien d'autre. Je me relevais aussitôt pour essayer à nouveau, bien décidée à ne pas refaire la même erreur. *Elle a ça dans le sang*, disait ma mère à ses amis. Quand j'ai arrêté l'escalade pour me lancer dans le surf, elle était dévastée.

J'ouvre et je referme les mains. Mes doigts sont musclés par des heures de travail, ainsi que par mes exercices quotidiens, mais cela fait des années que je n'ai pas sérieusement grimpé, et le reste de mon corps n'a pas l'entraînement nécessaire pour ce genre d'effort.

— Go ! hurle Victor.

J'attrape ma première prise. Dans la faible lumière, j'y vois juste assez. Mes baskets n'ont pas la flexibilité ni l'accroche de chaussons d'escalade, si bien qu'il faut vraiment que j'engage mes orteils ; mais déjà mon corps bouge de lui-même. Quelle chose magnifique que la mémoire musculaire ! J'ai souvent reçu des appels de patients en larmes – des gens qui viennent de se blesser et pleurent non pas de douleur, mais de désespoir. *Tout cet entraînement complètement gâché !* Ce n'est pas gâché, leur dis-je à chaque fois. Votre corps se souviendra de tout.

Je ne baisse pas les yeux, je ne songe pas à la distance qui me sépare du sol, je me concentre uniquement sur le but à atteindre. Encore quelques mètres en hauteur, puis sur le côté jusqu'au jalon.

Clemente grimpe près de moi ; son jalon est plus bas, mais aussi plus à droite que le mien. Je grimace en le voyant se hisser de sa main blessée. Il doit souffrir – ses biceps sont tendus – mais son visage n'en montre rien. Il fait abstraction de la douleur.

Moi, c'est de lui que je dois faire abstraction. Je m'étire vers le haut pour toucher le jalon : j'entends Mikki et Sky m'acclamer d'en bas. Je continue à l'horizontale sur la paroi, tout mon corps en pilote automatique. Je n'ai aucune raison de tenir autant à la victoire – être de corvée repas ne me dérangerait pas ; je l'aurais fait pour rien s'ils me l'avaient demandé – mais je sens le regard des autres sur moi. J'ai beau me détester pour cela, je veux les impressionner.

Tous ont sauté de la hauteur du jalon, mais je ne connais pas la profondeur de l'eau, si bien que je redescends le long de la paroi aussi rapidement que possible. Un cri de joie de Victor : Clemente doit avoir atteint son jalon. Pas mal, pour quelqu'un qui ne peut pas se servir de tous ses doigts. Il sautera d'un instant à l'autre. Je bondis en me retournant face à l'océan, puis je me prépare à l'impact. L'eau m'enveloppe comme un drap frais. En crevant la surface, j'entends les acclamations de Jack et Mikki. Sky m'adresse un signe de tête tandis que je crapahute sur les rochers pour les rejoindre, et je sens qu'elle me regarde d'une façon nouvelle.

— Alors, qu'est-ce que tu penses de notre entraînement ? fait-elle en s'approchant de moi.

— J'en pense que c'est hyper dangereux !

Elle sourit.

— Moi, j'ai l'impression que ça t'a plu. Combien de temps tu restes en Australie, déjà ?

— Je suis freelance, donc… C'est assez flexible, en fait.

Une vague noire et luisante vient mourir à nos pieds.

— Tu devrais peut-être songer à rallonger ton séjour, commente-t-elle.

— Pourquoi ?

— Il y existe deux sortes de gens, Kenna. Pour les distinguer, c'est facile : il suffit de les placer au bord d'une falaise. La plupart reculeront d'un pas. Mais certains s'approcheront du vide.

— Et laisse-moi deviner, dis-je. Toi, tu fais partie de ceux qui s'approchent.

Sky désigne les autres, rassemblés au pied des rochers, occupés à débriefer la séance d'escalade.

— Toute la Tribu en fait partie. Je ne dis pas que c'est vertueux, que c'est courageux, ou quoi que ce soit dans le genre. On pourrait même nous traiter d'idiots. Nous nous blessons plus que les autres, et nos vies sont plus courtes : plus rapides, plus intenses. Si on tombe, si on meurt, alors tant pis. Nous n'avons pas choisi d'être ainsi, pas plus que les autres ne choisissent d'être prudents. Tout est décidé à la naissance.

— Pourquoi tu me dis ça ?

— Parce que je pense que tu es des nôtres, Kenna.

16

Jack

Putain de merde, j'ai l'impression qu'on m'a enfoncé une aiguille à tricoter dans le dos. J'essaie de me rappeler quelle quantité de codéine il me reste. Enfoiré de docteur qui n'a pas voulu m'en prescrire d'autre avant un mois parce que j'ai vidé ma boîte trop vite.

Vous courez un risque d'addiction.

Un peu trop tard pour s'en inquiéter, mec.

Je ne veux pas que les autres me voient comme ça. S'ils savaient dans quel état je suis, ils me chasseraient du groupe. *Note à moi-même : ne tombe plus de la falaise.* Mais il faut bien que je garde le rythme.

Au moins, en surf, j'arrive encore à faire bonne figure. Pour l'instant, en tout cas. Je n'ai jamais été bon à rien d'autre. Tout le monde m'emmerde parce que je suis trop égoïste sur l'eau, mais vu mon dos chaque vague pourrait être la dernière.

C'est mon père qui m'a donné le goût du surf, mais pas comme on pourrait l'imaginer. Ce n'était pas le genre de papa qui pousse son gamin dans les vagues sur de grosses planches en mousse, et qui l'applaudit quand il arrive à y tenir debout. Ou alors peut-être qu'il était bel et bien comme ça, mais je n'étais pas le gamin qu'il poussait.

Car je ne l'ai jamais connu. Quand j'étais petit, je ne savais même pas qui c'était : ma mère ne voulait pas me le dire. Un jour, ma tante Karen a laissé échapper qu'il était surfeur. Après ça, j'allais à la plage tous les jours après l'école, et je passais l'après-midi à regarder les mecs qui attendaient la vague. Je finirais bien par le reconnaître, non ? Il devait me ressembler. Les pères de mes potes leur ressemblaient tous, d'une façon ou d'une autre – les mêmes cheveux, les mêmes yeux, le même nez. Petit, j'avais les cheveux presque blancs, et comme ma mère était brune je me disais que mon père devait être blond. Le problème, c'est que c'était le cas de la moitié de ces types, donc ça ne m'avançait pas beaucoup.

Je les regardais tracer leur sillon sur les vagues : de grands virages souples, des zigzags aux angles aigus. Puissants, mais gracieux. Comme je voulais les voir de plus près, j'ai demandé une planche à ma mère, mais elle m'a répondu : *Aucune chance.* Normal, la plupart du temps, on n'avait pas de quoi manger.

Un jour, un cyclone s'est abattu sur la côte. L'un des meilleurs candidats au titre de mon père – un surfeur qui défonçait tout, et le blond le plus clair de tous – a disparu dans un énorme rouleau bleu, une vraie caverne liquide. En refaisant surface, il a ramé jusqu'à la plage pour y jeter sa planche avec colère. Puis il a défait son leash avant de partir vers les dunes, en la laissant là. Je me suis dit qu'il voulait sans doute acheter une pièce de rechange, comme faisait toujours mon grand frère avec sa voiture.

— Je la surveille pour vous ? j'ai crié.

— Garde-la ! Je l'ai pliée, putain.

De près, j'ai vu qu'il avait des racines brunes : ses cheveux étaient décolorés. Sans doute pas mon père, du coup. La planche était étroite et longue, avec une légère marque de pliure au bout, mais elle semblait toujours pouvoir servir. J'ai mis des jours à tenir debout dessus. *Ton père sait le faire !* je me répétais chaque fois que je tombais.

Quand j'ai enfin pu ramer jusqu'à la file des surfeurs qui attendaient la vague, j'ai flotté aux côtés de mes candidats paternels, en les écoutant plaisanter. Peu à peu, j'ai cessé de les observer pour porter mon attention sur les vagues. Puis ce sont eux qui se sont mis à m'observer. Et l'un d'eux travaillait pour Billabong.

— C'est malin, m'a dit ma mère quand je lui ai dit pourquoi j'avais commencé le surf. Ton père était un backpacker anglais. Vraiment pas fantastique dans les vagues. Il était reparti depuis longtemps quand j'ai compris que j'étais enceinte. Il ne m'avait même pas dit son nom de famille !

Mais ça n'avait plus d'importance, car sans le savoir il m'avait fait le meilleur des cadeaux.

J'ai surfé toutes les vagues de la planète, suivi par une nuée de sponsors. Une nuée de filles, aussi : une nouvelle chaque semaine. J'ai loué un penthouse sur la plage, je me suis payé une voiture neuve, etc. Jack Wilson, roi du monde.

Si je m'étais brisé le dos lors d'une performance cinq étoiles, peut-être que ça m'aurait réconforté un peu. Histoire de partir avec panache. Mais le rouleau s'est refermé sur moi en me pliant comme une putain de chaise longue avant de m'écraser contre le corail. Quand j'ai émergé, je pouvais bouger les bras mais pas les jambes. Je ne sentais plus rien sous la ceinture. Pas même à l'entrejambe, ce qui était bien le pire. J'ai cru que ma vie était finie. Trois longues opérations plus tard, j'ai retrouvé quelques sensations… et parfois je le regrette.

Je ne sais pas si j'ai une bonne tolérance à la douleur ou non. Tout ce que je sais, c'est que je souffre.

Difficile d'évaluer ce genre de sensation : tout le monde a ses propres limites. Pour les athlètes, faire abstraction de la douleur fait partie de l'entraînement. On peut participer à une compétition – et même la gagner – malgré une fracture. Moi-même, je l'ai déjà fait : j'ai remporté une manche avec un orteil cassé. Ce n'était vraiment pas grand-chose. Il m'a suffi de me concentrer sur l'autre côté de mon corps et d'en séparer mentalement mon pied. L'adrénaline ne gâche rien. En sortant de l'eau, je me suis fait bander le pied, puis j'y suis retourné et j'ai gagné la manche d'après.

Mais une douleur au dos, c'est différent. Déjà, difficile d'ignorer le centre de son corps. Et surtout, la peur vient s'y ajouter : quand on sait qu'on est au pire de la souffrance, on peut encore la supporter, mais ne pas savoir, ça rend fou. Est-ce que ça va empirer ? Jusqu'où encore ?

Après mon accident, mes sponsors m'ont lâché. J'ai dû renoncer à ma maison ; je ne surfais plus que sur le canapé de mes potes. Ils se sont vite mis à me réclamer un loyer. J'aurais fini à la rue si Clemente et sa femme ne m'avaient pas recueilli, et j'aurais aussi perdu ma voiture si Mikki ne s'était pas mise à verser les mensualités pour moi.

Elle n'a rien à voir avec les petites meufs glamour que je chopais autrefois, Mikki. La première fois que j'ai couché avec elle, j'ai eu l'impression de perdre à nouveau ma virginité. J'ai pleuré – surtout en constatant que je n'étais pas impuissant. Mikki a ses propres soucis, mais elle est plutôt relax. Et qui d'autre m'ouvrirait son lit ? Je n'ai jamais eu de problèmes pour trouver des filles ; elles n'ont pas cessé de se retourner sur mon passage. Mais depuis ma blessure, elles ne vont pas plus loin, comme si elles pouvaient la sentir en moi.

J'ai complètement changé. Mon univers s'est tellement rétréci… Je fais de mon mieux pour être fort, pour être courageux, mais la douleur me grignote l'âme. Même avec la codéine, elle ne disparaît jamais complètement. Si seulement je pouvais avoir ne serait-ce qu'un jour, ou une heure, ou même rien qu'une minute de répit…

Je déteste le minable que je suis devenu. Mais face à la souffrance, on régresse vers nos instincts primaires, croyez-moi. Aux prises avec un truc pareil, on supplie, on ment, on vole – on serait prêt à tout pour y échapper. Vraiment à tout.

17
Kenna

La peau de Jack est lisse et tiède sous mes mains, ses obliques si musclés que j'ai du mal à constater les dégâts. Il s'est beaucoup fait prier avant de me laisser l'examiner. Il tressaille.

— Putain de merde ! T'as de l'acier dans les doigts ou quoi ?

— Désolée, dis-je en relâchant la pression.

Pas besoin de se demander d'où Mikki tire sa vulgarité. Mais ce n'est pas la première fois qu'on me dit une chose pareille. Mon frère me taquinait chaque fois qu'on partait en escalade : *Tu n'arriveras jamais là-haut avec tes petits doigts tout faibles !* Ma mère m'a montré comment les renforcer. J'ai suivi ses instructions à la lettre – tout pour donner tort à mon frère – et je fais encore parfois ces exercices en regardant la télé ou en attendant un patient. Cette force dans les mains m'a bien aidée quand je suis passée au surf : ce n'est pas n'importe quelle vague qui peut m'arracher ma planche. Et elle m'a également servi lorsque j'ai pris des cours de massage.

Des doigts d'acier, c'est aussi ce que me disait mon

prof. J'ai vite trouvé des patients : des surfeurs, des fermiers, des rugbymen… au point de constituer une liste d'attente, ce qui voulait dire que je pouvais choisir mes propres horaires et m'organiser en fonction des vagues. Ce travail et la liberté qui allait avec me plaisaient, et j'ai continué l'entraînement.

— Pas là ! glapit Jack. C'est là qu'on m'a fait ma fusion vertébrale ! Je me suis brisé le dos à Pipeline.

Je cesse aussitôt de le toucher. Pipeline, à Hawaï, la vague la plus létale du monde.

— Je n'ai plus qu'une vertèbre en état de marche à cet endroit, au lieu de trois…

— Je suis désolée, j'aurais dû demander.

— T'inquiète.

Je me remets à mon massage, en descendant le long de sa colonne. L'odeur d'une plante voisine me parvient – de l'arbre à thé, de l'eucalyptus ? Quelque chose d'astringent. J'ai tellement peur de lui refaire mal…

La voix de Sky me fait sursauter : elle s'est approchée par-derrière, et son ton n'a rien d'amène.

— Tu es formée pour ça ?

— Oui, je suis thérapeute sportive.

Son instinct protecteur m'amuse. À moins que ce ne soit de la jalousie ? Elle plisse les yeux, puis s'éloigne.

— Tu sais que tu boites légèrement ? je lui crie. Un problème à la jambe droite, on dirait.

Elle se retourne d'un coup. Je m'attends d'abord à ce qu'elle nie. Puis elle avoue :

— Je me suis déchiré le ménisque l'an dernier. Je pensais que ça avait guéri…

— Je pourrais te montrer des exercices d'assouplissement.

Elle hoche la tête, non sans méfiance. Je reviens à Jack.

— Rien de cassé, apparemment. Juste un bel hématome.

— Merci, dit-il en faisant jouer les muscles de son dos avec précaution.

— Mets de la glace et repose-toi un peu.

— Je me reposerai quand je serai mort, rigole-t-il.

Une forme noire tombe du ciel pour filer au-dessus de ma tête. Je me baisse d'instinct.

— C'est juste une chauve-souris, dit Jack.

Les toilettes sont plongées dans l'obscurité la plus totale. J'ai besoin d'y faire un tour, mais hors de question de m'y rendre à tâtons. En y passant plus tôt, j'ai vu que ce n'étaient guère que deux trous dans le sol, avec un couvercle par-dessus. Je me dirige vers le robinet à l'extérieur du petit bâtiment, et me brosse les dents grâce à son filet d'eau. Pour aller aux toilettes, je n'aurai qu'à m'éclairer avec mon téléphone, ou demander une lampe torche à Mikki.

— Ce n'est pas potable, dit une voix derrière moi.

— Merde !

Je crache ce que je peux. Clemente – j'avais entendu ses pas s'approcher – me désigne le toit.

— Ça vient du réservoir d'eau de pluie.

Et le voilà qui repart. Je ne suis d'ordinaire pas d'une nature combative mais, encore vibrante d'adrénaline après cette séance d'escalade, je lui cours après.

— Attends…

— Fais attention ! grimace Clemente en m'attrapant le bras pour me tirer sur le côté.

À peine visible dans le noir, un énorme nid de fourmis

se trouve là où j'ai failli poser le pied. Clemente m'a fait mal en m'agrippant comme ça, mais pas autant qu'une centaine de piqûres.

— C'est quoi, ton problème ? je lui demande.

— Je ne t'ai pas invitée à venir, répond-il froidement.

J'en ai par-dessus la tête, de ce mec. Hors de question de me laisser impressionner.

— Tu fais le dur, mais ce n'est que de la gueule, j'en suis sûre.

À ma grande surprise, il se met à sourire – il a beau essayer de se contenir, rien à faire.

— Je fais le dur ? Comment ça ?

Je me campe sur mes jambes en croisant les bras sur la poitrine pour l'imiter. Clemente ne sourit plus : il laisse retomber ses bras le long de son corps, lentement, les yeux fixés sur moi. Une alarme s'est déclenchée dans ma tête, mais je l'ignore. Ce carré de terre sèche est mon territoire, et je ne céderai pas un pouce de terrain.

— À mon avis, tu as peur des femmes.

Clemente s'approche si près qu'il me touche presque.

— J'ai l'air d'avoir peur de toi ? murmure-t-il.

— Non, tu n'en as pas l'air. Et pourtant, c'est bien le cas, dis-je en baissant aussi la voix.

Le voilà qui réprime un nouveau sourire. Mais il y a aussi de la douleur sur son visage. J'ignore ce qui lui est arrivé, mais je sens que son petit numéro n'est qu'un mécanisme de défense. Je n'ai pas le droit de le tester comme ça.

— Je ne veux pas de toi ici, tranche-t-il, toute froideur retrouvée. Alors garde tes distances.

18

Kenna

L'odeur du bacon grillé me réveille. J'ai les membres lourds, mes yeux refusent de s'ouvrir, mais en entendant les autres en train de petit-déjeuner je rampe hors de ma tente à contrecœur. J'ai parfois des jours comme ça, où c'est à peine si j'arrive à bouger. Mon vœu le plus cher dans ces moments-là serait de sombrer dans le néant pour ne plus exister nulle part.

Ils sont assis autour du feu éteint. Alors que j'enfile mes tongs, quelque chose de noir s'enroule autour de mon visage comme les ailes d'une chauve-souris géante. Cette putain de combinaison de plongée.

— Mais c'est à qui, ce truc ? je m'exaspère en l'arrachant de ma tête.

— À Clemente, répond Jack.

— Eh bien, je le bouge, dis-je en joignant le geste à la parole. À chaque fois, j'ai l'impression de voir un pendu !

Je l'accroche devant la tente de Clemente, puis je remarque qu'un étrange silence s'est abattu sur la clairière.

— Quoi ?

Clemente va jeter le reste de son petit déjeuner puis disparaît aux toilettes. Tous les yeux sont posés sur moi lorsque je m'assois.

— Tu ne pouvais pas savoir, m'explique Jack à voix basse. Mais sa femme s'est pendue. Justement à cet arbre.

L'horreur me cloue sur place. Dans ma tête, la combinaison se change en femme, avec le même balancement sinistre.

Maintenant, je comprends ce sombre éclair dans les yeux de Clemente ; je comprends pourquoi il refuse de me laisser approcher. Et je m'en veux terriblement de lui avoir reproché son comportement. Ce doit être impossible de se remettre d'un drame pareil. Comment peut-il supporter de rester ici ? Je ne suis jamais revenue surfer là où Kasim a trouvé la mort. J'en aurais été incapable. Je n'ai plus jamais surfé nulle part.

— Il y a des œufs et du bacon dans la poêle là-bas lance Mikki. Sers-toi.

Je m'exécute, trop heureuse de ce changement de sujet.

— On va surfer, poursuit-elle. Tu veux venir ?

— Non merci, dis-je même si j'en ai très envie.

Les autres quittent la clairière, sauf Jack, assis sur une souche, occupé à réparer une égratignure sur sa planche.

— Ça va, le dos ? je demande.

— Nickel, sourit-il.

— Vraiment ?

Il y a plein d'autres planches disponibles. Si son dos allait si bien que ça, il en aurait certainement attrapé une pour rejoindre les autres.

— Je viens de prendre un antidouleur, admet-il. J'attends qu'il fasse effet.

Toute la nourriture est scellée pour éviter que la faune s'y attaque. Je me verse un bol de muesli avant de refermer soigneusement le sac. Ça me fait bizarre, de me servir comme ça. Il faut que je leur donne de l'argent. Même si Mikki refuse, Sky le prendra peut-être. Le lait est dans la glacière, flottant sur une mer de glace. Après avoir coupé une banane en tranches pour garnir le tout, je mange en observant Jack du coin de l'œil.

Sa planche sur les genoux, un tube de résine à la main, il en étale sur la fibre de verre en s'aidant d'un bâton. Comme d'habitude, il ne porte que son short de plage. Il teste sa réparation du bout du doigt, puis la polit soigneusement avec un bout de papier de verre. Cela fait, il ouvre une boîte de cire. Amusée, je le regarde la porter à son nez pour inspirer une grande bouffée.

— Meilleure odeur du monde, rigole-t-il en me voyant le fixer.

Malgré un léger malaise, je m'oblige à lui poser la question – je ne fais que m'inquiéter pour Mikki :

— Tu ne m'as pas dit… Qu'est-ce que tu fais, dans la vie ?

— Un pote à moi a une petite entreprise d'installation de panneaux solaires. Quand on a besoin de boulot, Clemente et moi, on lui passe un coup de fil.

— J'espère que ça ne t'oblige pas à soulever quelque chose de lourd…

Mikki a mentionné qu'il n'avait pas pu travailler pendant certaines périodes, et je ne le vois pas bosser sur un chantier avec sa blessure.

— J'essaie d'éviter.

Il n'arrête pas de me sortir des sourires éblouissants, mais ses yeux ne suivent jamais vraiment. Je crois que son dos n'est pas le seul à être endommagé. Lui qui était surfeur professionnel, qu'est-il vraiment, maintenant ? Il se pose probablement encore la question. Les dernières années ont dû être dures. Je sens sa tristesse, et j'ai presque de la peine pour lui.

Il se redresse en se frottant le dos. On dirait qu'il plane un peu. Je me demande ce qu'il a pris comme antidouleur : un remède de cheval, apparemment.

— Tu veux que je te fasse un check-up ?

— Oui, si ça ne te dérange pas…

Ses yeux semblent encore plus bleus que d'habitude ce matin. À ma demande, il s'étend sur un tapis. Dans la lumière qui filtre sous les arbres, sa peau semble tachetée de soleil. Maintenant qu'il fait jour, je discerne une profonde cicatrice verticale au bas de son dos, en plus de quelques bleus et égratignures. Il est plus tendu que la veille.

— Tu aurais de l'huile ?

— J'ai du baume du Tigre dans ma tente, répond-il après un temps d'hésitation.

— Je peux aller le chercher ?

Encore une petite pause, comme s'il voulait me cacher quelque chose dans ses affaires.

— Oui, dans la poche de gauche.

Sa tente sent le déodorant masculin. En récupérant le baume, je jette un regard sur leurs affaires – celles de Mikki soigneusement pliées, celles de Jack en tas un peu partout.

Je lui enduis le dos tandis que les perroquets s'agitent et caquettent dans la canopée.

— Mikki m'a dit que tu t'étais qualifié pour le championnat du monde. Tu avais quel âge quand tu t'es blessé ?

— Vingt-six ans.

— Inspire profondément quand j'appuie. Et maintenant, ça te fait combien ?

— Vingt-neuf.

En général, les surfeurs atteignent le sommet de leur carrière lorsqu'ils approchent de la trentaine. Surfer est un exercice extrêmement difficile, et la route qui mène au succès est longue. L'accident de Jack l'a fauché juste avant l'apogée.

Dans ce genre de sport, impossible de prédire qui sera la prochaine star. Il faut du talent, des occasions et le bon état d'esprit, mais la chance a aussi son mot à dire. J'imagine qu'elle joue quelle que soit la discipline ; mais tant de choses échappent au contrôle de l'athlète, dans le surf. Chaque plage est différente, chaque vague est différente. Chaque fois, on vogue vers l'inconnu : un royaume où la nature règne en maître.

Mikki n'a pas eu la chance qu'il fallait – je veux dire par là qu'elle n'a jamais obtenu les résultats qui lui auraient permis de faire une véritable carrière professionnelle. Peut-être qu'elle ne supportait pas la pression. Jack aussi a joué de malchance, bien que sur un autre tableau. Encore un point commun entre eux.

— Et voilà, dis-je en m'époussetant les genoux. Je ne peux pas faire mieux.

Jack se redresse également, en me remerciant. Lorsqu'on passe sa vie à travailler sur des corps à demi nus, on voit les cicatrices, le gras, tout ce qui est d'habitude dissimulé sous les vêtements. Le corps de Jack ? Un mètre quatre-vingt-trois de perfection totale. Je dois me faire violence pour arrêter de fixer son torse, et lorsque mes yeux rencontrent les siens, j'y trouve un amusement évident.

— Désolée, je marmonne en me détournant.

— Mais non, mate autant que tu veux ! s'esclaffe-t-il.

Je le fixe à nouveau, sans pouvoir m'en empêcher, et ma respiration s'accélère lorsqu'il me rend mon regard. *Qu'est-ce que tu fabriques, Kenna ?*

— Tu viens pas ? demande Jack en ramassant sa planche.

— Non.

— À plus tard, alors, lance-t-il en descendant vers la plage en petites foulées.

Je finis par le perdre de vue. Un craquement de branche me fait sursauter : Ryan est juste derrière moi. Est-ce qu'il nous a vus pendant ce moment bizarre ? Impossible de déchiffrer son expression.

— Je pensais que tu étais à l'eau…

— J'y suis allé tout à l'heure, répond-il.

D'où vient-il, alors ? Pas de la plage, ce n'est pas la direction. Il se passe les doigts dans ses cheveux blond sable. Une feuille morte s'y est emmêlée.

— Je voudrais aller sur la falaise, dis-je. Il y a un chemin pour y grimper ?

— Oui, je vais te montrer.

— Ah bon ? D'accord.

Je ne m'attendais pas à ça, mais impossible de trouver une bonne raison de refuser. J'attrape mon téléphone, ma gourde, ma casquette et mes lunettes de soleil. Ryan me guide le long d'un sentier que je ne connaissais pas encore. Des perroquets rose et gris nous devancent de leur drôle de pas dandinant. Comme nous sommes plus rapides, ils ne cessent de s'envoler en criaillant chaque fois qu'ils nous trouvent trop proches. Dévorée par la curiosité, je ne peux m'empêcher d'interroger Ryan sur sa situation.

— Ta famille sait que tu es ici ?

— Non, dit-il en tournant brusquement la tête vers moi.

Ses parents doivent être malades d'inquiétude. Je n'arrive pas à comprendre comment il peut leur faire ça, mais je vois bien qu'il n'a aucune envie d'en parler. La pente se fait plus raide, et je me retrouve à bout de souffle.

Ryan s'arrête pour cueillir des fruits sur un arbre – une demi-douzaine de petits ovales violets. En me voyant le regarder, il explique :

— Des fruits de la Passion.

Au-devant, l'océan s'étend à l'horizon comme un pan de velours bleu. Les autres sont assis sur leurs planches, près de l'endroit où se brisent les vagues.

— Quelle vue !

— Oui, c'est pas mal, approuve Ryan avec l'un de ses rares sourires.

Une barrière de bois délabrée délimite le bord de la falaise. *Danger ! Érosion ! Ne pas franchir la barrière. 1 000 $ d'amende.* Le panneau lui-même semble au bord de la chute, penché comme il est. En voyant Ryan enjamber la barrière, je retiens mon souffle. Il va s'asseoir tout au bord, les pieds dans le vide. Ses pieds nus sont très bronzés, ses ongles trop longs. Le vent dans mon dos fait voler mes cheveux, agite mon tee-shirt. Je jette un regard prudent vers l'océan : nous sommes plus ou moins à la verticale de l'endroit escaladé hier.

Les surfeurs posent sur l'océan un regard complètement différent des autres. Je n'avais jamais vraiment réfléchi aux vagues avant de me lancer. Elles me semblaient surgir au hasard, à supposer que j'y prête attention. Jamais je n'y avais trouvé de logique.

Un souvenir me revient : assise sur une plage des Cornouailles, le nez dégoulinant, humiliée par l'une de mes premières tentatives en surf. J'attendais que Mikki et sa mère viennent me chercher. Un vieil homme aux cheveux blancs, le visage marqué par le temps et le grand air, se tenait non loin de là.

— Comment ils font ça ? ai-je explosé en regardant les surfeurs enchaîner de gracieuses boucles. Moi, je n'arrive même pas à me tenir debout !

— Il faut lire les courants, a-t-il souri.

— Comment ça ?

Il m'a montré les larges bandes bleu sombre signalant des vagues à venir, en m'expliquant qu'elles arrivaient en groupes de trois à dix. Que cinq minutes séparaient parfois des groupes de vingt-cinq vagues. Qu'elles se brisent plus lentement à marée haute, ce qui facilite la tâche aux débutants comme moi, alors qu'à marée basse les vagues sont plus rapides et moins profondes. C'était comme un nouveau langage, un langage que je me suis juré d'apprendre.

— Comment vous savez tout ça ? ai-je demandé.

— Je surfe ici depuis 1962.

— Vous surfez encore ?

— Si je pouvais, je le ferais, a-t-il répondu en me

désignant sa canne, que je n'avais pas remarquée jusque-là. Alors, tu y retournes ?

Je ne l'ai jamais revu, sauf au dos du journal de mon père, des mois plus tard. *Michael Cooper, champion de surf en 1965, est décédé à l'âge de soixante-douze ans après avoir longuement lutté contre la maladie de Parkinson.* Il a fallu que j'aille « chercher un truc dans le placard » pendant un long moment, pour éviter d'expliquer pourquoi je pleurais sur cet homme que je connaissais à peine.

Ses paroles me sont restées en héritage. *Lis les courants...*

— Regarde, en voilà qui arrivent, lance Ryan.

De grandes vagues se forment en contrebas. Les voir se déployer me fait mal. Je brûle de revenir à l'eau. Mikki se met en position, mais Jack lui barre la route au dernier moment et s'approprie son rouleau. Mais quel connard ! Je n'arrive pas à croire qu'il ait fait ça !

Mikki prend le suivant. Mon Dieu, il est immense... Vu comme elle se débrouille, on voit que les mois passés ici lui ont appris à surfer ce genre de vague, mais j'ai quand même l'impression que si je la quitte du regard elle se fera écraser. Je relâche ma respiration en la voyant retomber dans l'eau sans problème au bout de sa glisse.

Puis je me rappelle ce que je fais ici et je sors mon portable pour le tendre vers le haut. Merde, toujours pas de réseau. Ryan me voit faire mais ne dit rien. Je le remets dans mon sac.

Les arbres rabougris qui poussent au bord de la falaise se sont tordus dans toutes les directions, comme en un éternel effort pour échapper au vent.

— Ça disait quoi ? demande soudain Ryan.

— Hein ?

— Mon avis de recherche.

Le voilà à nouveau tendu.

— Oh…, dis-je en essayant d'y réfléchir. Je ne l'ai vu que quelques secondes. Tout ce dont je me souviens, c'est ta photo.

— Ah bon.

Je n'arrive pas à savoir s'il est soulagé ou déçu.

— Tu penses rester longtemps en Australie ?

Il me jette un bref regard. Son visage est couvert de taches de rousseur, ses sourcils décolorés par endroits. Le soleil australien n'a pas été tendre avec lui ; mais peut-être que le soleil californien ne l'était pas davantage.

— Qu'est-ce qui te fait croire que je compte repartir ?

Ses épaules sont raides, ses poings serrés. Je ferais mieux de lâcher l'affaire, mais impossible de m'y résoudre.

— Tu ne veux pas ?

— Je ne peux pas.

Il a parlé avec tristesse, mais fermeté. De sombres hypothèses s'infiltrent dans mon esprit tandis que je me demande ce qui pourrait bien pousser quelqu'un à fuir à l'autre bout du monde.

19

Kenna

Je passe la matinée à arpenter le labyrinthe des sentiers, en tentant de trouver du réseau. Sans grande envie de m'égarer à nouveau, je ne m'éloigne pas trop ; mais ce n'est qu'une perte de temps. Impossible de comprendre pourquoi ça me tourmente autant – de toute façon je n'ai presque plus de batterie. Malgré tout, c'est mon dernier lien avec la civilisation.

À mon retour dans la clairière, l'atmosphère a changé. Mikki est à genoux, penchée sur une souche, le visage dans la main. Ses lèvres bougent sans bruit : elle marmonne quelque chose. Un éclair de culpabilité me traverse. Jack lui aurait-il raconté ce qui s'est passé tout à l'heure ? Ryan, dans les buissons, nous tourne le dos, occupé au potager. Serait-ce lui qui a tout dit ?

— Mikki ? j'appelle en me hâtant d'aller la voir.

Comme elle reste sans réponse, je la secoue par l'épaule. Elle relève la tête en sursaut.

— Putain, tu m'as fait peur !

— Qu'est-ce qui ne va pas ?

— Rien. Je fais mes exercices, c'est tout. Contre la peur.

— Tes exercices ?

Mikki semble gênée.

— Quand on rejoint la Tribu, il faut travailler sur ses peurs, ça fait partie du marché. Je fixe mon tatouage et je m'imagine qu'il est réel.

— C'est un papillon de nuit ?

Je m'étais imaginé que ce n'était qu'un papillon ordinaire, mais lorsqu'elle me montre à nouveau son poignet, aucun doute possible : les sinistres ailes marron, le corps gras comme celui d'une chenille.

— Et… ça t'aide ?

— Oui, beaucoup.

Cette horrible créature qui défigure sa belle peau, imprimée à jamais sur son poignet… Que ça marche ou non, c'est assez extrême, comme mesure contre la phobie.

— Comment étaient les vagues ?

— Géniales. Je serais bien restée plus longtemps, mais un de mes ailerons s'est cassé.

— Merde ! Comment tu as fait ?

— J'ai heurté un rocher. Rien de grave, c'est déjà réparé. Les autres sont encore à l'eau.

— Ce n'est pas pour ta planche que je m'inquiète ! Si tu t'étais cogné la tête…

— Qu'est-ce que tu es devenue angoissée, c'est fou !

L'ironie me fait sourire : autrefois, c'était moi qui rejetais ses inquiétudes. Après ce qui s'est passé avec Jack, j'ai du mal à soutenir son regard. Il faut qu'elle sache quel genre d'homme elle s'apprête à épouser. Je prends une grande inspiration.

— Tout à l'heure, je faisais un massage à Jack, et… il m'a un peu draguée.

— C'est tout lui, ça, dit-elle en levant les yeux au ciel.

— J'ai peur de… de l'avoir encouragé.

— T'inquiète, j'ai l'habitude, élude-t-elle avec résignation.

— D'accord…

Je me sens toujours aussi honteuse de mon comportement, et la façon dont Jack la traite me déplaît toujours autant. En voyant un bout d'algue dans ses cheveux, je l'ôte avec précaution.

— Plus que douze jours avant le mariage… Tu as trouvé une robe ?

— Oui, la bleue que j'avais achetée à Bali.

— Ah… super, dis-je en faisant de mon mieux pour ravaler ma surprise.

Assez médiocre, comme performance. Nouvel essai :

— C'est carrément ton style. Ambiance plage, j'adore !

— Oui, et puis, tu sais, la tradition, « quelque chose de bleu, quelque chose de vieux »… Je me suis dit que ça ferait d'une pierre deux coups.

Mon cœur se brise : ce n'est vraiment pas l'état d'esprit qui convient à un mariage. Le problème n'est pas qu'elle se marie dans une robe vieille de quatre ans, mais son absence totale d'enthousiasme. Ce ne peut pas être une question d'argent. Pourquoi se marier si elle n'en a pas envie ?

Mikki est quelqu'un de très secret. Nous avons beau être amies, d'ordinaire j'essaie de ne pas me mêler de ses affaires – d'ailleurs, c'est peut-être justement pour ça que nous sommes proches, parce que je lui laisse de l'espace. Mais là, je n'ai pas le choix : quelque chose cloche.

— Vous vous êtes disputés ?

— Non, répond-elle en fronçant le nez. Qu'est-ce qui te fait dire ça ?

— Tu n'as pas l'air emballée…

Elle enroule une mèche de ses cheveux noirs autour de son doigt.

— Je n'ai jamais fantasmé sur le mariage, c'est tout.

En y réfléchissant, c'est sans doute vrai. Moi non plus, ça ne me fait pas rêver – me retrouver corsetée dans une immense robe blanche sous le regard de tous, quelle torture ! Mais l'attitude de Mikki cache forcément autre chose.

— Je ferais mieux de finir mon exercice, s'excuse-t-elle en revenant à son papillon de nuit.

Voilà justement Jack, revenu de la plage avec Clemente et Victor. Je m'approche tandis qu'il prend sa douche, en prenant soin de ne pas fixer son torse.

— Le tatouage de Mikki, dis-je, qu'est-ce que tu en dis ?

— Il est super moche. Mais si ça l'aide… Regarde ! lance-t-il en me montrant son propre poignet, où s'enroule un serpent. Tu vois ça ? Je l'ai depuis dix-huit mois.

— Ah oui. Victor en a un aussi. Lui, c'est une vague, c'est ça ?

— Ouaip. Au fait, désolé si je t'ai mise mal à l'aise, tout à l'heure.

Je ne sais plus où me mettre. Je me force à le dire :

— Tu es très attirant.

Il n'a pas besoin que je l'en informe. Impossible de ne pas être au courant avec un corps comme le sien. Mais j'espère dissiper la tension en articulant clairement les choses, pour mettre fin à la drague.

— Mais… je n'aurais pas dû te fixer comme ça.

— Je te l'ai dit, mate autant que tu veux, rigole-t-il.

— Quand Mikki et moi sommes devenues colocs pour la première fois, mon copain de l'époque l'a draguée dans mon dos. Mikki m'a tout raconté immédiatement.

Elle avait l'air terrifiée, comme si elle craignait que je lui en veuille – à elle, plutôt qu'à lui. *Je ne sais pas comment te dire ça, mais… Connor s'est mis à flirter hier soir, après que tu es partie te coucher. Il a dit qu'il adorait mes cheveux…* Je l'ai serrée dans mes bras et j'ai mis Connor à la porte.

— C'est une chance, d'avoir une amie si loyale, dis-je.

De l'autre côté de la clairière, Clemente et Victor s'esclaffent ensemble. Victor rejette la tête en arrière et se tape la cuisse.

— T'inquiète, m'assure Jack. De toute façon, c'est pour Clemente que je t'ai amenée ici. En plus de Mikki, je veux dire.

— Pardon ? je m'écrie en rougissant d'un coup.

— Je savais que tu lui plairais.

Tout mon corps s'enflamme, et je proteste :

— Ce n'est pas l'impression qu'il donne !

— Oh, t'en fais pas pour ça. Il est à fond sur toi.

J'ai l'impression que mon attirance pour Clemente est marquée au fer rouge sur mon front – c'est à la fois humiliant et excitant. En me détournant, je remarque Mikki, toujours face à son papillon de nuit. Ses lèvres s'agitent comme le feraient les ailes de l'insecte. Quel tatouage hideux ! Comment peut-elle le supporter ? Même moi, j'ai du mal à le regarder.

20

Kenna

Assises à l'ombre, Mikki et moi regardons Victor et Clemente échanger quelques passes de foot. Au-dessus de nos têtes, le feuillage frissonne en jetant un kaléidoscope d'ombres au sol.

— Penalty ! crie Victor en levant les bras.

— Pas du tout ! hurle Clemente.

Ils traversent la clairière en trombe. Je pousse un gémissement.

— Où est-ce qu'ils trouvent toute cette énergie ? Moi, je n'en peux plus.

— C'est la chaleur, répond Mikki qui démêle ses cheveux mouillés avec les doigts. Il m'a fallu un moment pour m'y habituer.

— Tu ne saurais pas où Jack a rangé mon chocolat ?

Nous le découvrons dans le frigo. En avalant un morceau, Mikki me glisse :

— Ne laisse pas Sky le voir… Elle dit que le sucre est une faiblesse.

Les garçons, eux, nous ont repérées et s'approchent aussitôt. Victor m'enveloppe dans ses bras énormes.

— T'es la meilleure, Kenna ! Oh, pardon, ajoute-t-il

en voyant mon expression. Trop d'énergie, c'est ça? Voilà ce qui arrive quand je n'ai pas assez surfé.

Après qu'il est revenu à sa partie avec Clemente, Mikki précise :

— Avant, il était professionnel de big wave. Puis il s'est salement ramassé, et maintenant il souffre de stress post-traumatique.

— Ah bon ? Et il surfe encore ?

— Eh oui. Parfois, il fait des crises d'angoisse, mais Sky l'aide à les surmonter. Tu devrais lui parler. Elle m'a beaucoup aidée.

— Avec quoi ?

— On fait pas mal d'entraînements sur l'eau, donc j'ai moins peur des grandes vagues, par exemple.

Je n'arrive pas à croire que tu aies pris celle-là ! me disait-elle chaque fois qu'on surfait par forte houle. *Tu n'as pas peur ?* Mais ces vagues-là n'avaient rien de comparable avec celles que l'on trouve ici.

— Et puis, je ne sais pas partager. Vivre ici, avec la Tribu, où tout est en commun… C'était déjà une sacrée leçon.

C'est vrai que Mikki peut se montrer assez possessive. Raison de plus pour m'étonner de son manque de réaction face à l'attitude de Jack.

— Mais Sky m'aide avec ça aussi.

Je vois bien qu'elle l'admire énormément, presque au point de la vénérer, ce qui me dérange sans que je sache pourquoi. Elle me pousse du coude.

— Allez, va la voir. Raconte-lui ce qui s'est passé avec Kasim.

De l'autre côté de la clairière, Sky fait le poirier. Ses dreadlocks blondes se répandent sur le tapis de yoga. Je m'approche timidement. Comme je me vois mal ouvrir la conversation avec mon copain décédé, je propose :

— Tu veux que je te montre des exercices pour rééquilibrer tes jambes ?

— D'accord, répond-elle en revenant sur ses pieds.

Elle pourrait être très belle, si elle le voulait, mais on dirait justement qu'elle fait tout pour s'en éloigner, avec ses cheveux asymétriques, rasés d'un côté, ses habits dépareillés et ses accessoires sadomaso, bracelets et colliers de cuir. Lorsqu'elle porte quelque chose de féminin, comme le chemisier d'hier soir, elle l'associe à un vêtement masculin – ce short militaire trop large qui devait être à Victor, retenu à la taille par une ceinture à clous. Je ne peux qu'admirer son assurance.

Aujourd'hui, elle est vêtue d'un crop top et d'un short de gym. J'examine son dos, puis ses hanches, avant de lui faire faire des bear crawls – un exercice pénible que mes patients détestent, mais qu'elle exécute sans une plainte. Lorsque je lui dis d'arrêter, elle s'impose de recommencer une dernière fois.

Ses muscles jouent sous la peau. Elle est mince, mais elle a une sacrée force. Quand j'ai quitté les Cornouailles pour emménager à Londres, mes biceps ne cessaient d'attirer l'attention, ce dont je me serais bien passée. Les gens me fixaient : *Vous êtes vachement musclée… vous faites de la natation ?* Ils faisaient mine de m'admirer, mais je voyais bien que je les intimidais. Alors j'ai cessé de me teindre les cheveux de toutes les couleurs et je me suis mise à porter des vêtements plus féminins qui me cachaient les bras, dans l'espoir de me fondre dans le paysage. Mais la vérité, c'est que je me sens complètement artificielle. J'adore que Sky ne ressente pas ce besoin de se conformer à la norme.

Lorsqu'elle se redresse enfin, ses mains sont couvertes de terre et d'éclats d'écorce. Elle les essuie sur son short.

— Tu as vu Jack piquer la vague de Mikki tout à l'heure ? dis-je en m'attendant à ce qu'elle partage mon indignation.

— J'ai vu. Mais cette vague était la sienne.

Techniquement parlant, c'est exact, puisque Jack était le plus proche de la vague lorsqu'elle s'est formée : mais c'est justement en doublant Mikki qu'il s'est trouvé là.

— Non, mais sérieusement, ça ne se fait pas.

— Jack faisait de la compétition, autrefois, et il a gardé le bon état d'esprit. L'instinct du tueur.

Je sursaute.

— Quoi ?

— Il est décidé à vaincre coûte que coûte. Tout le monde peut le ressentir, au moins un peu, mais en s'entraînant on peut en faire sa nature profonde. Ce n'est pas une mauvaise chose.

Pas convaincue, je préfère changer de sujet.

— Mikki m'a parlé de son tatouage…

Sky doit sentir ma désapprobation : elle me jette un regard grave.

— La peur est la plus grande des faiblesses humaines. Pour la vaincre, il faut s'y confronter.

— Je n'en suis pas si sûre. Si tu mets sans cesse les gens face à ce qu'ils redoutent, ils paniquent. Il y avait une fille dans ma classe qui avait une peur bleue des guêpes. Un jour, en sortie scolaire, quand on avait douze ans, on mangeait de la glace quand une guêpe s'est intéressée à la sienne. Elle a voulu traverser la route pour lui échapper et s'est fait renverser par un bus.

— C'est triste, mais justement : elle a fui sa peur. On ne peut pas se le permettre. Il faut y faire face. S'y exposer fait partie de notre entraînement.

Elle est si proche de moi que j'ai du mal à articuler ma pensée.

— Je ne suis pas psychologue, mais il me semble qu'une peur n'est pas la même chose qu'une phobie. Moi non plus, je n'aime pas les guêpes – personne ne les aime – mais je n'appellerais pas ça une phobie. Pas comme cette fille à l'école, pas comme Mikki avec les papillons de nuit.

— Mikki se débrouille très bien, objecte Sky en fronçant les sourcils. Tu as vu l'efficacité de ses exercices, dans l'eau ? En faisant face à l'une de ses peurs, elle est devenue plus courageuse en général.

Sky est dure – d'une façon peu commune chez une femme. Ça me plaît mais, quelque part, elle me terrifie.

21

Kenna

Après le déjeuner, Mikki et Jack s'enduisent mutuellement de crème solaire, tout comme Victor et Sky. Comme Ryan a disparu, Clemente s'en applique lui-même. Pourquoi les hommes ont-ils toujours du mal avec ça ? Incapable de m'en empêcher, je m'approche.

— Tu as de grosses traînées blanches sur les épaules… Un coup de main ?

Il se contente de me jeter un regard. Sans dire oui, mais sans dire non. J'ai l'impression d'être face à un chien errant : si je m'avance, il pourrait me mordre. Mieux vaut patienter un peu.

— Ça va, d'accord, finit-il par lâcher d'un ton exaspéré.

Je passe derrière lui pour étaler la crème. Sa peau mate pèle un peu partout : vu la couleur et la façon dont elle chauffe, il s'est pris un coup de soleil.

— Il t'en faut encore.

Il me tend la bouteille sans un mot. Indice 50, quatre heures de résistance à l'eau. J'en sors une noisette dans ma paume : blanche et gluante comme de la colle. Des deux mains, j'en enduis ses épaules. Le toucher me fait un drôle d'effet. Plusieurs de mes patients ne sont pas désagréables à regarder, mais avec Clemente, je me sens attirée comme par un effet de gravité. Jamais je n'avais vécu ça, pas même avec Kasim. Impossible de me concentrer.

Mon expérience professionnelle finit par prendre le dessus. Mes doigts connaissent leur travail : chercher les points de tension. Lorsque j'en trouve un, Clemente prend une inspiration soudaine. Si j'avais ma table de massage, je pourrais y aller sérieusement. Il est incroyablement rigide. Je lui fais lever un bras, ce qui m'offre un meilleur accès. Ignorant les regards curieux des autres, je le sens se détendre petit à petit.

En glissant mes doigts sous son omoplate, je le préviens :

— Dis-moi si j'y vais trop fort.

Mais je sais bien qu'il ne l'admettrait jamais. Et j'ai beau y aller de toutes mes forces, il n'émet pas un son. Jusqu'à ce que les autres ramassent leurs planches.

— Je vous rattrape ! leur lance-t-il.

Mikki me jette un sourire interrogateur, puis répond :

— À tout à l'heure…

En observant le profil de Clemente, je vois qu'il s'efforce de m'accompagner dans mon travail, en se concentrant avec moi sur les endroits les plus noués pour les forcer à se détendre. Une goutte de sueur lui roule le long de la tempe. Lorsque je lui fais lever l'autre bras, ses yeux rencontrent les miens. Le masser pendant qu'il me fixe est une expérience intense.

Toujours désolée d'avoir mis les pieds dans le plat ce matin, je murmure :

— Toutes mes condoléances pour ta femme.

Il n'y a pas que de la tristesse dans ses yeux, mais aussi de la culpabilité. Il détourne la tête. J'aurais mieux fait de me taire. À l'évidence, il s'en veut. Peut-être se dit-il qu'il aurait dû voir son geste arriver. Qu'il aurait dû être capable de l'en empêcher, de la rendre heureuse. Ou alors… et si c'était pire ? Si c'était lui qui l'avait rendue malheureuse ? Une fois de plus, je me demande comment il peut supporter d'être ici.

— Fini !

— Merci.

Un caquètement proche me fait sursauter. Clemente cherche l'oiseau des yeux.

— Un kookaburra… Là-bas. Tu le vois ?

Sur une branche derrière l'une des tentes se trouve un oiseau marron et blanc, avec une drôle de tête disproportionnée. De son bec sort un autre éclat de rire dément.

Clemente se met à cirer sa planche et je promène mon regard autour de moi en me demandant quoi faire. Je pourrais continuer à chercher du réseau, mais j'ai peur de me perdre à nouveau. Clemente se lève.

— Tu ne viens pas ?

Ce regard intense… J'entends la voix de Sky dans ma tête. *L'océan peut tout guérir*. Rien qu'une vague ou deux, ça ne peut pas faire de mal. N'est-ce pas ? Mikki sera tellement heureuse de me voir sur l'eau. Et comme ça, je pourrai veiller sur elle. Voilà comment je me justifie mais, au fond de moi, je sais bien que ce n'est pas pour elle que je le fais.

Je me glisse dans ma tente pour enfiler un bikini. Comme j'ai la peau rouge depuis hier, j'enfile un tee-shirt et je m'enduis de crème solaire à la hâte.

En suivant Clemente sur le chemin qui descend à la

plage, je sens la peur monter. Je ne veux pas redevenir addict au sport qui m'a tant coûté. Mon inquiétude vient aussi du fait que j'entends les vagues d'ici, si fort qu'elles couvrent le piaillement des perroquets.

— Ça monte jusqu'où, aujourd'hui ?

— Un mètre, un mètre cinquante, je dirais.

La coutume est de sous-estimer la hauteur des vagues, une tradition issue de Hawaï où l'on jauge leur taille par l'arrière, et non depuis la plage. Un mètre cinquante, cela veut en fait dire des rouleaux qui me dépasseront d'au moins une tête. Moi qui espérais de petites vagues pour reprendre en douceur… Voilà bien la loi du surf : l'océan fait ce qu'il veut quand il veut.

— Merde…

— Quoi ?

— Rien, rien.

Des nuages gris acier se sont amoncelés dans le ciel, et les vagues déferlent en larges bandes. Clemente lève un sourcil. Le message est clair : si je ne le sens pas, je ferai mieux de rester au sec. Mais les autres m'ont vue, et Mikki lève le pouce.

— Allons-y, dis-je tandis que l'air marin me fouette le visage.

Clemente pose sa planche et s'étire les triceps. Tous les surfeurs, je l'ai remarqué, ont un rituel bien à eux avant d'aller à l'eau – tout y passe : ce qu'ils mangent, ce qu'ils boivent, leur façon de préparer leur planche, et surtout leurs échauffements, qui dépendent souvent de leurs anciennes blessures. Clemente doit avoir des problèmes aux épaules.

Je pose ma planche près de la sienne et je me lance dans une série de rotations des bras, en douceur. En ce qui me concerne, il s'agit de préparer mon esprit autant que mon corps. J'étire le cou d'un côté, puis de l'autre, en inspirant la brise chargée de sel. D'habitude, à ce stade, je me vois déjà à l'eau, je sens la houle me soulever. Mais aujourd'hui trop de choses m'empêchent de me concentrer, à commencer par Clemente.

— Allez, dit-il en ramassant sa planche. Reste près des rochers et le courant t'entraînera au large.

Après avoir ramassé une poignée de sable, je me frotte les paumes pour en ôter la crème solaire. Rien de pire que de surfer avec des mains glissantes. Clemente escalade déjà les rochers ; je le suis, les nerfs en pagaille. Il entre dans l'eau jusqu'aux chevilles, et le voilà complètement immergé, en train de ramer. Comme il se retourne pour m'encourager à le suivre, je m'avance avec précaution sur les rochers gluants couverts d'algues noires.

La première vague me frappe avec plus de force que prévu et me renvoie contre le roc, où je m'écorche les jambes et les pieds. Je grimpe en hâte sur ma planche et je rame avec toute mon énergie. Mes tibias me font mal. Pas le temps de regarder dans quel état je suis : la vague suivante arrive déjà. J'enfonce mon genou dans la fibre de verre cirée pour passer dessous, mais j'ai mal calculé mon coup, elle me rejette en arrière, et je tombe sous l'eau. En refaisant surface, je me remets à ramer aussi fort que possible. Le souffle me manque, l'entraînement aussi.

Le ciel assombri se reflète sur la mer. Des oiseaux y plongent dans une gerbe d'éclaboussures et ressortent quelques secondes plus tard, un poisson dans le bec. Un de ces jours où chaque ombre sous ma planche semble garnie de plusieurs rangées de dents et d'un œil noir par trop reconnaissable. Rien qu'apercevoir mon propre reflet me tord l'estomac.

Jack prend une vague : à le voir, on ne devinerait jamais qu'il a mal au dos. Il surfe comme s'il pouvait voir quelques secondes l'avenir, avec une aisance bluffante. Clemente et Victor l'acclament lorsqu'il sort un air reverse.

Les minutes suivantes sont consacrées à une drôle de danse avec le Pacifique – un pas en avant, deux pas en arrière. Une autre vague m'arrive dessus et je tente à nouveau de plonger, mais elle m'arrache ma planche et je n'ai plus qu'à me débattre pour retrouver la surface. Une forme noire se rue vers moi sous l'eau et je panique un instant, mais ce n'est qu'un dauphin.

Encore une vague. Dépourvue de planche, je passe dessous pour éviter le pire, les yeux fermés, en espérant qu'aucun rocher ne me guette dans les sombres fonds marins. Lorsque j'émerge à nouveau, tout le monde me regarde. *Reprends-toi, Kenna.*

Je récupère ma planche et je rame comme si ma vie en dépendait. Dans l'intervalle entre deux vagues, je me débrouille on ne sait comment pour retrouver ma position. Mes jambes et mes pieds me font mal ; en essayant de ne pas me faire remarquer, je les sors de l'eau pour un coup d'œil. Je saigne de partout.

Une autre torpille m'arrache un sursaut. Maudits dauphins ! À croire qu'ils le font exprès. Un mur gris prend son élan, et je me dirige vers lui sans trop y croire. C'est un soulagement de voir Victor s'avancer également. Je lui cède la place, mais une autre vague se forme aussitôt, plus grande encore. Les autres me fixent, je me lance.

Alors même que je me hisse sur mes pieds, je sais déjà que c'est foutu, mais je ne peux plus revenir en arrière.

Ma planche se dresse à la verticale et me flanque à la mer ; puis la vague s'écrase à ma suite, en m'enfonçant profondément sous la surface. En émergeant, je compte mes membres. Par miracle, je m'en suis sortie sans mal. De retour sur ma planche, je m'écarte du point break en recrachant de l'eau par le nez.

— Ça va ? me crie Mikki.

— Au top ! je réponds, à l'hilarité générale.

Le temps de retrouver mon souffle, je reste au calme, en regardant faire les autres. On peut beaucoup apprendre sur quelqu'un en observant la façon dont il se comporte dans l'eau. Jack coupe la route à tout le monde sans aucune honte. Clemente prend tout ce qui vient, même lorsque c'est clairement du suicide. Victor, patient, attend les grands rouleaux. Sky tire tout ce qu'elle peut de chaque vague, en enchaînant les virages. Je n'avais jamais vu Ryan surfer, et je m'attendais à ce qu'il reste à l'écart comme il le fait sur terre. Mais non, il est en plein milieu, à batailler avec les autres pour son tour.

Quant à Mikki…

— Tu t'es tellement améliorée, c'est dingue ! lui dis-je lorsqu'elle me rejoint.

— T'as vu ?

Une réponse si peu japonaise qu'elle ne peut s'empêcher d'éclater de rire, et je ris avec elle. Victor prend une vague. Il est goofy, pied droit devant, le seul du groupe. Ryan se lance et Jack lui coupe la route, trop tard – tous deux entrent en collision et se retrouvent à l'eau. Ryan attrape Jack par les cheveux : quand il a piqué sa vague à Victor hier, celui-ci s'est contenté d'en rire, mais Ryan ne rigole pas du tout.

— Du calme ! crie Clemente.

— Il y en a plein qui vous arrivent dessus ! hurle Victor.

En me retournant, j'aperçois une succession de rouleaux en formation. *Allez, rien qu'une vague. Rien qu'une bonne vague, et je serai contente.*

— Vas-y, Kenna ! lance Mikki.

Je rame, puis je me lève, et soudain j'y suis : sur la vague. Je vole sur l'eau.

Comme je n'ai pas l'habitude de cet endroit, ni de cette planche, je n'enchaîne que quelques virages avant de perdre l'équilibre, mais ça m'a suffi.

De retour sur la plage, Mikki me passe un bras autour des épaules.

— Je suis tellement contente de surfer avec toi !

Je baisse les yeux sur mon corps. Mes jambes ruissellent de sang, mes bras et mon dos sont parcourus de spasmes musculaires. Pour la première fois en deux ans, je suis heureuse.

22

Kenna

C'est au tour de Jack de faire à manger ce soir. Apparemment, je m'étais trompée sur toute la ligne en l'imaginant violent envers Mikki. En revanche, il drague tout ce qui bouge et pique leurs vagues aux autres. Je ne comprends toujours pas ce qu'elle lui trouve. Ce ne peut pas être qu'une question de physique…

— C'est quoi ? dis-je en regardant la viande qu'il vient d'ouvrir.

— Steak haché de kangourou.

Le haché crépite en répandant une odeur faisandée qui me fait froncer le nez.

— Les Australiens n'aiment pas trop ça. Ils en donnent plutôt à leurs animaux de compagnie. Mais ma mère avait cinq gosses et pas de quoi les nourrir, alors j'en ai bouffé toute mon enfance.

De l'autre côté de la clairière, Victor émet un long grognement : Sky lui fait faire des tractions.

— Allez, dix de plus ! crie-t-elle.

Il se hisse vers le haut, les bras tremblants. Je reviens à Jack.

— Comment tu vas cuisiner ça ?

— Chili con carne, répond-il en me désignant un buisson de sa cuillère en bois. Y a des piments là-bas. Tu vas voir s'ils sont mûrs ? Il m'en faut trois ou quatre.

Je m'avance dans les broussailles avec précaution, peu désireuse de tomber sur une araignée.

— C'est toi qui as planté ça ?

— Non, c'est Ryan.

Tandis que je lui rapporte les piments, j'entends Victor émettre ce qui ressemble plus à un hurlement qu'autre chose. Sky lui fait maintenant faire des squats avec un rocher dans les bras.

— Encore !

Je les observe avec inquiétude. Est-ce qu'elle ne va pas un peu trop loin ?

— Tu as rencontré Sky à Sydney, c'est ça ?

— Oui, elle surfait à Bondi, dit-il en coupant les piments pour les mettre sur le gril. Elle sortait avec Victor. Lui et moi, on vivait chez Clemente à l'époque, juste à côté de la plage. Quand le bail de Sky s'est achevé, elle a emménagé avec nous.

— Alors vous viviez à… cinq ?

— C'est ça. Puis six quand Mikki est arrivée.

Pas étonnant que leur maison ait été en tel désordre ! Je commence à comprendre pourquoi ils sont si proches : ils passent tout leur temps ensemble. Dans les Cornouailles, les colocs à plusieurs n'étaient pas rares. Travailler moins pour prendre plus de vagues, la devise de tout surfeur qui se respecte. Mais tout le monde dans la Tribu a plus de trente ans : on pourrait s'attendre à ce qu'ils se ménagent de l'espace pour se concentrer sur leur carrière ou fonder une famille. Mikki est bien plus introvertie que moi ; que cette vie puisse lui convenir me stupéfie.

— Un jour, Sky nous a dit : « Je pourrais faire de vous de bien meilleurs surfeurs, mais je ne sais pas si vous êtes prêts à tout donner. » Comme un défi.

— D'accord…

— On stagnait, c'est vrai. Je m'étais déjà blessé au dos, Victor s'était déchiré l'épaule et Clemente avait des problèmes au genou, poursuit-il en raclant viande et piments dans une casserole. On lui a demandé ce que ça impliquerait. En gros, un entraînement à mort. Je lui ai dit que ce n'était qu'en surfant qu'on devenait meilleur surfeur. « Et s'il n'y a pas de vagues ? elle m'a répondu. Tu restes assis là à fumer du shit ? » Et en gros, c'est ce que je faisais, ouais. La femme de Clemente fumait aussi.

J'en prends note. Fument-ils encore ? Je n'ai vu personne le faire ici. Jack ajoute une boîte de tomate à sa mixture.

— On a dit qu'on était partants, et maintenant Sky nous pousse comme jamais.

Victor s'effondre par terre, vaincu, et Sky se lance dans son propre entraînement. Elle n'arrête jamais, cette fille. Pas étonnant qu'elle ait un corps comme ça. Par-dessus l'épaule de Jack, j'aperçois Clemente et Mikki, dégoulinants, de retour de la plage. Ils discutent en se séchant, ce qui éveille mon intérêt. C'est bien la première fois qu'elle a des amis masculins. Les voilà qui enfilent des gants de boxe. Mikki fait une tête de moins que lui. Je me mords la lèvre, mais elle se déchaîne sur Clemente, qui la laisse faire.

— Oh, merde ! crie-t-elle en le cognant par erreur à l'oreille.

— Continue, dit-il sans même tressaillir.

J'adore le voir si gentil avec elle. La copine de son meilleur ami… *Non, sa fiancée*, me dis-je en sentant ma gorge se serrer.

Comme Victor reste sans bouger, étendu au sol, je vais le voir.

— Ça va ?

— Oui, oui, répond-il, luisant de sueur.

Je baisse la voix.

— Pourquoi tu te laisses faire ?

Il se hisse en position assise.

— Tu as déjà eu un coach, Kenna ?

— Non. Je suis comme un âne, j'ai horreur qu'on me pousse.

Son bracelet en caoutchouc, jaune et vert, grince contre sa peau lorsqu'il s'essuie le front. Il a vraiment des biceps énormes.

— Moi, j'en ai eu beaucoup.

— Ah oui ?

— Ma mère était championne de jiu-jitsu, et mon père adorait surfer. Je faisais de la compétition dans les deux sports, et j'avais un coach pour chacun. À seize ans, il a fallu choisir, et j'ai choisi le surf. Ah ! putain, ça fait mal, grimace-t-il en se frottant les cuisses.

— Tu as un peu trop forcé, non ?

— Quand on a un coach, il faut s'engager à suivre ses méthodes. Cet engagement, c'est un choix, mais une fois qu'il est pris le coach est libre de faire ce qu'il veut de toi.

— Tu devrais mettre de la glace.

Après avoir récupéré une paire de chaussettes dans ma tente, je les remplis de glaçons pour les placer sur ses cuisses. Il grimace et poursuit :

— Il y a de bons et de mauvais coachs.

— Et elle ? dis-je en désignant Sky.

— C'est l'une des meilleures.

Il lui jette un regard. Clemente fait des pompes sur l'un des tapis. Avec un ricanement, Sky s'assoit sur son dos. Clemente parvient à en enchaîner encore quelques autres avant que ses bras ne lâchent.

— Certains coachs te poussent à dépasser tes limites, continue Victor, l'air grave.

— C'est de ça qu'elle est capable ?

Une fois de plus, je suis frappée par ce que dégage cette fille. Évidemment qu'ils veulent l'impressionner. Même moi, je voudrais l'impressionner.

— Oui, elle arrive vraiment à retourner la tête aux gens.

— Ça t'aide, la glace ? dis-je en ôtant les chaussettes.

— Carrément. Remets-les !

Une ombre s'étend sur nous tandis que je les presse à nouveau sur ses jambes. En me retournant, je me retrouve face à face avec Sky.

— Quoi, je l'ai tué ? demande-t-elle.

— On dirait bien, je rétorque.

— Pauvre petit ! se moque-t-elle en caressant le front de Victor.

Ce sont tous des durs, ici, mais je sens bien que la plus dure du groupe, c'est elle.

Elle se penche pour lui dire quelque chose à l'oreille, que je n'entends pas ; il se raidit aussitôt.

— Et maintenant, si tu veux bien nous excuser, Kenna…, lance Sky en partant vers la forêt.

Victor se lève et la suit. Il semble complètement terrorisé.

23
Kenna

Tout en mangeant, j'examine ceux qui m'entourent, heureux malgré leurs vêtements blanchis et usés. Ils n'ont rien à faire du confort moderne – avoir un lit où dormir, de quoi boire, aller danser, fixer un écran. Ils n'en ont pas besoin, parce qu'ils ont ces vagues, ces extraordinaires vagues qui ne sont qu'à eux. J'ignore ce qu'ont fait Victor et Sky tout à l'heure, mais ils sont désormais côte à côte, enlacés, détendus, satisfaits. Ce soir, autour du feu, la conversation porte sur l'un des pires aspects du surf : le localisme.

— J'ai entendu dire que c'était vraiment terrible en Californie, dis-je.

— Ouais, les mecs du coin n'étaient pas du genre accueillant sur la plage où j'allais, opine Ryan.

— Vous connaissez le Pays basque ? enchaîne Clemente. Si je vais surfer là-bas, on ne veut pas de moi parce que je suis espagnol. Et quand je vais ailleurs en France, on ne veut pas de moi parce qu'on me croit basque. La dernière fois que j'ai été surfer à Mundaka, on m'a crevé les pneus.

— Connards ! lance Jack.

— Au Brésil, c'est pareil, renchérit Victor. Si tu viens de Rio et que tu veux surfer à São Paulo… oublie, mec.

— Dans les Cornouailles, ce n'était pas la joie non plus, dit Mikki.

Je lui jette un regard. Quelqu'un avait un jour tagué *Dehors les Japs* sur les rochers de la plage du coin. Nous n'étions que des ados à l'époque, et elle n'était sans doute pas spécifiquement ciblée par le graffiti – il y avait beaucoup de surfeurs japonais dans le coin – mais tout de même, elle a dû être blessée. La Mairie ne se bougeait pas beaucoup pour l'effacer. Au final, comme je ne supportais plus de le voir, j'ai demandé à mon père de m'aider à le nettoyer. Mais comment nettoyer l'attitude des gens ?

— C'est différent pour les filles, lui répond Victor. Au moins, vous ne vous faites pas tabasser !

— Non, c'est juste qu'on nous prend toutes les vagues, qu'on nous intimide et qu'on nous mate à la moindre occasion, rétorque Sky en levant les yeux au ciel.

— Un jour, je t'emmènerai à Rio, déclare-t-il en lui passant le bras autour de la taille.

Sky l'ignore.

— C'est pour ça que cet endroit est précieux. On n'a pas à se soucier de tout ça.

— Il faudrait réserver des vagues aux filles, dis-je.

Sky et Mikki me tapent dans la main et je m'esclaffe en voyant la tête des garçons.

— C'est triste, déclare Clemente. Les surfeurs ont toujours adoré voyager pour visiter le monde et découvrir ses vagues…

— Le problème, c'est qu'on est trop nombreux pour en profiter tous, intervient Ryan.

Clemente attrape par l'épaule Victor d'un côté, Jack de l'autre.

— Je n'aurais pas rencontré ces deux-là sans le localisme.

— Ah bon ?

— Je surfais à Narrabeen quand j'ai entendu des gens harceler Victor, juste parce qu'il était salement bon. *T'es pas d'ici, toi, non ?* C'était une espèce d'Australien maigrichon qui lui disait ça…

En voyant son regard, je comprends soudain qu'il parle de Jack.

— Victor a eu la mauvaise idée de se lancer dans une conversation avec lui. Son anglais était encore pire que le mien à l'époque, alors vous imaginez…

Je tressaille lorsque Victor éclate de son grand rire.

— Qu'est-ce que tu racontes, mec ? Je parlais déjà mieux anglais que toi !

— Puis il a pris une vague et Jack la lui a piquée, continue Clemente.

— Je pique les vagues à tout le monde ! se défend Jack, hilare.

— On est au courant, marmonne Ryan.

— Victor était prêt à se battre, et je commençais à m'inquiéter pour la santé de Jack.

Tous les autres sont désormais secoués de rire.

— Et ensuite ? dis-je.

— Victor était clairement un mec bien, continue Clemente. Je lui ai dit, en espagnol pour que Jack ne comprenne pas…

— Tu parles espagnol, Victor ?

— Non, mais je le comprends.

— Je lui ai dit que Jack était mon coloc, et je l'ai

invité à dîner, en ajoutant que Jack lui ferait à manger pour s'excuser. La tronche de Jack quand on a sonné à la porte et qu'il a vu Victor au seuil…

Les autres n'en peuvent plus. Ah, les hommes : ils se battent et se pardonnent pour un oui ou pour un non. Jack et Victor semblent si proches aujourd'hui que j'ai du mal à croire aux circonstances de leur rencontre.

— Je déteste le localisme, résume Mikki.

Et nous approuvons d'une même voix. Cela dit, sans le localisme je n'aurais pas rencontré Kasim.

Mais si je ne l'avais pas rencontré, peut-être serait-il toujours en vie.

24
Kenna

Quatre ans plus tôt

Mikki et moi étions parties en France pour le week-end, en louant une voiture à l'aéroport de Biarritz. Tandis que je roulais vers le nord, elle cherchait les meilleurs coins pour surfer sur Google.

— Sur Wannasurf, ils disent que les vagues sont très creuses, très dures aujourd'hui…

— Cool !

— *Beaucoup de localisme dans la région, faites profil bas.* Oh, merde…

— Quoi ?

— Je suis en train de lire les commentaires. *Quelqu'un a pété mon rétroviseur pendant que j'étais à l'eau. Si vous avez une voiture de location, prenez une assurance.* On a pris l'assurance ?

— Oui, mais il ne faut pas dépasser les cinq cents euros de dégâts…

La plage apparaissait entre les arbres. J'ai tendu le cou pour voir les vagues.

— Aide-moi à trouver une place.

— Oh, non, écoute celui-là, a-t-elle continué en m'attrapant le bras. *Avec une plaque allemande comme la mienne, rien à faire, même les flics ont défoncé ma voiture.* On ferait mieux de ne pas se garer près de la plage, ça se voit trop que c'est une voiture de loc !

— Je suis sûre qu'ils exagèrent…

— S'il te plaît, Kenna. Je ne pourrai pas profiter des vagues si je passe mon temps à m'inquiéter pour la voiture.

— Bon, d'accord, ai-je soupiré en me garant dans une petite rue.

Nous avons enfilé des combi-shorts et, tandis que nous partions à petites foulées vers la plage, Mikki m'a glissé :

— Essayons de passer inaperçues.

Plus facile à dire qu'à faire – j'avais les cheveux rose vif à l'époque. Tout le monde nous regardait pendant que nous ramions vers le large. C'était la plage de la Gravière, ainsi nommée pour son sable graveleux, connue dans le monde entier pour la puissance de ses tubes, comme en témoignait la flottille de planches déjà à l'eau.

Des cris se sont élevés pendant que nous attendions notre tour. J'ai paniqué au début, croyant à un requin, puis je me suis rendu compte qu'un groupe de gens hurlait sur un photographe. Ils essayaient de lui arracher son appareil… Merde, ils venaient de lui envoyer un crochet au visage.

Je me suis approchée. Mikki et moi n'avions pas la même attitude face à l'agressivité : elle préférait se faire toute petite alors que je me grandissais davantage. J'ai donc été touchée de la voir m'accompagner, en hurlant avec moi pour qu'ils le laissent tranquille. Ils ont reculé un peu et le photographe est reparti vers la plage, mais nous nous sommes attiré des regards noirs et personne ne nous a laissé de vagues pendant le reste de la journée.

— Quels connards, a fini par marmonner Mikki. J'en ai marre.

— Moi aussi.

Nous sommes revenues vers la plage. Le photographe y était encore, adossé à sa voiture ; à notre approche, il a souri.

— Merci beaucoup. Je ne pouvais pas les laisser prendre mon appareil. Deux mille euros rien que pour le boîtier !

Il avait des cheveux noirs, ondulés, et un accent français très marqué.

— Pourquoi ils te hurlaient dessus comme ça ?

— Parce que je ne suis pas du coin. Je suis marocain.

C'est alors que j'ai remarqué son bras droit, qui pendait inutilement contre son flanc : disloqué dans la bataille pour son appareil. Ses yeux noirs pétillaient de malice malgré la douleur lorsque Mikki et moi l'avons aidé à enlever sa combinaison. Ce côté vulnérable m'a touchée : ce mec musclé, en pleine forme, incapable de se servir de son bras. Nous l'avons conduit à l'hôpital, puis au même camping que nous.

Lui venait du désert, moi d'une ville froide et humide. Il était macho, j'étais féministe. Il avait un sacré tempérament, sans cesse submergé par ses émotions ; j'étais pragmatique et rationnelle. De parfaits opposés, issus de cultures complètement différentes. Pourtant, dès le début, j'ai eu l'impression qu'il faisait partie de moi. Nous ne nous sommes plus quittés pendant deux ans.

25

Kenna

Une dispute autour du feu me ramène au présent : tout le monde est en train d'élever la voix.

— Alors là, non, proteste Clemente. Hors de question !

— On n'a qu'à voter, réplique Sky.

— C'est pas une démocratie ici, on le sait tous !

— Qu'est-ce que tu veux dire par là, chéri ? lui lance-t-elle avec un regard amusé.

— Ce que j'ai dit, rien de plus.

Elle passe ses doigts dans les cheveux de Clemente, à l'arrière de sa tête.

— Mais c'est qu'il s'énerve…

— Lâche-moi, gronde-t-il en la repoussant d'une tape.

— Moi, je vote pour ! intervient Victor.

Quel est le sujet du vote ? Et pourquoi j'ai l'impression que c'est moi ?

— Et toi, Mikki ? interroge Sky.

— Mais putain ! s'insurge Clemente. C'est sa pote, bien sûr qu'elle va voter pour !

D'accord, c'est plus qu'une impression. Mikki me jette un regard et lance :

— Pour !

— Donc toi, si j'ai bien compris, tu votes contre ? demande Sky à Clemente.

— Exactement.

— Je suis d'accord avec lui, lance Ryan.

Sky se tourne vers Jack.

— Et toi ? Pour le moment, ça fait deux contre et trois pour inviter Kenna à se joindre à nous…

Je prends une brusque inspiration. Ça, je ne l'avais pas vu venir. Jack hoche la tête.

— Ouais, elle peut rester, ça me va.

— T'es sérieux, là ? explose Clemente. On s'était mis d'accord, putain !

— Quatre à deux ! triomphe Sky. Kenna, nous t'invitons à rejoindre la Tribu.

Une pointe d'adrénaline m'échauffe la poitrine en songeant à tout ce que cela implique. Du surf, de l'escalade… et du danger. Beaucoup de danger. Je me reprends. Certes, c'est flatteur d'être invitée à rejoindre ce groupe de durs, mais je ne suis là que pour persuader Mikki de rentrer.

— Ce n'est pas une décision qui se prend à la légère, m'avertit Sky. Si tu deviens l'une des nôtres, il faudra t'impliquer à fond. Et nous avons tous pour devoir de nous protéger les uns les autres, et par-dessus tout de protéger cet endroit.

J'ouvre la bouche, prête à refuser, mais… Il va me falloir du temps pour convaincre Mikki. Ils finiront bien par repartir faire des courses. De retour dans le vrai monde, avec Internet et du réseau, j'aurai plus d'options à ma disposition. Si je fais semblant de me plier à leurs règles pour le moment, je pourrai comprendre l'emprise qu'ils ont sur Mikki et comment l'en libérer.

Sky attend ma réponse. Toute la Tribu attend ma réponse.

Ryan, qui a voté contre, a encore plus de mal que d'habitude à croiser mon regard. Victor me fixe intensément. *Je tuerais pour cet endroit.*

Je jette un coup d'œil à Mikki. *Il s'est passé des trucs bizarres dans la Tribu, dernièrement…*

Elle a perdu pied, j'en suis sûre. Entourée par ces fortes personnalités – Sky, Victor, Clemente –, elle s'est retrouvée submergée, engloutie. Il faut que je l'aide. Sky me fixe comme si elle pouvait suivre mon dilemme.

— D'accord, dis-je. J'accepte.

Son regard calculateur me donne la chair de poule.

26

Kenna

Lorsque je m'éveille, il fait encore noir. Le sol bosselé sous mon dos et l'odeur humide de la tente me rappellent bien vite où je suis. À tâtons, je trouve mon portable, quasi déchargé. Il est quatre heures trente du matin. Je ferme les yeux en essayant de me rendormir.

Un bruit de frottement. Comme une main qui passe sur la toile. Je rouvre les yeux. Il y a quelqu'un dehors… quelqu'un qui est en train d'ouvrir la glissière de ma tente, centimètre par centimètre. Je me redresse dans l'obscurité.

— Chut ! dit une voix, si bas que c'est à peine si je l'entends. C'est moi.

— Qui ça ?

— Clemente. Viens !

Je rampe hors de mon sac de couchage aussi silencieusement que possible. Qu'est-ce qu'il peut bien me vouloir ? Comme je suis en tee-shirt et culotte, je cherche mon short à l'aveuglette pour l'enfiler avant de sortir de la tente, pieds nus. Clemente se tient juste devant, presque invisible.

— Viens, répète-t-il.

Trop fatiguée pour protester, je lui emboîte le pas sans réfléchir. J'ai beau tenter de regarder où je mets les pieds, les arbres me cachent la lune et je n'y vois rien. Même lui, je ne le vois plus.

Tout en avançant tant bien que mal, je me rappelle soudain qu'il a voté contre moi. Un frisson de peur s'éveille dans mon estomac. Le suivre n'était peut-être pas une bonne idée. Mais je suis complètement perdue, maintenant ; même si je décidais de regagner ma tente, je ne saurais pas quel chemin prendre.

— Par ici ! murmure-t-il.

Je n'ai pas d'autre choix que de lui poser une main sur le dos pour continuer ma route en trébuchant à chaque pas. La chaleur de son corps irradie sous son tee-shirt râpé. Je crois que nous sommes sur le sentier de la plage : il doit le connaître par cœur.

Mes pensées sont comme engluées et j'ai le corps lourd. Quelque chose me pique le talon. Si seulement j'avais mis mes tongs… J'étais tout le temps pieds nus en été dans les Cornouailles, mais après des mois en ville j'ai la peau tendre d'une citadine.

Le bruit des vagues forcit. De la lumière au bout du chemin : une demi-lune suspendue au-dessus de l'océan, incroyablement brillante au sortir des bois. Le sable est sec et frais sous mes pas. Les vagues blanches qui s'écrasent sur la grève semblent luire de l'intérieur. Un regard me suffit pour savoir qu'il n'y aura pas de surf aujourd'hui – elles sont minuscules.

En me retournant, je découvre le regard de Clemente sur moi.

— Qu'est-ce qui te fait peur, Kenna ?

Une fois de plus, j'ai l'impression qu'il essaie délibérément de me mettre mal à l'aise.

— Pourquoi veux-tu le savoir ?

— Parce que « tes peurs sont nos peurs », répond-il en marquant les guillemets avec ses doigts. Et Sky les découvrira, quelles qu'elles soient.

— Si je te l'avoue, qu'est-ce qui me dit que tu n'iras pas tout lui raconter ?

— Rien.

— Et toi, de quoi tu as peur ?

Il me jette un regard exaspéré.

— Des chevaux.

Je manque d'exploser de rire.

— Je n'aime pas leurs dents, d'accord ? s'irrite-t-il.

— Quoi d'autre ? dis-je en m'efforçant d'effacer mon sourire.

— Devenir aveugle, lâche-t-il après un temps d'hésitation.

L'intimité de cet aveu m'ébranle. À le voir surfer ou s'entraîner, on pourrait le croire invincible – il a escaladé une falaise après s'être déboîté le doigt ! Pourtant, le voilà qui admet l'une de ses peurs profondes.

— Entre autres, conclut-il. Et toi ?

— Je ne te le dirai pas.

Un autre soupir agacé.

— Sky traquera tes faiblesses, alors tiens-toi prête.

— Tu ne l'aimes pas beaucoup, je me trompe ?

— Je n'ai rien contre elle, se défend-il, sourcils froncés. Mais il y a eu… plusieurs incidents. Bon, allez, viens.

Je le suis jusqu'au bord de l'eau. Il étudie le large, son profil baigné de lune, puis se retourne vers moi.

— Tu te débrouilles comment en apnée ?

L'océan miroite derrière lui, aussi noir que de l'encre. Soudain, notre isolement me frappe. Si je hurlais, le vent et le ressac emporteraient mes cris bien avant que les autres ne les entendent. Je repousse une vision de Clemente me traînant dans les vagues pour m'enfoncer sous l'eau.

— Pourquoi cette question ?

— Tu vas subir une épreuve initiatique.

Je dévisage Clemente dans l'espoir de deviner ses intentions, mais tout ce que je peux comprendre, vu les regards qu'il jette aux arbres, est qu'il espère vraiment ne pas être dérangé. Il me fait peur ; je tente de mon mieux de ne pas le laisser voir.

— Pourquoi ? je répète.

— C'est l'idée de Sky. Dans une tribu, pas de maillon faible, ça pourrait nuire à tout le groupe. Elle te testera tout à l'heure.

Nous restons là un instant, à un pas l'un de l'autre, chassant les moustiques.

— Je peux retenir mon souffle pendant deux minutes environ, dis-je enfin.

Il me jette un regard sceptique. Je m'explique, sans trop savoir si je devrais :

— Je me suis entraînée.

— En piscine ?

J'acquiesce. Pour travailler avec des sportifs, il faut se tenir au courant des techniques en vogue. Si l'on ne peut suivre ce que racontent les patients, on court le risque de passer pour un idiot et de perdre leur confiance. Je le fais aussi par intérêt personnel : des années avant la mode de l'apnée, les surfeurs de big wave s'y entraînaient déjà pour se préparer aux périodes prolongées sous l'eau après une chute. Maintenant, tout le monde le fait : les studios de yoga, les hommes d'affaires, même les écoliers. Mikki et moi avions suivi la formation ensemble, avec Kasim. Ça ne lui a pas sauvé la vie.

— C'est complètement différent quand on est secoué par les vagues, commente Clemente.

— Je m'en doute. En quoi ça consiste, ce test ?

— Je ne sais pas. Chaque fois, c'est différent. Mais le but est d'évaluer tes limites.

— Si tu ne veux pas de moi ici, pourquoi me raconter tout ça ?

Pas de réponse. Parfois, la façon dont il me regarde me donne l'impression qu'il voit quelqu'un d'autre à ma place.

— Je ne ferai rien tant que tu ne m'auras pas expliqué pourquoi, dis-je en croisant les bras.

Il émet un grognement agacé.

— La dernière à avoir passé l'épreuve a paniqué.

Mon estomac se tord à nouveau : d'horribles images me traversent l'esprit. *La dernière ?* Ils m'ont dit qu'il n'y avait eu personne d'autre.

— Je ne veux pas que ça recommence, alors il faut que tu t'entraînes.

— D'accord, d'accord !

Je suis blessée que Mikki ne m'ait pas prévenue. Elle est vraiment sous leur influence.

Clemente me fait suivre un échauffement qui me rappelle celui de la formation : expirer deux fois plus longtemps qu'on inspire, prendre trois grandes respirations puis tout bloquer… Il relâche son souffle dans un léger sifflement pour que je l'imite.

Après avoir à nouveau jeté un regard sur les arbres derrière moi, il s'enfonce dans la mer. Je le suis non sans hésitation.

— Et maintenant, sous l'eau, ordonne-t-il.

Il n'y prendrait pas un peu de plaisir ? Il y a vraiment des gens pervers. Mais non, en sondant son expression, je n'y trouve qu'une réticence extrême. Après une grande inspiration, je plonge la tête sous l'eau, en tailleur sur le sable. Mes oreilles se bouchent. De petites bulles s'échappent par mes narines et remontent en me chatouillant le front. Les vagues qui passent me secouent en douceur. Je compte les secondes dans ma tête.

J'ai beau n'être qu'à peine sous la surface, il fait trop sombre pour y voir quoi que ce soit. Je m'attends presque à sentir les mains de Clemente venir se plaquer sur mes épaules.

Lorsque je refais surface, essoufflée, il n'a pas bougé, les bras croisés.

— Une minute vingt, dit-il.

Vu la tête qu'il fait, ce n'est pas assez. La formation l'avait bien dit : chaque seconde en paraît deux quand on retient son souffle.

— Recommence.

Au deuxième essai, je tiens vingt secondes de plus.

— Recommence, et cette fois, je te maintiens sous l'eau.

Je m'étrangle.

— Comme dans les grandes vagues : tu ne peux pas reprendre ton souffle quand ça te chante, explique-t-il.

Je m'imagine lutter pour refaire surface. Comme Kasim doit avoir lutté.

— Hors de question.

— J'essaie de t'aider ! s'exaspère-t-il. J'y vais d'abord, ça te va, comme ça ?

Il arrache son tee-shirt et le jette sur la plage, roulé en boule.

— Quoi ? Tu veux que je t'enfonce sous l'eau ?

— C'est ça, dit-il en gonflant le torse avec une grande inspiration.

— Mais comment je saurai quand te laisser remonter ?

— Même si je me débats, ne me laisse pas faire. On peut toujours tenir plus longtemps qu'on ne croit.

Après une autre inspiration, il plonge. Je trouve ses épaules à l'aveuglette, et la nausée m'envahit aussitôt. Est-ce ce qu'a ressenti Kasim dans ses derniers moments, le poids de l'océan sur son dos ? Je le relâche avec un pas en arrière. Clemente reste sous l'eau. Je compte les secondes dans ma tête ; au bout d'une minute, je m'aperçois que je suis en train de retenir mon souffle avec lui.

L'eau frissonne. Je voudrais le ressortir de force. Je n'arrive plus à compter, trop agitée. Enfin, il émerge et prend une grande bouffée d'air, parfaitement calme.

— Pourquoi tu ne m'as pas retenu ?

— Je ne peux pas…

— Il va falloir t'endurcir sans traîner, si tu veux survivre ici. À ton tour, maintenant.

Je ne crois pas pouvoir y arriver.

— *Mierda*, siffle Clemente en regardant les arbres.

Quelqu'un nous observe. Lorsqu'il sort de l'ombre pour descendre sur la plage, je m'aperçois que c'est Ryan.

— Qu'est-ce que vous fabriquez ?

— À ton avis ? répond Clemente. On est venus voir à quoi ressemblent les vagues pour aujourd'hui.

Depuis combien de temps nous fixe-t-il ? J'attends qu'il contredise Clemente, mais rien ne vient. Celui-ci m'effleure le bras pour m'inciter à le suivre, et nous remontons vers la clairière en laissant Ryan sur la plage.

— Rappelle-moi pourquoi tu m'aides ? dis-je.

Clemente me jette un regard tendu.

— Je ne veux pas encore me retrouver avec du sang sur les mains.

27

Kenna

Une symphonie d'oiseaux retentit dans les branches pendant notre petit déjeuner. Il est encore tôt, et le ciel est d'un gris-jaune entre les arbres. Mikki s'est assise près de moi. J'espère toujours qu'elle m'avertira pour l'épreuve.

Clemente ne m'a pas adressé la parole depuis notre retour de la plage. Je l'observe du coin de l'œil. Du sang sur les mains… Que voulait-il dire par là ?

— C'est l'heure de l'initiation de Kenna, annonce Sky lorsque nous finissons de manger.

Je feins la surprise. Mikki me jette un regard d'excuse : à l'évidence, en parler est interdit. Pourtant, Clemente est passé outre.

— Tu vas chercher les masques, Victor ? lui lance Sky.

— Les tubas aussi ?

— Oui, on pourra aller nager un peu ensuite. Ça fait tellement longtemps !

— Et moi, je prends quoi ? dis-je.

— Une serviette et de la crème solaire, rien d'autre, répond-elle en remplissant son sac à dos. Attends, Jack-Jack, viens voir par là…

Il a de la crème solaire sur la joue. Sky l'étale du pouce, et Victor la regarde faire, mécontent.

— Tout le monde est prêt ? lance Sky. Allez, suivez-moi.

— On va où ? je m'enquiers.

— À la rivière.

Les autres nous suivent en silence. Nous prenons une intersection, puis une autre. Je crois bien que je n'étais encore jamais allée par là. Je tente de mémoriser le trajet, mais les broussailles m'empêchent de me repérer.

— Il faudrait qu'il y ait plus de panneaux, dans le coin…

— Avant, il y en avait, dit Sky. Mais on les a déplacés ou enlevés. Histoire de compliquer la tâche aux gens.

— Et personne ne les a remis ? C'est le boulot des gardes forestiers, non ?

— Pas dans le coin, sourit-elle.

Je m'arrête pour dégager une branche prise dans mon short. Lorsque nous émergeons enfin de la forêt, après avoir gravi un talus aride, nous nous retrouvons au bord de la rivière, immense et silencieuse, courant vers la mer. L'eau est trouble, sombre sous les nuages.

— Au moins, pas de requins ici, dis-je.

— C'est dans les rivières qu'il y a le plus de requins en Australie, me détrompe Ryan.

— Sérieusement ?

— Elles sont pleines de requins bouledogues.

Tout le monde confirme de la tête. Jack m'envoie un coup de coude.

— T'inquiète, ils ont plein de poissons pour se nourrir. On n'a jamais eu de problèmes avec eux.

— Pas dans la rivière, non, marmonne Ryan.

Avant que je ne puisse lui demander ce qu'il veut dire, j'aperçois derrière lui… un kangourou ! Les autres ont l'air de s'en moquer complètement.

— Y en a des tas dans le coin, dit Jack. Ils aiment bien l'herbe d'ici, je crois.

Oh mon Dieu, il y a un bébé dans sa poche ! Enchantée, je m'accroupis pour mieux voir.

— C'est mignon, pas vrai ? commente Mikki.

Le kangourou cesse de manger et me fixe, tout comme son petit. Je tends la main.

— Tu crois qu'il va s'approcher ?

— Ça m'arrive de les nourrir, répond-elle.

Un peu plus loin, d'autres kangourous bondissent çà et là.

— Garde un œil sur les mâles, c'est tout, me conseille Jack.

Il se paye ma tête, j'en suis sûre. *Allez, on va faire croire à l'Anglaise qu'on a des kangourous tueurs !*

— Ils défendent leur territoire.

— Fais gaffe à leurs griffes, oui, acquiesce Ryan. Si tu voyais ça, on dirait des rasoirs…

— Mais ils ne feraient pas de mal aux gens, si ?

— Ça peut arriver, m'assure Jack. Pas dans le coin, mais j'ai déjà entendu parler de gens qui s'étaient fait éventrer d'un coup de patte.

Je me redresse, sans plus aucune envie de m'approcher. Un talus qui surplombe la rivière abrite une minuscule plage de sable ; nous y sautons depuis les rochers. J'envoie valser mes tongs pour aller mettre les pieds dans l'eau.

— Elle est plus froide que la mer…

— Ça doit être marée basse, dit Ryan. L'eau vient des collines.

— Quand il a plu, elle est glacée, renchérit Jack.

Je m'enfonce plus avant. Encore un pas, et j'ai de l'eau jusqu'aux cuisses ; un pas de plus, jusqu'au cou. La pente est raide. Alors même que je ne suis qu'à quelques mètres du bord, je dois déjà lutter à la nage pour rester sur place. Le courant devient plus fort encore vers le milieu de la rivière, dans sa hâte de se ruer vers la mer. Je suis loin d'être aussi bonne nageuse que Mikki, et sans ma planche je me sens perdue. Avec un rire tremblant, je reviens sur la rive.

— Allez, tout le monde prend son masque, lance Sky. Non, pas toi, Kenna…

Ils se rassemblent autour de la bassine pour séparer les tubas des masques. Leurs noms y sont écrits à l'encre indélébile.

— Tu me passes le mien ? demande Jack.

Il n'en reste que deux. En soulevant le violet, je sens mon cœur s'arrêter. *Elke.* Les lettres dansent devant mes yeux. Ça ne peut être qu'elle. La disparue… Mes pensées ralentissent sous l'effet du choc. Peut-être que je devrais faire semblant de rien ? Mais trop tard : Sky a vu ce que j'avais à la main. Nos regards se croisent.

— C'est marqué « Elke », dis-je.

Elle plisse les lèvres. Mon estomac fait des sauts périlleux, mon souffle s'accélère. Victor et Jack, qui riaient ensemble, se taisent en repérant le masque.

— Il y avait une Elke parmi vous ?

— Avant, oui. Ça fait un moment.

— Elle était allemande ?

— Oui, pourquoi ? s'impatiente Sky.

— Parce que je l'ai vue sur un avis de recherche.

— Elke ? s'étonne Clemente.

— Tu es sûre ? demande Sky.

Les autres échangent des regards confus.

— Non, ça doit être une autre, lance Jack.

Impossible de me rappeler son nom de famille malgré tous mes efforts.

— Une blonde aux yeux bleus ?

— Il doit y en avoir des centaines en Allemagne, fait remarquer Ryan.

— Toi aussi, tu as vu l'affichette à la station-service, dis-je à Mikki. C'était elle, non ?

Elle hésite.

— Je ne sais pas… La qualité n'était pas très bonne…

Vu sa réaction ce jour-là, je suis certaine qu'elle l'a reconnue sur la photo. Alors pourquoi nier ? Mais je ne veux pas l'embarrasser devant les autres.

— Vous en savez quelque chose, vous ? demande Sky.

Silence. Clemente me dévisage. Il semble préoccupé. Je me tourne vers Sky.

— Elle est restée longtemps ?

— Six mois, environ.

— Et qu'est-ce qu'elle est devenue ?

— Elle est partie.

— Sans même dire au revoir, ajoute Jack. Elle a disparu du jour au lendemain.

— Et maintenant, elle est portée disparue ! je m'écrie.

— C'est pas notre problème, grogne Ryan.

— Non, c'est clairement le sien. Bon débarras, conclut Sky.

Elle a tendance à absorber l'accent des autres : en cet instant, on la croirait américaine.

— Oui, ça n'a rien à voir avec nous, appuie Victor.

Un frisson me parcourt. Je suis sûre qu'ils cachent quelque chose. Cette fille qui a paniqué, celle qu'a mentionnée Clemente… était-ce elle ?

Sky sort une corde de son sac à dos.

— Bon, allez, c'est l'heure de l'initiation. C'est une épreuve de confiance, Kenna. Tu nous fais confiance ?

28

Kenna

Je tente de calmer les battements affolés de mon cœur.

— Je vous connais à peine. Comment je pourrais vous faire confiance ?

Sky semble satisfaite par ma réponse.

— Eh bien, voilà qui va accélérer le processus. Tu vas devoir remettre ta vie entre nos mains.

La peur me transperce l'estomac. Sky m'explique que les membres de la Tribu, disposés tous les dix mètres, vont me transporter le long de la rivière – pas en nageant, mais en marchant sur le fond en me tirant derrière eux. J'aurai un bandeau sur les yeux et les mains attachées dans le dos. Ce dernier détail me choque, et j'essaie de le dissimuler.

— Tu n'es pas obligée, intervient Clemente. On peut te ramener à la ville la plus proche.

Sky lui jette un regard agacé. La proposition me paraît soudain tentante. Mais… et Mikki ? Si je me défile, ce sera bien évidemment parce que je ne pense pas pouvoir compter sur eux, et eux non plus ne me feront jamais confiance.

Mikki hausse les épaules, avec un regard d'excuse. Elle ne les laisserait pas me faire de mal, intentionnellement ou non.

— OK pour moi, dis-je.

Clemente fait les cent pas en secouant la tête pendant que Sky me lie les mains dans le dos. En attachant le bandeau, encore relevé sur mon front, elle me souffle :

— Moins tu te débats, plus ce sera facile.

À croire qu'elle veut m'effrayer.

— Qu'est-ce qui sera plus facile ? Me noyer ?

Elle dissimule son amusement. J'insiste :

— Je pourrai respirer, quand même ?

— Espérons, dit-elle sans plus pouvoir cacher son sourire.

La vue du tuba d'Elke qui dépasse du seau n'est pas pour me calmer les nerfs.

— Il lui faut une amarre de sécurité, intervient Clemente.

Il ne prend pas souvent la parole, mais lorsqu'il le fait tout le monde l'écoute, je l'ai remarqué. Sky lui lance une autre corde qu'il m'attache autour de la taille sans rien dire. Victor se porte aussitôt volontaire pour la tenir, debout sur la berge.

— Trop froid ! explique-t-il en désignant l'eau avec un frisson exagéré.

À l'évidence, les autres n'en sont pas à leur première fois. Ils mettent leur masque et prennent leur position dans la rivière, en faisant du surplace dans le courant. Mikki, à mes côtés, sera la première, avec son masque turquoise.

— J'essaie de nager ? je lui demande.

— Tu ne saurais pas dans quelle direction aller. Et

de toute façon, tu as les mains attachées. Donc, non. Détends-toi et laisse-nous faire tout le travail.

Je suis plus grande et plus puissamment bâtie qu'elle.

— Tu ne pourras pas me porter, je suis trop lourde…

— Mais tu seras plus légère dans l'eau.

— On carbure à la peur ! hurle Sky.

— La panique, c'est la mort ! répondent les autres.

Mikki baisse le bandeau sur mes yeux et me guide jusqu'à la rivière. Je dois vraiment être frappée de folie pour faire une chose pareille, mais il n'est plus temps de renoncer : déjà, le courant s'empare de moi. Je prends de grandes inspirations en m'imposant le calme. Mikki m'attrape par la taille et mes pieds décollent du fond. L'eau m'arrive au cou. Tirée vers l'avant, je respire à petites bouffées.

Ne rien y voir dans l'eau est terrifiant. Je la sens me lécher le menton. Une autre paire de mains s'empare de moi : premier passage de relais. Le suivant est Jack, si je me souviens bien. La tension m'envahit. Pourra-t-il supporter mon poids, avec son dos en morceaux ? Mais il garde le rythme.

Leur détermination à fonctionner en équipe, si harmonieusement qu'ils semblent y parvenir sans effort, a quelque chose d'impressionnant. On n'a pas envie de s'en faire des ennemis, c'est sûr.

Quelques respirations plus tard, me voilà passée au suivant – Ryan ou Sky, je ne sais plus – mais alors qu'il vient de me recevoir il n'arrive pas à raffermir sa prise sur moi, et je lui glisse des mains. Prise au dépourvu, j'avale une gorgée d'eau saumâtre et je coule comme une pierre. La panique explose en moi ; je lutte pour me libérer les mains. Elles sont trop fermement attachées.

Des doigts me griffent l'épaule en me ramenant vers la surface. Je reprends mon souffle après une quinte de toux pendant que Mikki hurle quelque chose. On me tire vers l'avant ; le sel me brûle la gorge. Encore un changement de mains. Je garde la bouche bien fermée, en ne respirant qu'à peine par le nez, mais cette fois le passage se fait en douceur. Encore quelques secondes avant la dernière étape. Je sais que c'est Clemente, cette fois – il était tout au bout de la rivière. Ses grandes mains pressées contre mes côtes me calment, étrangement. Il s'arrête et me soulève contre son torse, tiède et solide. Puis il ôte le bandeau. Je cligne des yeux, éblouie par le soleil.

— Prends une grande inspiration, me conseille-t-il en me détachant les mains.

— Quoi ?

Au signal de Clemente, Victor tire sur la corde et me fait remonter toute la rivière – j'en avale environ la moitié en route. M'ayant récupérée, il me détache et j'émerge en toussant encore. Quelqu'un m'enveloppe d'une serviette. Je coule un regard entre Sky et Ryan : lequel des deux m'a laissée tomber ? Était-ce fait exprès ? Même si la réponse est non, cela ne fait que prouver ce que j'essaie de faire comprendre à Mikki. Dans un endroit pareil, nous sommes à la merci d'un accident.

Assise sur l'herbe, je regarde les autres faire un concours de plongeons dans la rivière – des sauts périlleux avant, arrière, tout une ribambelle de figures démentes. Il faudrait que je me joigne à eux, mais je tremble encore. Sky vient se poser près de moi, son masque noir relevé sur le front.

— Parfois, je me reconnais en toi.

J'essaie de ne pas montrer à quel point cela me flatte.

— Ah oui ?

— Je veux dire que j'étais pareille, avant.

L'une de ses dreadlocks blondes s'est posée sur mon épaule. De l'eau froide en goutte le long de mon dos.

— Comment ça, pareille ?

— Je voulais tout le temps faire plaisir à tout le monde.

Bon, pas si flatteur. Sans compter que ce n'est pas ainsi que je me vois. Décidément, je ne suis pas moi-même au sein de la Tribu. Il faut que je me reprenne, et tout de suite. Les doigts glacés de Sky se referment sur mon bras.

— Parfois, je songe à la vie que j'ai abandonnée. Je faisais tout ce que l'on attendait de moi. J'ai mis des années à me débarrasser de cette sale habitude, à vraiment comprendre qui j'étais. Les gens avec qui je sortais avant de venir ici avaient peur de moi…

— Oui, je peux l'imaginer.

— Je te fais peur, chérie ? sourit-elle.

Je préfère ne pas répondre.

— J'inquiétais aussi mes collègues, poursuit-elle. Personne ne me l'a jamais dit en face, mais je le sentais bien. Comme je n'en pouvais plus, j'ai fini par tout plaquer. Puis j'ai rencontré Jack sur la plage de Bondi. Il m'a piqué ma vague, à vrai dire.

Voilà qui m'arrache un sourire.

— Mais comme il avait l'air sympa, on s'est mis à discuter. Je me plaignais de la foule, et il m'a dit…

Elle baisse la voix pour me souffler à l'oreille :

— « Je connais un endroit que personne ne connaît. » Et il m'a emmenée ici pour le week-end. J'ai rencontré les autres. Je ne les impressionnais pas du tout. C'était plutôt moi qui avais peur d'eux ! Et des vagues…

Elle rit pour alléger l'effet de ses paroles, et je l'imite : quelque chose me dit que ce genre d'aveu n'a rien de spontané chez elle.

— La première fois, c'était pendant une tempête, en hiver. Je n'avais jamais vu de rouleaux si grands en vrai. Je n'étais pas terrible, à l'époque, et je me suis fait drosser sur la plage, à demi noyée. J'avais l'impression de renaître. C'est à ce moment que tu me fais penser. Comme s'il venait de t'arriver la même chose.

Victor pousse un cri de joie en s'élançant dans l'eau. Ils sont passés aux plats sur le ventre. Ça doit faire mal. Mikki a l'estomac rouge vif en ressortant sur la rive. Encore une fois, je suis frappée par la façon dont elle se fond dans le groupe. Elle a l'air tellement heureuse !

Lorsque je me retourne vers Sky, elle a retrouvé tout son sérieux.

— Sorrow Bay a quelque chose de spécial, Kenna. Elle transforme les gens d'une façon que je ne saurais expliquer. C'est en partie parce que nous sommes si loin du monde moderne et de toutes ses distractions – le shopping, la télé, les réseaux sociaux… Mais c'est aussi à cause de la baie elle-même. Les arbres dégagent une énergie qui n'appartient qu'à cet endroit et qui peut t'influencer d'une façon… inattendue.

Mal à l'aise, je jette un coup d'œil à la forêt par-dessus son épaule. Elle me dévisage de ses étranges yeux pâles.

— Comment vas-tu te transformer, Kenna ? Est-ce que tu en sortiras meilleure, ou pire ? Parce que je vais te dire une chose : nous avons tous une part d'ombre, et Sorrow Bay sait comment la faire émerger.

29
Kenna

Ryan ressort en trébuchant, le torse ruisselant.

— Heureusement que j'ai pensé à prendre le fusil-harpon.

— Il y a des poissons ? lui demande Sky.

— Oui, plein !

Il récupère l'arme sur la berge et met son tuba. Ses épaules sont rosies, pelées, couvertes de taches de rousseur. Les autres viennent l'imiter et retournent à l'eau en me laissant seule sur la rive. Il ne reste que l'équipement d'Elke dans le seau. Je l'enfile avec réticence, avec l'impression de porter des œillères, ce qui ne me met guère en confiance au moment d'entrer dans l'eau. Avant de m'immerger entièrement, je jette un regard alentour pour me repérer, en prenant bien note des endroits où le courant forcit. Une brasse dans la mauvaise direction et je pourrais me retrouver emportée jusqu'à la mer.

Après une grande inspiration, je plonge. Mes cheveux se déploient autour de ma tête. Le sable soulevé par les autres m'empêche d'y voir ; les poissons qui filent au-dessus du fond ont pratiquement la même couleur. Je pars sur la gauche, vers des eaux moins troubles. Sky me dépasse à la nage. La ficelle écarlate de son bikini ressemble à une traînée de sang derrière elle. Comme je n'ai pas oublié ce qu'ils ont dit sur les requins, je ne cesse de guetter ce qui m'entoure.

Clemente plonge pour aller se chercher un rocher. Après avoir repris mon souffle, je fais de même, en calant la pierre contre ma poitrine. Excellent exercice pour travailler sa force et son endurance les jours sans vagues : après l'avoir vu dans *Blue Crush*, Mikki et moi le faisions tout le temps. Il suffit de trouver un rocher de bonne taille et de courir avec sur le fond, en apnée. Dans le film, cela semble facile, mais c'est très loin de l'être.

J'enfonce mes orteils dans le sable pour m'élancer vers l'avant. Quelque chose m'effleure l'épaule et je pousse un cri dans mon tuba, mais ce n'est que Mikki. Elle lève la main, le pouce et l'index joints en un cercle, le signe de plongée pour « OK ». Je hoche la tête et elle s'agrippe franchement à mes épaules pour me compliquer encore la tâche. J'adorais ça dans le temps, mais aujourd'hui ça ne fait qu'ajouter à ma claustrophobie. Le cœur battant, je continue ma route en la traînant derrière moi.

Les rayons du soleil traversent l'eau par endroits. Des poissons passent en frétillant – certains minuscules, arc-en-ciel, d'autres, plus gros et lents, avec d'extraordinaires queues à points noirs et jaunes. Mais c'est à peine si je les remarque tant je suis préoccupée. Elke aussi a vécu tout cela, peut-être ici même, et maintenant la voilà portée disparue. Ils avaient beau se plaindre du localisme, cet endroit en est un exemple des plus extrêmes.

Une ombre à ma gauche. Merde : Ryan avec le fusil-harpon. C'est moi qu'il vise. Je lâche mon rocher en m'arrêtant si brusquement que Mikki me rentre dedans. Je lui montre Ryan, mais le harpon s'est détourné. Me suis-je fait des idées ? Mikki m'exprime sa confusion par gestes et remonte pour que je puisse m'expliquer. Je crève la surface au même moment que Ryan. Avec son masque, impossible de savoir s'il me regarde.

— Tu en as eu ? lui demande Sky.

— Non, répond-il. Pas cette fois.

Sky nous désigne la berge.

— Allez, on va s'entraîner !

Je fixe toujours Ryan pendant que nous remballons nos affaires, mais il ne m'accorde aucune attention. Probablement de la paranoïa de ma part…

Sky nous mène le long de la rive jusqu'à la plage et nous lance dans une série de sprints sur le sable, pieds nus, en retenant notre souffle pendant dix secondes, toutes les dix secondes. J'ai l'impression que nous nous excitons les uns les autres, comme une meute de chiens. Non, il y a quelque chose de plus sauvage encore sur leurs visages. Une meute de loups – et j'en fais partie.

30

Ryan

Mon cœur bat trop fort, je respire trop vite. Je disparais entre les arbres en espérant que personne ne me verra partir. Le fusil-harpon ballotte sur ma hanche. Des brindilles craquent sous mes pas.

À quoi joue Jack à ramener encore une fille ici ? Cet endroit est mon havre. Mon refuge. Je trébuche sur une racine et m'étale brutalement au sol. Lorsque je me redresse, je sens un fourmillement sous mon crâne, comme s'il était sur le point d'exploser. La main serrée sur le cœur, je reprends mon souffle et je repars.

Les arbres se raréfient enfin : j'ai atteint la petite clairière herbue que nous appelons la Prairie. Personne ne vient jamais ici. Un endroit rien qu'à moi, le seul où je sais qu'on ne me dérangera pas. Les poumons en feu, je balance le harpon et je me couche par terre, en m'étirant tous les membres.

Les yeux fermés, je me mets à tapoter des deux mains sur mon ventre. *Tap-tap-tap*, dix fois de chaque côté, puis dix fois sur la poitrine… Au total, dix endroits différents sur tout mon corps. Comme ça n'a pas suffi, je recommence, mais mes pensées se tordent en boucle dans mon cerveau au lieu de s'enrouler autour des chiffres jusqu'à s'apaiser.

Kenna à la rivière, avec toutes ses questions… J'aurais voulu la bâillonner d'une main pour la faire taire. Quand ç'a été mon tour de la porter, je l'ai « accidentellement » lâchée. Foutue Sky, elle l'a récupérée bien trop vite !

Arrête de penser à elle ! Je me bouche les oreilles et je retiens mon souffle dans un effort désespéré pour ralentir les battements effrénés de mon cœur.

Enfant, je prenais un plaisir énorme à compter les choses. Je me sentais en sécurité parmi les chiffres. Jusqu'à ce qu'ils se mettent à représenter beaucoup trop d'argent, à me mettre en danger. J'imagine que je n'aurais pas pu choisir pire métier. Analyste financier : un boulot intense, il n'y a pas d'autre mot. Impossible de faire une pause, car le marché ne dort jamais. Comme ma femme avait des goûts de luxe, je me suis mis à prendre toujours plus de risques. Le soir, au moment de me coucher, je grinçais des dents en essayant de ne pas songer aux fluctuations de la Bourse en mon absence. Il m'a fallu bien des années pour retrouver un semblant de calme.

Tôt un matin, après trois nuits sans dormir, je me suis glissé hors du lit et j'ai pris la voiture. J'ai roulé vers le soleil levant jusqu'à atteindre un surplomb rocheux où venaient se briser les vagues. Les chiffres me tourbillonnaient toujours dans la tête. J'ai sauté – juste dans l'espoir qu'ils s'arrêtent. Et c'est ce qui s'est produit. Ils ont été immédiatement balayés hors de mes pensées.

Dans les vagues qui me malmenaient, j'étais plus serein que je l'avais été depuis des siècles. *La prochaine fois, j'y retourne en surf*, me suis-je dit en boitant vers ma voiture, couvert de coupures et de bleus. J'ai ciré une planche dont je ne m'étais pas servi depuis mon adolescence, et j'ai surfé sur ces vicieuses petites vagues tout l'hiver. J'étais à nouveau capable de supporter la pression au boulot. J'ai tenté d'autres sports : escalade, saut en chute libre, snowboard, motocross. Plus c'était dangereux, et plus j'étais calme. J'ai arrêté mon traitement. Je n'en avais plus besoin.

Puis Ava est venue au monde. Comme j'étais le seul à faire vivre le foyer, la pression financière a redoublé, les insomnies ont triplé, et je n'avais plus le temps de faire du sport. Je n'ai pas tenu. Par désespoir, j'ai fait quelque chose que je regretterai pour le restant de mes jours.

N'y pense pas. Un éclair de douleur me traverse. *Tap-tap-tap. Concentre-toi sur les chiffres.*

L'an dernier, j'allais si mal que j'ai cru avoir une crise cardiaque. Il a fallu que je quitte Sorrow Bay pour aller trouver un docteur. J'ai indiqué l'adresse de Jack sur le formulaire. Depuis, j'essaie de ne pas dépasser un certain point. Quand je suis au pied du mur, les cachets de Jack me soulagent un peu. J'en pique un de temps en temps, mais il pétera les plombs s'il s'en rend compte.

Ces jours-ci, ce n'est plus guère que dans les vagues que je retrouve mon calme. Rien de pire qu'une mer d'huile : rien pour me distraire de la tempête sous mon crâne. Je me hais plus que jamais, ces jours-là. Je pense à Ava, aux dix mille kilomètres qui nous séparent. Je me demande ce qu'elle fait. Je songe à rentrer. Mais je ne peux pas – je ne veux pas aller en prison.

Mes poumons sont à l'étroit dans ma poitrine. *Tout va bien*, je me répète. Personne ne me trouvera ici. La

Tribu ne connaît même pas mon nom de famille. J'ai bien pris garde à ne jamais le dire, et j'ai caché mon passeport et mes cartes bancaires peu après mon arrivée. Malgré tous mes efforts pour ne pas me créer d'ennuis, je n'y suis pas complètement arrivé. Le nom d'Elke me résonne dans la tête, au même rythme que les battements de mes doigts. Maintenant que Kenna a vu son masque dans le seau, elle ne tardera pas à découvrir le reste. Si mes actions éclataient au grand jour, je risquerais la prison, ici aussi. Je m'imagine une cellule sans fenêtre, si étroite que je ne peux même pas m'étirer. Un sol de ciment froid. Ma poitrine se resserre encore. *Stop !*

Je tapote frénétiquement, mais ça ne marche pas. J'ai du mal à respirer. Mon cœur bat si vite qu'il doit être sur le point de prendre feu. C'est la faute de Kenna. Il faut qu'elle s'en aille. Rien d'autre ne m'aidera.

31

Kenna

J'ôte mon bikini mouillé, je me rhabille, je remets de la crème solaire et j'attrape une banane. Où est passée Mikki ? Hésitante, je vais trouver Jack qui découpe une pastèque près du barbecue.

— Tu n'aurais pas vu Mikki ?

— Elle doit être à la plage, dit Jack qui semble planer un peu, comme souvent. Tu en veux un morceau ?

— Oh, merci…

Je me lèche les doigts en descendant le sentier. La voilà, près des rochers. Alors que je la rejoins à petites foulées, les mouettes s'égaillent sur mon passage. Plus menues qu'en Angleterre, elles sont aussi plus propres, avec leur ventre d'un blanc de neige et leur dos pommelé de gris.

— Tout va bien ? dis-je en arrivant à sa hauteur, hors d'haleine.

— Bien sûr, s'étonne-t-elle. J'aime bien regarder les vagues, c'est tout. Je pourrais y passer des heures.

Je m'assois près d'elle. L'eau se cabre, s'enroule et s'écrase sur le sable en y traçant un entrelacs de dentelle, qui disparaît pour laisser place à la vague suivante. Leur rythme est hypnotique.

— Cette couleur…, murmure Mikki.

— Je sais, c'est fou.

Le turquoise a toujours été notre teinte préférée. Nous avons rempli notre premier appartement d'objets turquoise : des bols, des mugs, des bougeoirs, des taies d'oreiller, des tableaux de l'océan afin de le voir même lorsque nous n'y étions pas.

— J'aime tellement cet endroit ! Pas toi ?

— C'est quelque chose, admets-je.

Je laisse couler une poignée de sable entre mes doigts. En l'observant d'assez près, je peux y trouver toutes les couleurs de l'arc-en-ciel.

— Tu ne m'as pas parlé d'Elke. C'était bien elle sur l'affiche, n'est-ce pas ?

Mikki me jette un regard irrité.

— Probablement.

— Tu la connaissais bien ?

— On est arrivées ici ensemble, dit-elle en passant les doigts dans ses cheveux. On s'est croisées à l'auberge de jeunesse de Bondi. On a rencontré Jack et Clemente dans un bar, et ils nous ont emmenées ici.

— Qu'est-ce qu'elle est devenue ?

— Elle est partie. Je pensais qu'elle était passée à autre chose.

— Et voilà qu'elle est portée disparue…

Mikki plisse les lèvres.

— À Sydney, tu m'as dit qu'il s'était passé des trucs bizarres dans la Tribu.

— Des disputes, c'est tout. Rien de grave.

Un membre du groupe qui se retrouve sur un avis de recherche, ça me semble assez grave. Le fait que Mikki soit au courant de sa disparition mais ne m'en ait rien dit prouve à quel point elle s'est laissé entraîner. Il faut que je la sorte de là avant que ce soit elle qui disparaisse. Plus que onze jours avant le mariage. Je manque de temps.

— Écoute, dis-je après une profonde inspiration. Je suis désolée, mais… je crains que Jack ne t'aime que pour ton argent.

— Merci bien, rétorque-t-elle, blessée.

— Non, je veux dire… Il a l'air sympa, et peut-être que tu lui plais vraiment, mais tout ça est si soudain. Tu es riche, lui non. J'ai peur que ce soit sa raison principale pour t'épouser.

Mikki croise les bras.

— Tu sais quoi ? Tu as parfaitement raison.

— Hein ?

— Il a besoin d'argent, et moi, j'ai besoin d'un permis de séjour.

Elle me fixe comme pour me mettre au défi d'argumenter. Je suis complètement soufflée. Celle-là, je ne l'avais pas vue venir.

— Alors ça…

— On s'entend bien, alors pourquoi pas ?

Sans cesser de la fixer, je m'aperçois que je ne les ai jamais vus s'embrasser ni se témoigner une affection particulière, en dehors d'attentions toutes platoniques.

— Vous n'êtes même pas… ensemble ?

— Qu'est-ce qu'on entend par là, de toute façon ?

Je me force à lui poser directement la question :

— Tu n'as jamais couché avec lui ?

— Mais si, rougit Mikki.

Elle et moi ne discutons jamais de ces choses-là.

C'est drôle, parce que je parle tout le temps de sexe avec mes collègues de boulot.

— Tu l'aimes ? je demande.

— Non, avoue-t-elle après une hésitation. Ce que j'aime, c'est cet endroit.

— Je comprends l'attrait de vagues aussi peu fréquentées, mais ce que tu fais est illégal. Tu te rends compte de ce que ça implique ? Et si on vous dénonçait ?

— Ça vaut le coup, répond-elle en levant le menton.

Elle a beau être juste à côté de moi, si près que je pourrais la toucher, elle pourrait aussi bien être à dix mille kilomètres.

— Ils ont tous dépassé leur visa, c'est ça ? dis-je. Ryan, Clemente et Victor…

— Quoi ? sursaute-t-elle.

— Je sais que c'est le cas pour Ryan, il me l'a dit.

— Non, c'est le seul. Clemente et Victor sont là en toute légalité.

Devant mon air sceptique, elle poursuit :

— Clemente a épousé une Australienne. Victor est venu avec un visa sportif, mais après son accident il est passé à un visa de résident investisseur. Sa famille roule sur l'or.

— Tu ne pourrais pas faire la même chose ?

— Il faut être bien plus riche que moi pour ça, rigole-t-elle.

— Ça ne fait même pas un an que tu connais Jack. C'est trop tôt ! Attends encore un peu, au moins…

— Je ne peux pas. Mon visa vacances-travail expire dans deux semaines. Si je ne l'épouse pas, je devrai quitter le pays.

Elle embrasse la baie d'un geste.

— C'est mon endroit favori sur Terre. Je ferais n'importe quoi pour y rester.

N'importe quoi. Ces mots résonnent dans mon esprit. Elle n'est donc pas sous l'emprise de Jack, comme je le croyais, mais de Sorrow Bay même.

— On y retourne ? suggère-t-elle.

Je regarde le bleu changeant des vagues tandis que nous revenons sur nos pas le long de la plage. Par grand soleil, avec l'eau scintillante et le sable doré, on se croirait dans un paradis tropical où rien de mal ne peut arriver. Mais à peine s'enfonce-t-on sous les arbres que l'ombre semble trop fraîche. Je sens très clairement que quoi qu'il arrive dans cette forêt, elle en gardera le secret. Et elle semble suffisamment épaisse pour en garder beaucoup.

32
Kenna

En fin d'après-midi, Sky émerge du sous-bois en bikini blanc, un harpon sur l'épaule. On la croirait sortie d'un James Bond.

— Tu en as chopé ? l'interpelle Clemente.

— Viens voir ça ! crie-t-elle en retour.

Trois gros poissons se débattent dans le seau. Clemente lui tape dans la main et embarque ses prises. C'est à lui de préparer le repas ce soir. Je le rejoins près du barbecue.

— Merci de m'avoir aidée ce matin…

— Pas de problème.

Il se baisse pour ouvrir le gaz.

— Je peux faire quelque chose pour t'aider ?

— Non.

Il abat un poisson sur la planche à découper et l'ouvre avec un air de concentration intense, précis et habile avec sa lame. De l'autre côté de la clairière, Mikki asperge Victor d'antimoustique en riant. Une fois de plus, je ne peux que remarquer à quel point elle s'est bien intégrée au groupe. Mais elle a toujours été douée pour ça. Après tout, elle a de l'expérience : elle a vécu dans trois pays différents avant l'Australie.

— Tiens, tu devrais en mettre, me dit-elle en s'approchant.

— Merci…

En le prenant, je remarque une profonde égratignure sur son poignet, pile sur le tatouage.

— Merde, qu'est-ce qui t'est arrivé ?

— Oh, sans doute les rochers, répond-elle en y jetant un bref regard.

Je m'enduis de produit. Ma peau est rougie par le soleil, mais plus cuisant encore est le fait que Clemente m'ait avertie de l'épreuve initiatique plutôt qu'elle. Oui, Mikki s'est si bien intégrée à la Tribu que c'est à elle, plutôt qu'à moi, que va sa loyauté. J'espère que cela changera maintenant que j'en fais partie.

— Tu veux que je t'en mette ? demande Mikki à Clemente.

— Oui, merci, répond-il en attrapant un autre poisson.

Tiens donc, il refuse mon aide mais accepte la sienne. Je la regarde pulvériser du produit sur ses larges épaules.

— Et les jambes, dit-il. Ils m'attaquent toujours les jambes.

— En même temps, qui pourrait y résister, glousse Mikki en se penchant.

Si je ne l'avais pas vue se comporter exactement de la même façon avec Victor, je jurerais qu'elle le drague. Clemente sursaute soudain – elle l'a chatouillé ? Son mouvement brusque me met à la portée de son couteau, et je m'écarte d'un bond. Le poing serré sur l'outil, il croise mon regard. La noirceur du sien m'effraie. À moins que ce ne soit le produit de mon imagination.

Apparemment insensible à la tension qui règne, Mikki se tourne vers moi.

— Je vais me laver les cheveux. Tu veux faire pareil ? Je pourrai te montrer comment. On essaie de ne pas gâcher l'eau.

Elle et moi plongeons tour à tour la tête dans une bassine.

— De quoi tu parlais avec Clemente ? me murmure-t-elle.

— De rien…

— Tu ne peux pas lui faire confiance.

Je relève la tête pour la fixer.

— Quoi ?

— Tu ne sais pas tout, souffle-t-elle avec un regard anxieux vers l'autre côté de la clairière.

L'eau qui me coule dans le dos s'infiltre dans mon soutien-gorge.

— Comme quoi ?

— Je ne peux rien dire, répond-elle en secouant la tête.

— Mais…

— Garde tes distances, c'est tout. Mince, il faut qu'on se change !

— Quoi ? dis-je, frustrée. Pourquoi ?

— Pour ta cérémonie d'initiation !

Je repars vers ma tente sans cesser de me demander ce qu'elle voulait dire. Quand je pense que nous n'avions pas de secrets l'une pour l'autre, autrefois… Mais j'imagine que c'est le prix à payer pour avoir déménagé à Londres. Je fouille dans mon sac mais aucun de mes vêtements ne semble convenir. Une chemise imprimée ? J'aurai trop chaud. Une petite robe noire ? Trop soirée.

— Je ne sais pas quoi mettre ! je crie.

— Viens voir là, répond Mikki.

J'entre dans sa tente à quatre pattes : elle est en train d'enfiler une robe à sequins argentés et me tend quelque chose.

— Mets donc ça…

En la dépliant, je reconnais une robe en dentelle blanche que je lui ai déjà empruntée par le passé.

— Mais c'est tellement court !

— On s'en fiche. Il fera bientôt trop sombre pour y voir quelque chose.

— Pas faux. Merde, j'ai pris du poids, dis-je en m'y glissant. La faute à Londres, ça… Trop de bouffe, pas assez de sport.

— Tu ne tarderas pas à tout perdre, ici.

— Mikki ! Kenna ! nous appelle Sky.

En ressortant, Mikki cueille une fleur dans les broussailles et me la pique dans les cheveux. Elle a des talons lamés argent, assortis à sa robe, tout à fait déplacés dans cet endroit, et pourtant parfaits. Ils s'enfoncent dans la terre meuble et je rigole lorsqu'elle se raccroche à mon bras.

Les autres sont assemblés autour du feu. Mon rire s'éteint devant leur expression solennelle.

— Nous sommes ici ce soir pour accueillir Kenna dans la Tribu, commence Sky.

— Bienvenue, Kenna, répondent-ils.

Les flammes dansantes leur donnent un air presque sinistre. Sky porte une longue robe immaculée d'où dépassent ses orteils bronzés. Les hommes sont en chemise : blanche pour Victor, en contraste très net avec sa peau ; noire pour Clemente, et hawaïenne pour Ryan. Celle de Jack, bleu pâle, est entièrement déboutonnée. Il se penche vers Mikki pour lui murmurer :

— T'es trop canon comme ça.

Un éclat au poignet de Sky m'attire l'œil. Mon estomac se retourne quand je vois le bracelet d'argent. Il est à Mikki : elle l'a hérité de sa grand-mère, qui le tenait elle-même de sa grand-mère. La seule fois où j'ai demandé à l'emprunter, Mikki a refusé. *Je te prêterais n'importe quoi, sauf ça. Il est irremplaçable.*

— Nous n'avons que deux règles, continue Sky. La première : n'en parle à personne. La plupart des surfeurs tueraient pour un endroit si peu fréquenté. Ces vagues sont à nous, et nous ferons tout pour les protéger.

— Nous ferons tout ! lancent les autres en chœur.

— La deuxième : on partage tout. Et quand je dis tout, c'est *tout.* Compris ?

Elle veut vraiment dire ce que j'imagine, ou je rêve ? Les autres hochent la tête. Comme ils me fixent, j'acquiesce également.

L'ourlet de la robe de Sky frôle le sol lorsqu'elle se déplace. Elle tend la main au milieu du cercle, au-dessus du feu. Un par un, les autres empilent leur main sous la sienne. C'est lorsque les regards se tournent vers moi que je me rends compte que je dois les imiter. Je place ma main tout en bas, sous celle de Victor, juste au-dessus des flammes. La chaleur me lèche la paume.

— La Tribu ! clame Sky.

— La Tribu ! répondent les autres.

— La Tribu, dis-je dans l'espoir de pouvoir vite ôter ma main, qui commence déjà à me faire mal.

— Ta force est la nôtre, et tu t'en serviras pour nous soutenir, dit Sky. Ta faiblesse est la nôtre, et tu t'efforceras de l'éliminer. C'est d'accord ?

— Oui, oui, c'est d'accord !

Les mains se lèvent et j'écarte la mienne en hâte. Je suis presque sûre que je me suis brûlée. Je presse ma paume contre ma bouteille d'eau, pour profiter de la fraîcheur du plastique.

— Allez, à table, dit Sky en m'adressant un sourire.

Clemente a fait une paella pour accompagner le poisson. Je les regarde en mangeant. On se croirait vraiment dans Koh-Lanta. Comme dans l'émission, un complexe réseau d'alliances s'est tissé entre les membres du groupe à la suite d'événements dont je ne sais rien. Clemente s'est quelquefois opposé à Sky : à l'évidence, il ne dirait pas non à plus de pouvoir. Ryan s'est aussi insurgé contre elle hier. Clemente et Victor semblent bons amis, mais quand Clemente s'élève contre Sky, c'est elle que Victor soutient. Clemente paraît vouloir protéger Jack qui se trouve apparemment au bas de l'échelle, à moins qu'il ne préfère tout simplement éviter le conflit. Mikki semble elle aussi refuser de prendre parti.

— Tu as prêté ton bracelet à Sky, dis-je en me penchant vers elle.

— En fait… je le lui ai donné, répond-elle, coupable.

Je la regarde en clignant des yeux.

— Ah.

Elle doit discerner à quel point je me sens blessée, car le regret se lit sur son visage.

— Je suis désolée, murmure-t-elle. Il lui plaisait beaucoup.

— Vous voulez des fruits du chagrin ? lance Ryan en ramassant un bol par terre.

Les autres hochent la tête et il fait tourner le bol. C'est quoi, des fruits du chagrin ? Au passage, j'en prends un, qui se révèle assez petit, d'un rouge violacé.

— C'est une pomme ?

— C'est ça, dit Ryan.

Ses longs cheveux lui retombent sur les épaules. On dirait qu'il les a brossés, pour une fois.

— À Sky, dit Jack en levant sa pomme.

— À Sky ! l'imitent les autres.

Mais c'est Clemente qu'ils regardent, pas elle. Curieux.

En tout cas, on ne peut pas les accuser d'excès – porter un toast avec des fruits… Je n'ai pas bu une goutte d'alcool depuis mon arrivée ici. Mais je bois beaucoup trop depuis deux ans. Cette pause me fera du bien.

La pomme est croquante, trop acide ; son goût me remplit la bouche, et je voudrais tout recracher mais je sens qu'ils s'en offenseraient. Je la fais passer avec une gorgée d'eau.

— Tu as froid ? dit Jack en frottant le bras de Mikki. Tu as la chair de poule. Je t'apporte un pull ?

— Non, merci, répond-elle en se dégageant.

Ryan sort une guitare d'on ne sait où et se lance dans « Sweet Jane », de Lou Reed. Victor chante de sa voix profonde, et Mikki l'accompagne. La Tribu semble détendue, heureuse… tout le contraire de moi, avec ma tête pleine de questions.

Une fois le morceau fini, je lance à Ryan :

— Tu es vraiment doué !

— Pas du tout. Je n'en connais pas d'autre.

Je me suis sans doute trompée sur lui, à la rivière. J'étais tellement effrayée par ma découverte du masque d'Elke que je me suis imaginé des choses. Il n'est pas très amical, mais je crois que c'est surtout dû à sa timidité.

— J'ai vraiment du mal à imaginer que personne d'autre ne vient profiter de cet endroit, dis-je. Impossible que vous soyez les seuls au courant, non ? Et ceux qui sont venus ici, qui sont repartis ? Ils ne reviennent pas ?

— Personne ne vient plus jamais, répond Sky. Donc, personne ne repart.

— Sauf Elke, dis-je.

Soit je suis parano, soit tout le monde vient de se raidir et de retenir son souffle. *Tais-toi, Kenna*, me glisse une petite voix. Mais je ne peux pas résister.

— Elle était comment ?

Jack jette un regard à Clemente. Victor fait de même, puis lance :

— On a une expression en portugais…

— Et c'est reparti, marmonne Ryan.

— *Comprar gato por lebre*, poursuit Victor en l'ignorant. Ça veut dire se retrouver avec un chat alors qu'on pensait avoir acheté un lapin.

— Je ne suis pas sûre de comprendre…

— Elle avait l'air vraiment gentille au début, mais elle avait des griffes, explique Victor en faisant les doigts crochus.

— Elle était hyper compétitive, renchérit Ryan. Elle faisait du hockey au niveau national en Allemagne…

Une drôle de pause s'installe, pendant laquelle Jack continue de fixer Clemente. Après dix ans dans la médecine du sport, je sais comment déchiffrer les messages cachés dans la physiologie des gens. Dès le moment où l'on entre dans mon cabinet, je cherche les signes de tension : les doigts ou la mâchoire crispés, les épaules trop hautes, les membres ou le dos rigides. On attend d'un corps qu'il soit symétrique, mais c'est rarement le cas. La plupart du temps, les hanches ou les épaules sont en biais, des suites d'un traumatisme ou à cause du stress. Lorsqu'on a mal quelque part, les muscles autour se contractent naturellement dans un réflexe de protection, et c'est mon travail de repérer ces indices.

Là, impossible de ne pas remarquer la tension dans le groupe. Ryan pose son regard un peu partout, sauf sur moi ; Jack fait l'inverse et plante ses yeux dans les miens comme pour faire barrage à mes pensées. Mikki se tient très droite et joue avec ses cheveux. Clemente et Sky sont plus doués pour la dissimulation, mais ils respirent trop vite, ce qui les trahit.

— Hé, Ryan, tu nous la rejoues ? demande Victor.

Ryan se lance à nouveau dans son morceau, ce qui détend un peu l'atmosphère. Mais je vois bien qu'ils cachent quelque chose, et vu l'attitude de Mikki, elle sait de quoi il s'agit.

Lorsque je me lève pour aller remplir ma gourde, Clemente m'attrape le bras.

— Cette affichette sur Elke, murmure-t-il. Ça disait quoi ?

Je lutte pour m'en souvenir.

— Qu'on l'avait vue pour la dernière fois sur la plage de Bondi, en septembre… Je crois que c'est tout.

Un éclair d'inquiétude traverse son visage. C'est pour elle qu'il s'inquiète, ou pour le secret de Sorrow Bay ? Il ouvre la bouche mais se ravise à l'approche de Mikki.

— Ça vous dirait d'aller nager un peu avant de dormir ? demande-t-elle.

— Pas maintenant, répond Clemente.

— Moi non plus, désolée, dis-je. Mais amuse-toi bien !

Mikki me regarde d'un air curieux, et ses avertissements au sujet de Clemente me reviennent en mémoire. Je réponds d'un sourire rassurant, et elle s'éloigne.

— En septembre ? insiste Clemente.

— Oui, c'est ça. Pourquoi ?

— Juste par curiosité.

— C'est elle qui avait paniqué pendant l'épreuve d'initiation ?

Après un temps d'hésitation, il acquiesce. Je plisse les yeux pour analyser son expression malgré la lumière déclinante, mais il a retrouvé son air impassible. Impossible de savoir ce qui se passe dans sa tête.

Lorsque je reviens dans ma tente, quelque chose se froisse sous ma main, posé sur l'oreiller. J'allume mon téléphone (plus que un pour cent de batterie) et je découvre un emballage vide, avec un mot griffonné dessus.

Tu poses trop de questions.

33
Kenna

Les premiers rayons de l'aube nous trouvent sur la plage. Les vagues émergent de la pénombre telles des fantômes. Je m'avance dans l'eau jusqu'à la taille et je m'asperge le visage pour tenter de me recentrer pendant que les autres me dépassent en ramant, assis sur leur planche.

J'ai mal dormi, incapable d'oublier Elke. Peut-être a-t-elle quitté cet endroit de son propre chef – après s'être disputée avec un membre de la Tribu, pourquoi pas – et disparu ensuite. Mais j'en doute.

Le message sur l'oreiller prouve qu'ils cherchent à cacher quelque chose. Tout en pagayant vers le large, je m'interroge à nouveau : qui peut bien l'avoir écrit ? Sans doute pas Mikki. Elle m'aurait avertie en personne, non ? Pas Clemente non plus, pour la même raison. Rien ne l'empêchait de me le dire en face la nuit dernière. Mais peut-être que l'auteur de ce mot préfère rester anonyme parce qu'il a vu quelque chose qu'il ne fallait pas voir…

La lumière monte sur l'horizon. De bleu marine, le ciel vire au violet, puis au rose, pendant que je regarde les autres surfer. Une fois de plus, je ne peux m'empêcher de noter à quel point ce sport les révèle.

Jack est particulièrement élégant, si habile et léger que ses étroits virages aux angles aigus sont presque choquants, inattendus de sa part. Clemente pourchasse les vagues, même celles qui vont clairement casser sur toute la longueur en même temps, en se refermant inévitablement sur lui. Il est à fond, sans crainte du monstre qui rugit dans son dos, capable d'en faire abstraction pour ne regarder que vers l'avant. J'imagine que cela reflète sa façon de vivre. Ryan n'a clairement pas pardonné à Jack pour l'autre jour et lui pique ses vagues dès que possible. C'est drôle : lui qui parle si bas et n'ose pas regarder les gens dans les yeux, il change du tout au tout sur l'eau. Et il est clairement du genre rancunier. Victor est aussi fort et confiant dans l'eau qu'au sec – ses larges virages au pied des vagues témoignent de sa puissance dans les jambes.

C'est au tour de Mikki. Merde – Clemente remontait vers la même vague à la rame, et Mikki lui arrive droit dessus ! Au dernier moment, il se baisse et elle lui passe au-dessus de la tête.

— *Oh my God*, je suis désolée ! hurle-t-elle.

Les autres rigolent tandis que tous deux rejoignent le groupe. Victor envoie à Clemente une bourrade dans l'épaule.

— Elle a failli te décapiter, mec !

— J'ai bien cru que c'était la fin ! s'esclaffe-t-il.

Mikki ne sait plus où se mettre, mais nous sommes tous hilares.

— C'est vrai que c'est un danger public, dis-je. Elle a failli assassiner mon copain il y a quelques années…

Ma voix perd son énergie en fin de phrase et on me jcttc dcs rcgards curicux. J'ai encore du mal à parler de Kasim sans douleur. La houle se gonfle dans ma direction. *Allez, Kasim, celle-là est pour toi !*

Je saute sur mes pieds pour prendre la vague au vol : sans même que je puisse réfléchir à mes actions, mon corps a déjà pris le relais et ma planche décolle quasiment hors de l'eau, dans une gerbe d'écume qui retombe avec un sifflement.

Il y a dans le surf – comme dans toute autre discipline, sans doute – des moments où les planètes s'alignent, où tout s'enchaîne parfaitement. Le flow, comme disent les ouvrages de psychologie du sport. Mais ce petit mot semble bien faible pour exprimer l'énergie qui me remonte dans les jambes en un éclair et m'enflamme tout le corps. Le seul problème, c'est qu'on en veut toujours plus. *Ne retombe pas dedans*, me dis-je, mais au fond de moi, je sais qu'il est déjà trop tard.

Je sens les coquillages sous mes pieds nus en remontant la plage.

— Attends-moi ! me lance Mikki en arrivant à ma hauteur.

— Cet endroit est fabuleux. J'ai pris douze vagues ! Je ne peux même pas me rappeler la dernière fois que j'ai pris douze vagues !

— Je savais que ça te plairait, rayonne-t-elle.

— Tu t'es vraiment construit quelque chose de génial, ici.

Elle étudie mon expression pour déterminer si je suis sincère, ou si je ne fais que changer d'angle d'attaque.

Ce qui m'inquiète, c'est que je n'en suis pas sûre moi-même. Comment ai-je pu oublier à quel point glisser sur l'eau me faisait tout simplement du bien ? La disparition d'Elke est plus qu'inquiétante, et le mariage irréfléchi de Mikki me perturbe. Pour autant, impossible de nier l'attrait de Sorrow Bay. Il ne reste plus beaucoup d'endroits au monde où l'on peut trouver des vagues pareilles, sans file d'attente.

Mikki change sa planche de main pour me passer le bras autour de la taille.

— Et maintenant, tu y as aussi ta place. Rappelle-toi.

— Pour un temps seulement.

Je ne veux pas lui donner de faux espoirs. Elle me regarde, les yeux brillants.

— Cet endroit se moque de qui on est. On y est défini par ce qu'on fait, et j'adore ça. Cette vie est si simple, en pleine nature, presque comme on aurait vécu il y a des dizaines de milliers d'années, en chasseurs-cueilleurs…

Aucun problème avec la cueillette, c'est l'aspect chasse qui me dérange.

— On mange et on y retourne ? propose-t-elle.

— Super idée !

Tant que je suis là, autant surfer. Mais dans un mois je repartirai en Angleterre, et j'ai bien l'intention d'être accompagnée de Mikki dans l'avion. En m'éloignant, je jette un regard par-dessus mon épaule. L'océan peut tant offrir… et tant arracher. Je ne dois pas l'oublier.

34
Kenna

Deux ans plus tôt

Kasim avait un goût de confiture d'orange, ce matin-là.

— Miam ! ai-je dit avant de l'embrasser à nouveau.

Je l'aurais embrassé plus longtemps encore si j'avais su que c'était la dernière fois. Ma cuisine embaumait le pain grillé. Avec le chauffage central, je transpirais dans ma combinaison de plongée. Nous étions à la mi-mars, et les tubes de deux mètres de haut qu'avait annoncés la météo marine étaient là : la plus forte houle de tout l'hiver. Mikki et moi étions restées rivées à la webcam de la plage pendant tout le petit déjeuner.

— Regarde-moi ça ! s'est-elle écriée.

Sur l'écran, une vague déferlait bien au-dessus de la tête de la minuscule silhouette noire qui glissait à sa surface. Kasim a poussé un juron en arabe.

— C'est trop.

— Tu n'es pas obligé de venir, ai-je dit en finissant mon café d'un trait.

Il a tenté de me bloquer le passage.

— Hors de question que tu ailles te fourrer là-dedans !

En général, ses poussées machos étaient plutôt mignonnes – voire sexy –, mais pas quand il tentait de m'empêcher de surfer. Derrière lui, sur l'écran, un rouleau particulièrement grand se formait, hypnotique par sa puissance. Je trépignais d'impatience.

— Désolée, mais j'y vais.

— Alors, tant pis ! s'est-il exaspéré. Je viens avec toi !

Maintenant, c'était moi qui ne savais pas comment l'arrêter. Comment lui dire que j'estimais les conditions trop rudes pour lui sans offenser sa précieuse fierté ?

Depuis ma rencontre avec Kasim, j'avais acquis un respect nouveau pour les photographes de surf. Certains disent de cette discipline que c'est un sport extrême, et je ne peux qu'approuver. Alors que les surfeurs peuvent compter sur leur planche, Kasim devait se maintenir à flot tout seul pendant des heures, avec son lourd appareil photo dans sa coque de plastique étanche. Une photo réussie impliquait de se tordre dans toutes sortes de positions diverses pour obtenir l'angle adéquat. Il lui arrivait souvent de se faire entraîner, un canoë lui avait un jour ouvert le front, et une vague l'avait pilonné contre le fond en lui brisant la cheville. C'était l'un des hommes les plus sportifs que je connaisse. Il n'empêche : il n'avait pas l'habitude de vagues de cette taille.

Mais il enfilait déjà sa combi. Lorsque j'ai fait appel à Mikki du regard, elle a secoué la tête avec nervosité. J'aurais pu changer d'avis et rester à la maison. Au lieu de ça, j'ai fait passer mon plaisir égoïste avant la sécurité de mon petit ami.

Dix minutes plus tard, j'étais assise sur ma planche, soulevée par la houle. Par un temps pareil, je finissais toujours avec un certain mal de mer. En cherchant

Kasim du regard, je l'ai repéré dans le lointain, son appareil devant lui.

Nous n'étions clairement pas les seuls à avoir vu la météo du surf – pour un mois de mars, l'endroit était étonnamment couru. Quatre mecs s'alignaient avec moi pour prendre la vague. L'un d'eux venait d'ailleurs de décoller. Encore trois, puis ce serait mon tour. Mikki attendait au sein d'un autre petit groupe, un peu plus loin. Je lui ai envoyé un sourire rassurant : elle avait toujours tellement peur dans des vagues de cette taille… Enfin, elle en a pris une. Ensuite, mon tour. Puis une autre, et une autre…

C'est alors que je me suis aperçue que je ne voyais plus Kasim depuis un moment. *J'espère qu'il va bien*, ai-je songé. Mais si j'étais partie à sa recherche, j'aurais perdu ma place dans la file.

Je m'attendais à le retrouver sur la plage, comme d'habitude, mais il n'était pas là. Mikki et moi demandions à tous les surfeurs qui passaient s'ils l'avaient vu. Peut-être qu'il avait eu trop froid et qu'il était rentré en stop. Mais il n'était pas à la maison non plus. C'est là que la peur m'a vraiment serré le cœur, en me coupant le souffle. J'ai signalé sa disparition et les recherches ont commencé.

J'étais dans ma voiture quand un autre surfeur m'a appelée. *Ils l'ont trouvé.* Le soulagement qui m'a d'abord envahie s'est évanoui lorsque j'ai remarqué le ton de sa voix. *Où ça ?* ai-je demandé d'une voix étranglée. Je suis revenue me garer à la même place que ce matin-là, j'ai couru sur le sable. Je me rappelle un cercle de gens autour d'un corps immobile, puis plus rien.

35
Kenna

Ma tente sent la crème solaire. Après avoir enfilé mon short en jean effrangé, je sors le mot de sous mon oreiller pour l'examiner maintenant qu'il fait jour. Il a été écrit sur un emballage vide de Sex Wax, la cire de surf qu'on se partage ici. Est-ce de l'encre bleue ou noire ? Ce n'est qu'en ouvrant la tente pour laisser entrer le soleil que j'y vois assez pour le déterminer. Bleue, assez sombre. Je le cache dans mon sac à dos.

Les autres s'occupent à préparer un deuxième petit déjeuner. Ils ne doivent pas crouler sous les stylos. Autant tenter le coup.

— Quelqu'un a de quoi écrire ?

— Oui, tiens, me dit Jack en sortant de sa tente.

— Hé, c'est le mien ! s'indigne Victor.

Il le lui prend des mains avant de me l'offrir comme une rose.

— Et voici, Kenna.

— Merci…

Le stylo est noir. *Merde.* De l'autre côté de la clairière, Clemente a empoigné le pied de Ryan d'une main, un cutter dans l'autre. Je m'approche :

— Qu'est-ce que vous faites ?

— J'ai marché sur un oursin, grimace Ryan.

Clemente lui fouille le pied de la pointe de la lame. Je ne peux pas regarder ça sans ressentir un certain malaise, mais lui semble aussi concentré que lorsqu'il préparait le poisson. Ryan pousse un cri.

— Désolé, marmonne Clemente. Je n'arrive pas tout à fait à…

— Mais bordel !

— Arrête de bouger. Ah, voilà.

— Je peux voir ? je demande.

Clemente me montre l'aiguille noire collée au métal.

— Ah oui, c'est donc ça que j'avais vu sur les rochers…

— Fais gaffe à ne pas marcher dessus, conseille-t-il. J'en ai encore dans le talon, alors que ça fait des semaines.

— Merci, docteur, lance Ryan.

Je fixe Clemente, étonnée.

— Tu es vraiment docteur ?

— Non. Je n'ai pas fini mes études.

Vu sa grimace, mieux vaut ne pas creuser le sujet. Ryan saigne toujours.

— On devrait mettre un pansement, continue Clemente. Pour que ça ne s'infecte pas.

— Au Brésil, on mettrait du citron vert, intervient Victor en s'approchant.

Rien qu'imaginer la chose m'arrache une autre grimace.

— Il y a des citrons verts dans la Prairie, non ? poursuit-il. Je vais aller en chercher.

— Non merci, l'arrête Ryan. Je reste au Mercurochrome.

— Attends, laisse-moi regarder s'il y en a encore, reprend Clemente.

Il me plaît – plus que de raison – mais il est un peu trop à l'aise avec une lame à mon goût. Je repars trouver Jack, qui fait la vaisselle du petit déjeuner. Comme je ne suis pas encore dans la liste pour les corvées, je ne prends jamais mon tour, et j'ai l'impression de me faire servir. En le voyant avaler un cachet, je m'enquiers :

— Comment va ton dos ?

— Un peu raide.

Maintenant que je connais la vérité sur lui et Mikki, mes sentiments à son égard se sont mués presque en pitié, parce qu'il la traite avec une affection sincère et n'en reçoit guère en retour. Qui se sert de qui ? Ou alors, je devrais voir les choses comme me les a présentées Mikki, un accord clair entre deux adultes consentants.

— Mikki m'a tout expliqué, pour le mariage.

— Ah, dit-il, sur la défensive. Et alors, qu'est-ce que tu en penses ?

— C'est de la folie.

— Ça ne regarde que nous. Je ne suis pas quelqu'un de mauvais, Kenna, tu sais…

Son expression s'est adoucie, et lorsqu'il revient à ses assiettes, ses mèches blondes lui tombent sur le visage. N'importe quelle femme hétéro voudrait se jeter sur lui, j'imagine.

Avec un sursaut, je remarque soudain que Clemente me fixe depuis sa tente, d'un air indéchiffrable. Je baisse la voix :

— La femme de Clemente… Elle était comment ?

— Du genre hippie. Très, comment dire ?, très proche de la nature, tout ça. Elle s'était disputée avec sa famille, celle de Clemente était à l'autre bout du monde, alors ils s'épaulaient mutuellement, je crois. Ça lui faisait du bien. Et elle te ressemblait un peu.

Peut-être que c'est pour ça qu'il me dévisage tellement.

— Son suicide a dû être un tel choc…

— Je crois qu'il ne s'en est jamais remis, confirme Jack avec un regard vers Clemente.

— Mais vous l'aviez vu venir ? Je veux dire… Elle était dépressive ?

— Pas que je sache. La semaine de sa mort, les vagues étaient extraordinaires. Pratiquement les meilleures que j'aie connues.

Je songe à l'expression coupable de Clemente lorsque je l'ai questionné à ce sujet.

— Ils se disputaient ?

— Parfois. Tu sais bien comment ça se passe… Quand il n'y a pas de vagues, on tourne en rond et on s'entretue pour un rien. Notre appartement à Bondi, c'était le sien. Elle voulait le vendre, acheter une propriété et se lancer dans la permaculture. Clemente disait que ce serait trop de boulot et qu'ils n'auraient plus le temps de surfer…

Le message me revient en mémoire. J'essaie de rester sur le ton de la conversation.

— Mais du coup quand elle est morte, c'est lui qui a récupéré l'appartement ?

— Ouais, c'est ça.

Les tentes battent sous la brise. Mes pensées filent à toute allure. Sydney est l'un des endroits les plus chers au monde en matière d'immobilier. J'ai bien l'impression que le veuvage de Clemente lui a profité. Cette idée ne colle pas avec la gentillesse que j'ai parfois détectée chez lui. Puis la noirceur de son regard me revient. Mieux vaut éviter de demander à Jack si le suicide de la femme de Clemente avait quelque chose de bizarre – ils sont trop bons amis pour ça.

Victor, non loin, remplace les ailerons d'une planche jaune canari. Je vais plutôt tenter ma chance avec lui. J'approche en me creusant la cervelle pour trouver comment aborder le sujet en toute innocence.

— J'adore ta planche…

— Tu la veux ? demande-t-il en enfonçant le dernier aileron. J'en ai d'autres.

Je cligne des yeux, stupéfaite. Cette planche est bien trop grande pour moi. Et surtout elle lui appartient.

— Non, merci, je parlais surtout de la couleur…

— Elle vient du Brésil, sourit-il. Oh, regarde !

Il tend la main vers les broussailles pour arracher quelques fleurs blanches aux épais pétales, avant de me les flanquer sous le nez.

— Sens-moi ça. C'est fou, non ?

— Oui…

— Je vais les offrir à Sky, décide-t-il en cueillant d'autres fleurs pour les arranger en bouquet.

— Écoute, je voulais te demander… Tu sais, quand la femme de Clemente s'est suicidée. Il n'y avait rien de bizarre ?

Il se raidit aussitôt.

— Bizarre comment ?

— Je ne sais pas, quelque chose de… suspect ?

— Qui a parlé de quoi que ce soit de suspect ? gronde-t-il.

Pour la subtilité, on repassera, Kenna. Je me hâte de faire machine arrière.

— Personne ! Je me demandais, c'est tout.

Il fait un geste péremptoire de son bouquet.

— Non, c'était clairement un suicide, aucun doute là-dessus. Elle était très triste, avant. Elle pleurait tout le temps. N'arrivait pas à s'arrêter. Tu vois le genre ?

Il en fait un peu trop. Bon à savoir : Victor ne sait pas mentir. À l'évidence, il pense bel et bien que sa mort avait quelque chose de bizarre – ou alors, il en a la certitude. Ce n'est pas du tout ce que j'espérais entendre. Puisqu'il est ami avec Clemente, est-ce lui qu'il tente de protéger ? Le problème, c'est que tout le monde ici est ami avec Clemente. Comment découvrir quoi que ce soit dans un groupe si fermé ?

C'est l'heure de changer de sujet.

— Mikki m'a dit que tu étais un professionnel de big wave ?

Moi qui pensais m'aventurer en eaux peu profondes cette fois-ci, voilà qu'il se tend encore plus.

— Je l'étais, oui.

Un bruit de brindilles qui craquent : quelque chose me tombe sur les pieds. Des pétales. Il a écrasé les fleurs dans son poing.

36
Victor

Kenna parle encore mais je ne l'entends plus. J'ai la tête remplie d'écume, d'un bouillonnement furieux.

Mavericks, en Californie, célèbre pour ses eaux glaciales et ses énormes vagues. Le big wave commence à six mètres de haut, et les vagues de Mavericks peuvent monter jusqu'à dix-huit mètres. La taille d'un immeuble de six étages.

Mais tu n'as pas peur ? me demandaient tout le temps les gens.

On voyait qu'ils n'avaient pas grandi en marge de la plus grande favela de Rio. La peur, c'est se faire braquer sur l'autoroute. *File-moi ta moto ou je te flingue !* La peur, c'est se retrouver coincé entre la police et les gangs. La peur, c'est quand des voleurs armés entrent chez toi et menacent de tuer ta mère sous tes yeux.

Qui a survécu à une enfance pareille se sent invincible. Les vagues, après tout, ce n'est que de l'eau.

Vitão, on m'appelait, avant. *Le grand Victor.* Mais plus maintenant. Il y a trois ans, je me suis noyé.

En entendant ça, on me pose souvent un millier de questions. Il fut un temps où j'essayais de décrire ce que ça fait de se prendre des centaines de tonnes d'eau sur la tête. Enfoncé loin de la surface, écrasé par la pression, le cerveau et les poumons mouchés comme la flamme d'une bougie.

Imaginez un scarabée coincé sur le dos, je disais. *OK. Maintenant, imaginez un scarabée coincé sur le dos, sous un gratte-ciel.* Quand je me suis réveillé à l'hôpital, j'avais toutes les côtes cassées.

J'ai fini par comprendre qu'il n'y a pas de mot pour décrire cette quantité d'eau, ou de terreur. Alors je n'essaie plus ces jours-ci. Je suis tombé dans une vague de quinze mètres, et j'ai été maintenu si longtemps sous l'eau que j'ai perdu conscience. Mon équipe de secours m'a sorti de là, et le doc savait ce qu'il faisait. J'ai eu de la chance.

Il m'a fallu trois mois pour me remettre, sur le plan physique. Pour ce qui est du mental…

Je surfais les vagues que je connaissais le mieux, celles de Rio, quand un rouleau plus grand que les autres m'est arrivé dessus. Et là, sous les yeux de tous mes potes et devant une demi-douzaine de caméras, j'ai fait ma première crise d'angoisse.

Quand on a connu des vagues comme celles de Mavericks, impossible de les oublier. Je les vois en rêve, chaque nuit. Chaque nuit, je me noie à nouveau. Je me réveille en cherchant de l'air, secoué de quintes de toux. *On voit que t'as trop fumé*, disent ceux qui m'entendent. Mais je n'ai jamais touché à une cigarette.

Un jour, je retournerai à Mavericks. Je serais prêt à mourir pour retrouver ces sensations. Seule Sky semble me comprendre. Ma meuf – qu'est-ce qu'elle me fait du bien ! Les autres s'inquiètent de la voir me pousser si loin dans mes retranchements, mais j'en ai besoin. Je veux redevenir Victor Romano. Kenna n'a pas intérêt à mettre en danger ce que nous avons construit ici : hors de question que je laisse quoi que ce soit entraver ma guérison. Les vagues de Sorrow Bay ne montent guère que jusqu'à deux mètres, voire trois par tempête, mais si je peux m'y élancer quelles que soient les conditions je pourrai en tenter de plus grandes.

Plusieurs fois par semaine, Sky me prend par la main et me mène à l'océan, ou à la rivière. Mon corps se met à trembler, mes paumes deviennent moites. Je lutte pour garder mon calme, en sachant que Sky fera de son mieux pour déclencher ma panique, ce qui n'a rien de difficile. Elle a une drôle d'expression dans ces moments-là. Un certain éclat dans l'œil. Parfois, j'ai l'impression qu'elle a besoin de ces séances autant que moi. Nous nous avançons dans l'eau puis, sans prévenir, elle me coince la tête sous son bras et m'entraîne sous l'eau. Je n'ai aucun moyen de savoir quand elle me laissera remonter – ni même *si* elle me laissera remonter.

Le big wave est un sport mental autant que physique. Écrasé par une vague, on ne peut que se relâcher et attendre. Tandis que les secondes s'écoulent, on tente de ralentir son rythme cardiaque en se projetant ailleurs. Ce n'est qu'à la fin qu'on se débat, quand on n'a plus le choix.

Les surfeurs de big wave sont en général capables de retenir leur respiration pendant au moins quatre minutes, voire plus. Avant, dans mes meilleurs jours, j'atteignais quatre minutes vingt, mais j'ai régressé depuis l'accident. Mon entraînement avec Sky me permet de retrouver mes capacités d'avant. Mais c'est surtout sur mon traumatisme que nous travaillons ensemble.

Quand elle me maintient comme ça, son bras luisant d'eau en travers de ma gorge, j'ai les yeux pile sur son tatouage de rose, mon préféré, qui la résume si bien. Elle en a la beauté, le parfum, et les épines. Tout comme Elke avait ses griffes.

Le plaisir que Sky trouve à ma quasi-noyade me dérange, mais peut-être que je ne devrais pas m'en inquiéter, car personne d'autre ne pourrait me donner ce dont j'ai besoin. Je peux me raccrocher à mon attirance pour elle pendant ces exercices. Par la suite, sous la tente, elle se montre particulièrement passionnée, comme pour s'excuser.

Ou alors, comme si ça l'excitait de me pousser autant. Et c'est vrai que j'ai parfois l'impression d'aller presque trop loin. Ce qui m'angoisse aussi.

J'ai surtout peur que tous ces efforts restent vains et que je ne retourne jamais à Mavericks. J'ai peur de mourir sur cette plage perdue d'Australie, loin de chez moi.

Comme Elke.

37
Kenna

Victor est entré dans une sorte de transe. Sky, non loin de là, étend le linge. Je pars la trouver.

— Regarde Victor. Quelque chose ne va pas ?

— Tout va bien, répond-elle avec un regard négligent. Son accident l'a traumatisé, mais on s'en occupe. C'est ça qu'on fait, ici : on travaille sur nos peurs jusqu'à les faire disparaître.

Elle m'entoure d'un bras et m'emmène m'asseoir sur le banc.

— Dis-moi, Kenna. Qu'est-ce qui te fait peur ?

La nervosité m'envahit. Clemente m'avait bien dit que cela arriverait. Beaucoup de choses me font peur – à commencer par la plupart des insectes qui rôdent ici – mais je n'ai pas envie de l'avouer.

— Pas grand-chose, à vrai dire… Et toi ?

— J'avais de nombreuses phobies, sourit-elle. Mais je m'en suis débarrassée.

Elle a prononcé bizarrement les « r » de ce dernier mot, avec un drôle d'accent. Ses doigts me caressent le biceps. Je n'ai pas l'habitude d'être aussi tactile avec mes amis, mais ce n'est pas désagréable, si bien que j'essaie de me détendre. Une brise fraîche s'est levée, et sa main est plus tiède que mon bras. Étonnamment douce, vu ses activités.

— Impressionnant, dis-je.

— Faire face à ses peurs, c'est se libérer.

Être si proche d'elle, avoir toute son attention : cela a quelque chose d'addictif. Dans une tentative pour prolonger ce moment, je lui raconte l'histoire de Toby dans la carrière.

— Au fond de moi, je suis terrifiée à l'idée de blesser quelqu'un d'autre.

— Tu n'es pas responsable des choix des autres, déclare-t-elle.

Comme je voudrais la croire.

— Ce n'est pas tout…

En voyant ses yeux luire d'intérêt, je finis par lui raconter la noyade de Kasim.

— Il ne voulait pas que j'aille surfer. Ce n'est que parce que je me suis entêtée qu'il était à l'eau. Il est mort par ma faute.

— Tu ne devrais pas t'infliger un tel fardeau, répond-elle, pleine de sympathie. Tu ne peux pas supporter un poids pareil. Je peux t'aider. Nous allons faire une session de visualisation. C'est une technique aux effets incroyables quand il s'agit de guérir sa peur. Voilà ce que je veux que tu imagines : que c'est toi qui maintiens Kasim sous l'eau.

J'ai aussitôt un mouvement de recul.

— En quoi ça aiderait ?

— C'est ta pire peur, non ? Alors il faut t'y exposer, encore et encore.

Je me sens glacée rien qu'à cette idée.

— D'accord, j'essaierai, réponds-je sans savoir si je dis la vérité.

Sky appelle les autres, qui se rassemblent autour d'elle.

— La plupart des gens fuient ce qui les effraie. Pourquoi ne pas s'avancer à sa rencontre, au contraire ? Imaginez quel effet ça pourrait avoir sur vous. Et si vous en sortiez transformé ? Quelle que soit votre peur, je vous y encourage : affrontez-la. Vous serez étonné de voir que ce n'était finalement pas si terrible.

Ayant parlé ainsi, elle va s'étendre sur l'un des tapis. Les autres la suivent. Jack et Clemente s'allongent, mais Mikki s'assoit en tailleur, tout comme Victor et Ryan. Je décide de les imiter, afin d'éviter plus facilement d'éventuelles fourmis.

Je tente brièvement de suivre les conseils de Sky, et j'imagine Kasim dans la mer, près de moi. Je lui attrape les épaules et… *Non !* Je grimace en essayant d'effacer cette image.

Ça va durer longtemps ? D'ordinaire, j'ai déjà du mal à rester tranquille. Là, avec les moustiques qui nous tournent autour, c'est quasiment impossible. Je me mets à observer les autres en me demandant ce qu'ils visualisent. Victor tressaille de temps à autre, Jack éternue, mais dans l'ensemble, ils restent immobiles et silencieux.

Mes pensées voguent vers l'épouse de Clemente. Je me demande ce qu'essayait de cacher Victor tout à l'heure. Dans le lointain, j'entends les vagues. Ce bruit m'apaise, et bientôt je respire en rythme.

— Bravo, tout le monde ! lance Sky.

Je me redresse, ayant perdu la notion du temps.

Mon pied et mes fesses se sont engourdis. Les autres regardent autour d'eux comme s'ils émergeaient d'une transe. Jack s'étire le cou. Il a les yeux embués – il ne se serait pas endormi ? Mikki sourit d'un air serein. Que pouvait-elle bien se représenter ? Des papillons de nuit, ou de grosses vagues, sans doute.

— Alors, Kenna ? me demande Sky.

— Ça progresse…

— Ne relâche pas tes efforts. On fera un rituel de soin plus tard.

J'acquiesce et je change de sujet :

— Tu m'as dit que tout le monde ici avait ses problèmes… Genre quoi ?

— Ce n'est pas à moi de t'en parler. Ils se sont confiés à moi en sachant que je protégerais leurs secrets. Tu peux aller leur demander, et peut-être qu'ils t'en parleront, mais certains préfèrent garder ce genre de choses pour eux.

J'apprécie son éthique, mais maintenant je suis vraiment curieuse. Elle sait tout sur son cheptel, un peu comme un prêtre. Derrière elle, Clemente se penche sur une bassine d'eau, torse nu, pour rincer ses vêtements. Sky suit mon regard.

— Il te plaît, c'est ça ?

Le rouge me monte aux joues, ce qui répond largement à sa question.

— Fais attention avec lui, chérie.

— Qu'est-ce que tu veux dire par là ?

Elle me fait un sourire mystérieux et s'en tient là.

— Jack m'a parlé de la femme de Clemente, dis-je.

— Qu'est-ce qu'il a dit ? demande-t-elle en cessant aussitôt de sourire.

— Qu'elle s'est pendue. Juste là.

En voyant son expression, j'insiste :

— C'est bien ce qui s'est passé, n'est-ce pas ?

— C'est ça, répond-elle après un temps d'hésitation.

Je ne détourne pas les yeux. Qu'est-ce qu'elle cache ? Mais elle croise les bras et lance :

— Alors, ça te plaît, la Tribu, jusque-là ?

— J'adore.

Elle hoche la tête, apparemment satisfaite.

— Laisse-moi te dire une chose, Kenna : cet endroit et les gens qui y vivent sont loin d'être parfaits. Tout le monde a ses secrets. Mais ne cherche pas à tout découvrir. Parfois, il vaut mieux ne pas savoir.

38
Kenna

Nous repartons surfer dans l'après-midi. Clemente me jette quelques regards, mais semble faire de son mieux pour m'éviter.

Au dîner, c'est moi qui l'observe subrepticement. Le suicide de sa femme avait quelque chose de bizarre, c'est clair – ce qui ne veut pas forcément dire qu'il était impliqué dans la disparition d'Elke. En fait, n'importe lequel d'entre eux pourrait être en cause. Victor a dit qu'il tuerait pour cet endroit, Sky s'est peut-être sentie menacée dans son autorité, Ryan est chargé de surveiller le camp – et s'il avait pris son rôle un peu trop au sérieux ? Et puis d'abord, pourquoi a-t-il quitté son pays ? Il pourrait être recherché pour je ne sais quel crime.

Pendant la vaisselle, Mikki me prend la main.

— J'ai l'impression qu'on ne s'est pas parlé de toute la journée. On va nager un peu ?

— Avec plaisir ! dis-je, ravie qu'elle soit venue vers moi.

— Je peux vous accompagner ? demande Clemente.

Mikki répond avant que je puisse réagir :

— Désolée, c'est un moment entre filles.

— Pas de problème, répond-il avant d'aller trouver Jack.

Cinq minutes plus tard, Mikki et moi nous élançons dans l'océan. Presque pas de vagues. Incroyable qu'une houle parfois tellement forte puisse disparaître si rapidement. Je fais du surplace, heureuse de sentir l'eau me soulever. Mikki porte un bikini à fleurs qu'elle avait déjà en Cornouailles, désormais décoloré par le soleil.

— J'adore ce maillot, dis-je.

— Je ne peux pas le mettre pour surfer, rigole-t-elle. Tu te rappelles… ?

— Ne m'en parle pas ! je m'esclaffe.

Après avoir acheté nos tout premiers bikinis l'été de nos quinze ans, nous avions décidé de les mettre pour surfer. Mauvaise idée. Les vagues n'étaient pas si grandes – guère plus d'un mètre – mais suffisamment puissantes pour nous arracher nos maillots. Nous devions sans cesse les réajuster pour ne pas porter atteinte à la pudeur. Une fille plus âgée s'était approchée sur sa planche : *Un conseil, si vous voulez surfer en deux-pièces, évitez les bikinis.* Rouges de honte, nous étions reparties vers la plage.

Je m'assois dans l'eau pour admirer le coucher de soleil. Tout est teinté de rose, la plage, le ciel, l'océan. Un oiseau frôle la surface, un aigle ou un faucon, peut-être, à la recherche d'un poisson pour le dîner.

La vie à Sorrow Bay est rythmée par le soleil et les vagues, sous l'infini du ciel. Si différente de mon existence à Londres, lorsque mon réveil me tire du sommeil dans mon étroite chambre sombre, et que je me prépare en frissonnant à une autre journée de travail où je ne verrai quasiment pas la lumière du jour.

— Je commence vraiment à apprécier cet endroit, dis-je.

— Je te l'avais dit ! triomphe Mikki. *Oh my God*, regarde tes orteils…

Mon vernis est complètement écaillé, alors que le sien est nickel. Je l'éclabousse pour me venger, et elle me rend la pareille en riant. Puis je me redresse, consciente d'être sur le point de tout ruiner.

— Je voulais te parler de Jack. Tu lui verses combien ?

— Ça me regarde, s'assombrit-elle.

— Mikki… Je n'arrive pas à croire que tu sois sérieuse. Et si tu rencontrais quelqu'un qui te plaisait vraiment ?

— Il suffit de rester mariés deux ans pour que j'aie la citoyenneté.

Une ombre dans l'eau m'arrache un cri. Mikki s'immerge sous la surface et ressort avec une masse d'algues noires. Je pose une main sur mon cœur battant.

— Merde, ça m'a fait peur… Tu as déjà vu des requins dans le coin ?

Elle fait la planche, les cheveux en halo autour de son visage.

— Les autres en ont vu. J'ai cru en apercevoir une ou deux fois, mais c'était peut-être un dauphin.

— Je vois.

Comme mon rythme cardiaque retombe, je me souviens d'un autre sujet que je voulais aborder.

— Et alors, du coup, votre fausse cérémonie, ça se passe comment ?

Elle me jette un regard noir, qui s'adoucit lorsque j'insiste :

— Je suis invitée ?

— Bien sûr.

— Je peux vous offrir un… faux cadeau ?

— Plutôt un vrai, sourit-elle.

— Laisse-moi réfléchir… Je pourrais t'offrir des fausses fleurs… Ou des bijoux en plastique… Ça doit pouvoir se trouver, dans une boutique de souvenirs.

— Sûrement.

— Non, mais en vrai, comment ça se passe ?

— On signe un papier à la mairie et puis voilà. Ce n'est pas grand-chose. C'est pour ça que je ne t'ai pas invitée.

La question suivante m'embarrasse, mais je me force à la poser :

— Sky parlait de tout partager dans la Tribu. Même… vos partenaires ?

— Parfois.

— Vraiment ?

Ce qui me surprend le plus, c'est que Mikki l'accepte.

— L'enfance de Sky n'était vraiment pas heureuse. Elle a quitté la maison à seize ans et n'a pas parlé à ses parents depuis des années.

Un peu comme Ryan. Ce n'est pas sain pour eux de rester dans cette bulle, loin de leur foyer et des gens qui les aiment. Note à moi-même : demander aux autres de me parler de leur famille. Il doit bien y en avoir au moins un qui a le mal du pays.

— Sky dit que la Tribu est sa famille, désormais. Alors elle insiste pour qu'on partage tout, même ça.

Je m'interroge brièvement sur ce qui lie Mikki à Sky. Peut-on appeler cela de l'amitié ? Je n'ai rien vu chez elles qui ressemblerait à l'affection chaleureuse qui existe entre Mikki et moi. Mais Sky ne sourit pas beaucoup de toute façon. J'ai surtout l'impression que Mikki fait tout ce qu'elle lui demande en échange de récompenses – ou d'une absence de punition. Ce qui est clair, c'est que Mikki se jetterait d'une falaise si Sky le lui demandait.

Peut-être sent-elle ma désapprobation, car elle plonge brièvement sous l'eau.

— Elle est tellement chaude…

— Oui, Kasim aurait adoré. Même pas besoin de combinaison.

Je soupire.

— Qu'est-ce qu'il me manque…

— T'es sérieuse ? Vous étiez toujours en train de vous étriper, chaque fois que tu voulais aller surfer dans un endroit un peu dangereux !

— « Étriper », c'est exagéré…

— Il t'empêchait de progresser ! C'est toi-même qui me l'as dit, précise-t-elle avec un regard d'excuse.

C'est vrai. J'étais furieuse quand il se comportait comme ça. *Je ne veux pas te perdre !* lançait-il. Ou alors : *Je tiens à toi, c'est tout !* La plupart du temps je l'ignorais et j'y allais quand même, mais il donnait corps aux doutes qui me hantaient déjà, au point parfois de m'y faire céder. Ce n'est pas une raison pour que Mikki me le rappelle.

— Désolée, insiste-t-elle, mais tu l'idolâtres complètement, et je ne crois pas que ça t'aide.

Je la fusille du regard. Il ne me reste rien de lui, que ces souvenirs, et voilà qu'ils sont en train de pourrir. Bons à jeter. Elle en fait des ordures – elle fait de lui une ordure.

— Tu devrais en parler à Sky.

— C'est elle que tu idolâtres, je rétorque. Et je ne crois pas que ça t'aide, toi. Cet horrible tatouage !

Blessée, elle se détourne et s'éloigne à la nage, d'une brasse rapide. Je reviens à pied vers le bord sans un regard en arrière. Tandis que je remonte dans les broussailles, une scène tourne en boucle dans ma tête. Kasim, Mikki et moi dans le Devon, à regarder des vagues où nous avions maintes fois surfé, mais qui faisaient peur à Mikki ce jour-là, trop grandes. Il n'y avait que deux surfeurs à l'eau.

— Ça ne te dérange pas de m'attendre là ? avais-je demandé.

Ça ne la dérangeait pas. J'ai jeté ma planche du haut des rochers, et j'ai plongé. Les vagues étaient effrayantes, c'est vrai, mais chaque fois que j'en prenais une, un délicieux mélange de peur et d'excitation me traversait tout le corps. Je pensais que Kasim prendrait des photos, mais il se contentait de me fixer, les bras croisés, trop loin pour que je puisse lire son expression.

Je ne sais pas à quoi je m'attendais. Qu'il soit impressionné ? Fier de moi ? Mais non : il était furieux.

— Tu crois que j'ai envie de voir ça ? a-t-il hurlé quand j'ai maladroitement escaladé les rochers pour ressortir. J'ai cru que tu allais y passer !

Je me sentais coupable, mais j'aurais recommencé sans une hésitation.

— Désolée de t'avoir fait peur…

— Regarde ! Tu es tailladée de partout !

Mes tibias étaient en sang, et je m'étais fait mal au pied.

— Tout le monde se coupe, ici. Il y a plein de bernacles…

— Alors pourquoi tu as sauté des rochers ?

— C’est la seule façon de se mettre à l’eau. En y allant depuis la plage, il faut ramer sur des kilomètres.

C’était loin d’être la première fois qu’il essayait de m’empêcher de surfer lorsqu’il trouvait les conditions trop dangereuses, mais je me lançais toujours, en dépit de ses protestations. Après sa mort, je m’en suis voulu d’avoir été aussi égoïste, à toujours le terrifier ainsi. Quand on sort avec quelqu’un, c’est normal de ne pas vouloir qu’il se mette en danger… Enfin, je crois. En fait, je n’en suis toujours pas sûre.

39

Kenna

De retour dans la clairière, nous trouvons Ryan occupé à gratter le barbecue. J'attrape une éponge dans le seau pour l'aider, malgré mes bras courbaturés par le sport. Rien de tel qu'un bon nettoyage en profondeur pour passer ma colère. Je ne sais même pas à qui j'en veux le plus, Mikki, Kasim ou moi.

Ryan me fait un de ses rares sourires.

— C'était quelque chose, les vagues, aujourd'hui, non ?

— C'est sûr, dis-je en sentant mon agacement s'apaiser un peu. Je n'arrive toujours pas à croire que personne d'autre ne connaît cet endroit…

— Ce n'est pas entièrement vrai.

— Comment ça ?

On dirait qu'il aurait préféré se taire.

— Jack a déjà amené… des filles.

Une sonnette d'alarme se déclenche dans ma tête.

— Ah bon ?

— C'était avant sa rencontre avec Mikki. Pour le week-end, ce genre de choses. Mais on lui est tombés dessus après la première. Du coup, pour les suivantes, il s'arrangeait pour qu'elles ne sachent pas exactement où on était.

— Mais elles devaient bien s'en douter un peu, non ? En voyant combien de temps ils avaient roulé vers le nord depuis Sydney…

— Eh bien… non…, bafouille Ryan. Parce qu'il leur refilait un truc…

— Comment ça ?

Il passe d'un pied sur l'autre et avoue :

— Il mettait quelque chose dans leur verre avant de quitter Sydney.

L'éponge me glisse des mains. J'ai l'impression que la température vient de chuter de dix degrés.

— Tu veux dire qu'il les droguait ?

— Juste un somnifère, marmonne-t-il.

Son regard court sans cesse de mon visage aux arbres. Je le fixe, abasourdie : il ne se rend clairement pas compte à quel point c'est grave.

— C'étaient toutes des backpackeuses qui débarquaient en Australie pour la première fois. Il leur disait qu'ils faisaient route vers le sud, et elles ne voyaient pas la différence. Quand elles en avaient marre de cet endroit, il les ramenait à Sydney.

— Et il les endormait aussi pour le retour ?

— Eh oui, répond-il en croisant les bras. On doit protéger cet endroit.

— Mais il aurait pu leur donner n'importe quoi ! Du GHB ! Et qui sait ce qu'il leur faisait pendant qu'elles étaient droguées ?

— Tout de suite, soupire Ryan. Je le connais, Jack, les filles l'adorent. Celles qu'il amenait ici étaient carrément à ses pieds.

Tant de gens s'y sont laissé prendre. *Pas lui, ce n'est pas son genre.* Il ne lit jamais les infos, ou quoi ? J'imagine que non, puisqu'il ne quitte pas cet endroit. À croire qu'il tombe de la lune.

— Il y en a eu combien ?

— Je sais pas… deux ou trois ?

La fureur me submerge. Je m'approche à grands pas de Jack qui se rince les pieds au robinet.

— Ryan vient de m'apprendre que tu refilais un truc aux filles que tu amenais ici ?

Jack ouvre la bouche, les yeux fixés sur moi, puis sur Ryan qui se tient en retrait, l'air gêné. *Je ne suis pas quelqu'un de mauvais*, qu'il m'a dit ! Le salopard. Il est rouge d'embarras, tant mieux. Mikki est-elle au courant que son fiancé drogue les gens ? La voilà justement qui revient de la plage. J'essaierai d'arranger les choses entre nous quand j'en aurai fini avec Jack.

— Qu'est-ce que tu leur donnais ?

— Du calme, implore-t-il, confus par ma colère. Rien qu'un somnifère…

— Rassemblement ! hurle Sky.

Je suis loin d'avoir dit tout ce que j'avais sur le cœur, mais il se hâte d'aller la rejoindre autour du feu. Je lui emboîte le pas avec réticence, en ressassant cet aveu qu'il vient de faire avec le plus grand naturel.

— Ce soir, rituel de soin, annonce-t-elle.

La nuit est presque tombée. Elle nous passe à chacun un petit photophore, puis éteint le feu pour ne plus laisser que la lumière de nos bougies.

— Nous avons tous fait des choses dont nous ne sommes pas fiers, déclame-t-elle. Des choses qui pourrissent en nous, qui nous affaiblissent l'esprit.

Oui, les actes de Jack pourrissent en moi ! *Laisse tomber, Kenna.*

— Nous allons plonger notre regard dans la bougie et revivre ces moments, poursuit Sky. Puis nous soufflerons la flamme, et ces souvenirs s'évanouiront avec elle.

Les sept photophores vacillent dans le noir. Je fixe le mien, et j'y vois le visage de Kasim, qui devient celui de Toby Wines. Sky a-t-elle raison ? Devrais-je me dégager de toute responsabilité pour ce qui leur est arrivé ? C'est tentant, mais je ne sais pas…

Tous sont accroupis devant leur bougie, concentrés. Mikki est près de moi. Que revit-elle ? Une larme brille sur sa joue. Je me hâte de revenir à mon photophore ; elle n'apprécierait pas que j'aie remarqué son émotion.

Je ne l'avais jamais vue pleurer, alors que je la connais depuis des années. Même quand son chien est mort, quand nous étions ados, ses yeux sont restés secs. Seul son silence inhabituel ce jour-là trahissait sa tristesse.

— Et maintenant, laissez ces erreurs s'éteindre, dit Sky. Soufflez, et sentez la culpabilité quitter votre corps, partir entre les arbres.

Un par un, nous éteignons nos bougies. J'imagine des nuages noirs filtrer hors de nos poitrines pour s'élever dans les airs comme un brouillard pollué. La Tribu doit s'être livrée de nombreuses fois à ce rituel, depuis le temps. Et la nuit me semble soudain très sombre.

40

Kenna

Des voix éclatent derrière moi. Je sursaute comme les autres lorsque deux hommes débarquent soudain dans la clairière, en s'éclairant d'une lampe torche. L'un est puissamment bâti avec une barbe blonde bien fournie, l'autre brun et plus mince. Ils portent les mêmes vêtements : chemise bleu marine, pantalon beige à larges poches, avec de gros sacs jetés sur l'épaule.

En voyant la Tribu faire front, pareille à une équipe de rugby – comme lors de mon arrivée –, je devine que ces deux-là ne sont pas les bienvenus. Mais cette fois, moi aussi, je suis en défense. Victor passe un bras possessif autour des épaules de Sky, et Jack prend la main à Mikki. Je ne l'avais encore jamais vu faire ça.

— Vous avez une semaine d'avance ! lance Sky.

— On annonce un cyclone sur la côte, répond Barbe-Blonde. On s'est dit qu'il valait mieux passer tant qu'on le pouvait encore.

— Les cyclones ne descendent jamais si bas, objecte Jack.

— Paraît que celui-là pourrait bien. Tiens donc,

poursuit-il en me repérant. Mais il y a une petite nouvelle ! Ça va se payer.

Clemente se rapproche de moi, et nos épaules s'effleurent.

— Et l'autre fille, elle est revenue ? demande le brun.

— Non, répond Sky.

C'est bien d'Elke qu'ils parlent ?

Sky s'avance vers eux, et Victor fait mine de l'accompagner, mais elle l'arrête d'une main.

— Laisse-moi m'en occuper.

Debout près de moi, Victor se hérisse en la regardant négocier avec les deux hommes. Ryan s'affaire à rallumer le feu. Je me tourne vers Jack, avec un regard noir pour bien lui faire comprendre que je n'ai pas oublié notre conversation en suspens.

— Qui c'est, ceux-là ?

— Northy et Deano, répond-il. Les agents du parc.

En effet, sur leurs chemises est écrit : *Parcs nationaux de Nouvelle-Galles du Sud.*

— Les gens commençaient à se passer le mot sur cet endroit, explique Jack. Je ne sais pas comment, parce qu'il ne figure dans aucun des guides de surf, mais pendant la haute saison il y avait presque une petite foule. Alors Sky a eu l'idée géniale de passer un accord avec Northy. Le barbu.

— La barrière sur la route…

— C'est ça.

— Depuis combien de temps ?

— Avant ton arrivée, non ? demande Jack en regardant Mikki. Environ un an ?

Mikki hoche la tête. Je voudrais lui demander si elle

était au courant des petites habitudes de Jack avec les femmes, mais ce n'est clairement pas le moment.

— Une tempête avait causé des chutes de rochers, continue-t-il. C'était une chance à saisir. On a dégagé le minimum pour passer, et on leur a demandé de laisser la route comme ça.

— Incroyable. Et ils l'ont fait ?

— Pas gratuitement.

— Personne ne s'est plaint ?

— Qui se plaindrait ? On est au milieu de nulle part. Il y a plein d'autres plages plus faciles d'accès.

— Ils viennent souvent ?

— Le premier lundi du mois, d'habitude.

Je me demande soudain comment ils se font payer. Un vent glacial traverse la clairière. Les branches s'agitent, les broussailles frissonnent. Je referme les bras sur ma poitrine.

— Et vous leur donnez quoi ?

— De l'argent, quelle question !? s'étonne-t-il. Et parfois une planche de surf, si on n'a pas assez.

J'aimerais le croire. Sky revient vers nous, l'air mécontent.

— Trois cents dollars chacun, annonce-t-elle.

Les autres se lancent dans un concert de protestations.

— Du calme ! lance-t-elle.

— Mais c'est beaucoup plus que d'habitude ! s'insurge Ryan.

— Apparemment, ils ont eu des frais, répond-elle. Ça ne me plaît pas non plus, mais on n'a pas vraiment le choix. Tu peux te le permettre, Kenna ?

— Je..., dis-je avec un sursaut. Oui, pas de problème.

Elle me fait un sourire d'excuse. J'imagine qu'ils

veulent du liquide, et je pars en chercher dans mon portefeuille, sous la tente. Le prix ne me dérange pas – un hôtel m'aurait coûté bien plus, et je n'ai toujours pas contribué aux frais pour nourrir la Tribu. Mais je regrette de n'avoir pas retiré davantage à Sydney. En revenant vers Sky, je demande :

— Alors, vous les payez chaque mois ?

— C'est ça.

— Ça paraît beaucoup…

— Pour ces vagues, je donnerais bien plus, répond Victor. Je donnerais presque tout. Pas toi ?

Je sens à nouveau que des secrets affleurent à la surface.

Ayant empoché l'argent, Northy et Deano furètent dans la clairière comme s'ils étaient chez eux. Northy s'approche et croise mon regard.

— C'est pas mal, par ici… On pourrait rester pour la nuit. T'en penses quoi, Deano ?

— Carrément.

Ils disparaissent dans la forêt et reviennent avec une tente et un carton de bières. Northy ouvre une canette.

— À votre santé. Qu'est-ce qu'il y a au menu ?

— On a déjà dîné, répond Sky.

— Pas grave, on va se servir.

Ils partent vers le barbecue. Impuissante, je les regarde piller notre nourriture – ils saccagent tout.

— Vous les laissez faire sans rien dire ? je souffle aux autres.

— Si on se plaint, les prix montent, répond Jack. Victor a insulté Northy un jour, et le tarif à la nuit a doublé depuis. Sky nous a interdit de leur parler. C'est la seule à traiter avec eux, désormais.

— Pas mal ! crie Northy, qui dévore un reste de pâtes. Mais ça manque de sel !

Deano vide sa bière et en ouvre une autre. Northy attrape brutalement la guitare de Ryan, qui lui crie :

— Hé, c'est à moi !

— Ça va, je fais qu'en jouer un peu…

Ryan marmonne des jurons dans sa barbe.

— Tais-toi, lui siffle Sky.

Je sens bien que les autres lui intiment silencieusement de lâcher l'affaire.

Les hommes semblent se diviser en deux catégories question boisson : joyeuse ou mauvaise. Northy l'a clairement mauvaise. À force de batailler avec les sacs qui contiennent la nourriture, il finit par tous les déchirer, puis il envoie un coup de pied au barbecue en lui hurlant de se « magner le cul, putain ! ». Nous gardons une distance prudente, sans le quitter des yeux.

— Ils ont parlé d'un cyclone…, je murmure.

— Mais non, élude Jack. La saison est trop avancée. On n'en a essuyé qu'un ici, depuis que je connais l'endroit.

— En quoi ça consiste, exactement ?

— Beaucoup de pluie, beaucoup de vent…

— Et des vagues *énormes*, intervient Victor.

Northy et Deano ayant fini leur dîner, j'aide Sky à remballer nos provisions – enfin, ce qu'il en reste. Ils ont râpé du fromage partout ; le fromage lui-même a roulé dans la poussière. Avec un soupir, je le jette aux ordures.

— Merde, ils plantent leur tente juste à côté de la tienne, marmonne Sky. Tu ne peux pas dormir là.

— Du coup… Je dors où ?

— Je ne sais pas, mais ailleurs.

41

Kenna

Je fixe Sky, impuissante. Mikki et Jack sont déjà partis se coucher. Leur tente est une deux-places, comme les autres : impossible que j'y tienne avec eux.

— Tu pourrais dormir avec moi, propose Sky. Mais il faut que je garde un œil sur Victor…

Elle a raison : Victor est clairement à deux doigts de déclencher une bagarre. Clemente, près du bloc sanitaire, se lave les pieds au robinet. Ryan a disparu – soit dans sa tente, soit dans la forêt, à vaquer à ses mystérieuses occupations.

— Je te conseille plutôt Clemente, commente Sky.

En voyant mon expression, elle lève les yeux au ciel :

— Mais pas pour *ça*, enfin ! Quoique, si ça t'intéresse, je suis pratiquement sûre qu'il serait partant.

Les joues me brûlent, ce qui la fait ricaner.

— Ça lui ferait du bien. Il n'a pas eu de copine depuis un moment.

Puis son sourire s'évanouit.

— Ils nous regardent. Va te mettre d'accord avec Clemente, et grouille-toi. Mieux vaut ne pas s'éterniser.

— Mais… je lui dis quoi ?

— Reste subtile. Il faut que Northy et Deano s'imaginent que vous êtes en couple.

Je m'approche sans aucune idée de comment aborder la question. Il est maintenant en train de se brosser les dents, torse nu.

— Je peux passer la nuit avec toi ?

Clemente manque de s'étouffer. Je dois être complètement écarlate ; heureusement qu'il fait si sombre.

— Ils se sont installés par là-bas, près de ma tente…

En me retournant pour désigner Northy, je me pétrifie. Il est en train de venir vers nous. Une large main s'empare de la mienne.

— On va se coucher ?

À entendre Clemente, on jurerait qu'il m'a déjà posé mille fois la question. Sa paume est chaude et calleuse. L'espace d'un instant, j'en perds la parole.

— Allez, bonne nuit ! lance Clemente à Northy avant de me mener vers sa tente, sans me lâcher la main.

Il ouvre la moustiquaire.

— Après toi.

Sa tente a une odeur musquée, mais pas déplaisante. Il allume une petite lampe-tempête et m'informe :

— Je n'ai qu'un seul sac de couchage.

Il l'ouvre entièrement et je m'allonge sur le dos, en posant mon regard partout sauf sur lui. Il le referme sur nous en s'installant à côté de moi, les bras croisés derrière la tête. Au-dehors, Northy et Deano fourragent encore dans la clairière. Je tressaille en entendant des pas près de la tente.

— Ignore-les, murmure Clemente.

Il éteint la lumière en nous plongeant dans le noir complet. Encore des bruits dehors.

— Mais qu'est-ce qu'ils fabriquent ? je marmonne.

— Ils sont torchés.

Puis le silence revient. Je n'entends plus que la faune australienne. Après les avertissements que m'ont donnés Sky et Mikki, je devrais redouter Clemente autant que Northy et Deano. Alors pourquoi n'est-ce pas le cas ? Est-ce mon instinct qui me souffle que je peux lui faire confiance, ou est-ce juste que je meurs d'envie de me jeter sur lui ?

Quoi qu'il en soit, je n'arriverai jamais à trouver le sommeil.

— Tu es fatigué ?

— Pas vraiment, répond-il. Et toi ?

— Non.

Il ne fait pas si chaud. Je me rapproche jusqu'à presser nos épaules ensemble, tout en cherchant quoi dire.

— Alors… ta famille est restée en Espagne ?

J'aurais pu trouver autre chose. Sa femme faisait partie de sa famille, après tout, et j'imagine qu'il ne veut pas y penser.

— Mes parents, oui. Et mon frère vit en Angleterre.

— Sérieux ? Dans quel coin ?

— Bristol. Il a épousé une Anglaise.

— Ce n'est qu'à quelques heures de chez moi ! Ils viennent parfois te voir ici ?

— Trop cher. Ils ne sont venus que pour mon mariage.

Je prends une profonde inspiration et je me tourne vers lui dans l'obscurité.

— Vous étiez mariés depuis… ?

Une chouette hulule dans le silence.

— Trois ans.

— Ça fait deux ans que mon copain est mort. Je ne m'en remets pas.

— Ah oui ?

Je sens qu'il veut que je poursuive. Moi-même, j'en ai envie. De toute la Tribu, c'est sans doute le seul à pouvoir comprendre. Alors je lui raconte comment mes parents ont fait de leur mieux pour me soutenir, même s'ils n'étaient pas sûrs d'apprécier Kasim, prétendant que la différence culturelle risquait de nous barrer la route.

Sois patiente avec toi-même, m'a dit mon père. *Va faire de l'escalade*, m'a conseillé ma mère. C'était l'année de ses soixante ans, et elle pouvait encore hisser le pied au-dessus de la tête sur un mur. Grimper est sa réponse à tous les problèmes de la vie.

Ses intentions étaient bonnes, je le sais bien, mais je n'avais aucune envie de faire de l'escalade, ni du surf, ni quoi que ce soit d'autre. Quand ils m'ont enfin convaincue d'aller voir mon médecin, celle-ci m'a fait faire un test.

Perte d'intérêt pour ses hobbies d'autrefois… Check.

— Apparemment, c'était un signe de dépression. Donc elle m'a envoyée chez un psy.

— Ça t'a aidée ? demande-t-il, l'air sincèrement curieux.

— Je ne sais pas. Ça n'a pas fait de mal, j'imagine.

À nous rapprocher ainsi dans le noir, l'atmosphère dans la tente semble très intime.

— C'est comme se traîner une mauvaise rupture. Sauf que je ne peux pas l'appeler bourrée et en larmes en plein milieu de la nuit, parce qu'il n'est plus là. On ne peut plus se séparer, on ne peut plus se prendre la tête pour savoir qui en fait plus que l'autre à la maison… Parfois, j'ai l'impression d'avoir perdu mon âme.

Je n'avais jamais parlé de tout ça à personne. Enfin, à part mon psy.

— Moi, j'ai tout enfoui, répond Clemente.

— Vraiment ? Comment tu as fait ?

— J'adorais la boxe quand j'étais ado. Je m'en suis pris, des beignes – dans la tête, dans les côtes, partout. Je me suis entraîné à ignorer la douleur. Il le faut, si tu veux rendre les coups.

— Si seulement je pouvais faire la même chose…, dis-je dans un soupir.

— Je ne te le souhaite pas.

— Non, mais juste de temps en temps…

— Ça ne marche pas comme ça, insiste-t-il, et sa voix tremble un instant. Soit tu le fais, soit tu ne le fais pas.

Un silence s'installe. Je sens la chaleur irradier de son corps. Ma gorge se serre.

— Après la mort de Kasim… J'ai perdu tous mes moyens. Je ne pouvais plus rien faire. J'ai toujours eu des émotions très vives…

Quand il répond enfin, il semble à nouveau égal à lui-même, parfaitement calme et impassible.

— Pour moi, c'est tout le contraire, je ne ressens plus rien.

Je n'y crois pas une seconde. Ce n'est pas parce qu'il n'exprime pas ses émotions qu'elles n'existent pas. Mais je ne veux pas le contredire. Je voudrais le serrer contre moi et le réconforter. Peut-être que personne ne l'a jamais fait. Cela dit, mieux vaut ne pas m'y frotter – autant essayer avec un oursin.

— Pourquoi es-tu tout le temps si désagréable avec moi ?

— C'est pour te tenir à distance. Mais ce n'est pas contre toi.

— C'est forcément contre moi !

— Non. Ma femme est morte…

— Oui, je sais ce que ça fait, tu peux me croire.

— … et ensuite ma copine s'est évanouie dans la nature. Et maintenant la voilà portée disparue.

J'en ai le souffle coupé.

— Tu sortais avec Elke ?

— Oui.

— Ça a duré longtemps ?

— Six mois.

Le sac de couchage s'agite. Il a roulé sur le côté pour s'éloigner de moi. Je reste étendue là, trop raide.

— Qu'est-ce qui lui est arrivé, à ton avis ?

— J'aimerais bien le savoir, répond-il.

Dehors, j'entends des criquets, des bourdonnements d'insectes. Une ex portée disparue, une épouse qui a mis fin à ses jours. L'un ou l'autre serait une tragédie en soi, mais les deux ensemble, à la suite ? Ça ne m'inspire pas confiance.

— Et là, je suis censée m'endormir, c'est ça ?

— Qu'est-ce que tu veux que je te dise ? marmonne-t-il.

— Il y a eu d'autres morts ? D'autres disparus ?

— Non.

Rien que les filles qui l'intéressaient. Non, ça ne m'inspire pas confiance du tout.

42

Six mois plus tôt

Noyer quelqu'un est plus facile que je ne l'aurais cru. Elke a cessé de se débattre après une minute, environ, alors qu'elle arrivait à tenir deux minutes lors de nos exercices d'apnée. C'est bien vrai, que la panique, c'est la mort.

Attends encore une minute, *ai-je songé,* juste au cas où. *Les vagues me secouaient comme pour me repousser, mais je l'ai fermement maintenue sous l'eau. Ses cheveux blonds, ondulés, flottaient en halo autour de sa tête, comme des algues. Ils me chatouillaient les jambes. En comptant les secondes, j'ai laissé courir mes yeux sur le paysage, histoire de trouver quelque chose de plus agréable à regarder. Mon dos s'est raidi lorsque j'ai cru détecter du mouvement au sommet de la falaise. Et s'il y avait quelqu'un là-haut ? Non, ce n'étaient que les arbres dans le vent.*

J'ai relâché Elke, avec précaution. Elle n'a pas bougé.

Je t'aimais bien, Elke, mais toi, tu ne m'aimais pas assez.

Je voulais voir son visage une dernière fois. Quand

je l'ai retournée, je l'ai aussitôt laissée retomber avec un cri. Sa bouche était grande ouverte, comme un poisson, ses yeux exorbités et injectés de sang. J'ai inspiré profondément en essayant d'effacer cette image de mon esprit, puis je l'ai soulevée dans mes bras. Elle était étonnamment lourde. Mes doigts avaient imprimé des traces rouges autour des bretelles de son bikini. Merde ! La mer finirait bien par rejeter son corps – à des kilomètres d'ici, avec un peu de chance – et il fallait que l'on croie à un accident.

En voyant un morceau de schiste sur la plage, j'ai traîné Elke hors de l'eau pour m'en emparer et j'ai commencé à lui frotter l'épaule. Le sang a coulé sur la plage, et j'ai laissé échapper un juron. J'ai regagné la mer en prenant bien note de l'endroit : je reviendrais brouiller le sable plus tard.

Le corps d'Elke en équilibre sur mon genou, j'ai continué à frotter la roche contre sa peau jusqu'à oblitérer les marques de mes doigts. Cela fait, j'ai rejeté le schiste dans l'eau et j'ai tiré Elke vers le nord, là où le courant partait vers le large. Il était fort, ce jour-là. Du sang coulait à flots des épaules d'Elke. Il virait à l'orange en se diluant dans l'eau. Je voulais qu'un requin la trouve, mais pas tout de suite, et je n'arrêtais pas de jeter des regards nerveux autour de moi. Pile au moment où je perdais pied, le courant m'a arraché le corps des mains, en l'entraînant par le fond.

Je ressentais la même chose que le jour où mes lunettes de soleil étaient tombées à l'eau : triste de les avoir perdues, mais pas trop, car je ne les avais pas depuis assez longtemps pour qu'elles me manquent vraiment. Avec une certaine irritation en plus, puisqu'il faudrait que j'en trouve une nouvelle paire maintenant.

De retour dans la clairière, j'ai vu, à mon grand soulagement, que les autres dormaient encore. J'ai cuisiné des œufs et du bacon pour le petit déjeuner.

Après leur réveil, ils ont commencé à se demander où était passée Elke.

— Je ne sais pas, ai-je dit. Peut-être qu'elle est partie courir ?

Les autres ont décidé d'en faire autant – sur la plage. J'ai juré en mon for intérieur. Je voyais d'ici le corps flottant d'Elke, les yeux vides, la bouche ouverte. Et si les vagues la rejetaient pendant qu'ils étaient là-bas ?

— Je vous rattrape ! ai-je lancé.

Dès leur départ, j'ai couru dans la tente d'Elke. Elle était jonchée de vêtements en une couche épaisse, comme un tapis rapiécé. Ça sentait la cacahuète grillée. J'ai tout fourré dans son sac à dos. Le sol de la tente se froissait sous mes genoux. Merde, et son sac de surf ? Il était bleu, un Rip Curl ou Billabong, je ne savais plus… J'avais conscience que les autres pourraient revenir n'importe quand pour me demander pourquoi je traînais autant. J'ai quitté la tente pour aller fouiller celles des autres, puis toute la clairière. Pas de trace du sac. Et s'il était dans l'une des voitures ? Non, je l'aurais vue revenir avec la dernière fois qu'on était partis faire les courses.

J'avais prévu de dissimuler ses affaires dans les buissons, mais cacher son seul sac à dos n'aurait aucun sens : si on retrouvait son sac de surf, on poserait trop de questions – les autres savaient bien qu'elle ne serait jamais partie sans.

Ils devaient se demander où j'étais. Mieux valait me joindre à eux et y réfléchir tout en courant. En repartant sous ma tente pour prendre de la crème solaire, j'y ai trouvé un mot écrit sur un emballage de Sex Wax.

Je sais ce que tu as fait. Retrouve-moi sur la falaise à minuit.

43
Kenna

Lorsque je me réveille, Clemente n'est plus là. J'ai beau être séduite par les vagues et la vie que l'on mène ici, je ne peux pas ignorer l'accumulation de signes inquiétants : le suicide de sa femme, la disparition d'Elke, Jack qui drogue des filles… Et je sens bien que tout cela cache bien pire encore.

À partir de maintenant, je n'aurai plus qu'une seule chose en tête : quitter cet endroit en emmenant Mikki avec moi. La Tribu se divise clairement en petits clans. Peut-être que je peux m'en servir pour la disloquer entièrement. S'ils se séparent et partent chacun de leur côté, Mikki n'aura aucune raison de rester.

Plus que neuf jours avant le mariage. Si je n'arrive pas à la persuader de partir avant la date fatidique, au moins il faudra rentrer à Sydney pour la cérémonie. J'appellerai ses parents. Mais vu l'emprise qu'ont Sorrow Bay et la Tribu sur elle, je ne suis pas sûre qu'elle les écoutera plus qu'elle ne m'écoute, moi.

En me voyant émerger de la tente de Clemente, Mikki lève un sourcil. Les autres marmonnent avec colère près du barbecue.

— Northy et Deano sont partis ? je m'enquiers.

— Oui, avec quasiment toutes nos réserves, réplique Sky.

— Et ma putain de planche ! gronde Victor.

— On ne peut pas les laisser s'en tirer comme ça, s'insurge Ryan.

— Et qu'est-ce que tu veux qu'on y fasse ? demande-t-elle d'un ton las.

Ryan ramasse un épieu de bois.

— Déjà, on surveille la route pour qu'ils ne nous prennent plus par surprise. Ensuite, on cache mieux nos réserves. On ne met pas tout au même endroit, on en planque dans les buissons… On pourrait même les enterrer.

Victor et Jack lèvent les yeux au ciel.

— Bon, en attendant, il nous faut de quoi manger, lance Sky. Qui va faire les courses ?

— Ce serait volontiers, mais j'ai éclaté mon pneu avant, s'excuse Jack.

— Je te prêterais bien ma voiture, mais la dernière fois tu t'es pris une amende pour excès de vitesse et tu ne m'as toujours pas remboursé, lui dit Clemente.

— Quoi ? s'étonne Mikki. Mais je n'en ai jamais rien su !

Victor s'esclaffe et envoie une claque dans le dos à Jack.

— Prends mes clés, mec. Mais pas d'amende, hein ?

— Cool, répond Jack.

Je ne sais pas ce que conduit Victor : le pick-up rouge, ou l'énorme 4 × 4 argenté à côté duquel Jack s'est garé ? Ryan fait les cent pas, épieu en main. Les autres l'ignorent.

— Tu veux venir, Mik ? lui demande Jack en lui ébouriffant les cheveux.

— Oui, pourquoi pas ? Il faut que je retire de l'argent.

C'est une chance à saisir : l'éloigner de cet endroit, ne serait-ce que brièvement, pour essayer de la raisonner sans que les autres nous entendent.

— Je viens aussi !

— Désolé, Kenna, y a que deux places, répond Jack.

— Mais… il me faut du liquide, à moi aussi…

— Donne-moi ta carte, j'en retirerai pour toi, propose Mikki.

Il ne manquait plus que ça. Mais que faire ? Ils m'ont nourrie toute la semaine et je n'ai rien payé à part de quoi soudoyer les agents du parc national. Avec réticence, je vais chercher mon portefeuille sous la tente et je lui tends ma carte.

— Toujours le même code ? s'informe-t-elle.

J'acquiesce. On se sert du même code depuis notre adolescence : elle n'arrêtait pas d'oublier le sien avec sa première carte, si bien que je lui ai proposé d'utiliser le même que le mien, pour que je puisse le lui rappeler.

— Tu veux combien ?

— Disons cinq cents dollars…

— N'aie pas l'air si inquiète, on revient dans quelques heures.

— À croire que tu meurs d'envie de te tirer d'ici, Kenna, me lance Sky.

Fais gaffe, me dis-je.

— Non, c'est juste que… je voulais du chocolat.

Sky fronce encore davantage les sourcils, mais Jack me fait un clin d'œil.

— Je t'en prendrai un peu. Même chose que la dernière fois ?

— Oui, merci beaucoup.

Mikki part chercher son sac à dos sous la tente, et j'en profite pour la prendre à part. Je veux absolument lui parler avant qu'elle file avec Jack.

— Tu savais que Jack droguait certaines des filles qu'il amenait ici ?

— Parles-en à Sky, me répond-elle hâtivement à l'approche de Jack.

Moi qui voulais aussi lui parler d'Elke… Sky lui confie une liste de courses et y ajoute *champignons* au dernier moment. Je remarque avec intérêt que son stylo est bleu – mais voilà que Jack en sort un, lui aussi, pour ajouter *chocolat* sur la liste.

Mikki me serre dans ses bras, Jack récupère les clés de Victor, et tous deux s'en vont sur le chemin.

— N'oubliez pas de regarder la météo de surf ! leur crie Victor. Je veux savoir, pour ce cyclone !

Jack lève le pouce sans se retourner. Je les regarde s'éloigner jusqu'à les perdre de vue. Le vent se lève, et fait trembler les feuilles. Me retrouver là sans Mikki… Ça va me faire tout drôle.

— Du coup, j'imagine qu'on ne surfe pas, aujourd'hui ? je demande.

— Non, répond sèchement Sky.

Du coin de l'œil, j'aperçois Clemente, dans l'ombre. Elke me revient en tête. Puisque j'ai rencontré sa mère, j'ai l'impression de lui devoir la vérité. Et si mes intuitions se vérifient – s'il lui est arrivé malheur ici –, je pourrai m'en servir pour convaincre Mikki de partir. Il faut que j'en sache plus sur sa relation avec Clemente.

Et si elle avait fui par sa faute ? Victor est tout près, occupé à réparer une planche, mais je ne pense pas qu'il m'apporterait les réponses dont j'ai besoin.

Ryan s'en va, épieu à la main.

— Qu'est-ce que tu fous ? lui crie Sky.

— Je vais surveiller le périmètre ! répond-il. Il faut bien que quelqu'un le fasse !

Victor lance quelque chose en portugais, et Ryan se retourne vers lui.

— T'as dit quoi, là ?

— *Cão que ladra não morde*, rigole-t-il. Chien qui aboie ne mord pas ! C'est les grandes gueules qui en font le moins.

— Vous avez trop de proverbes, au Brésil, grommelle Ryan. Rien sur les poules mouillées ?

— Non, rien de ce genre, Ryan, répond Victor qui ne sourit plus. Pourquoi ?

Sky marmonne quelque chose et part chercher sa serviette sur le fil. Peut-être que c'est elle que je devrais interroger sur Elke. Mais il faudra rester subtile. En voyant mon regard, elle me lance :

— Je vais à la plage. Tu veux venir ?

— D'accord…

J'ai répondu avant de remarquer la note de défi dans ses yeux. Dans quoi me suis-je embarquée ?

44

Kenna

Le soleil est déjà haut et transperce la végétation, en laissant des stries d'ombre sur le chemin jalonné de palmiers. D'un ton dégagé, je lance :

— Clemente m'a dit qu'il sortait avec Elke.

— Et alors ? répond Sky, méfiante.

— J'ai eu l'impression qu'elle ne te plaisait pas trop…

— Si, je l'aimais beaucoup. Pourquoi tu dis ça ?

— Tu as dit « bon débarras » en parlant d'elle.

Elle hausse ses épaules musclées.

— On s'entendait bien. Elle semblait heureuse, ici. Puis elle a disparu sans même nous dire au revoir. Ça ne m'a pas plu.

J'étudie ses yeux bleus, à la recherche de traces de mensonge.

— La femme de Clemente est morte, et maintenant Elke est portée disparue…

— On essaie de ne pas trop revenir sur le passé, répond-elle, impassible.

— Mais c'est quand même une sacrée malchance pour un seul homme, tu ne trouves pas ?

Ne va pas trop loin, Kenna.

— Cet endroit est dangereux, nos activités aussi.

L'océan scintillant ressemble à du satin froissé. Pas une vague en vue. En me rappelant que l'on annonce un cyclone, je me demande si c'est cela qu'on appelle le calme avant la tempête.

Sky m'entraîne vers les rochers. Puisque notre conversation sur Elke ne va nulle part, j'enchaîne sur Jack.

— Ryan m'a dit que Jack droguait les filles qu'il amenait ici. Il a dit que tout le monde avait pété les plombs quand il avait commencé à les inviter…

— C'est lui qui a pété les plombs, corrige-t-elle.

Normal, s'il a peur qu'on l'expulse du pays pour séjour illégal.

— Alors, Jack a endormi la suivante pour qu'elle ne connaisse pas le trajet… Je sais, admet-elle en réponse à mon expression outragée. Là, oui, on a pété les plombs, et il a promis de ne plus jamais le faire. Ne t'en fais pas, chérie, je n'encouragerais jamais un truc pareil. On a laissé Ryan croire que Jack le faisait toujours pour qu'il ne s'énerve pas trop.

Je décide de la croire. Tout de même, rien qu'une fois, c'était déjà suffisamment grave. On dirait bien que Ryan peut aller très loin pour protéger cet endroit.

Loin des garçons, Sky est différente, moins dure. Peut-être qu'elle cherche à protéger sa position comme cheffe de la Tribu en renforçant sa carapace. En arrivant aux rochers, elle se déshabille pour révéler son bikini blanc de James Bond Girl. J'enlève moi aussi mon tee-shirt et mon short.

— Qu'est-ce que tu me proposes ? dis-je.

— On grimpe, et on saute, répond-elle en désignant la falaise du menton.

— Je n'ai pas de chaussures d'escalade…

— Moi non plus. Va faire un tour dans l'eau pour bien sonder sa profondeur.

J'escalade les rochers pour me mettre à l'eau jusqu'à la taille, en surveillant où je mets les pieds. Au bas de la falaise s'élèvent des éperons rocheux autour desquels l'océan bouillonne. Lorsque je me retourne, Sky a déjà gravi plusieurs mètres, pieds nus en appui dans les failles. En atteignant une étroite corniche, elle s'y arrête et me fait face.

— Dis-moi de sauter ! crie-t-elle.

Me voilà de retour à la carrière, à regarder Toby Wines loin au-dessus de ma tête. J'ai un mouvement de recul.

— Allez ! Dis-le !

Elle sait exactement comment provoquer une crise d'angoisse. Déjà, j'ai les mains moites, le cœur battant.

— Vas-y ! hurle-t-elle.

Je me force à crier :

— Saute !

Ma voix est plus faible que prévu, mais Sky s'élance et s'enfonce droit dans l'eau, entre les aiguilles rocheuses. Mon estomac s'est décroché avec elle. Je serre les poings en attendant le hurlement. Mais rien ne vient : elle ressort de l'eau, les yeux pétillants. A-t-elle fait ça pour m'aider, ou parce que ça l'amusait ?

— Allez, on recommence.

Elle se remet à grimper avant que je ne puisse protester, en dépassant la corniche. Je m'enfonce les ongles dans les paumes en me répétant ce qu'elle m'a dit. *Tu ne devrais pas t'infliger un tel fardeau.*

— Prête ? crie-t-elle de très haut.

— Saute !

C'est aussi terrifiant que la première fois. Elle refait surface, l'air très contente d'elle-même. Je m'insurge :

— À quoi ça rime ?

— J'essaie de remplacer un souvenir traumatique avec un autre qui ne l'est pas. On réessaie ?

— Je préfère pas.

Elle n'en sourit que plus largement.

— Dans ce cas, à toi.

Je ressors de l'eau, encore tremblante. Avec précaution, je place mes pieds nus pour m'élancer, en grimaçant lorsque la pierre m'érafle les orteils. Je n'avais encore jamais grimpé sans chaussures : il faisait trop froid en Écosse. Un coup d'œil vers le bas m'apprend, à mon grand soulagement, que Sky m'observe plutôt que de me suivre.

Lorsque vient le moment de me retourner, je suis surprise d'être montée si haut.

— Saute ! crie Sky.

Et de nouveau, je suis de retour dans la carrière, loin au-dessus de l'eau grise. Paniquée, je m'agrippe à la paroi et je ferme les yeux de toutes mes forces. *Respire, Kenna.* Lorsque je rouvre les paupières, la vision se dissipe, l'eau est redevenue turquoise.

Sky m'observe. Je ne veux pas redescendre le long de la falaise au risque de passer pour une poule mouillée. Tant pis, je saute, et advienne que pourra. L'impact avec l'eau vide l'air de mes poumons, et l'adrénaline afflue à la place. Cette sensation si addictive, si dangereuse.

Elle est déjà repartie, en montant toujours plus haut. Heureusement, elle saute sans me demander de l'y encourager. Dès qu'elle refait surface, je m'élance. Mes pieds saignent, mais je ne sens rien, car tout mon corps s'est illuminé de l'intérieur. Toujours plus haut, l'une après l'autre. Mikki me rééquilibrait par sa prudence ; Sky fait tout l'inverse, en me mettant au défi d'en faire toujours plus. Pas même besoin de mots, sa seule présence suffit.

— Le dernier ! crie-t-elle.

Elle lance un hurlement sauvage qui se répercute encore sur la falaise lorsqu'elle crève la surface.

Je monte aussi haut que je l'ose. J'adore ça. *J'adore ça.* J'en avais tellement besoin ! L'eau scintille, si loin en contrebas. Je prends une grande inspiration, parfaitement consciente que ce pourrait être la dernière. Comment puis-je autant aimer ça ? Je saute : la terreur et le plaisir ne font plus qu'un.

En ressortant sur les rochers, je sens Sky m'observer.

— Qu'est-ce qu'il y a ?

— Presque tout le monde a peur du vide, au moins un peu. Mais pas toi, je me trompe ?

— En général, non.

Je m'attache les cheveux en une queue-de-cheval que j'essore, sans trop savoir si je devrais lui être reconnaissante de m'avoir amenée ici. Peut-être que c'est bel et bien ce dont j'ai besoin pour surmonter mon traumatisme, après Toby et Kasim. Mais je ferai des cauchemars cette nuit, j'en suis certaine.

— Tu te sens toujours responsable de la mort de ton copain ? demande Sky en remettant son tee-shirt.

— Je crois bien que ça ne me quittera jamais.

Une vague vient me recouvrir les orteils. Difficile de croire que ces jolies ondulations peuvent se cabrer, monstrueuses, et tuer. Sky m'effleure le bras comme si elle avait lu dans mes pensées.

— Continue tes exercices de visualisation. Ce sera de plus en plus facile.

En remontant vers la clairière, je m'avise soudain que je me suis laissé entraîner par Sky alors que je devais trouver les failles dans la Tribu. Si elle se sent menacée dans son rôle, je peux m'en servir contre elle. Une image me revient : Clemente, la nuit dernière, sous la tente. La chaleur que dégageaient ses larges épaules. J'ai horreur de devoir faire ça, mais je me lance.

— Tu sais que Clemente voudrait prendre la tête de la Tribu, n'est-ce pas ?

— Qu'est-ce qui te fait dire ça ? demande-t-elle d'un ton léger qui ne trompe personne.

— C'est évident. Il n'aime pas ta façon de faire, et il estime qu'il s'en tirerait mieux que toi.

— Et qu'est-ce que tu en penses ? Tu es de son côté ?

À vrai dire, oui – Clemente ferait courir moins de risques à la Tribu que Sky. Mais en vérité je ne pense pas du tout que ce rôle l'intéresse. Il est toujours coincé dans la même hébétude où m'avait laissée la mort de Kasim, fuyant toute responsabilité car il a déjà bien assez à porter.

— Non, ce serait une catastrophe. Mais à ta place, je surveillerais mes arrières.

Nous sommes presque arrivées au camp lorsque Sky m'attrape le bras. Elle parcourt les alentours du regard, puis murmure :

— Je ne t'ai pas tout dit sur la mort de sa femme. Il y avait quelque chose de bizarre. La glacière était juste à côté d'elle, comme si elle avait grimpé dessus pour se pendre, mais… trop loin de ses pieds. Comme si quelqu'un l'avait déplacée.

— Merde. Qui a trouvé son corps en premier ?

— Moi.

Je tremble rien que d'imaginer une telle découverte.

— Victor était juste derrière moi. Il m'a aidée à la décrocher. Jack était encore dans les vagues. Clemente et sa femme étaient sortis de l'eau trente minutes plus tôt. Mais il avait disparu. Il n'est revenu que quelques heures plus tard, et il était… bizarre, il n'y a pas d'autre mot. Il a dit qu'il était parti courir, mais…

C'est donc pour cela que Sky traite Clemente avec plus de distance que les autres. Moi qui croyais avoir affaire à du respect, c'est de la méfiance. *Elle pense qu'il a tué sa femme.* Ou tout du moins, elle l'en croit capable.

45
Kenna

Étendue sur un tapis dans la clairière, je m'imagine dans l'océan glacé des Cornouailles, aux côtés de Kasim. Je lui attrape les épaules, et je le pousse sous l'eau. Il disparaît, se débat. J'ai beau faire des efforts, il est trop fort pour moi. Et lorsqu'il crève la surface, ce n'est plus lui : c'est Clemente.

Je me rassois d'un coup en clignant des yeux pour dissiper l'image. Les autres sont silencieux. Un mouvement m'attire l'œil : une araignée qui se dirige vers mon orteil. Je retire mon pied avec un petit cri. Sky est immobile sur son tapis. Heureusement qu'elle n'a pas assisté à ça. Ryan, non loin de là, semble se demander ce qui vient de m'arriver.

— Regarde, dis-je dans un murmure en montrant l'araignée du doigt.

Il se lève pour la voir de plus près.

— Je ne sais pas encore reconnaître celles qui sont venimeuses, ça me stresse…

— Dans le doute, pars du principe qu'elles le sont toutes, répond-il sans la quitter des yeux.

Comme d'habitude, impossible de savoir s'il est

sérieux. Soudain, il s'élance et abat son pied nu sur l'araignée, en vrillant son talon pour mieux l'écraser. J'essaie de dissimuler un haut-le-cœur. Ryan s'essuie le pied dans la terre et part vers le barbecue pour se servir à manger.

— Merci, dis-je en le rejoignant.

— Pas de souci.

Ses cheveux blonds semblent encore plus désordonnés qu'à l'ordinaire – il faudrait vraiment qu'il se les coupe. Je dois aborder plus souvent le sujet de la famille avec les membres de la Tribu. Tout ce qui me permet de faire éclater cette petite bulle où ils se sont enfermés sera bon à prendre, pour leur rappeler qu'il existe une vie hors de Sorrow Bay.

— Je peux te demander quelque chose ? Ta famille ne te manque pas ?

Il me jette un bref regard.

— Si je t'embête, n'hésite pas à me le dire. Mon copain disait tout le temps que je parlais trop.

Voilà qui lui arrache un sourire.

— Moi, ma femme disait que je ne parlais pas assez.

— Ta femme ?

Je n'ai pas réussi à dissimuler ma surprise. Le rouge aux joues, il se détourne. Deux loriquets passent à petits pas dans la clairière et sautent sur une branche basse. Ryan suit mon regard et commente :

— Apparemment, ils sont inséparables. Si l'un des deux meurt, l'autre le pleure pendant des jours.

— Je ne savais pas…

Les deux oiseaux se serrent ensemble sur la branche, en se touchant le bec et le poitrail. C'est vrai que j'en vois souvent voler ou se chamailler par paires.

Ryan tire sur sa barbe, l'air misérable.

— Eux arrivent bien à se choisir un partenaire pour la vie, et à rester ensemble quoi qu'il arrive. Pourquoi pas nous ? Qu'est-ce qu'on peut se compliquer la vie !…

— J'imagine que tu es parti parce qu'il le fallait, dis-je.

— Ce n'était pas ma seule option, mais les autres étaient pires.

Il ne précise pas de quoi il parle, mais je le devine. Moi aussi, l'idée m'a traversé l'esprit quand j'étais au plus mal.

— Tu ne songes jamais à rentrer ?

— C'était trop. Le travail, le prêt, les factures… J'étouffais.

Il se tire à nouveau la barbe. Je voudrais l'en empêcher : il doit se faire mal.

— Quand je suis arrivé ici, je n'avais pas de plan en tête. Je voulais seulement fuir aussi loin que possible. J'imagine que je pensais rentrer un jour, mais je n'osais pas. Et plus je reste, plus ça empire. Comment voudrais-tu que je reparte ?

— J'ai perdu quelqu'un que j'aimais. J'aurais fait n'importe quoi pour le retrouver, mais ça n'arrivera jamais. Ta femme doit te croire mort, tout en priant de toutes ses forces pour que ce ne soit pas le cas. Si tu lui expliquais pourquoi tu es parti, je suis sûre qu'elle comprendrait.

Je me demande comment Ryan s'en sort, financièrement. Est-il arrivé avec du liquide ? J'imagine qu'il n'accède plus à son compte en banque américain de peur qu'on le retrouve.

La séance de visualisation est finie. Clemente fait

des tractions lentes. Centimètre par centimètre, il hisse son corps jusqu'à dépasser la barre du menton. C'est déjà éprouvant à vitesse normale ; je n'ose pas imaginer au ralenti. Il serre la mâchoire sans trahir autrement la douleur qu'il s'inflige. Je me retourne vers Ryan.

— Sky m'a dit que tout le monde travaillait sur sa peur. Et elle, de quoi elle a peur ?

— Rien. Elle dit qu'elle a réussi à toutes les éliminer.

— Oui, c'est ce qu'elle m'a raconté, mais il doit bien y avoir quelque chose. Même sans phobies, elle s'inquiète forcément pour la sécurité de ceux qu'elle aime. Victor, par exemple ?

— Je ne suis pas sûr qu'elle l'aime.

— Pas faux.

Ryan a beau se tenir à l'écart des autres, il ne manque pas de finesse, à l'évidence.

— Et tous ces défis, ça rime à quoi ?

— Quand il n'y a pas de vagues, je m'agite – les autres aussi. On se met à se poser des questions trop difficiles, du genre qu'est-ce que je fais ici ? Mieux vaut s'occuper. Et ça nous maintient en forme, au moins.

Il est malheureux ici ; malgré toute son intelligence, je le sens bien.

— Et toi, qu'est-ce qui te fait peur ?

Ryan croise furtivement mon regard, comme pour reconnaître qu'il s'agit d'une question intime. Il me montre son poignet : je n'avais pas remarqué son minuscule tatouage.

— C'est… une araignée ?

— Oui. Victor me l'a tatouée.

Le fait qu'il ait écrasé celle de tout à l'heure me touche d'autant plus.

— Et puis…

Il me montre son autre poignet. J'y vois la lettre A, pâle et déformée, comme l'araignée.

— Ava, ma fille, explique-t-il. J'ai peur qu'il lui arrive quelque chose.

— Elle a quel âge ? je demande, les yeux ronds.

— Elle avait un an quand je suis parti. Maintenant, ça lui en fait trois.

Les autres sont-ils au courant qu'il a une femme et un enfant ? Comment a-t-il pu les quitter ?

— Écoute, j'étais sérieuse, tout à l'heure. Si tu leur revenais, elles seraient incroyablement heureuses de te voir, j'en suis sûre.

Oui, je veux qu'il parte car cela fait partie de mon plan pour affaiblir la Tribu, mais c'est aussi pour lui – et pour sa petite fille, qui grandit sans son père. Ryan détourne à nouveau les yeux. J'enchaîne :

— Alors, vous avez tous des tatouages ?

— Pas tous. Seulement ceux qui en voulaient.

J'ai vu celui de Victor, de Jack et de Mikki. Je n'ai rien vu aux poignets de Clemente ou Sky.

— Je peux te demander autre chose ?

— Quoi ?

Ce n'est sans doute pas une bonne idée, car il a retrouvé son air d'animal acculé.

— Qu'est-ce que tu faisais dans la forêt, le jour où je t'ai rencontré ?

— Comment ça ? demande-t-il, alors que ses joues rouges trahissent qu'il sait très bien de quoi je parle.

— Tu étais couché par terre…

L'espace d'un instant, il semble refuser de répondre. Puis ses épaules tressaillent, et il plisse les lèvres.

— Du tapping. Contre l'angoisse. C'est une technique qui…

— Je connais, dis-je avec un sourire soulagé.

Il semble étonné.

— Après la mort de mon copain, j'ai vu un psy. La vie me semblait si fragile… J'étais convaincue que tous ceux que j'aimais allaient mourir. Ma grand-mère, mes parents, mes amis… même mes patients. Quand je pense à ce qu'ils se faisaient subir… Je soignais un joueur de rugby, père de deux enfants, qui venait de se remettre à jouer après s'être fracturé la nuque. Rien que l'imaginer dans la mêlée me rendait malade. Je n'en dormais plus la nuit. Dès que je me libérais d'une angoisse, une autre se formait…

— Je connais ça.

— Mes insomnies empiraient, et j'ai fini par prendre rendez-vous. Ma psy m'a appris le tapping, et je le fais encore, parfois, les mauvais jours.

— Ça t'aide ?

— Un peu. Et toi ?

— En général, oui…

Son regard sur moi a changé. Moi aussi, il m'apparaît différent. Je suis heureuse que son comportement du premier jour ait une explication si innocente.

Il prend sa guitare et la serre contre lui, comme un enfant, mais sans en jouer – il se contente de tripoter la sangle.

— Je ne veux pas que les autres me voient… C'est pour ça que je vais là-bas. Ils me trouveraient bizarre. Enfin, ils me trouvent déjà bizarre, mais…

— Je comprends. Je faisais du tapping entre deux consultations, parfois, et je prenais toujours soin de verrouiller la porte avant. Désolée de t'avoir interrompu la dernière fois.

— Pas de problème.

Toute cette histoire m'a émue, mais je ne suis pas là pour lui. Je suis là pour Mikki, et il faut que je disloque la Tribu.

— Je me demande si Jack ramènera quelqu'un…

— Quoi ? se raidit Ryan.

— Tu m'avais dit qu'il ramenait des filles, parfois.

— Il n'a pas intérêt !

Il rejette la guitare, s'empare de son épieu et part à grands pas entre les arbres. Le manipuler était si facile. Je n'en suis pas fière, mais il faut que je continue et que je trouve comment faire la même chose avec les autres.

46

Kenna

Clemente continue ses tractions. La sueur lui ruisselle sur les joues tandis qu'il se hisse vers le haut. En arrivant à Londres, je me suis inscrite à une salle de sport, car je savais que je perdrais tous mes moyens si je ne faisais pas un peu d'exercice. C'était l'un de ces clubs d'obsédés de la gonflette, plein de bodybuilders grimaçants. Donc j'en ai vu, des gens qui se poussaient à fond. Mais Clemente est vraiment incroyable. Malgré son visage tordu par la douleur, il n'émet pas un son. Quelle discipline de fer… Comment peut-il s'y plier après avoir surfé pendant des heures la veille ?

Peut-être que ce n'est pas un entraînement, mais une punition qu'il s'inflige.

Lorsque Mikki et Jack débarquent sur le chemin, chargés de sacs, c'est un soulagement. On croirait assister à l'arrivée du Père Noël, à voir les autres se presser autour d'eux.

— Génial, vous avez trouvé de la roquette ! lance Sky.

— Et des fraises ! dit Clemente en sortant une barquette.

— Vous avez pu vérifier la météo ? s'enquiert Victor.

— Ouais, ils disent que le cyclone risque de nous arriver dessus.

— Oh, non…, je souffle.

Mais les autres sont radieux.

— Plus tard dans la semaine, continue Jack. Si c'est bien le cas, il y aura une houle de dingue.

— Pourquoi tu souris, toi ? demande Sky à Victor. Tu paniqueras si les vagues sont trop grandes !

Il n'a pas l'air de l'entendre.

— Tiens, j'ai pris une capture d'écran, ajoute Jack en montrant son portable à Victor. Au moins trois mètres de haut, apparemment.

Victor, le portable serré dans sa main, semble partagé entre la mélancolie et la terreur. Jack envoie un coup de coude à Mikki.

— S'il pleut autant que prévu, les routes risquent d'être inondées. Le mariage, c'est la semaine prochaine, à Sydney…

— On n'aura qu'à décaler, dit-elle. S'il y a des vagues dignes de ce nom ici, je ne veux pas les rater.

Sky éclate de rire et lui tape dans la main.

— Ça, c'est parler !

— Moi qui me sentais coupable d'avoir raté le mariage de mon cousin pour surfer, dis-je. Toi, tu rates ton propre mariage ?

Décaler l'événement est une bonne chose, j'imagine, mais ça ne règle pas le problème. Et que Mikki choisisse de manquer ça pour les vagues montre bien à quel point elle est accro. Ayant connu la même chose, je sais bien que se libérer d'une addiction pareille est extrêmement difficile.

Mikki jette un regard furtif par-dessus son épaule, et sort une barre de chocolat de sa poche.

— Je t'ai pris ça…

— *Yes !* Merci !

Je l'ouvre. Quelques jours plus tôt à peine, j'aurais tout avalé, mais voilà que je me surprends à la rompre en morceaux. Mikki et moi en mangeons un et je garde le reste pour les autres.

Mikki semble nerveuse. Je lui pose une main sur le bras.

— Tu ne serais pas en train d'hésiter, pour ton mariage ?

— Non, je suis fatiguée, c'est tout. J'ai fait un cauchemar la nuit dernière.

— Papillons de nuit ou grandes vagues ?

Mikki faisait parfois de mauvais rêves, si mauvais qu'elle se réveillait en hurlant, et c'était toujours soit l'un, soit l'autre. J'allais la secouer dans sa chambre.

— Papillons de nuit. C'était comment ici, sans moi ?

— Pas trop mal. J'ai eu une conversation très intéressante avec Ryan.

— Ah bon ? s'étonne-t-elle. Moi, il me met mal à l'aise, parfois.

Justement, Ryan l'appelle. Mikki traverse la clairière pour le rejoindre, regarde autour d'elle et lui tend quelque chose. Un rouleau de billets. Il l'empoche. Je me dirige vers eux. En comprenant que j'ai tout vu, Mikki prend un air coupable.

— Je lui devais de l'argent…

Peut-être qu'il lui avait donné sa carte pour qu'elle lui retire du liquide, comme moi ? Mais vu qu'on le recherche, ce doit être impossible pour lui. Alors comment Mikki aurait-elle pu contracter une dette à son égard ?

Ryan écrase un moustique et s'empare du produit, qu'il secoue.

— Presque vide. Tu en as repris ?

— Non, désolée…

— Et alors, je fais quoi, je vais en chercher à la supérette ?! explose-t-il. Je l'avais mis sur la liste !

Mikki tressaille face à sa colère. Jack s'approche.

— Du calme, mec. J'en prendrai la prochaine fois.

— Ouais, c'est ça. Et en attendant, je vais me faire bouffer !

Ryan lance le spray contre un arbre. L'impact est incroyablement bruyant. Une chauve-souris s'envole, effrayée.

— Mais quelle mouche le pique ? demande Jack aux autres.

— Pas une mouche, un moustique, s'esclaffe Victor.

Tous deux éclatent de rire – Jack va jusqu'à s'écrouler par terre, avec des hoquets aigus. Je plisse les lèvres, mais en voyant les épaules de Mikki secouées d'hilarité, je craque aussi. Le visage pâle de Ryan vire à l'écarlate ; l'espace d'un instant, je crains qu'il ne frappe quelqu'un.

— Allez tous vous faire foutre ! hurle-t-il.

Il s'éloigne à grands pas dans la forêt. Mes pensées reviennent à l'argent.

— Tu payais déjà Jack… Ryan aussi ?

— Je lui ai emprunté de l'argent le mois dernier, insiste Mikki dont le sourire s'éteint.

Je la dévisage. Qu'est-ce qu'elle me cache ?

— Il t'en reste combien ?

— Ce sont mes affaires, réplique-t-elle en partant vers le barbecue.

Je la regarde rire et plaisanter avec Sky pendant qu'elles rangent les provisions. Mikki a l'air intégrée à la Tribu, mais… et si ce n'était pas le cas ? S'ils se servaient d'elle ? Son héritage ne durera pas éternellement si c'est elle qui les finance. Quand elle n'aura plus rien, que deviendra-t-elle ?

47
Kenna

En repérant que Jack est seul, je sors la barre de chocolat de ma poche. Elle a déjà à moitié fondu.

— Tu en veux ?

— Oh, oui !

Je me sens comme une dealeuse de drogue, ce qui est parfaitement ridicule. D'ailleurs, ça me revient…

— Sky m'a parlé des somnifères. Elle m'a dit que tu ne l'avais fait qu'une fois.

— Ouais, ça me semblait pas si grave sur le moment, répond-il avec un autre de ses sourires parfaits.

Vu son expression, ça ne lui semble toujours pas si grave. Il hausse les sourcils.

— Alors comme ça, tu étais dans le lit de Clemente hier soir ?

— Pas comme ça, dis-je, agacée par sa facilité à me mettre dans l'embarras.

— Il a pas eu de chance avec les femmes, tu sais, s'assombrit-il.

C'est ma chance d'en apprendre plus.

— Il m'a parlé d'Elke…

— Oui, elle était à fond sur lui. Le pauvre.

— Elle était comment ?

— Elle avait aucun filtre, je l'adorais.

Je l'adorais… Je me rappelle ce qu'a dit Sky sur le partage. Et voilà que je me pose une autre question : est-ce qu'Elke se « partageait » avec Jack ? Si oui, qu'en pensait Clemente ? Ils se disputaient ?

— Marrant que tu poses la question, reprend Jack. La veille de sa disparition, ils se sont hurlé dessus.

— Pourquoi ?

— Sais pas. Elle le menaçait de repartir en Allemagne. Mais ils se sont réconciliés.

Ma gorge se serre. Personne ne part d'ici, c'est bien ce qu'on m'a répété. Et si l'un des autres avait entendu ce qu'a dit Elke et fait en sorte de l'en empêcher ?

— Elles s'entendaient bien, Elke et Sky ?

— La plupart du temps, oui.

Pour ce que j'en ai vu, Sky n'apprécie pas ceux qui tentent de s'imposer aux autres – et sûrement pas une autre fille.

Sky et Mikki sont en grande conversation près du barbecue, occupées à couper des légumes.

— Qu'est-ce que vous préparez ?

— Du ragoût japonais, me répond Mikki avant de revenir à Sky. Alors, comment ça se passe avec Victor ?

Sky me jette un regard incertain, comme si elle hésitait à m'inclure dans la conversation, puis désigne d'un geste Victor et Clemente qui s'entraînent à la corde ondulatoire.

— Regarde-le. Il a l'air tellement fort, mais en fait… pas du tout.

Mikki lui fait un sourire plein de compréhension.

— Parfois, j'en ai assez qu'il se repose autant sur

moi, poursuit Sky. Et je me dis que je voudrais qu'on me soutienne, moi. Ce qui est idiot, parce que même si quelqu'un se portait volontaire, je refuserais sûrement.

— C'est pareil avec Jack, dit Mikki. De temps en temps, je me dis que j'aurais voulu le rencontrer avant son accident…

Je suis stupéfaite de l'entendre se confier ainsi. On ne parlait jamais de ces choses-là, toutes les deux. Occupée à couper les carottes en bâtonnets, elle fronce les sourcils.

— Cela dit, il ne devait sortir qu'avec des top models, à l'époque. Il ne m'aurait pas regardée.

Qu'elle ait une si mauvaise opinion d'elle-même me rend folle. Je lui passe un bras autour des épaules.

— Qu'est-ce que tu racontes ? Tu es magnifique.

— Mais oui ! renchérit Sky.

Mikki fait la grimace. Sky m'envoie un coup de coude.

— Et Kenna est à fond sur Clemente…

Je dissimule mon embarras d'un rire. Mikki lève les yeux de ses carottes, l'air troublé, et ses avertissements me reviennent en mémoire.

— Mais tu ferais mieux de garder un œil sur lui, chérie, me dit Sky. À l'époque où je bossais dans le bâtiment…

— Tu as fait ça ? Génial, s'enthousiasme Mikki.

— Oui, je sortais avec une cheffe de chantier. Elle m'a parlé de ces grands bâtiments dont les fondations sont fissurées. On ne peut pas le voir, on n'en a aucune idée, jusqu'au jour où ils s'effondrent…

Elle jette un regard éloquent à Clemente.

— Tu dirais qu'il a des fissures ? je demande.

— Plein. Ça m'étonne qu'il tienne encore debout.

Je la dévisage. Le pense-t-elle vraiment, ou a-t-elle sorti cette remarque parce que je lui ai dit que Clemente voulait sa place ?

— Donc, finalement, ce que tu es en train de me dire, c'est que quelque chose ne va pas chez chacun des mecs de la Tribu…

Je plaisantais – enfin, plus ou moins – mais Sky hoche la tête.

— Et chez nous.

C'est rare qu'elle reconnaisse ainsi ses propres faiblesses. C'est même la première fois. Elle semble se reprendre.

— Mais on se reconstruit peu à peu, et c'est tout ce qui compte.

Ce soir-là, autour du feu, Sky s'est assise près de moi. Elle ne cesse de se pencher en avant pour effleurer rapidement les flammes. Elle porte un débardeur violet, délavé par le soleil, un peu trop grand pour elle, sans rien dessous. Chaque fois qu'elle bouge le bras, elle expose ses seins, mais personne ne sourcille.

— Regardez-moi cette fine équipe, raille-t-elle. Assis en cercle à vous ennuyer comme des rats morts. Allez, on va faire une course d'escalade.

— Ah, non, répond Clemente.

— Je suis trop fatigué, mon amour, renchérit Victor. Allons nous coucher.

— Pas encore !

Elle semble bien agitée ce soir. Comme Clemente est

assis par terre devant elle, elle n'a qu'à tendre le bras pour lui passer une main dans les cheveux.

— J'adore…

Victor, qui se rase la tête, grimace. Sky continue à dépeigner Clemente en finissant par l'ébouriffer complètement.

— Ils sont tellement épais. Kenna, touche-moi ça !

Je la fusille du regard, mais je ne vois pas comment refuser, si bien que je me penche en avant pour l'imiter. Impossible que tout ça n'ait rien à voir avec l'idée que Clemente cherche à la remplacer. C'est une façon subtile et habile de démontrer qu'il est sous sa coupe.

Victor bâille.

— Pourquoi tu es crevé comme ça, mec ? Elle t'empêche de dormir ? lance Jack.

— Non, se crispe Victor.

— Moi aussi, je manque de sommeil. Je fais des cauchemars, parfois.

— Quel genre ? demande Victor, méfiant.

— Sur la vague qui m'a brisé le dos.

Victor l'écoute décrire son rêve, fasciné.

— Je ne me rendors jamais après, au cas où ça reprendrait, conclut Jack. J'ai peur de ne plus me réveiller, de rester piégé, et de mourir.

Sky se penche pour murmurer à l'oreille de Mikki. Celle-ci hoche la tête.

— Mon pauvre ! lance Sky à Jack. Et si je te protégeais de cette méchante vague, ce soir ?

Le regard incrédule de Jack passe de Sky à Mikki.

— Vas-y, ne te gêne pas, lui dit celle-ci.

Quoi ? Je n'en crois pas mes oreilles. C'est complètement tordu. Jack a la tête d'un homme qui célèbre tous ses anniversaires à la fois – jusqu'à ce qu'il se rappelle l'existence de Victor, qui semble clairement choqué.

— Je peux dormir avec toi ce soir, Kenna ? me demande Mikki.

Je ne retrouve la parole qu'avec un temps de retard.

— Oui… d'accord.

Sky hisse Jack sur ses pieds. Je les regarde partir vers la tente de Mikki en me demandant comment ils peuvent se montrer si cruels.

48
Kenna

J'ai le cœur brisé pour Mikki, allongée près de moi sous la tente. On entend absolument tout.

— J'ai des boules Quies, si tu veux.

C'est bien la seule chose que je puisse lui offrir.

— Mais puisque je te dis que ça ne me dérange pas ! s'agace-t-elle.

Je devrais profiter de ces moments pour la convaincre de partir, mais les bruits étouffés qui nous parviennent de la tente de Jack m'empêchent de me concentrer.

Le lendemain, en nous levant, nous trouvons Sky près de Victor, une assiette d'œufs brouillés sur les genoux, comme par un matin ordinaire. Mais il n'a pas posé la main sur sa jambe, et une certaine tension flotte dans l'air. Jack entoure Mikki d'un bras lorsqu'elle s'assoit, comme si de rien n'était. Incroyable. Mon estomac se retourne.

Les autres sentent bien que l'humeur générale n'est pas à la conversation, et nous mangeons en silence. Lorsque Sky part rincer son bol au robinet, je la suis.

— Comment as-tu pu ?

— On partage tout, ici, je te l'ai dit, répond-elle, apparemment surprise par ma colère.

— Mikki n'est pas faite pour ce genre de choses. Elle est plus sensible que le reste de la Tribu.

— Je ne suis pas d'accord. Elle voulait voir si elle pouvait y arriver. Elle travaille dur pour s'améliorer, et je l'admire beaucoup.

— Elle n'a pas besoin de s'améliorer ! Elle est très bien comme elle est !

— Elle m'a dit que tu voulais qu'elle nous quitte, rétorque Sky dont les yeux se plissent. Peut-être que tu ne supportes pas qu'elle ait tant d'amis.

Cette remarque me désarçonne complètement. Aurait-elle raison ? Le problème vient-il de moi ?

Clemente arrive de la plage en courant.

— D'énormes rouleaux !

Tout le monde passe aussitôt à l'action. J'attrape mon short sur le fil à linge, toujours secouée par ce qu'a dit Sky. Mikki et moi n'avons jamais eu d'autres amis. C'est vrai que je me sens isolée, à la voir aussi proche de Sky et des autres membres de la Tribu. Mais ce n'est pas pour ça que je veux la sortir d'ici. Je fais cela pour elle, pas pour moi.

Je suis en train de m'enduire de crème solaire lorsque des insultes proférées par une voix masculine m'alarment. Victor et Jack ont roulé par terre. Le premier envoie un coup à la tête du second, qui se protège d'un bras, avant de se recroqueviller en prenant un uppercut à l'estomac. Clemente se précipite en criant quelque chose en espagnol. Il relève Victor et le plaque contre un tronc d'arbre, si violemment que des bouts d'écorce grise éclatent dans son dos. Je m'attendais à ce que Sky intervienne – pas la peine de se demander pourquoi ils se battent – mais elle se contente de les regarder, l'air fascinée.

Quelques minutes plus tard, alors que nous nous hâtons vers la mer, Jack ralentit à ma hauteur sur le sable. Je lui demande :

— Ça va, ton dos ?

— Ça va. Mais Victor veut me tuer.

— J'espère que ça valait le coup…

Le vent ébouriffe ses cheveux blonds en les plaquant sur son front. Il me jette un regard en coin.

— Tu me demandes comment c'était, là ?

— Peut-être bien.

— C'était ouf. Mais vachement acrobatique. Je n'ai plus les reins pour ça.

Je ne voulais pas en savoir autant. Même si je lui en veux à mort d'avoir infligé ça à Mikki, je dois bien reconnaître qu'elle lui avait donné le feu vert.

— Je ne pensais pas que Victor serait enragé à ce point, ajoute Jack.

— Sky n'avait jamais couché avec quelqu'un d'autre ?

— Juste Clemente.

Je m'étonne presque que mes jambes ne se dérobent pas sous moi.

— Du calme, c'était rien qu'une fois.

— Et ça n'a pas dérangé Victor ?

— Oh si, rigole Jack. Mais il a fini par s'en remettre. Elle a tenté le coup avec Ryan une ou deux fois, mais il ne voulait pas. Le pauvre devait se faire dessus rien qu'à l'idée.

Le ciel est d'un bleu de porcelaine, le soleil fort et brillant. Sky et Clemente, en tête, s'étirent en bavardant. L'idée qu'ils aient couché ensemble me perturbe – je me sens trahie, même si c'est ridicule.

En ramant vers le large, je mets la tête sous l'eau dans l'espoir de me laver de toutes ces histoires. Je n'avais jamais vu la mer aussi claire : à plusieurs mètres de fond, le sable est parfaitement visible. Un banc de poissons passe dans un éclair d'argent.

Lorsque je me retourne, l'océan tout entier est en train de m'arriver dessus.

— Pagayez ! hurle Sky.

Je rame de toutes mes forces sur l'eau luisante. Ma planche pique du nez, mais la vague enfle toujours, verte et lisse : j'ai l'impression de dévaler un escalator à contresens. La mer me soulève toujours plus haut. Je saute sur mes pieds, ayant déjà pris tant de vitesse que je ne vois pas comment je vais réussir à tourner. Mais l'instinct prend le pas et, ayant glissé tout droit jusqu'au bas de la vague, je plie les genoux pour y creuser le plus large virage de ma vie. Je remonte si vite que je manque de jaillir sur la crête. Au dernier moment, je repars vers le bas, pile quand elle s'arque au-dessus de ma tête.

Le temps semble s'arrêter. Glisser ainsi dans un tunnel liquide, sur un morceau de bois si léger que je ne pourrais pas m'y tenir debout à l'arrêt… cela semble défier les lois de la physique. Le rouleau, le tube, la chambre verte, les surfeurs ont tant de noms pour cet endroit éphémère, si cher à leur cœur. C'est la première fois que j'y entre.

Adolescente, je dévorais les magazines de surf australiens, avec leurs splendides photos d'un océan à l'autre bout du monde. Je me rappelle encore ce que j'ai lu dans l'*Australian Surfing Life* : « L'endroit le plus sûr, dans un rouleau, est à l'intérieur. Engagez-vous à fond. Restez-y aussi longtemps que la mer vous le permettra. »

La vague déferle par-dessus mon épaule. Je m'engage, toujours plus avant, je n'ai pas le choix. Elle se referme complètement : je file dans une caverne d'un bleu vibrant. J'ai l'impression d'être dans une autre dimension. Je voudrais y rester pour toujours.

Mais déjà, elle s'effondre sur elle-même, en m'enfonçant sous la surface. J'en prends une autre et je rate complètement mon coup, en perdant aussitôt l'équilibre avec en prime un bleu au tibia. Clemente s'approche en pagayant. Je m'attends à ce qu'il me dise d'arrêter avant de me casser quelque chose. C'est ce qu'aurait dit Kasim.

— Tu y étais presque. Change un peu l'angle, me dit-il en penchant la main.

Deux heures plus tard, j'ai récolté une douzaine d'hématomes en plus – et deux autres rouleaux. En sortant de l'eau, je me sens comme illuminée de l'intérieur. J'ai oublié Mikki, j'ai oublié Jack, j'ai même oublié Elke. Je ne pense qu'à mes vagues.

Je m'arrête pour détacher mon leash, mais Clemente était juste derrière moi et me rentre dedans. Nous sommes les derniers à sortir : il n'y a plus que nous sur la plage. Comme je manque de perdre l'équilibre, il m'agrippe le bras. Je me retrouve plaquée contre son torse nu, encore trempé.

— Désolée…

Je ne me recule pas. Lui non plus. Des gouttes d'eau scintillent sur sa peau bronzée. Le soleil donne à ses yeux la même couleur turquoise que l'océan. Il est beau, ce qui n'a rien d'exceptionnel dans la Tribu. Mais avec les autres, je ne ressens pas cette… attraction. Comme si j'étais entraînée par un courant marin, de ceux qui me font décoller les pieds du sable pour me tirer vers la haute mer. Je peux bien me débattre, ça ne changera rien.

Mikki ne lui fait pas confiance. Sky non plus. Moi aussi, je devrais me méfier de lui.

Il recule d'un pas, et je reprends mon souffle. Bon : c'est l'occasion de lui parler seule à seul.

— Je voulais te demander un truc…

Il se raidit aussitôt, mais m'invite à m'asseoir avec lui sur le sable. Nous posons nos planches et nous installons face à la mer.

— Écoute, je sais que tu m'as dit que tu préférais garder tes distances, dis-je. Mais on ne pourrait pas au moins être amis ?

Il étudie mon expression. Je ne sais pas ce qu'il y cherchait, ni s'il l'a trouvé, mais il finit par se retourner vers l'horizon avec un bref hochement de tête. J'observe son profil tandis qu'il fixe les vagues – sa mâchoire carrée, son nez bien droit. Qu'est-ce qu'il peut me rappeler Kasim, en cet instant. Le genre de mec dur, taciturne, qui ne sait pas gérer ses émotions. Une drôle d'idée me vient : *Kasim l'aimerait bien.* C'est fou ce que cette pensée me libère, et ce n'est qu'alors que je mesure à quel point je me suis sentie coupable.

Évidemment, nous songeons tous deux à Elke.

— Comment peux-tu supporter de rester ici après que ta femme… Et Elke…

Il enfonce les doigts dans le sable et les resserre, en le faisant crisser dans sa paume.

— Où veux-tu que j'aille ? Mes amis sont ici. Bien sûr, je préférerais partir, avec tous ces souvenirs qui me hantent. Mais la Tribu m'aide à les supporter.

— Tes séances avec Sky, ça t'aide ?

— Sky m'a dit que je pouvais soit revivre les événements encore et encore jusqu'à pouvoir les accepter, soit les enfouir. J'ai choisi la seconde option.

J'ai beau affirmer que je veux être son amie, ça risque d'être difficile vu que je m'enflamme chaque fois qu'il me jette un coup d'œil.

— Et tu y arrives ?

— Oui, sauf quand on me pose sans cesse des questions là-dessus, répond-il, le regard trop fixe, tourné vers le large.

49

Clemente

J'ai du sang sur les mains. Du genre qui ne partira jamais au lavage. Parfois, en baissant les yeux, je le vois – un filet rouge qui me coule sur les doigts, sur les poignets, comme quand j'ai tiré Elke hors de l'eau.

Ce qui m'a toujours plu dans la Tribu, c'est qu'on y évite les questions qui fâchent. On a tous nos problèmes, tous notre façon de les gérer. Je discute parfois avec Jack, et il m'est arrivé d'aborder le sujet avec Sky, mais toujours sans pression. Puis voilà que Kenna débarque pour exhumer mes souvenirs.

Elke. La nuit de notre rencontre, j'étais dans un bar un peu glauque, à Bondi. J'étais épuisé après une matinée de surf à Sorrow Bay suivie par le long trajet jusqu'à Sydney, mais avec Jack hors de question de ne pas sortir le soir. Il avait grimpé sur la scène avec un tas d'autres gens – surtout des femmes – pour un concours de tee-shirts mouillés. (C'est bien l'Australie, ça.) Ça ne me dérangeait pas. Jack est un mec bien. Il fait tout le temps le fou, mais c'est pour cacher le fait qu'il souffre en permanence. Et pour s'en distraire.

— Tu parles allemand ? m'a demandé la fille près de moi.

Elke. La musique était à fond et la table d'à côté s'était lancée dans des shots de vodka. J'ai dû me pencher pour l'entendre.

— Non. Et toi, tu parles espagnol ?

— Non. On va rester à l'anglais, alors !

Ma femme était morte un an plus tôt, et je n'étais sorti avec personne depuis – je ne voyais même plus les filles. Mais Elke sentait incroyablement bon, un mélange de crème solaire et de shampooing. Son bikini lui avait laissé une marque de bronzage des plus intéressantes autour du cou.

— J'adore ton accent, m'a-t-elle lancé.

Elle me draguait, là, non ?

— Je n'ai jamais embrassé d'Espagnol ! Je me demande ce que ça fait…

En voyant mon expression, elle a souri.

— Quoi ? Tu me plais. Je suis trop directe, c'est ça ?

— Non, me suis-je repris. Mais les Espagnoles sont plus subtiles. Si quelqu'un leur plaît, elles le lui font savoir par le regard… Comme ça.

En un clin d'œil, j'étais entré dans son jeu.

— Ça y est, du coup, je peux t'embrasser ?

J'ai éclaté de rire, sans plus me soucier de la musique infâme ni de la foule qui me tapait sur le système.

— Vas-y.

Tout était si simple avec elle. Je n'avais jamais besoin de me demander ce qui lui passait par la tête, comme avec ma femme, parce qu'elle me le disait direct. Si elle n'était pas contente, j'en entendais parler – et si quelqu'un d'autre l'agaçait, lui aussi l'apprenait vite.

Ce n'était pas toujours facile ; elle se disputait souvent avec Sky et Victor, notamment. Mais son honnêteté me plaisait.

Chaque soir, nous rentrions sous ma tente et je me coulais en elle pour oublier le monde. Si seulement je pouvais oublier ce qui s'est passé ensuite.

Je baisse les yeux sur ma main. Je ne vois pas le sang, mais je le sens. Quand je ferme les yeux, c'est le corps de ma femme qui m'apparaît, à se balancer dans l'arbre. Je serre les doigts, ce qui ramène un autre souvenir à la surface : mon poing qui s'abat encore et encore.

Alejandro était mon meilleur ami depuis notre rencontre au club de boxe, à cinq ans. Il avait toujours été du genre tête brûlée, mais après le divorce de ses parents, vers ses dix-neuf ans, il était complètement parti en vrille. Il buvait trop, il cherchait les ennuis. Chaque fois qu'on sortait, il allait provoquer le plus grand mec du bar. Je n'arrêtais pas de lui sauver la mise, parfois en me prenant des coups au passage. J'ai même payé quelqu'un un jour pour lui éviter de finir au poste.

On continuait la boxe, et cette année-là on était en finale du championnat régional. Devoir l'affronter sur le ring ne me plaisait pas, mais ce ne serait pas la première fois : on s'entraînait tout le temps ensemble.

— Faut que je te dise un truc, m'a-t-il dit juste avant d'entrer en scène.

J'aurais dû sentir venir le coup en voyant son expression.

— J'ai couché avec Marta cette nuit.

C'était ma copine de l'époque, mon premier amour. Je l'ai regardé dans les yeux pour vérifier s'il était sérieux, en espérant à demi qu'il éclate de rire pour me dire que ce n'était qu'une blague. Bien sûr, il n'a pas ri. On nous a appelés sur le ring avant que je ne puisse répondre.

Dans l'angle de la salle, Marta nous regardait. Elle m'a fait un signe de la main auquel je n'ai pas répondu. Qui était-elle venue encourager, Alejandro ou moi ?

Malgré mes oreilles bourdonnantes, j'ai entendu la cloche. Ma colère s'est concentrée dans mes poings. Normalement, perdre le contrôle de soi est un désastre à la boxe. Je ne sais pas pourquoi ça m'a réussi – peut-être qu'Alejandro m'a laissé le frapper parce qu'il pensait le mériter, ou peut-être que je l'ai pris par surprise. Quoi qu'il en soit, il est tombé, et j'ai fait passer un dernier crochet alors que l'arbitre avait commencé à compter. J'ai eu de la chance qu'on ne me disqualifie pas. Alejandro saignait du nez. La victoire la plus facile de ma vie. Je me rappelle encore son odeur métallique quand on s'est serré la main ensuite.

De retour dans les vestiaires, j'ai rassemblé mes affaires et je suis parti. Je me sentais dans mon droit. Puis la nouvelle est tombée le lendemain matin : à cause d'un caillot au cerveau, il était mort dans son sommeil.

Je ne peux pas justifier ce que j'ai fait. Ma colère a explosé, je n'ai pas pu la contrôler. Alejandro en est mort. C'est pour ça que j'ai arrêté la boxe, parce que cela nourrissait un dangereux instinct en moi, celui de frapper sans plus m'arrêter.

On nous fait croire que le sport rend plus fort, mais il peut aussi détruire les gens – pas juste leur corps, mais toute leur vie. C'est le cas pour nous tous dans la Tribu, d'une façon ou d'une autre. J'ai arrêté mes études de médecine. Je ne pouvais plus rêver d'être docteur après avoir tué Alejandro. L'année suivante, j'ai quitté l'Espagne.

Je ne compte pas en parler à Kenna. Elle a déjà assez peur de moi comme ça. Et comment lui en vouloir ? Avec la mort de ma femme et la disparition d'Elke, je sais bien quelle impression je donne. Celle d'être maudit.

50

Kenna

J'attrape la barre de traction. Les autres en font chaque jour, mais j'ai toujours eu du mal avec cet exercice. Le soleil qui traverse le feuillage a réchauffé le métal sous mes doigts. Sky me regarde me hisser vers le haut.

— Clemente ! lance-t-elle. Tu aurais une minute ?

Il s'approche et Sky lui prend l'épaule.

— Tu pourrais apprendre à cette malheureuse comment faire des tractions ?

Je me sens comment une idiote, et Clemente doit s'en rendre compte, car il commente :

— C'est l'un des exercices les plus durs.

Il m'observe avec attention lorsque je recommence, puis il me contourne pour poser un doigt sur mon épaule.

— Où est-ce que tu sens l'effort ? Ici ? Ou plutôt… là ?

— Oui, là ! je grogne en me hissant à nouveau vers le haut.

— Inspire… Expire… Non. Attends, je vais te montrer.

Je le regarde faire. Il ne donne pas l'impression de vouloir prouver qu'il est le meilleur – il cherche sincèrement à me donner l'exemple. Sky se désintéresse de la question et part voir ailleurs.

— À toi, maintenant, me dit Clemente.

D'habitude, c'est moi qui fixe mes patients en plein exercice pour déterminer ce qui ne va pas. Maintenant que je me retrouve de l'autre côté de la barrière, je comprends à quel point on s'expose, physiquement et mentalement. *Voici mes limites.*

— Je ne peux pas..., dis-je, les bras tremblants.

— Mais si, répond-il doucement.

Et quand quelqu'un vous aide à surpasser ces limites, la connexion qui se crée est sans pareille.

La Tribu fait ce genre de choses tous les jours. Peut-être que c'est pour cela qu'ils sont si proches. En s'entraînant ainsi, on apprend à donner raison aux autres plutôt qu'à soi. À leur faire confiance.

Même lorsqu'il ne faudrait pas.

Ce soir-là, l'ambiance autour du feu est euphorique. J'ai pris plus de vagues aujourd'hui qu'en toute une saison en Cornouailles. Pour l'instant, je ne songe plus à Elke. Je veux profiter de l'instant. Mikki croise mon regard.

— Alors, tu vois pourquoi j'aime autant cet endroit ?

— Oui, je comprends.

Je lui désigne Jack, assis près de Victor ; ils sont occupés à parler de « rouleaux de ouf », toute animosité envolée.

— Ça ne te dérange vraiment pas que...

— Mais non, je te l'ai dit ! insiste-t-elle, les ailes du nez frémissantes.

J'ai beau étudier son expression, je n'arrive pas à

savoir si elle est sincère. Mikki est difficile à comprendre, même pour moi.

— On ne parlait jamais de nos relations, avant…

— J'aurais bien voulu.

— C'est vrai ? Moi aussi, dis-je en lui attrapant la main. On pourra aborder le sujet, désormais. D'accord ?

— D'accord ! répond-elle, avec une pression des doigts.

Je m'adosse à un tronc d'arbre. Être de retour sur la plage m'a vraiment fait prendre conscience que je ne suis pas faite pour vivre en ville. Qu'importe comment cette histoire se termine, je ne pourrai pas rentrer à Londres.

Victor se tapote les cuisses pour accompagner une chanson en portugais qu'il claironne à tue-tête.

— C'est fini, oui ? s'agace Ryan.

— Mais détends-toi, mec ! Personne n'est mort, c'est pas la peine de tirer la tronche…

— Va te faire foutre !

Ryan part vers le barbecue. Comme il semble vraiment agité, je pars le rejoindre.

— Ça va ?

Il s'est mis à quatre pattes pour tripoter quelque chose au sol.

— Parfois, je n'en peux plus de cette foule.

Je cache mon sourire. Sept personnes, ça n'a rien d'une foule. Mais je le comprends : il est introverti, comme moi. Il a besoin d'un peu de solitude pour recharger ses batteries.

— Qu'est-ce que tu fabriques ?

— J'écrase les fourmis. On dirait qu'elles peuvent sentir la mort arriver. Regarde…

Il les aplatit du bout du doigt, une par une. Sans

surprise, les autres paniquent et s'égaillent dans toutes les directions. Avec sa voix douce et son air nerveux, Ryan passe pour un gentil ; sa barbe, ses longs cheveux, ses vêtements amples et râpés… on pourrait le prendre pour un hippie. Mais dans l'eau, il change du tout au tout et devient carrément agressif, exactement comme Jack. En le regardant occupé à détruire des vies méthodiquement, le regard fixe, impossible de ne pas reconsidérer ma première impression de lui. *Le gardien…*

Mikki a raison, il est quand même flippant.

— Bon, je te laisse tranquille.

J'ai mangé une tonne de ragoût au dîner, mais c'était il y a une heure et je meurs à nouveau de faim. Je pars explorer le frigo. Quelqu'un me tape sur l'épaule : Victor, qui m'offre un bol de pulpe violette.

— Qu'est-ce que c'est ?

— De l'açaï. Goûte, ça donne plein d'énergie !

— Ah oui, je connais. Merci.

Je prends le bol avant de retourner près du feu, et je dévore les baies surgelées à la cuillère. Un goût de cannelle fruitée m'emplit la bouche. Le temps de tout finir, j'ai des frissons.

— Je me gèle…

— Tiens, dit Clemente en me passant un plaid en polaire.

Je m'en entoure les épaules, non sans le remercier. Il s'assied près de moi. Nos épaules s'effleurent, mais ne se touchent pas. Jack et Mikki se sont enroulés dans leur propre couverture. Puis Mikki pousse un cri et saute sur ses pieds.

— Qu'est-ce qu'il y a ? je m'inquiète.

— Un papillon de nuit !

— Où ça… ?

En voyant ses gestes désordonnés, je comprends soudain.

— Mikki, ce n'est que ton tatouage !

— Oh, dit-elle avant de se rasseoir avec un rire nerveux.

J'ai mal aux bras à force d'avoir pagayé. Je les étire devant moi en remarquant que leur galbe a changé.

— Tu admires tes propres muscles ? demande Clemente.

— À vrai dire, oui, dis-je en riant.

Il est si détendu. Rien à voir avec l'ambiance de tout à l'heure, sur la plage.

— En surfant aujourd'hui… et avec tout ce que tu fais d'autre… Tu ne te sens jamais coupable ?

— Comment ça ?

— Si quelque chose t'arrivait, que dirait ta famille ?

Sky me jette un regard de désapprobation, comme si le mot « famille » était banni. Plus ils sont isolés du monde, plus elle a d'emprise sur eux, j'imagine.

— Ils savent que j'en ai besoin, répond Clemente. Ma mère m'a emmené à l'hôpital tellement de fois… Bras cassé, doigts cassés. Surtout à cause de la boxe. Mais elle ne m'a jamais dit d'arrêter.

— Mon copain essayait tout le temps de m'empêcher de me mettre en danger.

— Ah bon ? s'étonne-t-il. Ma femme et la plupart de mes copines comprenaient que c'était nécessaire. J'ai eu de la chance.

À son hésitation, je vois bien qu'il a horreur d'évoquer le sujet. Mais c'est comme s'il comprenait que s'il veut que je lui fasse confiance il doit m'ouvrir son intimité, au moins un peu. Victor désigne Sky dans un éclat de rire.

— Imaginez si j'essayais de l'empêcher de faire quoi que ce soit ! Elle me tuerait !

— Mais moi non plus, je n'essaierais jamais de t'arrêter, répond-elle.

Il cligne des yeux comme si cette idée ne lui avait jamais traversé l'esprit. Clemente hoche la tête.

— Si ton partenaire veut faire ce genre de choses, tu ne peux pas chercher à l'entraver. Ça fait partie de l'identité des gens… Ma mère a toujours compris ça.

Sky plisse à nouveau le front, ce qui ne me décide que davantage à creuser le sujet. Le frère de Clemente vit en Angleterre, il me l'a dit.

— Ton frère surfe aussi ?

Avant qu'il ne puisse répondre, Sky se penche en avant pour me toucher le visage.

— Tu as pris le soleil, Kenna…

— Je sais.

Les joues me cuisent. Jack part me cueillir un morceau de plante.

— Tiens, de l'aloe vera.

Il est épais et épineux comme un cactus. Un gel translucide s'échappe de l'extrémité rompue.

— C'est fou, je n'en avais jamais vu dans la nature…

— Je vais t'aider, bouge pas.

Clemente, sans expression, le regarde m'étaler la substance sur le visage.

— Hé, Ryan, joue-nous un truc ! Je veux danser ! crie Victor.

Ryan revient avec réticence vers nous, la guitare à la main, et se lance dans « Sweet Jane ».

— Non, pas celle-là, elle est trop…

Victor bute sur le mot et quémande de l'aide du regard.

— Mélancolique ? je suggère.

Elle n'est pas censée l'être, mais dans l'interprétation de Ryan c'est vrai qu'elle semble triste.

— C'est ça, approuve Victor. Joue quelque chose de joyeux !

— Je t'ai dit que je n'en connaissais pas d'autre, s'énerve Ryan.

— Pas grave, l'apaise aussitôt Victor. Je vais danser quand même.

Il tente d'entraîner Sky, mais elle secoue la tête, si bien qu'il se lance seul dans une sorte de samba, en agitant les mains et en se regardant les pieds pour suivre une série de pas compliqués. Il danse très bien, et son grand sourire est contagieux.

— Moi, je vais danser avec toi, mec, déclare Jack en sautant sur ses pieds.

— Pitié, proteste Victor. Deux hommes ensemble, non. Sky, je t'en prie !

Sky lève les yeux au ciel, mais se redresse. Nous l'imitons et finissons tous par danser comme des idiots autour du feu, au son tragique de la guitare de Ryan. Tout va bien dans le meilleur des mondes. Oui, je suis toujours inquiète pour la sécurité de Mikki, je me demande encore ce qu'est devenue Elke, mais… je m'en préoccuperai demain.

Je me suis tellement laissé entraîner par la danse que je ne m'aperçois pas tout de suite que la musique s'est arrêtée. Lorsque je me retourne vers Ryan pour voir pourquoi, je me retrouve face à deux femmes.

Le choc passé, je les reconnais. C'est le couple canadien que nous avons croisé à la station-service il y a cinq jours. La jolie rousse porte la même combinaison en denim que ce jour-là.

Elle me salue d'un signe de tête, sans l'ombre d'un sourire.

51

Kenna

Comme à son habitude, la Tribu fait front façon équipe de rugby. Debout, les bras croisés, ils irradient d'hostilité.

— Vous êtes qui ? demande Sky d'un ton tranchant.

— Moi, c'est Tanith, dit la jolie rousse.

— Et moi Shannon, se présente son épouse aux cheveux bruns coupés court.

— On est là pour mon portefeuille, poursuit Tanith en regardant Jack.

Sky se retourne vers lui, furieuse.

— Tu les connais ?

Ryan, Victor et Clemente le fixent avec incrédulité. Je devine ce qu'ils pensent : *Jack a remis ça.*

— On les a rencontrées à la station-service en venant, dis-je.

— Comment avez-vous entendu parler de cet endroit ? demande Sky en revenant aux deux femmes.

— Par elle, répond Shannon en me désignant du menton.

Tous les regards se posent sur moi. Leur rage est palpable.

— Je ne savais pas que l'endroit était secret à l'époque, me défends-je.

— Mon portefeuille ? répète Tanith.

Les autres se mettent à parler tous en même temps. Sky s'en prend à Jack :

— Tu vois ? Voilà ce qui arrive quand tu invites des gens ici !

— Sale con ! hurle Ryan. Si elles nous ramènent la police…

Tanith s'avance vers Jack et demande, d'une voix forte :

— Tu l'as pris ou non ?

Le silence revient. Je songe aux mains de Jack, partout sur Tanith, pour la débarrasser des « moustiques ». Il souffre à longueur de journée ; aurait-il pu lui prendre son portefeuille pour s'acheter de la codéine ? Il lève les mains en signe d'innocence, mais je ne sais pas si j'y crois. Après tout, il a drogué une fille sans paraître comprendre à quel point c'était grave.

— Si ce n'était pas toi, continue Tanith en reculant d'un pas, je ne vois pas qui d'autre.

— Je ne ferais jamais ça, lui assure Jack en la regardant dans les yeux.

Tanith hésite, comme si elle s'était attendue à une confession.

— On a appelé la station-service en revenant, mais personne ne l'avait rapporté aux objets trouvés. Et comme j'étais sûre de l'avoir là-bas, je pensais…

— Je comprends bien, acquiesce Jack avec raideur. Mais comme je disais, je ne ferais jamais ça.

Tanith et Shannon échangent un regard. Je sens

qu'elles ne sont pas convaincues, mais que peuvent-elles faire d'autre ? Un silence gêné revient.

— Sympa, comme endroit pour camper, dit Tanith en désignant les alentours.

— Comment sont les vagues ? renchérit Shannon avec un grand sourire.

Personne ne répond. Je me sens si mal pour elles : elles ont l'air vraiment sympa.

— Elles étaient pas mal, tout à l'heure, dis-je.

Sky me jette un regard glacial, mais je l'ignore.

— Vous êtes passées par où ?

— On est remontées jusqu'à la Sunshine Coast, explique Shannon. Puis on s'est aperçues que son porte-feuille manquait à l'appel. On a dû commander de nouvelles cartes bancaires, attendre qu'on nous les envoie par courrier… Ça a pris des siècles.

Elle se retourne vers Tanith.

— On devrait sortir la tente de la Jeep avant qu'il fasse trop sombre.

— Vous ne pouvez pas camper ici ! lance Ryan.

— Pourquoi pas ? demande Shannon.

— Il faut réserver auprès des agents du parc.

— Et comment on fait ? On ne capte rien, remarque-t-elle en sortant son portable.

— Il faut s'y prendre à l'avance, répond Sky.

Je suis tellement mal à l'aise. Ces vagues n'appartiennent pas à Sky. Ni à Ryan. Ni à personne.

— Si un agent arrive, on le paiera, décide Shannon. Sinon, on réglera en ligne en partant.

— C'est un con, je vous préviens, grommelle Sky.

Shannon croise les bras sur sa poitrine et déclare, calme mais ferme :

— Après tout ce trajet, on ne repartira pas sans avoir pris quelques vagues.

Sur ces mots, les deux femmes repartent vers les voitures.

— Hors de question qu'elles surfent ici ! s'insurge Victor.

— Du calme, mec. Deux meufs, qu'est-ce que ça peut faire ? l'apaise Jack.

— Tu plaisantes, ou quoi ? s'écrie Sky. S'il y a autant de rouleaux demain, elles en parleront à tous leurs amis dès qu'elles repartiront !

— Et la semaine prochaine, on aura la moitié du Canada sur les bras, achève Ryan.

Clemente hoche la tête, sans rien dire.

— Bon alors, on fait quoi ? insiste Victor.

Les deux femmes reviennent avec leurs sacs et leur tente. Comme elles ont du mal à la planter dans le noir, je m'approche pour les aider.

— Kenna, c'est ça ? demande Tanith. Tu surfes depuis longtemps ?

— Presque vingt ans. Et vous ?

Elles me parlent du surf au Canada, et je leur raconte les Cornouailles avant d'enchaîner sur mon métier de thérapeute du sport, mais on ne peut pas dire que la conversation soit franchement dégagée. Quand la tension devient insupportable, je repars vers les autres.

— Il faut s'en débarrasser, dit Ryan.

— Ne t'inquiète pas, on va le faire, répond Sky.

Je me demande soudain si ces deux femmes sont bien en sécurité, ici. Jack est au barbecue ; un frisson me parcourt lorsque je le vois revenir avec deux tasses vers les Canadiennes. Il n'oserait quand même pas… Je ne peux pas courir le risque.

Je cours à sa rencontre, je fais mine de trébucher, et je m'écrase contre lui, plus fort que je ne l'aurais voulu. Les tasses s'envolent et Jack s'effondre par terre.

— Mais bordel ! crie-t-il.

— Désolée…

Il se relève, grimaçant de rage. Tout en feignant la contrition, je ramasse les tasses. L'une d'elles contient encore un fond de chocolat chaud.

— Je vais en refaire.

— Je m'en occupe, répond-il.

— Non, j'insiste.

Je rince les tasses, je refais chauffer du lait, et je vais servir les deux femmes qui partagent un dîner de fortune, sandwiches et chips. Je suis sans doute parano. Tout de même, j'ai l'impression que je devrais les mettre en garde. Mais Sky et Jack sont trop près pour que je me permette de dire quoi que ce soit.

52

Kenna

Un bourdonnement me réveille. Un insecte ? Je fixe l'obscurité, prête à bondir de mon sac de couchage. Puis je comprends ce que c'est : la fermeture Éclair d'une tente que l'on ouvre. Mais je ne l'entends plus, rien que la rumeur des vagues. Était-ce mon imagination ?

Une brindille qui craque. Il y a quelqu'un, là-dehors. Plus loin, une autre tente qui s'ouvre ; après un temps, des murmures. Les Canadiennes ? D'autres bruits, comme si on déplaçait quelqu'un. Ou quelque chose. Je retiens mon souffle. Puis je tâtonne dans le noir pour ouvrir ma propre tente. Plus rien, à nouveau, rien que les battements d'ailes des chauves-souris.

Quelqu'un doit être parti aux toilettes, voilà tout. Je suis en train de me rendormir lorsque j'entends des pas. Je me retourne et, allongée sur l'estomac, je jette un coup d'œil dehors par l'ouverture au bas de ma moustiquaire. Il fait trop sombre, comme je m'y attendais. Mais j'entends quelqu'un revenir dans sa tente et la refermer. Je sais de laquelle il s'agit : celle de Clemente.

Lorsque je me réveille à nouveau, il fait grand jour. Je quitte la tente, et mon estomac se tord. Celle des Canadiennes a disparu.

Clemente est le seul debout, occupé à faire frire des œufs et du bacon. Je pars le trouver à grands pas – comme je regrette de n'être pas sortie la nuit dernière !

— Où sont-elles passées ?

— Elles sont parties, dit-il en se retournant vers moi.

— Qu'est-ce que tu leur as fait ?

— De quoi tu parles ? demande-t-il en clignant des yeux.

— Je ne sais pas. C'est bien pour ça que je te pose la question. Je t'ai entendu pendant la nuit.

— Tu m'accuses de quelque chose ?

Le bacon brûle, je le sens.

— Tu fais exprès d'être évasif, là ? Tu n'aurais pas quelque chose à cacher ?

Son expression est indéchiffrable, à croire qu'il a juré de me rendre folle. Un autre bruit de fermeture Éclair : Sky sort la tête de sa tente.

— Qu'est-ce qui se passe ?

— Rien, répond calmement Clemente en servant le bacon.

— Elles sont parties ? demande Sky en désignant l'emplacement des Canadiennes du menton.

On dirait une question sincère – ou alors c'est une menteuse hors pair.

— Oui. Finalement, l'endroit ne leur plaisait pas, explique Clemente en me jetant un regard éloquent.

Mikki émerge également. À sa tête, je comprends qu'elle a entendu une partie de la conversation.

— Tu veux des œufs et du bacon, Mikki ? demande Clemente.

— Oui, merci…

Elle me jette un regard inquisiteur et j'articule : *Plus tard.* Nous mangeons dans un silence tendu. Au moment de la vaisselle, Mikki me glisse :

— Alors, qu'est-ce qui se passe ?

— J'ai entendu Clemente pendant la nuit, avec les Canadiennes. J'ai peur qu'il… qu'il leur ait fait quelque chose.

Ça semble complètement absurde à haute voix.

— Comme quoi ?

— Je ne sais pas, qu'il les ait menacées…

Ou pire.

— Allons faire un tour, propose Mikki. Histoire de voir ce qu'est devenue leur Jeep.

Clemente est parti observer les vagues, Sky fait du yoga et les autres ne sont pas encore levés. Mikki et moi nous esquivons sur le sentier.

— Je suis sûre qu'elles vont bien, insiste-t-elle. Il ne leur ferait jamais de mal.

— Je ne sais plus quoi penser. Sky avait l'air de dire que le suicide de sa femme avait quelque chose de suspect…

— Elle m'en avait parlé aussi.

— Et puis Elke ! C'est quand même beaucoup de malchance pour un seul homme !

— Je vois ce que tu veux dire. J'y ai pensé aussi en apercevant le poster. Je l'aime bien, mais il a beaucoup de démons.

— Tu crois que…

Je jette un regard par-dessus mon épaule vers le campement, sans oser finir ma phrase. Mikki fait de même.

— C'est peut-être ridicule de dire ça, mais… il a un regard coupable, souffle-t-elle.

Les buissons frémissent ; je pousse un cri lorsqu'un gros oiseau traverse le chemin en trombe. Il est laid, noir et dodu avec une tête écarlate, une collerette jaune et de grandes serres.

— Un dindon sauvage, m'explique Mikki.

— Ça mord ?

— Non.

— Enfin quelque chose qui ne mord pas, qui ne pique pas, qui n'est pas venimeux ! je m'écrie, triomphale.

— Tu exagères…

— Je commence à m'habituer. Il y avait un moustique dans ma tente la nuit dernière, mais j'étais tellement épuisée que je me suis juste mis ma serviette sur la tête avant de m'endormir.

Justement, je remarque les cernes sous les yeux de Mikki.

— Tu as l'air fatiguée… Encore un cauchemar ?

— Oui.

Je n'ai pas l'impression que ça lui réussisse, cette thérapie par la peur. Lorsque nous arrivons au parking, mes pensées reviennent aux Canadiennes. La Jeep jaune a disparu, ce qui est plutôt rassurant. Mais la nuit dernière les deux femmes étaient bien décidées à surfer ici. Qu'a bien pu leur dire Clemente pour les faire changer d'avis ?

— Mon Dieu, s'étrangle soudain Mikki en se raidissant près de moi.

Au bord du chemin se trouve une silhouette si parfaitement immobile que je ne l'avais pas vue : c'est Ryan, son épieu à la main, les bras et le visage couverts de boue. Nous restons à bonne distance.

— Qu'est-ce que tu fabriques ? je lui crie.

— Je monte la garde. Hors de question qu'on nous reprenne par surprise.

— Tu n'as pas vu les Canadiennes ?

— Elles sont parties.

J'ai l'impression de voir la folie briller dans ses yeux. Mais je dois me faire des idées…

C'est alors que je la repère : une traînée rouge sur un caillou, près de la voiture de Jack. Vu la façon dont Mikki s'est pétrifiée, elle aussi l'a vue. Je la fixe. Est-ce bien ce que j'imagine ? Nous ne pouvons pas montrer à Ryan que nous l'avons remarquée. Je tire Mikki par le bras et nous repartons en hâte sur le chemin. Dès que nous sommes hors de portée, je me tourne vers elle.

— C'était du sang, ça ?

— Je ne sais pas, dit-elle en plissant le front. Clemente n'aurait pas…

— Et Ryan ?

— Mais non ! Je les connais, je t'assure. Il doit y avoir une explication.

— Comme quoi ?

— Peut-être qu'on a renversé quelque chose… Du vin…

— Ça ne ressemblait pas à du vin.

Je me suis habituée à la faune du camp, ce sont ses occupants humains qui m'inquiètent maintenant.

— Il faut qu'on se casse d'ici, Mikki !

— Du calme…

Nous approchons des tentes. Je baisse la voix.

— Qu'est-ce qu'on fait ?

— Je vais aller parler à Jack, répond-elle, l'air exaspéré. Comporte-toi normalement, d'accord ?

Les autres sont assis en cercle, l'air maussade.

— Comment est la mer ? demande Mikki.

— Calme plat, répond Clemente.

— Merde. J'avais tellement besoin de surfer un peu… Vraiment rien du tout ?

Son jeu d'actrice m'impressionne. Je suis trop préoccupée par la tache de sang – mais était-ce bien du sang ? – pour m'inquiéter des vagues.

— Crois-moi, on dirait un lac, lui assure Clemente.

— Ryan s'est mis en tête de surveiller le périmètre…, dis-je.

— Avec un épieu, précise Mikki.

— Sérieux ? Il a complètement pété un câble, lance Jack.

— Il a l'air stressé, mais… il est inoffensif, pas vrai ?

— Pas avec un épieu, rigole Victor.

Les autres expriment leur assentiment d'un murmure. Sky et Victor partent pêcher en nous laissant nous entraîner, à deux ou seuls. Je voudrais retourner sur le parking pour examiner la trace rouge de plus près, mais je n'ai guère envie de me retrouver face à Ryan. Mikki, qui m'avait dit qu'elle en parlerait à Jack, est occupée à fixer son tatouage. Je me lance à contrecœur dans une séance de yoga, l'esprit toujours bouillonnant.

Clemente ne m'adresse pas la parole de toute la matinée et s'entraîne sans interruption pendant deux heures. Le regarder faire me dérange. Mikki a raison : il y a quelque chose dans ses yeux, dans sa posture, comme s'il était courbé par le deuil… ou rongé par la culpabilité. Quiconque peut ignorer la douleur avec autant d'efficacité que lui peut sans doute enfouir bien d'autres choses. Y compris sa conscience.

53
Kenna

De l'autre côté de la clairière, Clemente et Victor s'entraînent à la boxe. Malgré leurs gants et leur casque rembourré, les regarder m'angoisse. Ils ont un bon jeu de jambes, très agile. La force que met Clemente dans certains de ses coups me fait grimacer, mais Victor n'est pas en reste.

Clemente me repère, puis se retourne vers Victor et, avec une série de coups, le repousse jusqu'à un tronc d'arbre. *Un regard coupable*, a dit Mikki. Mais coupable de quoi ?

— Du calme, mec ! l'arrête Victor.

Clemente ôte son casque et s'approche de moi, le souffle court, les cheveux collés par la sueur.

— Tu te demandes ce qui est arrivé aux Canadiennes ? siffle-t-il d'une voix basse et furieuse. Je les ai entendues lever le camp pendant la nuit. Elles avaient changé d'avis. Alors, je les ai aidées à trimballer leurs affaires jusqu'aux voitures.

— Pourquoi ?

— Parce ce qu'elles avaient l'air sympa et que je ne voulais pas qu'il leur arrive malheur !

Ces mots me donnent la chair de poule.

— Ça va, tu es contente ? gronde-t-il.

— Il y avait du sang là-bas, dis-je avant de pouvoir m'en empêcher.

Il tressaille comme si je l'avais frappé. Puis il explique :

— Shannon s'est cogné la tête sur le coffre du van. Ça pissait le sang, comme toujours avec les blessures au front.

Sur ces mots, il s'éloigne à grands pas pour reprendre son match. Je continue à le fixer, sans savoir si je devrais le croire.

Les arbres frémissent et tremblent pendant que nous prenons le déjeuner. Sky a préparé une salade de thon, mais je n'ai pas faim. Je pourrais me donner des gifles – pourquoi n'ai-je pas averti Tanith et Shannon la nuit dernière ? Je me pensais parano, voilà pourquoi. Je ne suis toujours pas certaine qu'elles aillent bien, sans rien d'autre que les paroles de Clemente pour m'en convaincre.

Celui-ci s'applique de la glace sur les côtes, et Victor sur la joue. Je ne sais pas lequel des deux a le plus souffert, mais Clemente semble avoir passé au moins un peu de sa colère. Il discute à voix basse avec Victor en mangeant.

Un cri suraigu dans les buissons me fait lâcher ma fourchette. Je regarde tout autour de moi, les yeux ronds.

— Ce n'est qu'un oiseau, s'amuse Victor.

— Tu es sûr ?

Je me pétrifie pour mieux entendre. Le bruit

recommence, éraillé, horrible, comme une femme à l'agonie. Les autres y sont clairement habitués, car ils ne réagissent même pas.

Pendant la plonge, Ryan arrive sur le chemin, l'épieu à la main. Jack va droit sur lui, le visage crispé par la colère, et l'attrape par le col de son tee-shirt.

— Tu serais pas entré dans ma tente ?

— Quoi ? Non, bafouille Ryan.

— Ne mens pas ! crie Jack en le secouant.

— Du calme, intervient Clemente.

— Il m'a piqué de la codéine ! Avoue !

Ryan se dégage.

— Oui, d'accord, c'est vrai. Je n'ai pris que deux cachets…

— Mais putain, mec ! J'en ai besoin ! hurle Jack.

— Désolé, répond Ryan en haussant les épaules.

Jack lui décoche un coup au plexus, si soudain que j'en ai le souffle coupé. Sky avait raison : il a l'instinct du tueur. Ryan se plie en deux, mais se remet vite et s'avance vers Jack, les jointures blanches autour de l'épieu. Lui aussi, il l'a, cet instinct. Maintenant que j'y réfléchis, Sky, Victor et Clemente n'en sont sans doute pas dépourvus non plus.

Clemente court s'interposer entre eux. Les loriquets sont si bruyants que je ne comprends pas tout à la conversation. Clemente finit par les forcer à se serrer la main, et laisse échapper un soupir audible lorsque Jack repart sous sa tente. Ryan, en marmonnant dans sa barbe, ouvre le frigo. Je lui montre la salade. Il n'a plus cet éclat de folie dans le regard. Peut-être que je l'avais vraiment imaginé. Je n'y vois maintenant rien d'autre que de l'épuisement.

— Ça va ? je demande.

— Oui, oui, soupire-t-il en se frottant les côtes.

— Tu t'es cassé quelque chose ? Je peux regarder, si tu veux.

— Non, merci.

Il mange mécaniquement sa salade. En me rappelant son expression lorsqu'il parlait de sa femme et de sa fille, je suis prise de pitié pour lui. Mais je ne dois pas relâcher la pression. Peut-être que je pourrai trouver un nouveau point sensible.

— Tu crois que d'autres gens débarqueront en voyant la météo du surf ?

Il s'assombrit aussitôt en regardant tout autour de lui comme s'il s'attendait à ce que des inconnus bondissent des buissons.

Un craquement derrière moi : en me retournant, je découvre Sky.

— Pourquoi tu lui as posé cette question ? s'enquiert-elle tandis que Ryan s'éloigne.

— Je ne savais pas qu'il réagirait comme ça, dis-je en levant les mains en signe d'innocence.

Elle m'examine avec curiosité. Je ne sais pas si elle me croit. Puis elle le suit du regard avec inquiétude, le front plissé.

— Il part en vrille. Si quelqu'un arrivait maintenant, je ne sais pas ce qu'il serait capable de faire.

54
Kenna

La tension monte, tout le monde est à bout. Sept sportifs frustrés, avec de l'énergie à revendre. D'habitude, elle se disperse dans les vagues, sans faire de dégâts, mais après un jour sans surf, l'air semble chargé d'électricité.

— Allez, c'est l'heure d'une épreuve de confiance ! annonce Sky.

Elle est sérieuse ? Je regarde les autres en m'attendant à ce qu'ils protestent, mais personne ne dit rien.

— Tu es sûre que c'est une bonne idée ?

— Pourquoi ? riposte-t-elle. Tu ne nous fais pas confiance, Kenna ?

— Je voulais dire…

Ma voix meurt sous son regard.

— C'est pile ce qu'il nous faut, m'assure-t-elle.

Son sourire ne m'inspire rien qui vaille. Qu'est-ce qu'elle nous prépare encore ?

— Je vais chercher Ryan ? demande Clemente.

— Non, laisse-le tranquille.

Je jette un regard à Mikki, qui hausse les épaules et attrape sa serviette. Après nous être enduits de crème solaire, nous suivons Sky jusqu'à la plage. Le vent hurle depuis le large en soulevant des nuages de sable. Je m'abrite le visage en regrettant de n'avoir pas mis mes lunettes de soleil.

Les mouettes n'ont pas l'air d'apprécier non plus. Elles arpentent le rivage avec le pas dandinant d'un enfant qui a enfilé les chaussures de sa mère. Lorsqu'une bourrasque les frappe, elles reculent en vacillant puis se stabilisent en ouvrant brièvement les ailes. Parfois, elles décollent complètement du sol et font du surplace avec au bec ce qui ressemble à une grimace, jusqu'à pouvoir atterrir à nouveau.

La main chaude de Jack m'agrippe le bras en me faisant sursauter.

— Attention, une physalie !

Il me montre une tache bleu vif sur le sable. Je me penche pour mieux voir.

— C'est quoi ?

— Une méduse, explique-t-il. Elles font salement mal. Tiens, encore une autre… Regarde-moi cette taille ! On en voit souvent quand le vent vient du nord.

Un ruban bleu se déroule sur le sable sur près de cinquante centimètres.

— Elle pourrait encore me piquer ?

— Si tu marchais dessus, oui.

J'en vois d'autres le long de la ligne de marée. Les mouettes les picorent au passage. Elles se dispersent à notre approche, puis se remettent à table une fois les intrus partis. J'espère qu'elles n'en manqueront aucune.

Le temps d'arriver aux rochers, j'ai les cheveux et les sourcils incrustés de sel. Sky et Victor, qui avaient enfilé des sacs à dos, les déposent lourdement.

— Vous avez vu les méduses ? lance Jack.

— Non… Il y en a dans l'eau ? s'inquiète Mikki.

Nous examinons la surface. Victor tend le doigt.

— J'en vois une !

— Une autre là-bas ! s'écrie Mikki.

— Le défi n'en sera que plus intéressant, commente Sky.

Victor et Jack secouent la tête avec un rire, mais tout ça m'angoisse. Jack me donne un coup de coude.

— Tu n'en mourras pas, ça pique, c'est tout.

L'un des sacs contient dix gros cailloux blancs. Suivant les consignes de Sky, nous partons les déposer dans l'eau, juste assez loin pour ne pas avoir pied. Je n'arrête pas de vérifier qu'il n'y a pas de méduse dans les parages pendant nos allers-retours. Une fois ressortie, je lance un regard à Mikki.

— On va vraiment aller jusqu'au bout ?

Elle hoche la tête, les traits tendus.

— Méduse ! s'écrie Jack en attrapant Sky par le bras.

L'espace d'un instant, je crois voir de la fureur dans les yeux de Victor.

Le soleil tape si dur que c'est un étonnement sans cesse renouvelé. Mes pauvres bras sont encore rouges de la veille, et je les sens déjà brûler, à croire que les rayons transpercent directement la crème solaire que je viens d'appliquer. Le ciel d'un bleu vif est marbré de longs nuages plumeux.

— Des cirrus, commente Jack en me voyant les regarder.

— Ils annoncent quoi ?

— De la pluie. Beaucoup de pluie.

Sky nous interrompt :

— On se met par paires, aujourd'hui. J'annonce les équipes, vous êtes prêts ?

Jack jette un regard anxieux à Victor. Sky n'irait quand même pas jusque-là ? Les deux hommes se dévisagent. La tête rasée de Victor brille sous le soleil.

— Victor et moi, Mikki et Jack, Kenna et Clemente !

Clemente se tourne vers moi avec résignation. Que Sky nous mette ensemble n'a rien de surprenant : détecter les points faibles et se jeter dessus, c'est le devoir de tout bon entraîneur. Clemente est mon point faible, et… peut-être que je suis le sien.

Mais nous ne sommes pas au bout de nos surprises. Sky sort une bande Velpeau et lie sa jambe à celle de Victor. Comme une course de kermesse, sauf qu'elle se fera sous l'eau… Puis-je vraiment faire confiance à Clemente ? Je me tourne vers Mikki, en quête de soutien, mais elle est affairée avec la bande. Sky me voit hésiter.

— Quand on tombe dans de grandes vagues, on ne peut pas toujours revenir à la surface quand on le voudrait. Parfois, on est maintenu sous l'eau. C'est ce qu'on va reconstituer ici.

J'ai la nausée, comme quand Clemente m'a amenée sur la plage à l'aube pour me proposer de me coincer sous l'eau. C'était à cela qu'il me préparait. Je n'ai connu ce genre de situation en surf qu'une poignée de fois. La pire, c'était quand j'ai inhalé de l'eau. Je toussais en crevant la surface. De l'eau de mer dans les poumons peut mener à une infection, si bien que je suis partie droit à l'hôpital pour un examen. Heureusement, j'y ai échappé.

Clemente me fait signe d'approcher. La peur me tenaille l'estomac. Je n'ai vraiment pas envie de faire ça, mais puis-je me permettre de refuser ? Avec réticence, je colle ma jambe droite à sa jambe gauche. Le sable me fouette la peau. Comme il fait chaud, je ne porte qu'un bikini, avec un tee-shirt contre le soleil. J'aurais dû m'habiller davantage.

Il attache nos chevilles ensemble avec adresse. L'expérience me semble complètement irréelle. La bande se révèle très résistante lorsque j'essaie de retirer ma jambe. Clemente l'enroule encore deux ou trois fois.

— Faudrait pas qu'elle se détache…

Il la lisse du plat de la main, tout en me dévisageant. Je ne sais pas ce qu'il a en tête, ce qu'il prépare. Je serai complètement impuissante sous l'eau, à sa merci pour chacun de mes mouvements. Attachée par la cheville, j'aurai déjà bien du mal à rester à la surface s'il me laisse faire. Et si ce n'est pas le cas ? Il est plus grand que moi, plus fort, plus habitué à évoluer sous l'eau. S'il décide de ne pas remonter, on restera au fond. Sacré test de confiance, oui.

— L'équipe gagnante sera celle qui aura rapporté le plus de cailloux, annonce Sky. Si deux équipes se retrouvent ex aequo, elles se départageront à la lutte.

On dirait une épreuve de télé-réalité, sauf que celle-là ne serait jamais diffusée – c'est beaucoup trop dangereux.

— Mieux vaut s'entraîner un peu, dit Clemente. Quand tu me sens lever la jambe, fais pareil…

Alors que je suis en pleine panique, lui semble dépourvu d'émotion. Nous nous avançons dans l'eau, comme les autres, et faisons quelques pas maladroits.

— On s'indique si on veut tourner à droite ou à gauche, continue-t-il en donnant l'exemple d'un doigt.

En tournant, je sens la bande me mordre la cheville.

— Et une dernière chose…, lance Sky. Les garçons auront les yeux bandés.

— Non ! proteste Clemente en relevant soudain la tête.

Lui qui a peur de perdre la vue… Peut-être que Sky continue à se venger parce qu'elle pense qu'il veut prendre sa place. Elle rétorque :

— Dans ce cas, on peut toujours faire un concours d'abdos à la place…

— Bon, d'accord, les yeux bandés, crache-t-il.

Pourquoi ? Vu le nombre de tractions qu'il peut enchaîner, ce ne sont pas quelques abdos qui vont lui faire peur. Puis je comprends qu'il ne songe pas à lui-même, mais à Jack. Lui ne peut pas se permettre de faire des abdos, mais le connaissant, on se doute qu'il serait trop fier pour l'admettre et se lancerait quand même.

Clemente marmonne des imprécations en espagnol tandis que les bandeaux noirs circulent. Je l'aide à attacher le sien sur le front, pour le moment.

— Regarde, il panique ! insiste Clemente en désignant Victor du menton. On ne peut pas faire ça.

C'est vrai que Victor n'a pas l'air à son aise.

— Tu veux le faire ? lui demande Sky.

— Oui, bien sûr.

— Attention ! s'écrie Mikki en giflant l'eau.

Une méduse. Je bouge la jambe juste à temps, en faisant presque perdre l'équilibre à Clemente, et elle passe sans nous toucher.

— On vote, exige Clemente.

Sky siffle entre ses dents, exaspérée :

— Je vote pour.

Victor et Mikki font de même, Clemente et Jack s'y

opposent. Tout le monde se tourne vers moi. Je n'ai pas le choix. Si je veux découvrir la vérité sur Elke, je dois rester proche de Sky. Je ne peux plus m'opposer ouvertement à elle.

— Pour.

Clemente serre la mâchoire. Sky fait circuler des masques de plongée. J'enfile le mien et je resserre la lanière.

— Oublie ce que je te disais sur le fait de me signaler quand on tourne, me dit-il. Guide-nous jusqu'aux cailloux, et quand tu en trouveras un, passe-le-moi. Je le porterai.

Je tente de me calmer tandis que nous avançons dans l'eau. Mikki me tapote l'épaule, inquiète.

— Tu es sûre que ça va ?

Je lève le pouce, puis je plonge pour tester le masque. La visibilité est bonne aujourd'hui. Les cailloux blancs sont clairement visibles sur le fond rocheux, plus sombre. Nous nageons sur les derniers mètres jusqu'à nous retrouver à la verticale.

Les garçons enfilent leurs bandeaux. Je me représente ce qu'ils vont vivre sous l'eau. Pas entièrement impuissants, mais presque. À la merci de leur partenaire. C'est tellement dangereux…

— On carbure à la peur ! crie Sky en lançant le poing vers le ciel.

— La panique, c'est la mort ! répondons-nous tous.

Je me fais des idées, ou les autres semblent aussi peu enthousiastes que moi ?

— Prête ? demande Clemente en cherchant mon épaule.

— Prête.

J'ai un mauvais pressentiment dont je n'arrive pas à me libérer.

— Go ! hurle Sky.

Sous l'eau, j'ai l'impression de me joindre à un ballet magnifiquement chorégraphié – et je suis la seule à n'avoir pas répété. Sky et Victor bougent en tandem, très fluides. Elle ramasse un caillou et le lui passe. Jack a déjà le sien.

Je pars vers l'avant en traînant Clemente derrière moi dans une succession de secousses, jusqu'à pouvoir attraper un caillou. Il se met obligeamment à ma disposition pour que je puisse le placer dans ses bras, mais j'ai déjà besoin d'air, et je ne pourrai remonter qu'en tirant sa jambe vers le haut. Il se penche en avant, son fardeau serré contre sa poitrine. Je happe un peu d'oxygène et je replonge, prête à lui laisser son tour, mais il nous entraîne au contraire vers le fond. Sky nous arrive dessus, Victor à ses côtés. Elle se jette sur le caillou que Clemente serre dans ses bras. Il semble comprendre ce qui se passe et se tord pour lui échapper.

D'abord, la scène me fait rire, mais ce faisant, mon souffle m'échappe dans une volée de bulles et j'ai aussitôt besoin de remonter à la surface. Mais je ne peux pas, car nous sommes désormais en pleine lutte avec Victor et Sky, dans une mêlée de bras et de jambes. Jack et Mikki sont à des kilomètres, et celle-ci n'a pas repéré ce qui se trame.

Un bruit étrange me parvient, comme de l'eau qui gargouille dans un lavabo bouché, et je me rends compte qu'il sort de la bouche de Victor. Il a arraché son bandeau et panique complètement. Sky tente toujours de prendre son caillou à Clemente.

Je lui ôte son bandeau, puis je tente d'attraper Victor

par le bras et de le tirer vers la surface. Impossible : nous sommes toujours emmêlés les uns aux autres. Victor griffe sa cheville pour défaire la bande, mais il est dans un tel état de frénésie qu'il n'y arrive pas.

Sky l'observe avec la curiosité détachée d'une scientifique. Elle est folle, ou quoi ? Si on n'aide pas Victor à remonter très vite, il va se noyer. Je tente de le libérer, mais il se débat à l'aveugle, et j'ai désespérément besoin d'air. Clemente lâche son caillou, me montre du doigt, et attrape Victor par la gauche. Comprenant où il veut en venir, je m'empare de son bras droit et, à nous deux, nous les traînons à la surface, Sky et lui. Tandis que j'aspire de grandes goulées d'air, Clemente replonge et parvient enfin à desserrer la bande suffisamment pour que Victor puisse se libérer de Sky.

Secoué d'une quinte de toux, s'étouffant à demi, Victor court dans l'eau jusqu'à la plage et s'effondre sur le sable où il se met à se balancer d'avant en arrière, les bras serrés autour de la tête. Je n'avais jamais vu de crise de stress post-traumatique qu'à la télé. C'est la première fois que j'y assiste en vrai. Je me retourne vers Sky.

— C'était beaucoup trop dangereux, merde !

— Où veux-tu en venir ? répond-elle en levant un sourcil.

— Ce n'est pas normal, de faire des trucs pareils !

— Nous ne sommes pas des gens normaux. Tu as envie d'être normale, Kenna ? Pas moi.

L'ironie ne m'échappe pas ; j'aurais pu dire la même chose il n'y a pas si longtemps.

— Tu vas trop loin. Beaucoup trop loin. Tu joues avec la mort !

— Et j'adore ça, répond-elle avec un lent sourire.

55

Kenna

De retour dans la clairière, sitôt ayant enfilé des habits secs, je pars trouver Mikki.

— Quelqu'un aurait pu se noyer cet après-midi.

— Mais ce n'est pas arrivé, rétorque-t-elle en enfilant ses chaussures de course.

— On a eu de la chance, c'est tout. Sky sait très bien que Victor a des problèmes. Clemente l'a avertie que cet exercice était une mauvaise idée !

Les autres vaquent à leurs occupations comme si rien n'était arrivé. Sky et Jack font du yoga.

— Qu'est-ce que tu fabriques ici, Mikki ? Quelque chose ne tourne pas rond chez ces gens-là !

— Ce sont mes amis, répond-elle avec un regard noir.

Pourtant, j'entends l'hésitation dans sa voix.

— Mais tu ne les connais pas vraiment, je me trompe ? Tu étais tout aussi paniquée que moi en voyant cette tache de sang. Et de toute façon, ils ne te tolèrent que parce que tu leur payes tout !

En voyant son air blessé, je me sens aussitôt terriblement coupable.

— Et toi, ils ne te tolèrent que parce que tu es médecin du sport, réplique-t-elle.

Je n'y avais même pas pensé, mais elle a raison. Me sentir trahie à ce point est complètement idiot, dans la mesure où je n'ai rejoint la Tribu que pour convaincre Mikki d'en partir. De toute façon, c'est de Mikki qu'il est question pour le moment, pas de moi.

— Et quand tu seras à court d'argent, qu'est-ce que tu deviendras ?

— Je trouverai un autre travail, proteste-t-elle en se redressant, la lèvre tremblante.

Je me déteste de l'avoir bouleversée ainsi. Avec un geste vers ses chaussures, je tente :

— Tu vas courir ? Je peux venir ?

— Ça ne te dérange pas si j'y vais seule ? répond-elle après un temps d'hésitation.

— Non, bien sûr, vas-y.

Je bous de frustration. Comment faire pour la convaincre ?

Clemente s'affaire à frire des oignons sur le barbecue, alors que c'était Victor qui devait faire le repas ce soir. Je lui tapote l'épaule – la soirée est tiède et il est torse nu, comme d'habitude.

— Un coup de main ?

Il se retourne brusquement pour me faire face. Sans rien dire, il me dévisage. Dans la tension de l'exercice sous-marin, une certaine confiance s'est établie entre nous, alors même que j'avais voté contre lui juste avant. Il y a eu contact physique – beaucoup de contact – mais sur un plan purement pratique. Être liée à lui était étonnamment facile. Désormais, l'atmosphère a brusquement changé, comme s'il avait appuyé sur un bouton.

Le désir dans ses yeux me fait frissonner pour une raison bien différente. Ça faisait longtemps qu'un homme ne m'avait pas fixée comme ça.

Je recule d'un pas, avant de lancer :

— Toutes ces histoires de partage… ça ne me dit rien.

— À moi non plus, répond-il sans détourner le regard.

L'arbre le plus proche est couvert de fleurs blanches dont le parfum entêtant m'emplit les narines.

— Pourtant tu as couché avec Sky.

Voilà. C'est dit. Il prend un ton légèrement défensif :

— Oui, c'est vrai, quelques mois après la mort de ma femme. Elle m'a… sauté dessus. J'étais célibataire. Ça n'a eu lieu qu'une fois.

— Et c'était comment ?

— Ça, tu ne veux pas vraiment le savoir, dit-il plus doucement. Je l'entends dans ta voix. Partager, c'était l'idée de Sky. On a quasiment tous des parents divorcés, ou si malheureux qu'on se demande ce qu'ils font encore ensemble. On ne voulait pas reproduire leurs erreurs, alors on est tombés d'accord. Ça semblait cohérent, sur le moment.

— Et maintenant ?

— Ça nous complique la vie, soupire-t-il. Mais peut-être que c'est inévitable, dans n'importe quelle relation.

Un grand bruit nous fait sursauter. Victor a empoigné sa planche et l'abat contre un arbre. Choquée, je le regarde recommencer encore et encore, jusqu'à se ruer sur l'arbre dans un hurlement et briser sa planche en deux sur le tronc. Il attrape la moitié avant et l'enfonce dans le sol.

Vu les regards résignés des autres, ils ont déjà assisté

à ce genre de spectacle. Sky ne semble pas s'en émouvoir outre mesure. Lorsque Victor a cessé de hurler, elle part le trouver et lui dit quelque chose que je n'entends pas. Il se retourne avec un sursaut et je me raidis, craignant qu'il ne se jette sur elle. Sky ne tressaille même pas.

— Allez, viens.

Victor lâche sa demi-planche. Sky nous souhaite bonne nuit à tous et le mène hors de la clairière. Les autres échangent des regards mais ne font aucun commentaire. Secouée par cette démonstration de rage, je serre les bras sur ma poitrine. Se serait-il déjà défoulé sur autre chose que des planches de surf ?

Ce que je partageais l'instant d'avant avec Clemente s'est envolé. Soudain, je n'ai qu'une envie : me laver des tensions de la journée dans l'océan. J'aide Clemente à préparer des pâtes toutes simples et, la vaisselle à peine terminée, je descends vers la plage.

Personne en vue. Le ciel couleur pêche résonne des cris rauques des cacatoès blancs qui filent au-dessus des arbres. Notre isolement me frappe à nouveau. Ici, aucune trace de civilisation. On se croirait dans *Le Monde perdu.* Je m'attends à voir un T-rex jaillir des arbres d'un instant à l'autre.

Soudain, un mouvement sur ma droite : finalement, je ne suis pas seule. Moi qui pensais que Sky et Victor étaient partis dans la forêt. Elle est étendue dans l'eau, nue. Lorsque les vagues refluent, une tête crève la surface. Victor. Leurs vêtements sont en tas plus haut sur la plage.

J'entends la voix de Sky, comme un ronronnement bas : *C'est ça, continue.*

Victor tente de reprendre son souffle. Sky lui attrape la tête et le repousse sous l'eau. Quelques secondes plus tard, elle se courbe en arrière sous une onde de plaisir. Je peux affirmer que je n'avais encore jamais vu un tel entraînement d'apnée. Soudain, j'ai perdu toute envie de nager.

Je recule dans les buissons, sans aucune envie qu'ils me repèrent. Les épines m'égratignent les chevilles. Un bruit derrière moi : je me retourne d'un bond et Clemente lève les mains.

— Désolé, je ne voulais pas te faire peur…

Gênée d'avoir réagi si violemment, je lui montre Sky et Victor.

— Tu as vu ?

— Oui, ils font souvent ça.

Clemente reste à bonne distance, comme s'il avait conscience de me faire peur. Voire comme s'il s'y attendait. Je ne sais pas pourquoi, mais ça m'attriste.

— C'est quand même un peu sadique…

— Les meilleurs entraîneurs sont tous sadiques. Et Victor en redemande.

— Tu ne me feras jamais croire que notre exercice de tout à l'heure lui a profité. Et la façon dont elle le pousse à l'entraînement… C'est de la torture ! Tu ne trouves pas que ça va trop loin ?

Clemente y réfléchit.

— Non. Si ma partenaire me demandait de lui faire quelque chose, j'essaierais. Même si ça lui faisait du mal.

Il serre la mâchoire après ces derniers mots. Je les retourne dans ma tête en me demandant s'ils ont un rapport avec Elke.

56
Kenna

Il fait presque nuit lorsque nous revenons aux tentes. Ryan vient me trouver, l'air crispé.

— Je peux te parler ?

— Bien sûr.

— Là-bas ? dit-il en désignant les arbres.

Je le suis avec prudence. Je n'ai pas oublié la façon dont il agrippait cet épieu. Il se retourne vers moi.

— J'ai beaucoup pensé à ce que tu as dit sur ma famille, et… j'ai décidé de rentrer.

— C'est super.

Tu parles d'un revirement ! Et ma réponse est sincère : je suis heureuse au moins pour la petite Ava, même si Ryan n'arrive pas à se réconcilier avec sa femme. Mais surtout, je suis heureuse parce que cela fait un membre de la Tribu en moins. Ryan est toujours au bord de la crise. Nous serons tous plus en sécurité sans lui.

— Le problème…, continue-t-il en s'éclaircissant la gorge. C'est que je n'ai pas tout à fait assez pour le billet d'avion.

— Ah. Il te faut combien ?

— Encore cent ou deux cents dollars… Je te

rembourserai dès que je rentrerai chez moi. Tu peux me laisser ton adresse.

J'hésite. Puisque c'est moi qui l'ai poussé à partir, je me sens obligée de l'aider, mais je n'ai pas envie qu'il sache où j'habite. Je le connais à peine.

— Je peux te donner une centaine de dollars, mais impossible de me permettre plus…

— Merci.

Je repars chercher mon portefeuille sous la tente, et il fourre l'argent dans une poche de son short.

— Comment vas-tu faire pour aller à l'aéroport ?

Il hésite, l'air de vouloir garder ses secrets.

— Comme j'en suis venu. Je vais marcher jusqu'à l'autoroute et faire du stop. Mais je ne veux pas que les autres sachent que je m'en vais, alors je partirai sans rien dire pendant la nuit.

Il disparaît entre les arbres. Tout ça n'était-il pas qu'un stratagème pour me soutirer de l'argent ? Où va-t-il ? Après avoir jeté un regard alentour pour m'assurer que personne ne nous a vus, je décide de le suivre.

Sous la lueur du crépuscule, son tee-shirt bleu est facile à repérer dans le camaïeu de vert et de brun. Il part vers la falaise. Lorsqu'il atteint la barrière, je m'arrête. Il s'accroupit : je n'arrive pas à voir ce qu'il fait. Il sort l'argent de sa poche et tend le bras le long de la falaise. Trente secondes plus tard, il se redresse et revient vers moi. Je me cache dans les buissons, juste à temps.

Une fois certaine qu'il est parti, je m'approche moi-même du bord. Enjamber la barrière me fait peur – tous les panneaux parlent d'un danger d'érosion, après tout, et je vois bien que la falaise est en train de s'effondrer. Alors je m'étends sur le ventre et j'avance en rampant, afin d'apercevoir ce qu'il a caché. Loin en contrebas, les vagues grondent et s'écrasent sur le roc.

Je tâtonne le long de la paroi. Là, à une dizaine de centimètres sous le rebord, je sens un trou. J'y plonge les mains en priant pour ne pas tomber sur une araignée, et mes doigts rencontrent du métal froid et lisse. J'en sors une petite boîte en fer-blanc qui devait contenir des biscuits.

Après m'être reculée un peu, je l'ouvre. À l'intérieur, je trouve un épais rouleau de billets. Contrairement au reste du groupe, Ryan n'a pas de voiture où ranger ses objets de valeur. Pas étonnant qu'il les cache ici plutôt que de prendre le risque de les laisser sous la tente. Sous les billets, une carte bancaire qui a expiré un mois plus tôt et deux carnets, l'un bleu, l'autre bordeaux. Le premier est un passeport américain au nom de Ryan Higgs. En voyant le deuxième, je sens ma gorge s'assécher. *Deutschland. Reisepass.* Un passeport allemand.

Je le feuillette, les mains tremblantes. Enfin, j'arrive à la page de la photo. Une jeune femme blonde. Son nom : *Elke Hartmann.*

Sous le choc, je manque de le laisser tomber. Déjà, les hypothèses les plus sombres m'envahissent. Ryan aurait-il gardé un trophée après l'avoir tuée ? Son expression tandis qu'il écrasait les fourmis me revient en mémoire, et je frissonne. Il avait besoin d'argent : peut-être qu'il l'a assassinée pour la voler ? Une feuille morte m'effleure l'épaule, et je fais un bond.

Réfléchis. Tout en prenant de profondes respirations, je tente de trouver une raison innocente qui expliquerait que Ryan soit en possession de cet objet. Peut-être qu'Elke l'a perdu et qu'il l'a trouvé au détour de ses errances dans la forêt. Mais si c'était le cas, il l'aurait montré aux autres, non ? S'il le garde ici, cela doit signifier qu'ils ne sont pas au courant.

Les arbres qui s'accrochent à la falaise, tordus par les éléments, prennent des airs monstrueux. Je ne veux pas traîner ici, au cas où Ryan reviendrait.

Un visage sillonné de larmes m'apparaît : la mère d'Elke. Ce passeport pourrait bien être tout ce qu'il reste de sa fille. Si je le laisse là, il pourrait disparaître à son tour. Je le glisse dans ma poche et je repars en courant sur le chemin. Je le montrerai à Mikki pour lui demander son avis sur ce que je devrais faire.

Mais à mon retour, la clairière est vide. Les autres doivent être partis se coucher. Je rampe dans ma tente. Le passeport me rentre dans la hanche. J'espère que je ne viens pas de commettre une terrible erreur.

57

Ryan

Étendu dans ma tente, silencieux, j'attends que les autres s'assoupissent. Je me demande si Kenna a trouvé le mot que je lui avais laissé, des jours plus tôt. Elle n'a pas cessé de fouiner, de poser des questions, de réveiller de vieux démons. Chaque fois que je lui parle, je m'embrouille, je crains de révéler quelque chose.

J'ai tout l'argent qu'il me faut, maintenant – je n'en tirerai pas plus de la Tribu, en tout cas. C'est l'heure de me barrer. Une fois certain que les autres dorment, je sors à quatre pattes de ma tente et je cours jusqu'à la falaise pour récupérer ma boîte.

Je ne sais pas pourquoi j'ai parlé d'Ava à Kenna. Je n'avais rien dit aux autres. C'est sorti tout seul, sans que je puisse m'en empêcher. Mais c'est peut-être tant mieux, puisque ça l'a convaincue de me lâcher cent dollars. Elle a beau me taper sur le système, j'ai du mal à la détester. J'ai l'impression qu'elle s'inquiète vraiment pour nous. Enfin, elle ne doit pas s'angoisser tant que ça : rien que cent dollars alors qu'elle avait encore plein d'argent, je l'ai vu dans son portefeuille.

Malgré ce que je lui ai raconté, je n'ai aucune intention

de rentrer, même si je brûle d'envie de voir Ava. Je ne peux pas risquer la prison. Il y a plein d'autres plages en Australie. J'en trouverai une bien calme, où rien de mal n'arrive.

Quand je suis arrivé des États-Unis, j'avais vingt mille dollars en liquide sur moi. Hors de question de laisser une somme pareille sous la tente, bien sûr. Le trou dans la falaise semblait ma meilleure option à l'époque, sec et bien caché. Il ne me reste guère plus de trois mille. Je me suis bien débrouillé pour faire durer mes fonds aussi longtemps. Enfin, c'est surtout grâce à Mikki.

Je m'arrête derrière un arbre en tendant l'oreille pour vérifier qu'on ne me suit pas. Rien que les oiseaux, le bruissement des feuilles et l'océan. Je me sens toujours nerveux par ici. Après un dernier regard alentour, je gagne la falaise et je me penche au bord pour fourrer ma main dans un creux du rocher.

Les vagues s'écrasent au pied de la falaise, si loin en bas. Je tâtonne, mais je ne trouve rien. Où est ma boîte ? Mon estomac me remonte dans la gorge, comme si j'étais tombé dans le vide. Mon argent ! Il a disparu ! C'est un désastre. Qui a bien pu ?…

Puis je sens le métal sous mes doigts. Mais je ne l'avais pas repoussée aussi loin… Quelqu'un l'a déplacée. Les billets y sont-ils toujours ? Je m'agite, je griffe la boîte, je m'écorche les ongles sur le roc, mais je n'arrive pas à l'attraper. Elle est trop lisse, coincée là. Merde ! Aucune chance qu'elle contienne encore quoi que ce soit, mais il faut que je vérifie. Si bien que je m'avance pour m'accrocher à la falaise et descendre d'un mètre sur la paroi.

Enfin, le voilà, l'éclat d'argent dans l'ombre du trou. J'y enfonce la main en m'égratignant les jointures, je secoue la boîte pour la libérer, et elle cède enfin. J'ai besoin de mes deux mains pour l'ouvrir : j'assure mes pieds avant de lâcher prise. En m'efforçant d'arracher le couvercle, je laisse une traînée de sang sur le métal.

À peine si je respire encore. Si elle est vide, je ne sais pas ce que je ferai. Le couvercle saute et le soulagement m'envahit. Tandis que je compte les billets, une ombre s'étend sur la boîte.

Je relève les yeux, stupéfait de voir une silhouette au-dessus de moi. Le temps que je comprenne ce qui m'arrive, des mains s'abattent sur mes épaules, me repoussent en arrière. Je tombe…

58

Kenna

Un hurlement prolongé me réveille. Mikki !

Je lutte pour me libérer de mon sac de couchage et, en fusant hors de ma tente, je rentre droit dans Sky.

— Désolée !

Sky a une torche dans une main, la glissière de la tente de Mikki dans l'autre, et il me faut un moment pour me rendre compte qu'elle n'est pas en train de l'ouvrir – elle la garde fermée, grâce à une cordelette passée dans la tirette de la glissière. À son cou, un chronomètre.

Mikki reprend sa respiration puis pousse un nouveau hurlement.

— Mais qu'est-ce que tu fais ? je demande.

— Thérapie par la peur, répond Sky.

Dans l'ombre derrière elle, j'aperçois Clemente et Victor. Jack doit être avec Mikki, et Ryan toujours dans sa tente. Un autre long cri de la part de Mikki. Encore à moitié endormie, j'ai du mal à comprendre ce qui se passe. J'entends Jack depuis l'intérieur de la tente :

— Respire ! Tu t'en sors très bien !

Encore trois hurlements successifs. Mon cerveau se met enfin à fonctionner. Seuls des papillons de nuit feraient réagir Mikki comme ça. Sky en aurait glissé dans la tente ?

— Laissez-moi sortir ! vocifère Mikki en abattant ses poings sur l'entrée de la tente.

— Ça suffit comme ça ! je m'écrie.

— Non, pas encore, réplique Sky après un coup d'œil sur le chronomètre.

Encore des cris. Je tire Sky par le bras.

— Laisse-la sortir !

Sky ne bouge pas d'un pouce. Quand j'essaie de m'emparer de la tirette, des bras m'entourent la taille et me soulèvent : Victor. Je me débats en vain tandis qu'il m'entraîne de l'autre côté de la clairière. Il me repose sur mes pieds et je tente de repartir vers la tente de Mikki, mais il me bloque le passage.

— Tu ne vas pas me dire que ça l'aide ! je hurle.

— Il s'est posé sur moi ! hurle Mikki d'une voix suraiguë.

J'en appelle à Clemente :

— Elle est en train de devenir folle !

Je vois bien que tout ça ne lui plaît pas, mais il ne fait rien pour l'aider. Mikki ne cesse plus de crier. Je ne peux pas le supporter :

— Elle est en pleine hystérie ! Aide-la !

Enfin, Clemente s'avance.

— Bon, allez, ça suffit.

J'échappe à Victor et je me rue sur Sky au moment où Clemente l'atteint. À nous deux, nous l'arrachons à la tente. Celle-ci s'ouvre et Mikki sort en trébuchant. Elle se griffe le poignet au point de se déchirer la peau. Comme je me précipite pour l'aider, elle se retourne vers moi et me donne un coup à l'oreille. Je recule d'un pas, choquée. Clemente se jette sur elle et lui saisit les bras, ce qui me permet de la serrer contre moi.

— Tout va bien…

Elle sanglote contre ma poitrine, en se débattant toujours comme si elle ne maîtrisait pas son propre corps. Jack émerge derrière elle, et je m'en prends à lui :

— Tu es complètement taré ou quoi ? Pourquoi tu as laissé faire ?

— On fait ça tous les mois…, dit-il d'un air penaud. Mikki trouve que ça l'aide.

Le bras de Mikki ruisselle de sang : elle s'est presque arraché son propre tatouage.

— Quelqu'un a des sparadraps ? je demande.

— Moi, offre Jack en sortant une trousse à pharmacie de nulle part.

Après qu'il a bandé le poignet de Mikki, j'ordonne :

— Mettez-la dans ma tente.

J'ouvre la moustiquaire et Jack l'aide à entrer. Elle se roule en boule au fond.

— Pas d'insectes ici, dis-je. Tu vois ? Éclairez bien tout…

Clemente s'avance pour illuminer chaque coin de la tente avec sa torche, mais Mikki ne cesse pas de sangloter.

— Reste avec elle, dis-je à Jack. Je pars chercher vos sacs de couchage.

Il fait trop noir dans la tente de Mikki pour voir si le papillon de nuit est toujours là. Je secoue les sacs avant de les passer à Jack.

— Et toi, tu vas dormir où ? me demande-t-il.

— Dans votre tente.

La bestiole doit toujours s'y trouver, ce qui ne me

réjouit pas, mais les papillons de nuit comptent parmi les rares insectes dont je n'ai pas peur – à ma connaissance, ils ne piquent pas. Donc je m'en sortirai.

Je suis toujours en short : je n'ose pas l'enlever au cas où le passeport disparaîtrait. L'objet me rentre dans le ventre tandis que je récupère mon sac de couchage dans ma tente avant de ressortir à quatre pattes en la refermant derrière moi.

— Regarde ce que tu lui as fait ! dis-je en me retournant vers Sky.

Elle croise les bras.

— Ces exercices, tu t'imagines que c'est pour s'améliorer au surf ? Non. On s'entraîne pour vaincre la peur, parce que ça nous améliorera tout court. Pas juste dans les vagues. Qui n'a pas envie de s'améliorer ?

— Tu la trouves améliorée, là ?

Tout est calme dans ma tente : Jack a dû réussir à réconforter Mikki. Malgré leur mariage blanc, il tient à elle, c'est évident.

— C'est toi qui as choisi d'être ici, Kenna. Si ça ne te plaît pas…, lâche-t-elle en inclinant la tête dans la direction du parking.

Mais c'est bien le problème. Je suis coincée ici parce que Mikki a besoin de moi, plus que jamais.

— On carbure à la peur, me rappelle Sky. Il faut en faire l'expérience chaque jour. Les vagues sont assez petites ici, la plupart du temps. Donc, on doit la trouver ailleurs.

— Alors faire peur aux gens, c'est carrément ton but ?

— Tu te mêles de quelque chose que tu ne comprends pas, rétorque-t-elle froidement.

Ses mots sonnent bizarrement ; pas en eux-mêmes,

mais dans leur prononciation. Pour la première fois, je prends conscience que l'anglais n'est pas sa langue natale.

— Tu n'es pas australienne, si ?

— Je n'ai jamais dit que je l'étais.

Elle a changé sa façon de parler, mais trop tard. Je me demande bien comment j'ai fait pour ne pas m'en rendre compte plus tôt. Maintenant que j'y pense, il y a plein de mots qu'elle ne prononce pas tout à fait correctement. Mais j'avais la tête ailleurs. Mon cœur bat à grands coups tandis que je songe à ce que tout cela pourrait signifier.

Clemente et Victor, non loin de là, nous écoutent. Pour une fois, j'ai pris le dessus sur Sky. Je dois saisir cette chance d'obtenir des réponses.

— Tu viens d'où ?

— De Suède, répond-elle en haussant les épaules.

— Et tu as un permis de séjour ?

Sky soutient mon regard comme pour dire qu'elle n'a rien à cacher, mais ses yeux se sont imperceptiblement écarquillés, ce qui ne m'a pas échappé.

— Oui, grâce à mon travail.

Maintenant que j'y pense, je ne sais quasiment rien sur elle. C'est drôle, je n'arrête pas de discuter avec les autres sur leur parcours, mais elle s'est toujours débrouillée pour éviter ce genre de conversation.

— Et qu'est-ce que tu fais dans la vie ?

— Je suis psychologue.

Pas étonnant qu'elle soit si douée pour nous manipuler. Moi qui pensais qu'elle travaillait dans le sport… D'après ce que m'a dit Mikki, obtenir un permis de séjour ici n'est pas évident : ils ne l'accordent pas à n'importe qui. On peut y arriver par le mariage, ou par sa profession. L'Australie recherche activement des travailleurs dans certains domaines, ce qui permet de demander la citoyenneté par ce biais. Mais le processus reste très long, d'après ce qu'on m'a dit.

— Tu as un passeport australien ?

Je ne sais même pas pourquoi je lui pose la question : je ne fais que tâtonner dans l'espoir de trouver d'autres angles d'attaque.

— Oui, répond-elle.

Mais j'ai perçu son hésitation. J'insiste :

— Et tu es dans le pays depuis longtemps ?

— Deux ou trois ans…

Encore un temps de latence. Quelque chose ne tourne pas rond. Clemente et Victor, debout non loin, sont très tendus. Ils savent quelque chose que j'ignore. Je ne sais pas de quoi il s'agit, mais je vois bien que Sky ne compte pas me l'offrir sur un plateau.

— Il est tard, tranche-t-elle. Je vais me coucher.

Elle se détourne pour partir vers sa tente. L'article sur les touristes disparus me revient soudain en tête. Il y avait une Suédoise dans la liste. Je suis peut-être en train de me raccrocher aux branches, mais il faut que je tente le coup :

— Tu es une des backpackeuses disparues, n'est-ce pas ?

Sky se retourne lentement et échange un regard avec Clemente. Impassible, il hausse les épaules. Je n'ai vu les photos que brièvement. Ryan se distinguait par son costume trois-pièces, mais je ne me souviens pas à quoi ressemblaient les autres. Pourtant, je sens que je tiens quelque chose.

— C'est ça, répond-elle d'un air de défi.

— Laisse-moi deviner… Tu es venue en vacances et ça t'a tellement plu que tu as décidé de rester.

— J'avais un visa vacances-travail, oui.

Sur ces mots, elle rentre dans sa tente. Je fixe l'entrée qu'elle vient de refermer. Est-ce vraiment tout ce qu'il y avait à découvrir ? Elle est restée illégalement, voilà tout ? L'expression coupable de Clemente semble suggérer autre chose. Je l'apostrophe :

— Je peux te parler ?

— D'accord…

Il allume sa torche et me fait signe de le suivre loin des tentes. Je lui emboîte le pas, mon sac de couchage autour du cou. Ainsi éclairé par-dessous, son visage semble sinistre.

— J'essaie de comprendre. D'abord, ceux qui venaient surfer ici, c'étaient Jack, Victor, toi et ta femme. Puis Sky s'est jointe à vous, s'est mise à vous entraîner et a passé un pacte avec les agents du parc…

— C'est ça.

Je m'aperçois soudain que je n'avais encore jamais posé la question.

— Comment s'appelait ta femme ?

Il me dévisage, d'abord incertain, puis résigné.

— Sky.

J'en ai le souffle coupé. Clemente, très raide, semble se préparer à la suite.

— Ce n'est pas un nom courant…

— Non.

— Qu'est-ce qui lui est arrivé ?

— Je ne veux pas en parler, répond-il en détournant les yeux.

— Non, arrête de te fermer comme ça ! Il faut que je sache !

— Tu ne veux pas le savoir, crois-moi. Vraiment pas.

Je serre mon sac de couchage autour de mes épaules.

— Sky ne s'appelle pas vraiment Sky, c'est ça ?

Il plisse les lèvres. Je m'efforce de connecter tous les éléments :

— Laisse-moi deviner… Elle a pris l'identité de ta femme après sa mort, parce qu'elle voulait rester ici.

— Oui, soupire-t-il.

— C'est quoi, son vrai nom ?

— Greta.

Greta… Ça lui va bien.

— Pourquoi l'appeler Sky ?

— C'est elle qui nous l'a demandé. Pour qu'on en prenne l'habitude. Sinon, on aurait pu l'appeler Greta devant quelqu'un d'autre, et tout révéler.

— Ta femme… Elle est morte longtemps après que Greta a rejoint la Tribu ?

— Quelques mois.

Je lui jette un regard éloquent. Victor m'a dit que les meilleurs entraîneurs savaient manipuler les gens. Greta aurait-elle saisi sa chance et fait en sorte que la femme de Clemente se suicide ? Il comprend où je veux en venir.

— Ce n'est pas ce que tu crois. Elles étaient amies.

Il semble convaincu de ce qu'il affirme. N'empêche, elle a obtenu son permis de séjour grâce à la mort de sa femme. Une bonne raison de la tuer.

— Comment as-tu pu la laisser prendre l'identité de ta femme ?

— Je me suis demandé ce qu'elle en aurait pensé, et je crois qu'elle aurait voulu que ça se passe comme ça.

Sa voix vacille.

— C'était ce qui pouvait en ressortir de mieux : que son amie puisse rester dans le pays qu'elle aimait.

— Tu ne penses vraiment pas que Greta aurait pu… faire quelque chose à ta femme, parce qu'elle voulait prendre son identité ?

Sa réponse est instantanée :

— Non.

— Et Elke ? Tu ne crois pas que Greta aurait pu lui faire quelque chose ?

— Je n'en sais rien, soupire-t-il.

Il me cache quelque chose, je le vois sur son visage.

59

Kenna

Je sors de la tente de Mikki avec l'impression de n'avoir qu'à peine dormi. Lorsqu'une main m'agrippe l'épaule, un cri aigu m'échappe.

— Salut, Kenna !

C'est Victor. Pour un mec si imposant, c'est incroyable ce qu'il peut se déplacer avec légèreté. Je ne l'ai pas entendu approcher.

— Tu te sens comment ? demande-t-il, ses yeux sombres remplis d'inquiétude.

— Bien, juste crevée…

Les autres prennent leur petit déjeuner. Ryan et Mikki ne sont pas encore levés. Je me hâte de me remplir un bol de muesli.

— Kenna est bien nerveuse, ce matin ! proclame Victor en s'asseyant.

— Ah bon ? Pourquoi donc, Kenna ? demande Sky avec un air de sollicitude.

Le cyclone à venir me permet de mentir :

— Les vagues… Elles vont être énormes.

— Il faut qu'on surfe, déclare-t-elle aussitôt. Pour que tu puisses travailler sur ta peur.

Je me force à hocher la tête. Qu'importe ce qu'en dit Clemente, je la soupçonne d'être impliquée dans la mort de sa femme – et peut-être même dans celle d'Elke. La défier comme ça la nuit dernière était dangereux. Il faudra que je fasse plus attention à l'avenir.

Victor semble aussi bruyamment joyeux qu'à l'ordinaire, occupé à tapoter un rythme sur ses cuisses en mangeant. Les morceaux de sa planche brisée ont disparu comme par magie. Quelqu'un a dû s'en débarrasser. J'examine Victor en quête d'un signe qui trahirait la crise d'hier : de la gêne, de l'embarras, voire un regard alentour en quête de sa planche. Mais il n'y a rien. À croire que ça ne s'est jamais produit.

Mikki émerge de ma tente, et je cours la retrouver.

— Mikki, ça va ?

— Oui, oui. Écoute… Je sais que tu ne cherchais qu'à m'aider la nuit dernière, mais je veux me libérer de ma phobie.

— Quand même, ça allait trop loin, non ?

— Ça fonctionne, dit-elle d'un ton cassant. Bientôt, je serai normale.

— Mais on s'en fiche, que tu aies peur des papillons de nuit ! Moi, j'ai horreur de la plupart des insectes. J'essaie de ne pas m'en approcher, c'est tout.

— Il ne s'agit pas que de papillons de nuit ! Vaincre une peur, n'importe laquelle, ça rend plus fort.

La voilà qui répète ce que dit Sky, comme un perroquet.

— Et je suis bel et bien plus forte ! continue-t-elle. Tu ne t'en rends pas compte ? Il n'y a pas si longtemps, surfer des vagues plus hautes que moi me terrorisait. Ce n'est plus le cas.

— Sky se fait passer pour ce qu'elle n'est pas, dis-je dans un murmure.

— Comment ça ? demande-t-elle en fronçant les sourcils.

— C'est une psychologue suédoise. Elle est ici illégalement.

— Mais je sais ! Lâche l'affaire !

Impuissante, je la regarde s'éloigner pour aller prendre son petit déjeuner. Je n'ai même pas pu lui parler du passeport d'Elke. Et il manque toujours quelqu'un à l'appel.

— Personne n'a vu Ryan ? je lance.

Non, personne. Je ne l'avais encore jamais vu faire la grasse matinée. Je m'approche avec précaution de sa tente.

— Il y a quelqu'un là-dedans ?

Pas de réponse. En glissant ma tête à l'intérieur, je vois un énorme sac à dos bien bouclé, sac de couchage compris. Pas de Ryan. Quelque chose se referme sur ma jambe et j'étouffe un cri. En me retournant, je me retrouve face à Sky, toujours assise par terre, qui a tendu le bras vers moi pour m'agripper la cheville.

— Qu'est-ce que tu fais ?

— Je cherche Ryan…

— Il doit être dans la forêt à faire ses trucs secrets. Si j'étais toi, je n'irais pas là-dedans. Il n'aime pas du tout qu'on se mêle de ses affaires.

Le passeport d'Elke semble me brûler à travers ma poche. Peut-être qu'il vaut mieux que Ryan ne soit pas là. Je suis quasiment certaine que Clemente ignorait que l'objet était en sa possession. Il n'aurait jamais laissé Ryan le garder. Comment réagiraient-ils tous si je le leur montrais ?

Je les rejoins, à la suite de Sky et je sors le passeport en espérant ne pas me tromper.

— Regardez ce que j'ai trouvé…

— C'est quoi ? demande Clemente.

Vu sa tête, il n'a aucune idée de ce dont il s'agit. Les autres semblent tout aussi confus. Je parcours les pages, mais je suis tellement nerveuse que je n'arrive pas à trouver la photo. *Du calme, Kenna.* Ah, voilà…

Clemente avait sur les genoux une assiette de fruits secs qui se répandent au sol lorsqu'il bondit en avant pour saisir le passeport. Il examine la photo, puis les autres pages, avant de relever les yeux, l'air stupéfait. Les autres s'approchent et font circuler le petit carnet.

La suite est terrifiante. Ils échangent tous des regards, Mikki incluse, et se rapprochent presque imperceptiblement les uns des autres jusqu'à présenter un front uni, comme lors de mon arrivée. Tous ensemble contre leur ennemi commun.

Moi.

Ils seraient tous dans le coup ? Y compris Mikki ?

— Où est-ce que tu l'as trouvé ? demande Clemente.

— J'ai suivi Ryan hier. Il avait une cachette près de la falaise.

Je prends soin de ne pas dire exactement où.

— Il y gardait son passeport, son argent et… ça.

Un silence s'abat sur le groupe. Sur le fil, les serviettes battent au vent comme des tambours de guerre. Sans surprise, Sky prend la parole pour les autres, avec lenteur :

— Elke a disparu pendant la nuit. C'était curieux… On s'est dit qu'elle devait être partie nager, qu'elle était tombée de la falaise, ou tombée dans la rivière. Quelque chose comme ça.

— Je vois.

Je garde un ton neutre. Que je la croie ou non, ils sont supérieurs en nombre, donc je dois faire semblant.

— C'était une nuit de tempête, continue-t-elle. Clemente voulait lancer des recherches, mais la route était inondée. On ne pouvait pas aller appeler les secours. Puis on a vu que son petit sac de surf manquait à l'appel. Mais son grand sac à dos et sa planche étaient toujours là, comme si elle était partie en quatrième vitesse…

— Alors vous n'avez pas signalé sa disparition, même après la fin de l'inondation ?

Sky et Clemente échangent un regard. Puis il lâche :

— Son corps a été rejeté sur la plage le lendemain.

Suis-je enfin en train d'apprendre la vérité ?

— Elle avait été mordue par un requin, intervient Mikki.

Je la fixe avec stupeur. Elle était au courant ? Et elle ne m'a rien dit ?

Elke est donc morte. Mes yeux se remplissent de larmes, à ma grande honte. Je ne sais pas pourquoi je suis bouleversée. Je ne l'avais jamais rencontrée.

— On ne sait pas si le requin l'a trouvée avant ou après sa noyade, ajoute Sky.

— Et… ensuite ?

— Quand un requin tue quelqu'un, on en parle dans les médias du monde entier, Kenna, poursuit-elle d'un ton calme, parfaitement raisonnable. Si on l'avait signalé, on aurait amené les autorités ici. La presse. Tous les surfeurs d'Australie auraient entendu parler de Sorrow Bay.

Clemente me regarde comme s'il me suppliait de comprendre.

— Je voulais tout dire, mais… à quoi bon ? Ça ne l'aurait pas ramenée à la vie.

— Alors, où est son corps ?

Sky et Clemente échangent encore un regard.

— On a laissé l'océan la reprendre, souffle Clemente.

Puis il s'enfouit le visage dans les mains. Sa tristesse n'est que trop convaincante. J'imagine le pauvre corps mutilé d'Elke sombrer jusqu'aux fonds marins, perdu à jamais. Sa mère qui la recherche, en vain.

— Vous n'avez jamais retrouvé son sac de surf ?

— Non, répond Clemente.

— Et le reste de ses affaires ?

— On en a parlé. Mieux valait ne pas prendre le risque que quelqu'un les trouve ici. Les gens auraient pu penser qu'on l'avait dévalisée. Alors on a enterré son gros sac à dos dans la forêt. La planche, on l'a gardée.

Clemente désigne l'une des planches en grimaçant, comme si tout cela lui laissait un goût amer dans la bouche.

— Comment Ryan s'est-il retrouvé avec son passeport ?

— J'imagine qu'elle l'a laissé tomber et qu'il l'a trouvé par terre, suggère Sky.

— Mais pourquoi n'en parler à personne ? Vous ne trouvez pas que c'est bizarre ?

— Cet endroit est dangereux, élude-t-elle. Un accident est vite arrivé…

Les autres hochent la tête avec commisération. Après un silence gênant, Jack détourne la conversation en parlant du cyclone à venir. Victor fait quelques blagues, mais elles tombent à plat. Il est le seul à en rire, et lui-même ne semble pas très convaincu.

Lorsque le groupe se disperse, je pars trouver Mikki.

— Je n'arrive pas à croire que tu ne m'aies rien dit sur Elke !

— Désolée, répond-elle d'un air douloureux. J'aurais voulu tout te raconter, mais j'avais juré…

Je jette un coup d'œil à la tente de Ryan. Son sac bouclé me plonge dans la perplexité. S'est-il rendu compte que le passeport d'Elke avait disparu de sa boîte ? Est-ce pour cela qu'il est parti se cacher ?

— Tu veux bien venir avec moi ? J'aimerais voir si sa boîte est encore là où je l'ai trouvée.

— Bien sûr, répond-elle en enfilant ses tongs.

Le chemin est dans l'ombre. J'arrache une branche en testant la pointe du côté brisé. C'est toujours mieux que rien. Comme Mikki semble perturbée, je déclare :

— Contre les serpents.

Je suis contente qu'elle soit là. Je ne cesse de voir des silhouettes dans les arbres et les buissons. Chaque balancement de branche, chaque grincement me fait sursauter. Quelque chose file dans les broussailles à notre approche. Je me pétrifie, mais déjà on n'entend plus rien.

— Ce n'était qu'un animal, m'assure Mikki.

Mais je ne peux me défaire de l'impression que Ryan s'apprête à nous sauter dessus.

Une fois en haut de la falaise, je plonge la main dans le creux. La boîte n'est plus là. Je ne vois pas ce que cela pourrait signifier. Puis une idée me vient.

— Sky a dit durant la cérémonie que personne ne pouvait partir… et Ryan m'a dit qu'il comptait mettre les voiles.

— Ah bon ? s'étonne Mikki en ouvrant de grands yeux.

— Oui, il en avait assez de cet endroit, sa famille lui manquait. Il avait bouclé son sac. Et si quelqu'un l'avait vu et lui avait fait quelque chose ?

— Mais non. Personne n'irait aussi loin.

— Jack avait ramené des filles ici, n'est-ce pas ? Tu sais si elles avaient rejoint la Tribu ?

— Non, je pense qu'elles ne sont restées que quelques jours…

— Alors, pour ce qu'on en sait, aucun vrai membre de la Tribu n'est jamais parti. Ou alors, les pieds devant.

Dans ma tête, Ryan est passé de possible criminel à victime potentielle en l'espace de quelques secondes. Mais plus j'y réfléchis, plus cela me semble plausible. Mikki fronce les sourcils, pas convaincue.

— Ryan est tout le temps en vadrouille…

— Je t'en prie, Mikki ! dis-je en lui saisissant le bras. Il faut qu'on parte d'ici. On pourrait être les prochaines à y passer !

— J'en ai assez que tu tentes de m'arracher à la baie ! proteste-t-elle en se libérant d'un coup. J'ai choisi de vivre ici, et toi aussi. C'est bien triste qu'Elke soit morte, mais c'était un accident. Ces gens sont mes amis et je leur fais confiance !

60
Kenna

À peine visible entre les arbres, un avion passe à des kilomètres de hauteur. Sa blanche silhouette est un rappel troublant du monde extérieur qui me semble soudain encore plus lointain. En cet instant, je donnerais n'importe quoi pour être à bord.

En retournant au camp, nous trouvons Clemente et Sky qui s'entraînent à la boxe dans l'ombre des frondaisons. Malgré la résistance que m'oppose Mikki, je n'ai pas renoncé à la convaincre de partir avec moi. Il faut juste que je redouble mes efforts pour diviser la Tribu : s'ils se retournent les uns contre les autres, ils pourraient bien s'entre-déchirer.

Victor se muscle non loin de là. Je pars le trouver.

— Tu n'es pas jaloux ?

— De quoi ?

Je lui désigne Sky du menton.

— Elle l'aime bien, Clemente. Tu ne t'en rends pas compte ?

J'ai horreur de devoir faire ça. En dépit de tout, j'ai l'impression qu'une certaine confiance est née entre Clemente et moi. Elle tomberait à l'eau s'il découvrait ce que je manigance.

Les yeux de Victor s'assombrissent. Nous y revoilà : de la fureur pure. Cette fois, je suis certaine de ne pas l'avoir imaginée. Merde, je regrette presque ce que j'ai dit. Je crois bien que je fais courir un gros risque à Clemente.

Une bourrasque soulève un des tapis de yoga et l'envoie voler contre un tronc. Victor court le chercher. Pendant ce temps-là, Sky ôte ses gants de boxe.

— Le vent forcit de plus en plus. On ferait mieux de tout arrimer au sol.

Je me joins aux autres pour renforcer les piquets de tente. Oh mon Dieu ! un cafard vient de grimper sur mon orteil ! Je retire aussitôt mon pied en me retenant je ne sais comment de pousser un hurlement, et il file sous une pile de feuilles mortes. Sky me jette un regard amusé. Merde ! je ne veux pas qu'elle sache que j'ai peur des insectes. Rien qu'à l'idée d'être piégée dans ma tente avec une bestiole pareille…

— J'ai failli l'écraser ! dis-je comme si c'était le bien-être du cafard qui me préoccupait, et non le mien.

Je ne pense pas qu'elle soit convaincue. Elle se tourne vers les autres et crie :

— Rangeons toutes les affaires de gym dans les toilettes des hommes ! On n'aura qu'à tous utiliser celles des femmes, pour le moment.

— Il n'y aura quand même pas d'inondation dans la clairière ? je m'inquiète.

— Non, mais sur la route, peut-être bien, répond Clemente qui a escaladé un arbre pour mieux attacher une bâche. Victor, tu me passes la ficelle ?

Je regarde nerveusement Victor qui s'exécute. Sky continue à lancer des ordres :

— Il faut emballer la réserve de bois avant la pluie !

Mikki déniche des sacs-poubelle et je lui prête main-forte.

— Tu as déjà vécu un cyclone ? je demande.

— Quelques-uns à Hawaï, mais je ne m'en souviens pas beaucoup. On a eu des gros orages à Sydney cet été. Le pare-brise de Jack s'est brisé sous la grêle.

Cela interpelle Jack, qui venait ramasser un sac de bois.

— Mince, je n'y pensais pas. On ferait mieux de protéger les voitures, non ?

Mikki me jette un regard en coin. Je m'étonne :

— Qu'est-ce qu'il y a ?

— Tu ne comptes pas rester. Je le sens. Tu n'en as pas vraiment envie.

Je ne veux pas lui mentir, mais je crains que les autres m'entendent. Prudence.

— Je n'ai qu'un visa touriste, dis-je comme si cela avait empêché Sky ou Ryan de prolonger leur séjour.

— Ce ne sera plus la même chose sans toi, murmure-t-elle, clairement déçue.

Je ne suis ici que depuis huit jours, mais j'ai l'impression d'y avoir passé le double.

— Je ne compte pas rentrer à Londres.

— Vraiment ?

— J'ai besoin d'être près de la mer. Je vais repartir dans les Cornouailles.

— Ah bon…, souffle-t-elle en me fixant.

Je lui étreins la main.

— Ne t'en fais pas, pour le moment je suis là.

Ses doigts sont si minces… Elle n'est vraiment pas une dure, pas comme les autres.

Sky, devant les toilettes, roule les tapis de yoga. J'ai parlé à Ryan et Clemente de leurs familles respectives, avec plus ou moins de succès, mais je n'ai pas encore essayé avec Sky. Sans elle, la Tribu n'existe pas. Et je suis au pied du mur. Une idée dangereuse me vient à l'esprit. Avant de pouvoir changer d'avis, je m'avance vers elle.

— Clemente m'a dit la nuit dernière que ton vrai nom est Greta.

— Et alors ? répond-elle, aussitôt sur la défensive.

— Je voulais te le dire hier, mais les autres auraient pu m'entendre… J'ai croisé ta mère à Sydney.

Sky tressaille.

— Elle distribuait des avis de recherche. Je ne t'ai pas reconnue sur la photo, mais je m'en suis souvenue en entendant ton nom.

Pour ce que j'en sais, sa mère est parfaitement consciente de sa présence en Australie. Mais Mikki m'a bien dit que Sky ne lui parlait plus…

Des émotions contradictoires défilent sur son visage.

— Je suis sûre que tu avais tes raisons de partir, mais je me suis dit qu'il valait mieux que tu saches… Elle avait l'air si triste.

— Elle allait bien ? s'adoucit Sky.

— Elle était en larmes. Je crois qu'elle adorerait te revoir. Ou au moins apprendre que tu vas bien.

— Je ne l'ai pas vue depuis si longtemps, dit-elle d'une voix tendue. Elle a toujours les cheveux blonds, ou elle a viré au gris ?

— Toujours blonde…

C'est à peine si j'ose respirer. Mais je crois bien que je progresse.

— Elle ne boitait pas ? Elle devait se faire opérer du genou juste avant son départ…

— Non, tout allait bien de ce côté-là, je crois.

— Elle a toujours ses drôles de lunettes ?

— Euh… oui, dis-je en espérant ne pas être en train de m'enferrer.

Sky redevient impassible.

— Ma mère est morte il y a dix ans, Kenna.

Je la fixe, frappée d'horreur.

— Alors pourquoi me sortir une chose pareille ? demande-t-elle d'une voix douce que contredit son regard.

— Désolée, j'ai dû me tromper. Oui, ce devait être ta tante… Elle ne m'a pas vraiment dit… Je suis partie du principe que…

Là, je raconte n'importe quoi, et Sky m'interrompt :

— Je n'ai pas de tante non plus. Pourquoi tu inventes tout ça ?

— Ce devait être une autre Greta, dis-je en priant pour disparaître sous terre.

— Je t'ai entendue parler à Ryan et Clemente de leurs familles… C'était mon tour, c'est ça ? Clemente est parfois insupportable, mais on a besoin de lui ici. Victor a besoin de lui. Je le soutiens autant que possible mais il réagit différemment face à un homme. Et Jack a besoin de lui aussi, bien sûr. Alors si tu pouvais arrêter de parler de nos familles à tout bout de champ, j'apprécierais.

— D'accord, dis-je faiblement.

Elle me regarde un instant en silence.

— Je t'ai menti. Ma mère n'est pas morte. Enfin, pour ce que j'en sais. Je n'ai pas eu de ses nouvelles depuis que j'ai quitté la Suède. Tu as failli m'avoir, ajoute-t-elle avec un sourire pincé. L'espace d'un instant, j'ai vraiment cru que ma mère était venue jusqu'en Australie pour distribuer des prospectus et sangloter sur les épaules des gens à cause de moi. Mais elle ne se fatiguait même pas à venir au poste de police au bout de la rue quand je me fourrais dans les ennuis étant ado. Parce qu'elle était trop bourrée pour le faire. Ça m'étonnerait que je lui traverse encore l'esprit.

Je ne trouve absolument rien à répondre. Sky rejette ses dreadlocks par-dessus son épaule.

— De toute façon, je vais te dire : j'adore cet endroit et je ne compte pas en partir. Mikki et les autres non plus. Alors quoi que tu tentes de faire, tu peux arrêter.

Mes yeux se tournent vers Mikki. Je suis au désespoir – j'ai tout essayé, mais me voilà à court d'idées.

— Au fait, tu l'as, toi aussi, ajoute Sky. Je n'en étais pas sûre, mais je viens de le voir en toi.

— J'ai quoi ?

Son sourire revient.

— L'instinct du tueur.

Les arbres semblent se refermer sur moi, comme si les branches et leurs feuilles s'entrelaçaient ensemble pour masquer le ciel. Il faut que j'échappe à cette ombre qui monte. Je me détourne et je descends le chemin en courant, jusqu'à la plage.

Quel soulagement de me retrouver au grand air, avec cet horizon désormais si familier, étendu devant moi. Mais la plage est bien sinistre, ce matin. Le ciel est chargé de nuages si bas qu'on croirait qu'un toit a été posé sur le monde durant la nuit. Le vent charrie des gouttelettes d'eau, de la pluie mêlée d'écume. Il me siffle aux oreilles en agitant mon tee-shirt. Un gros oiseau blanc – une cigogne ? Un ibis ? – s'éloigne à mon approche et s'envole avec de lourds battements d'ailes, en hissant son grand corps dans les airs. En le regardant faire, je ressens à nouveau à quel point je suis piégée ici.

Le sable mouillé exsude de l'eau sous mes pieds nus tandis que je m'approche des vagues, que la tempête à venir agrandit et déforme. Marée haute. Des myriades de petits objets noirs tachettent le sable. On dirait… des raisins secs ? En m'approchant, je comprends : des mouches mortes, par centaines, disposées en arcs sur le sable par le ressac. Certaines bougent encore, en remontant péniblement vers le haut de la plage dans une vaine course contre l'océan. D'autres sont coincées sur le dos et pédalent frénétiquement de leurs pattes minuscules. Une vague en emporte tout un groupe, comme une flotte miniature.

Les mouettes ne sont que trop heureuses de se jeter sur ces insectes juteux. C'est trop : mon estomac se soulève, je me penche, et je régurgite mon petit déjeuner. Quelques goélands s'en effraient et partent à tire-d'aile. Je tombe à genoux et je me vide encore et encore, les yeux fermés. Si seulement je pouvais me retrouver ailleurs quand je les rouvrirai…

Quelque chose m'effleure la main. Surprise, je rouvre les paupières : un billet de cinquante dollars s'envole au vent.

Serait-il à Ryan ? J'en cherche d'autres sur les vagues, sans en trouver aucun. Une ombre s'étend sur la plage. De nouveaux nuages noirs s'amoncellent. Ils recouvrent le ciel jusqu'à changer le jour en nuit, alors qu'il n'est pas encore neuf heures. Un éclair zèbre l'horizon, suivi d'un grondement de tonnerre. Là, devant : une forme sombre sur le sable. D'abord, je la prends pour un rocher, puis le monde s'éclaire d'un flash violet et je me rends compte que c'est un corps. Tandis que je m'élance, un fracas monstrueux me fait tressaillir. Il roule d'un bout à l'autre du ciel et ne disparaît qu'étouffé par un autre coup de tonnerre, plus fort encore.

Ryan est étendu sur le dos, immobile, les yeux fermés, comme la première fois que je l'ai vu. Je m'approche en hâte, en m'attendant à ce qu'il se redresse, là encore. Mais il ne bouge pas.

61
Kenna

Une vague vient lui recouvrir les chevilles. Lorsqu'elle se retire, je vois ses jambes, enflées et couvertes d'hématomes. Ses pieds forment un angle étrange.

— Ryan !

Aucune réponse. Je lui tapote la joue. Elle est humide et froide comme la glace. Je lui serre l'épaule, je le secoue avec douceur. Il reste là, étendu sur le sable. L'espace d'un instant, ce n'est pas lui que je vois, mais le corps de Kasim. Un vertige me prend. Je manque de perdre l'équilibre et je me retiens d'une main sur le sable en fermant les yeux de toutes mes forces. Lorsque je les rouvre, Ryan est redevenu Ryan. *Reprends-toi, Kenna !*

Je fouille la plage du regard, d'un côté, puis de l'autre. Pas de trace de sa planche. Peut-être qu'elle flotte au large, si son leash s'est arraché. Il ne peut pas être parti nager par un temps pareil… En tout cas, vu l'état de ses jambes, il a été fracassé contre les rochers. J'aurais préféré éviter de le déplacer, au cas où il se serait blessé au dos, mais comme une autre vague lui arrive jusqu'à la taille je l'attrape sous les bras et je le tire plus haut sur le sable, jusqu'à dépasser la ligne de marée. Là, je commence le massage cardiaque.

La tempête s'amplifie toujours. La foudre éclate dans une série de variations : parfois, je croirais entendre un avion de chasse me passer au-dessus de la tête en rase-mottes, en laissant un écho derrière lui. Parfois, un terrible accident sur un chantier, quelque chose – ou quelqu'un – qui tombe de très haut. Parfois c'est un craquement soudain, assourdissant, qui s'accompagne d'une énorme fourche lumineuse divisant le ciel, comme si le monde entier se cassait en deux.

J'entends la pluie avant de la sentir, un sifflement furieux sur le sable. Puis elle s'abat sur ma tête. Le tonnerre est désormais presque constant, et les éclairs qui s'abattent plusieurs fois par seconde éclairent la scène d'une lumière stroboscopique. Les minutes s'égrènent. *Allez, Ryan, respire !* Mais aucun signe de vie.

Je me relève en vacillant, et je cours vers le sentier sous la pluie battante, glacée. Mes larmes s'y mêlent le long de mon visage. Je remonte dans la forêt, de plus en plus vite, en dérapant pieds nus dans la boue, jusqu'à rentrer dans quelqu'un qui arrivait en sens inverse. Clemente. Essoufflée, je lâche :

— Il est mort. Ryan !

Clemente se remet vite de sa surprise.

— Montre-moi.

Nous repartons en courant le long de la plage jusqu'à atteindre son corps. Je reste à bonne distance tandis que Clemente l'examine.

— J'ai tout essayé…, dis-je, avant de me remettre à sangloter.

Clemente me serre contre lui. Je pleure sur son épaule.

C'est à peine si mes jambes me soutiennent encore. Je pleure pour la femme de Ryan, pour sa fille. Et je pleure pour moi-même. Maintenant, j'ai vraiment peur.

— Mort ? répète Sky.

— Vous êtes sûrs ? demande Victor.

— Merde…, marmonne Jack en se frottant la tête.

Quelques minutes plus tard, nous sommes de retour sur la plage, debout autour du corps, sous le vent qui chahute nos vêtements et nos cheveux. Jack fronce les sourcils.

— Il surfait ?

— On dirait… ou alors, il était parti nager, dis-je.

Jack désigne l'océan qui moutonne sous le vent, l'écume couleur de coquille d'œuf.

— Pourquoi il surferait là-dedans ? C'était nul hier aussi.

Ryan allait souvent surfer tôt le matin, avant nous tous. Vu les tensions de ces derniers jours, pas étonnant qu'il ait préféré y aller seul. Mais Jack a raison, il n'y a quasiment rien à tirer de l'océan en ce moment.

Maintenant que le choc est passé, ma raison reprend le dessus. Encore une mort apparemment due à un malheureux accident. Ryan serait tombé dans une grande vague, son leash se serait détaché – ce qui est tout à fait possible dans une mer pareille, surtout si le Velcro était usé – et il se serait noyé avant d'être rejeté sur le sable. Sa planche pourrait avoir échoué des kilomètres plus loin. Ou alors, il est parti nager et s'est fait rejeter dans les rochers…

Mais Ryan comptait partir. Nous en sommes à trois

morts. Un suicide, une attaque de requin, une noyade. Coïncidences tragiques ? Ou bien… Je fixe le visage de Ryan comme si ses lèvres pâles pouvaient me souffler la réponse.

— On va l'emmener dans la Prairie, déclare Sky.

— Je vais chercher les pelles, lance Victor avant de partir à petites foulées.

Des pelles ? Je jette un regard horrifié à Sky.

— Vous n'allez quand même pas l'enterrer ?

— Que veux-tu faire d'autre ? demande-t-elle d'une voix triste, mais ferme.

— Appeler une ambulance !

Je me tourne vers Clemente en espérant que lui au moins se rendra à la raison.

— C'est trop tard pour ça, commente-t-il avec douceur.

— Ou la police…

Alors même que je prononce ces mots, le problème m'apparaît : Ryan était là illégalement, et cela établi l'enquête pourrait s'intéresser aux autres. Sky, surtout, ne peut courir ce risque. Bien sûr, le problème de visa n'est que le dernier des soucis sur la liste si l'un d'eux l'a tué, comme je le soupçonne. Même si l'on conclut à une noyade accidentelle, on parlera de Sorrow Bay aux informations, ce qu'ils souhaitent tous éviter.

Nous restons là sous la pluie battante. J'étudie les visages. L'un d'eux serait-il un tueur ? Sky croise mon regard comme si elle devinait mes pensées. A-t-elle vu Ryan faire son sac ?

La pluie forcit encore. Je n'en avais jamais vu d'aussi drue. Plus de mouettes sur le sable, elles sont toutes parties se mettre à l'abri.

Lorsque Victor revient, lui, Clemente, Jack et Sky soulèvent Ryan pour le transporter le long de la plage. Mikki et moi ne pouvons que les suivre en portant les pelles. Tandis que nous nous enfonçons dans la forêt, une vague monte haut sur la plage, en effaçant nos traces de pas. Le sable mouillé redevient vierge, comme si nous n'étions jamais passés par là.

Victor se met à siffler un air, et les autres se joignent à lui. « Sweet Jane ». Alors que je pensais que nous nous dirigions vers la rivière, le groupe prend un autre embranchement. La pluie siffle sur les feuilles.

Sky glisse soudain et Jack lâche le pied de Ryan, qui tombe dans la boue, pour courir la relever. Victor tire brusquement Jack en arrière et s'en occupe lui-même. Jack se frotte le bras tandis qu'ils soulèvent à nouveau le corps.

Un tronc familier m'attire l'œil. Peu après, je repère l'arbre aux fruits orange qu'avait escaladé Ryan. Nous voici dans une minuscule clairière. Ils l'y déposent. Je crois que c'est par ici que je l'avais vu la première fois.

— Quel arbre on lui donne ? demande Jack.

— Un citronnier ? lance Victor.

— Ou un pêcher, propose Mikki. Il adorait les pêches.

Je les écoute, confuse, jusqu'à remarquer soudain les fruits dans les branches derrière elle : les petites pommes violettes que nous avons mangées récemment. *Les fruits du chagrin.* Mon estomac se rebelle lorsque je comprends le lien. *À Sky*, avaient-ils dit en levant leurs pommes. Je pensais que c'était en l'honneur de Sky – Greta – parce qu'elle était leur chef. Mais non, c'était pour la vraie Sky. C'est son arbre. Ils l'ont planté sur sa tombe en laissant son corps pourrissant nourrir les fruits. Les fruits que j'ai mangés.

Je manque à nouveau de vomir, mais j'arrive à déguiser ça en quinte de toux. Clemente me voit et semble brièvement se sentir coupable.

Un kookaburra nous observe depuis une branche voisine, trempé, l'air découragé, pendant que l'on creuse la tombe. Ils se relaient avec les pelles, comme s'ils avaient fait ça toute leur vie, ce qui me glace. Combien de fois se sont-ils livrés à ce petit exercice ? Derrière le pommier se trouve ce qui ressemble à un prunier… Serait-ce Elke, enterrée sous les racines ?

Pourquoi Ryan venait-il s'étendre ici ? En signe de deuil ? Ou de triomphe ?

Sans pleurer, bien trop calme, Mikki chante « Sweet Jane ». Les yeux fermés, elle se balance sur place, et sa voix claire tranche sur le bruit des pelles. Elle continue à chanter même quand vient son tour de creuser.

Je la regarde faire, consternée. Il faut que je me rende à l'évidence. Elle m'est complètement étrangère. Elle s'est laissé entraîner si loin par la Tribu que je ne peux plus rien faire pour elle. Il faut que je sauve ma propre peau si je ne veux pas finir ici, enterrée loin de tout. Je vais voler l'une des voitures et partir.

Une fois le trou creusé, ils y déposent Ryan, le visage illuminé par les éclairs. Six amis endeuillés autour d'une tombe. Mais pas une larme sur leurs visages. Victor s'avance.

— On ne s'entendait pas toujours, toi et moi, mais on s'est bien amusés tout de même. J'espère que tu trouveras de belles vagues là-haut, mec.

Au tour de Jack, dont la voix tremble :

— Ryan, t'étais un type bien. Désolé de t'avoir piqué autant de vagues.

Je remarque à nouveau que d'eux tous, c'est lui qui montre le plus d'émotion. J'ai beau me sentir terriblement coupable à l'idée d'abandonner Mikki ici, au moins elle aura Jack à ses côtés. Même s'il est loin d'être parfait, je crois qu'il la protégera.

Vu l'atmosphère, ils vont rester ici un moment, alors je lâche un faux sanglot. On me jette des regards désapprobateurs. Je n'ai aucun mal à faire venir les larmes : mon chagrin est réel. Un homme si intelligent, étendu dans une fosse anonyme. Je pleure en songeant à sa femme, mais surtout à sa fille qui grandira sans lui, sans jamais savoir à quel point il l'aimait ni ce qui lui est arrivé.

La tête basse, j'étouffe mes sanglots d'une main et je me retire dans les buissons. Dès que je suis hors de vue, je pars en courant. Je m'attends à entendre des cris s'élever derrière moi, mais ils sont trop pris par la cérémonie pour me remarquer.

C'est peut-être ma seule chance de quitter cet endroit. Je suis glacée jusqu'aux os par la pluie, et mes genoux manquent de me lâcher à plusieurs reprises pendant ma course. En atteignant la clairière, je jette un coup d'œil par-dessus mon épaule. Rien. Je plonge dans la tente de Jack. Où pourrait-il bien ranger ses clés de voiture ? Son sac à dos Quiksilver noir, jeté dans un coin, a beaucoup trop de poches. Je les fouille une par une jusqu'à trouver les clés dans la cinquième.

Le chemin est si gorgé d'eau que je m'y enfonce parfois jusqu'aux chevilles. Je traverse les flaques en serrant les clés dans mon poing, dans l'espoir de les garder sèches. À mi-chemin, je me rappelle soudain que Jack avait annoncé qu'il avait éclaté un pneu, et je jure en mon for intérieur. Mais il n'est plus temps de revenir en arrière pour trouver les clés des autres véhicules. Je n'ai plus qu'à espérer que le pneu tienne le coup jusqu'à l'autoroute.

Et merde ! Pourquoi je n'ai pas pris mon portable ? J'aurais pu le recharger dans la voiture de Jack et appeler à l'aide aussitôt que possible. Trop tard. Je pourrai passer un coup de fil à la station-service où nous nous étions arrêtés, si j'arrive à l'atteindre…

Hors d'haleine, j'arrive près des voitures, je déverrouille celle de Jack et je bondis à l'intérieur. Mon short émet un bruit spongieux lorsque je m'assois au volant. Pas de levier de vitesse. Cela fait des années que je n'ai plus conduit de voiture automatique, et je suis dans un tel état de panique qu'il me faut un moment pour me rappeler quoi faire. *D* pour démarrer… Non, *R* pour reculer.

Le châssis tangue sur sa suspension lorsque je passe en marche arrière. Le pare-brise ruisselle, et je ne trouve les essuie-glaces qu'après plusieurs essais. Heureusement que c'est un 4 × 4. La route n'est qu'un ruban de boue, les ornières remplies d'eau. En prenant lentement le premier virage, je vérifie que je ne suis pas suivie, mais impossible d'y voir par la vitre arrière, complètement embuée. Le moteur proteste en montée, les pneus dérapent dans les descentes. Un autre virage, et mon cœur s'arrête : le torrent. Il ne faisait que quelques mètres de large à l'aller, mais maintenant je n'en vois pas le bout. Mon pied hésite sur l'accélérateur. Est-ce que je tente le coup ? J'en ai très envie, mais je m'imagine déjà piégée dans le véhicule, emportée jusqu'à la rivière.

Je laisse tourner le moteur et je sors sonder la profondeur. L'eau est glacée, mêlée de boue. Je m'y enfonce jusqu'aux chevilles, puis jusqu'aux genoux. Le courant tente déjà de m'entraîner. Deux pas plus loin, j'en ai jusqu'aux cuisses. En voiture, ça ne passera jamais.

Je prends de grandes inspirations. Il ne me reste plus qu'à réessayer après la tempête. Les autres sont-ils déjà rentrés de la prairie ? Si je me dépêche, je pourrai peut-être regagner les tentes avant eux. Je ressors du torrent et je remonte en voiture. La piste est si étroite que je vais devoir exécuter un demi-tour en trois temps.

Les roues dérapent, les essuie-glaces s'excitent, et c'est plutôt au prix d'un demi-tour en douze temps que je m'en sors. Lorsque je reviens me garer à l'emplacement d'origine, le pneu avant gauche se coince dans une ornière et le véhicule s'immobilise. Je trouve la marche arrière à tâtons et j'enfonce l'accélérateur : la voiture fait un bond en arrière, si violent que la boîte à gants s'ouvre d'un coup.

À l'intérieur, tout un paquet d'argent.

Je me demande aussitôt s'il appartient à Ryan. Mais non, Jack et Mikki gardent sans doute leur liquide ici, c'est bien moins risqué que dans une tente. En me penchant pour évaluer la somme, j'aperçois quelque chose derrière. Un portefeuille en cuir rose vif. J'arrête le moteur et je l'extrais de la boîte à gants. Il pourrait appartenir à Mikki, mais quelque chose me dit que non – ce n'est pas son style. Les mains tremblantes, j'ouvre le Velcro. À peine quelques dollars en monnaie, et une douzaine de cartes. Sur l'une d'elles, une photo familière. Une jolie rousse. *Tanith O'Brien.*

62

Kenna

Un bruit au-dehors me fait sursauter : quelqu'un se tient devant la vitre embuée côté passager. Je referme la boîte à gants, juste à temps. La portière s'ouvre d'un coup sur Victor, qui se penche à l'intérieur.

— Qu'est-ce que tu fabriques ?

La pluie me gifle le visage. J'ai deux secondes pour trouver quoi répondre.

— J'ai mes règles… Je ne voulais pas interrompre la cérémonie. Mikki a toujours des tampons dans sa voiture.

Ça, au moins, ce n'est pas un mensonge. Il y a des années de cela, Mikki s'était fait surprendre loin de tout centre commercial, alors qu'elle portait un bikini blanc. Elle redoutait tellement de revivre pareille situation qu'elle gardait des tampons d'urgence dans sa voiture, dans ma voiture, et un peu partout ailleurs. Victor fronce les sourcils.

— Pourquoi tu l'as bougée ?

— À cause de la boue. J'ai eu l'impression qu'elle s'enfonçait.

Je n'arrive pas à savoir s'il me croit.

— Tu veux bien regarder s'il y a des tampons à l'arrière ?

Il ferme la portière sans un mot. Pendant ce temps, je rouvre la boîte à gants. Je ne sais pas s'il est au courant pour le portefeuille volé, et je ne veux pas qu'il sache que moi, je le suis.

Pourvu que je trouve des tampons… Mon histoire sera plus crédible s'il y en a vraiment. Sans surprise, je trouve plusieurs petits paquets roses au fond de la boîte. Je la referme d'un coup et je sors sous la pluie.

— Yes, j'en ai trouvé ! Regarde !

— Super…

Comme je l'espérais, Victor a du mal à croiser mon regard. Il referme la portière arrière d'un grand coup et n'ajoute rien sur le trajet du retour. L'orage s'est éloigné, mais le vent a forci, et nous sommes fouettés par la pluie en remontant vers la clairière. Le sol est gorgé d'eau ; des coulées de boue ont charrié des rochers jusqu'au bas de la pente. Je marche avec précaution de l'un à l'autre.

Soudain, à demi enfouie sur ma gauche, une tache bleu marine. Victor, devant moi, n'a rien vu. Je m'arrête pour plisser les yeux, et je reconnais le logo Rip Curl. Aussitôt, j'imagine le pire : un corps ? Victor me jette un regard et je me hâte de repartir. *Respire, Kenna.* Ce n'est probablement qu'un vêtement qu'on a abandonné – ou enterré – et que la tempête a envoyé en bas de la colline. Peut-être qu'il est là depuis des années, sans rien à voir avec la Tribu.

Les autres se sont serrés ensemble sous la bâche pour s'abriter de la pluie. Ils nous regardent approcher. Je tends ses clés de voiture à Jack.

— Et voilà.

Il me regarde sans comprendre.

— J'ai mes règles. Je savais que Mikki aurait des tampons dans sa voiture, dis-je en leur montrant la boîte.

Jack et Clemente se découvrent aussitôt des choses urgentes à faire : Clemente part vers le barbecue, Jack dans sa tente. Victor semble mal à l'aise mais reste loyalement aux côtés de Sky.

Mikki ne dit rien mais je suis quasiment sûre qu'elle sait que je mens. Elle me connaît trop bien. Même si Sky ne semble pas pleinement convaincue, elle se tait également, et je gagne les toilettes sans encombre, les jambes tremblantes.

Je ne songe qu'à une chose : repartir sur le chemin pour examiner de plus près cet objet bleu marine, mais Sky me surveille de près pendant tout le reste de la matinée. Le déjeuner n'est pas très gai. Nous mangeons debout, serrés ensemble sur le sol boueux sous la bâche. La nourriture commence à manquer et Sky a fait des œufs brouillés en y ajoutant un peu de kale cultivé par Ryan. Jack ôte un à un les petits morceaux verts de son bol en commentant :

— Mais qui mangerait cette merde ? C'est le truc le plus amer au monde ! Qu'est-ce que je donnerais pas pour une tourte à la viande, là tout de suite…

— Ou un steak, soupire Victor. Un bon steak bien saignant.

Quelque chose m'inquiète dans le sourire de Jack, une certaine crispation qui pourrait n'être due qu'à son mal de dos, mais… Maintenant que je sais qu'il a menti pour le portefeuille, je sais qu'on ne peut pas lui faire confiance.

Il fait si froid que nous sommes en jean et en sweat-shirt. Le vent agite la bâche et fait tourbillonner feuilles et brindilles à nos pieds. Ses bourrasques nous aspergent de tous côtés. Je suis trempée jusqu'aux os. Le seul bon côté de l'histoire est qu'il pleut trop fort pour les moustiques.

— Au moins, pas besoin de laver la vaisselle, fait remarquer Jack. Regardez ça.

Il pose les assiettes sous la pluie et elles se retrouvent propres en quelques secondes.

— Pourvu que le vent faiblisse, lance Sky. On pourrait avoir des vagues cet après-midi. Des grandes…

Elle envoie un coup de coude à Victor. Parler de surfer si tôt après la mort de Ryan me semble sans cœur. Je me retourne vers elle.

— Tu t'en fous, que Ryan soit mort, c'est ça ?

— Pas du tout, s'étonne-t-elle.

— Pense à sa famille ! Sa petite fille…

— Sa fille ? répète-t-elle en plissant le front. C'est ça qu'il t'a raconté ?

— Oui, Ava. Elle a trois ans.

— Il a demandé de l'argent à Victor parce que son fils était malade aux États-Unis. Il a raconté à Jack qu'il était en phase terminale d'un cancer. Il était mythomane, Kenna.

Je me retourne vers Victor.

— Et ce tatouage que tu lui as fait sur le poignet ?

— Il a dit que c'était au nom de sa femme, répond Victor. A comme Anna…

— J'ai jeté un coup d'œil à son passeport avant qu'il ne le cache, déclare Sky. Et je l'ai cherché en ligne en revenant à Sydney. Il était analyste financier. S'il était rentré, il aurait fini en prison.

— Alors, pourquoi l'avoir laissé se joindre à vous ?

— Un mec qui arnaque d'énormes sociétés pour se payer deux ans de surf ? Moi, ça me plaît.

Les autres hochent la tête.

— Et puis, ça nous arrangeait qu'il reste là pendant qu'on était à Sydney.

Une planche, soulevée par le vent, part s'écraser contre un arbre. Victor se lance à sa poursuite avec un juron. Clemente sort de derrière les toilettes.

— C'est mieux abrité par là.

Après avoir adossé les planches au mur, nous nous réfugions à nouveau sous la bâche.

— Tiens, maintenant que j'y pense…, dis-je. Toutes les planches de Ryan sont là ?

— Oui, les deux, répond Clemente.

— Alors, il était parti à la nage.

— On dirait…

L'idée semble le troubler autant que moi.

— Je n'arrête pas de penser à sa famille… Quoi qu'il ait eu comme famille, poursuit-il.

— Je sais.

Je fixe le sol en souhaitant à nouveau me trouver n'importe où sauf ici. Clemente expire longuement.

— Parfois, je me demande ce que je fous là.

— Tu voudrais rentrer chez toi ? s'étonne Mikki en se tournant vers lui.

— Je ne sais plus où c'est, chez moi, mais je crois que je suis prêt à passer à autre chose.

La stupéfaction de Mikki ne m'échappe pas. *Fais attention, Clemente…* Admettre de telles choses par ici est dangereux. Je tressaille en me rendant compte que Sky l'a également entendu. Elle semble tout aussi abasourdie.

— Pour aller où ? insiste Mikki.

— Aucune idée, soupire-t-il.

Sky lui jette un regard dégoûté.

— Alors, tu lâches tout ?

— Je n'avais rien promis, rétorque-t-il en croisant les bras.

— Il faut que je te rafraîchisse la mémoire ?

Tous deux partent se disputer un peu plus loin entre les arbres. Je voudrais entendre ce qu'ils disent, mais la pluie m'en empêche. Victor les observe un moment, l'air maussade, puis part les rejoindre. Même si je suis tentée de l'imiter, Clemente est un grand garçon et doit savoir ce qu'il fait. Je me retourne vers Mikki.

— Où est passé Jack ?

— Dans notre tente. Il avait mal au dos.

— Il y a un paquet de fric dans votre boîte à gants, dis-je en baissant la voix.

— Oui, mieux vaut le laisser dans la voiture.

— Ça fait une sacrée somme…

— On en a retiré pas mal la dernière fois qu'on a fait les courses.

Je lui parle du portefeuille en examinant ses traits avec attention. *Pourvu qu'elle ne soit pas dans le coup…* Son visage se crispe.

— Merde. Je sentais bien que quelque chose ne tournait pas rond. Il m'avait dit qu'il installait des panneaux solaires pour un ami. Peut-être que son dos lui faisait trop mal. Parfois, la douleur le dépasse, mais c'est quelqu'un de bien, je t'assure…

Je ne sais pas si elle y croit vraiment, mais je suis soulagée qu'elle n'ait pas été au courant.

— Dans la Prairie…, reprends-je. La femme de Clemente, Sky… Elle est enterrée là-bas, c'est ça ? Et Elke aussi ?

— C'est ça, admet Mikki dans un soupir.

— Et toi, tu as laissé faire ? Ça ne te serait pas venu à l'idée d'aller trouver la police ?

— À quoi bon ? Ça ne les ramènera pas à la vie. Ce n'était la faute de personne.

Je lui parle de l'objet bleu marine que j'ai vu sur le chemin.

— Je veux aller l'examiner. Tu viens avec moi ?

— T'es sérieuse ? demande-t-elle en me montrant la pluie. Tu veux y aller là, maintenant ?

— C'est peut-être important… S'il te plaît…

— Bon, d'accord.

Le chemin est couvert de feuilles mortes sur lesquelles nous ne cessons de glisser en arrivant à la coulée de boue.

— C'était par là, je crois…

— Où ça ?

Des branches grincent au-dessus de nos têtes tandis que j'examine le terrain.

— Ou alors un peu plus loin, dis-je en continuant d'avancer.

Une branche s'écrase non loin, et Mikki tressaille.

— Tu es vraiment sûre que ce n'était pas une plante, ou un vieil emballage ?

— J'ai vu le logo Rip Curl.

Mais maintenant, je ne vois plus rien. Nous faisons des allers et retours sur le chemin.

— Merde ! Je suis certaine que c'était là.

Quelqu'un l'aurait-il déplacé ?

— Allez, on se fait tremper, là, proteste Mikki en serrant ses bras sur sa poitrine.

J'abandonne la partie et nous rentrons. Jack est toujours sous la tente. Lorsque Mikki l'interroge sur le portefeuille, il avoue immédiatement.

— C'était complètement con de faire ça, un moment impulsif… J'ai un dealer de codéine, mais ça coûte un bras. Je volais souvent des trucs quand j'étais ado, quand ma mère n'avait pas assez pour nous payer à bouffer. Je ne pensais pas le refaire un jour.

Je songe à la façon dont il m'a menti au sujet de Tanith, à la facilité avec laquelle nous l'avons cru.

— Tu en as dévalisé combien, comme ça ?

— Rien qu'elle, je le jure, nous assure-t-il avec un sourire penaud.

Il a quelque chose d'enfantin, à faire des choses terribles en s'imaginant qu'il sera pardonné après quelques excuses. Mikki le serre contre elle.

— J'ai de l'argent, moi. Je t'achèterai de la codéine s'il le faut, mais parlons-en à ton médecin. Il faut qu'elle t'aide.

— Et le portefeuille, alors ? dis-je, abasourdie qu'elle passe l'éponge si vite.

— On le leur renverra par la poste.

— Si vous trouvez une adresse, elle sera probablement canadienne.

— On pourra le donner à la police une fois de retour à Sydney, en disant qu'on l'a trouvé par terre, élude-t-elle.

Jack croise mon regard. Que pourrait-il bien cacher d'autre ?

63
Kenna

— Le vent s'est calmé ! crie Sky. À vos planches !

En sortant à quatre pattes de la tente de Mikki, je vois Sky, Victor et Clemente qui enfilent des combinaisons de surf. La pluie tombe toujours à seaux.

— Vous n'allez quand même pas vous mettre à l'eau par ce temps ?

Les vagues étaient énormes ce matin, et sans le vent pour les déformer elles le seront encore plus.

— Bien sûr que si, me rétorque Sky. On se prépare toute l'année à des conditions pareilles !

J'ai vraiment l'impression qu'elle se moque complètement de la mort de Ryan. Ou alors, surfer est sa façon à elle de gérer sa peine.

Jack sort de sa tente, déjà en combi. Mikki est en train de revêtir la sienne. La Tribu est plus silencieuse que jamais, mais ils cirent leurs planches avec un air de concentration intense, si pressés de descendre sur la plage qu'ils en ont oublié la déclaration de Clemente sur son départ prochain.

— Tu viens, Kenna ? demande Sky.

Le défi dans sa voix ne m'échappe pas. *Tu es avec*

nous, ou contre nous ? Voilà ce qu'elle me demande vraiment. Mikki me jette un regard éloquent. Je n'arrive pas à savoir si elle a vraiment envie de surfer ces vagues-là. Mais les autres me soupçonnent déjà de manigancer quelque chose, surtout Victor. Je dois continuer à faire semblant d'être l'une des leurs jusqu'à pouvoir mettre les voiles.

— Bien sûr, je viens.

— J'ai une combinaison en rab, si tu veux…

— Pas besoin, je suis écossaise, dis-je en me forçant à sourire.

Clemente me sourit en retour, tout en prenant sa planche. Mais il semble toujours tendu. À cause de la dispute ? Difficile à dire. Un par un, les membres de la Tribu disparaissent le long du chemin qui mène à la plage.

— On vous rattrape ! lance Mikki.

Victor revient en courant : il a oublié d'enlever son bracelet aux couleurs du Brésil, qu'il jette dans sa tente avant de repartir aussi sec. Mikki se tourne vers moi.

— Tu n'es pas obligée de surfer.

Je suis partagée. La dernière fois que j'ai surfé des vagues pareilles, c'était le jour de la mort de Kasim.

— Si tu y vas, moi aussi.

— Les vagues vont t'arracher ton tee-shirt. Prends une veste d'impact, au moins.

— Tu as raison…

Elle part m'en chercher une sous sa tente. Je l'enfile, l'estomac noué par la nervosité, et je lui désigne le ciel gris sombre.

— Au moins, pas besoin de crème solaire.

Des gouttes d'eau scintillent dans le feuillage. Ravagées par la tempête, les délicates fleurs blanches de l'arbuste voisin sont toutes fripées : on croirait voir une peau ridée par l'eau. Une puanteur musquée s'en dégage, presque une odeur de pourriture. Les vagues grondent aussi fort que le tonnerre. J'ai la nausée.

Au sortir des arbres, la pluie nous trempe de plus belle. Un brouillard marin est arrivé depuis l'horizon. Ce n'est qu'au milieu de la plage que l'océan devient enfin visible. Dans l'eau peu profonde, les vagues battent et rebattent une écume grisâtre. Plus loin, je distingue des crêtes dans la brume, des rouleaux qui s'écrasent. Je jette un coup d'œil à Mikki : vraiment, on se lance là-dedans ? Je n'ai jamais rien surfé d'aussi grand. Mais Mikki semble bien décidée, ce qui ne me laisse pas le choix.

Des algues à l'odeur de marée parsèment le rivage. Un poisson-globe s'y est emmêlé, mort et gonflé. Son œil rond lui donne un air choqué. Est-ce qu'ils gonflent après la mort, ou tentait-il désespérément de sauver sa peau ?

En approchant des rochers, j'aperçois les autres, têtes d'épingles dans la brume. Mikki tend le bras.

— Regarde !

Une forme noire sur le sable. Pendant un terrible instant, je crois à un autre corps, mais en me rapprochant, je comprends qu'il s'agit d'un petit dauphin. Mikki se met à courir, et je lui emboîte le pas en songeant que nous pourrions le repousser à l'eau. Puis nous l'atteignons, et mon estomac se retourne : quelque chose lui a arraché la moitié de la tête d'un grand coup de dents.

Mikki se détourne et m'indique l'eau qui se retire de la plage avant de revenir s'y abattre dans un fracas furieux.

— L'océan est d'une sauvagerie…

Le mot se répète en écho dans ma tête. Tout ici est sauvage. L'océan, les animaux et les hommes. Nous continuons notre avancée en silence, sous l'écume projetée en l'air par les vagues qui s'écrasent sur les rochers. Mikki attache son leash à sa jambe et lance :

— Suis-moi.

Une fois de plus, je suis frappée par cette inversion des rôles. C'était toujours moi qui prenais la tête, elle qui me suivait. Cette baie l'a vraiment transformée. Pas une trace de peur en elle. Je retiens mon souffle en la voyant escalader les rochers, se jeter à l'eau et esquiver les vagues qui lui arrivent dessus. Hors de question que je fasse de même. Je vais me faire rejeter sur le roc et m'y écraser…

Le courant qui part vers le large, à l'autre bout de la plage, est-il encore là ? Je repars en courant dans l'autre sens, et je le trouve : un étroit chenal sans vagues. Après avoir attaché mon leash, je me mets à l'eau et je me retrouve entraînée avec une force inquiétante, au point de perdre pied. Je me jette à plat ventre sur ma planche à laquelle je m'agrippe pour dériver vers le large.

J'ai un instant l'impression que je vais continuer comme ça jusqu'en Nouvelle-Zélande, mais une succession de vagues m'arrive droit dessus. J'enfonce ma planche sous l'eau en baissant la tête, mais je sens quand même leur impact. Bien accrochée, je refais surface sans trop de mal. Le visage fouetté par la pluie, je rame avec énergie jusqu'à l'endroit où se rassemblent les autres, en guettant d'autres vagues. Je les aperçois çà et là, des silhouettes en néoprène qui affleurent à la surface comme des pierres tombales, mais je ne sais pas qui est qui. Dans cette tenue, ils se ressemblent tous.

La brume s'épaissit tellement que je n'y vois plus qu'à quelques mètres. Une vague énorme sort de nulle part, et je me pétrifie comme un lapin pris dans les phares. Au dernier moment, je plonge : une gigantesque masse d'écume blanche s'abat sur mon dos en m'enfonçant loin vers le fond. Je sens mes oreilles se boucher.

Lorsque je refais surface, une autre vague immense sort du brouillard. Je lâche ma planche pour plonger. Mauvaise idée : me voilà culbutée comme une chaussette dans une machine à laver. Je lutte pour revenir à la surface, consciente que je n'ai que quelques secondes avant l'arrivée de la prochaine vague. De fait, elle me frappe dès ma première goulée d'oxygène. Je ne peux que me rouler en boule, les bras sur la tête pour me protéger. L'eau salée m'emplit les narines. Je ne sais plus distinguer le haut du bas, si bien que je choisis une direction au hasard et nage dans l'espoir de pouvoir reprendre un peu d'air. Trop tard, me voilà à nouveau projetée vers le fond.

Lorsque enfin j'arrive à refaire surface, je grimpe sur ma planche. À peine ai-je eu le temps de reprendre mon souffle qu'une nouvelle vague menace. Je n'ai qu'une option, la surfer ou me laisser écraser. Comme la première semble préférable, je rame de toutes mes forces. Ma planche bondit vers l'avant et je saute sur mes pieds. Je n'ose pas regarder derrière moi, mais je sens toute la puissance en devenir du rouleau. *Ne tombe pas, ne tombe pas…* Si je chute ici, je me retrouverai en plein dans la zone d'impact, et les vagues suivantes m'arriveront dans la tête.

J'aperçois une silhouette en combinaison. Distraite, je perds l'équilibre. Je n'ai que le temps de prendre une grande inspiration et d'entourer à nouveau ma tête de mes bras : la vague s'abat. Alors que je reviens vers la surface pour reprendre mon souffle avant la suivante, des mains m'attrapent et m'entraînent vers le fond. D'abord, je crois qu'on veut m'aider, mais en me retrouvant maintenue sous l'eau malgré tous mes efforts, je comprends.

Quelqu'un cherche à me noyer.

Je tente furieusement de me libérer en labourant ces mains de mes ongles. Au fond de moi, je sais que je devrais rester calme pour préserver mon oxygène, mais ça m'est complètement impossible. Je vais mourir ici, dans ce coin perdu, comme les autres backpackers disparus, et personne ne saura jamais la vérité…

Au désespoir, je redouble d'efforts, mais l'attaquant est au-dessus de moi, ce qui lui donne un avantage. Le besoin d'ouvrir la bouche devient irrésistible. Je sais bien que si je le fais j'inspirerai de l'eau et je mourrai, mais ma peur s'est changée en pure panique.

On carbure à la peur, la panique, c'est la mort. Le mantra de Sky tourne en boucle dans ma tête. Je ne suis même pas en état de comprendre ces mots, mais mon cerveau s'accroche à leur rythme. Une vague nous frappe en nous projetant vers l'avant dans un mélange de membres, de cordelettes et de planches. Je sens l'impact de la fibre de verre contre ma hanche – ma planche ou la sienne ? Je ne sais pas. Encore une douzaine de secondes et la prochaine vague tombera. Une idée me vient. Me débattre ne sert à rien. Si je fais la morte, peut-être mon agresseur relâchera-t-il sa prise suffisamment pour que la prochaine vague m'emporte loin de lui. Ma planche, en traînant derrière moi, ne fera que me ralentir, si bien que je détache mon leash avant de cesser de bouger.

La pression dans mes poumons ne fait qu'augmenter. Si je ne peux pas bientôt reprendre ma respiration, je vais exploser. Les mains me secouent, comme pour vérifier que je ne fais pas semblant. Puis arrive la vague qui m'arrache à l'attaquant, qui me libère. Je tends les bras devant moi en restant rigide pour surfer avec tout mon corps. Cinq secondes, dix secondes…

Je lève la tête et j'inspire une merveilleuse, merveilleuse goulée d'air. Derrière moi, la brume efface tout. Devant moi, je distingue la plage. Épuisée, je m'y dirige d'une brasse maladroite jusqu'à ce qu'une dernière vague me rejette sur le rivage.

Prise de vertige, toujours essoufflée, je sors de l'eau en titubant sur le sable mouillé. Je ne sais pas ce qu'est devenue ma planche. La pluie me ruisselle sur le visage tandis que je cours vers la forêt. Des branches grincent dans le vent, si fort que même si quelqu'un me poursuivait je ne l'entendrais pas. En arrivant aux tentes, je continue à courir sans m'arrêter pour prendre mes affaires. Le torrent inondé était trop profond pour une traversée en voiture, mais je pourrai passer à pied, ou même à la nage. Le chemin jusqu'à l'autoroute sera long, mais je n'ai pas d'autre option. Il y a eu d'autres coulées de boue, charriant d'autres rochers, que j'escalade en dérapant. En approchant de l'endroit où j'ai vu l'objet bleu avec le logo Rip Curl, mon regard se porte vers la gauche. Et j'y vois autre chose.

Clemente est là, enfoncé dans la boue jusqu'aux chevilles, une pelle à la main, près de ce qui ressemble fort à une tombe à demi creusée.

64

Kenna

Je me tourne et je repars en courant. Je ne sais même pas où je vais, je cours, c'est tout. Des branches se cassent derrière moi. Impossible de savoir si c'est la tempête, ou s'il me poursuit…

— Kenna ! hurle Clemente.

Je continue ma course en glissant à chaque pas, pieds nus dans la boue. Un sentier part vers la gauche, et comme je ne veux pas risquer de tomber sur les autres, je l'emprunte… pour m'arrêter aussitôt. Un gros kangourou se trouve là, agitant les oreilles en signe de confusion. Je recule pour prendre un autre chemin.

— Laisse-moi t'expliquer ! crie Clemente.

J'accélère, en m'éclaboussant les mollets mais, rien à faire, je ne peux pas le semer. Les arbres se balancent, les feuilles et les brindilles s'arrachent des frondaisons pour tomber en pluie tout autour de moi. Des branches me griffent le visage, et je me couvre la tête quand l'une d'elles tombe en me ratant de peu.

Je ne pourrai pas continuer longtemps comme ça. En voyant une trouée dans les broussailles, je m'y faufile et je me plaque contre un tronc d'arbre pour me cacher.

Malgré ma poitrine haletante, je me bâillonne d'une main pour ne pas faire de bruit. L'eau cascade à travers le feuillage, ruisselle sur mes épaules.

— Kenna ! appelle encore Clemente.

J'attends, immobile, silencieuse. Mes épaules me font mal là où l'on m'a agrippée. Je n'entends plus rien à part le crépitement de l'eau. Je crois que Clemente est parti. Et maintenant, que faire ? Je n'ose pas retourner aux voitures, mais…

La rivière ! Si j'avais une planche, je pourrais la traverser à la rame. Il y en a plein dans la clairière. Puis-je retourner en chercher une ? Si je reste discrète…

Puis la force du courant me revient en mémoire. Il était déjà impossible de lui résister la semaine dernière, après des jours sans pluie. Avec ces averses torrentielles, ses eaux bouillonneront, chargées de débris arrachés par la tempête. Mieux vaut me diriger vers la falaise. Il me faudra faire des kilomètres pour atteindre une route, mais il doit bien y avoir un sentier à suivre. Je sors de derrière l'arbre avec mille précautions.

— Kenna…

Je manque de faire un bond sur place. Clemente est là, quelques mètres plus loin. Je lève les bras pour me défendre, mais il ne bouge pas. Il est hors d'haleine.

— Je suis venu ici tout à l'heure pour voir jusqu'où avait monté l'inondation. Je m'inquiétais pour ma voiture. Et sur le chemin, j'ai trouvé un sac dans la boue.

Vraiment ? Il semble sincère, mais je me méfie encore. Puis la curiosité prend le dessus.

— Le sac de qui ?

— Elke. C'était son petit sac de surf.

— Sérieux ? Qu'est-ce qu'il y avait dedans ?

— Toutes ses affaires. C'est la preuve qu'il lui est arrivé quelque chose. Je voudrais l'apporter à la police. Peut-être qu'ils pourraient encore relever des empreintes… Je voulais l'enterrer avant que quelqu'un d'autre ne le trouve, de peur qu'il ne disparaisse à nouveau, alors j'ai filé pendant que les autres surfaient.

Je le dévisage, toujours sceptique.

— Pourquoi ne pas avoir communiqué sa mort à la police il y a six mois ?

— Sky ne voulait pas des flics ici. S'ils l'interrogeaient, quel nom pourrait-elle leur donner ? Ma femme est fichée, elle s'est fait arrêter pendant une marche pour le climat. Sky m'a dit que si j'appelais la police, elle raconterait que je lui avais vendu l'identité de ma femme. Je pensais qu'Elke s'était fait attaquer par un requin… À quoi bon en parler ?

Adossé à un arbre, il laisse aller sa tête contre le tronc.

— Maintenant, je le regrette. Les parents d'Elke… Je pense à eux chaque jour.

Je ne suis toujours pas sûre de le croire, mais au moins je sais ce dont il ne peut être coupable.

— Quelqu'un a essayé de me noyer.

— Quoi ? s'écrie-t-il en s'avançant d'un pas.

J'y réponds par un pas en arrière. Je ne peux pas lui faire confiance. Je ne peux faire confiance à personne ici.

— J'ai dû faire la morte. Quand l'attaquant m'a lâchée, je me suis laissé porter jusqu'à la plage, et j'ai fui.

— *Mierda !* Qui t'a fait ça ?

Je touche mes épaules douloureuses en luttant pour me rappeler ces mains. Étaient-elles grandes ou petites, fortes ou faibles ? Trop de choses se bousculaient dans ma tête sur le moment.

— Je ne sais pas. Qu'est-ce que ça signifie, du coup, ce sac de surf ?

— Le portefeuille d'Elke n'y est pas. Soit c'était un vol, soit il y a eu un accident et quelqu'un a cherché à nous faire croire qu'elle était partie…

— Comment expliquer que Ryan ait été en possession de son passeport ?

— Aucune idée. Tout le monde l'aimait bien, ici.

Sa voix s'est étranglée.

— Tu ne crois pas que Sky se sentait menacée dans sa position ?

— Non, elles s'entendaient bien.

— Et Victor ?

— La nuit avant sa disparition, Elke avait couché avec Sky. Du coup… je me pose la question.

Voilà qui me donne le vertige. J'ai bien vu que Victor n'avait pas apprécié que Sky couche avec Jack.

— Alors, tu penses que Victor aurait pu être jaloux ?

— Je ne sais pas, souffle Clemente, l'air misérable. Peut-être.

— Mais vous semblez si proches, tous les deux…

— On l'est.

Il passe ses doigts dans ses cheveux mouillés. S'il a raison, si Victor tue par jalousie, alors sa prochaine victime sera Jack.

— Et Jack est addict à la codéine, dis-je.

Clemente me jette un regard coupable. Mon Dieu, il était parfaitement au courant.

— Jack ne ferait jamais de mal à…

— Ah non ? Pas même pour se payer de quoi apaiser

sa douleur ? Ryan aussi avait besoin d'argent. Ou alors… peut-être que Jack s'est fait draguer par Elke, et que Mikki n'a pas apprécié.

Je n'ai dit ça que pour évoquer toutes les hypothèses, et encore avec réticence. Cette théorie-là, je n'y crois pas vraiment. Pour ce que j'en ai vu, Mikki n'a pas grand intérêt pour Jack.

— Et moi ? réclame Clemente.

— Tu veux vraiment que je fasse des spéculations là-dessus ?

— Pourquoi pas ?

Je songe à ce que m'a dit Sky sur son épouse, et je me force à le dire.

— Peut-être que tu es un monstre. Peut-être que tu veux te faire aimer des femmes mais qu'une fois que c'est le cas, tu… Je ne sais pas, tu prends peur. Ou alors, tu les tues parce que tu aimes ça. Ou alors, tu ne supportes pas qu'on t'aime autant. Ou alors, c'est toi qui les aimes trop, et quand elles veulent te quitter…

Clemente reste immobile, silencieux. Je prends une grande inspiration.

— Ou alors, vous êtes *tous* dans le coup. Vous avez sacrifié Elke et ta femme pour le bien de la Tribu. Pour voler leur argent et leur identité, ou pour les empêcher de partir.

Il tend le bras vers moi, mais ses yeux sont trop sombres, et je fais un nouveau pas en arrière. Une expression étrange frémit sur son visage.

— Tu as raison d'avoir peur de moi.

Je recule encore. Il me regarde en face.

— Je n'ai pas tué Elke. Mais j'ai bien tué ma femme.

65

Kenna

Une vague glacée semble s'écraser sur ma tête. J'ouvre la bouche, mais rien n'en sort. Après tout ça, c'était donc lui ? Je devrais m'enfuir, mais je n'arrive pas à bouger. De toute façon, c'est trop tard.

— Elle avait un cancer.

Il parle si bas que c'est à peine si je peux l'entendre malgré la tempête.

— Les médecins disaient qu'on ne pouvait rien faire, que c'était trop tard. Il ne lui restait qu'un an à vivre, maximum.

La pluie colle ses cheveux noirs sur son visage.

— Une amie à elle était morte d'un cancer un an avant. Elle l'avait aidée dans ses derniers instants, et après sa mort, elle m'avait dit : *Si ça m'arrive, je veux en finir avant que ça ne tourne comme ça. Partir au sommet de ma forme.*

Sa voix vacille.

— Elle ne voulait pas que les autres sachent… Elle ne voulait pas de leur pitié.

Je peux le comprendre. Toutes les valeurs de la Tribu tournent autour de la force, de la vitalité, de l'invincibilité. Mais cet ennemi-là, personne ne pouvait le combattre.

— Alors, la vie a continué, continue Clemente. Mais les symptômes ont commencé à se faire sentir. Elle qui n'avait jamais aimé la drogue s'est mise à fumer de l'herbe, en se disant que ça l'aiderait peut-être à supporter la douleur.

— Et ça a marché ?

— Non, je ne crois pas. Ça l'a déprimée, c'est tout. J'étais content quand Greta a pris en charge notre alimentation et nous a forcés à lâcher la drogue, l'alcool et le fast-food. Je me disais que ça pourrait avoir une bonne influence sur le cancer de Sky.

Il se mord la lèvre.

— Mais elle perdait du poids, elle avait des nausées. Elle surfait toujours, mais elle se fatiguait plus vite qu'avant. Un matin, on était tous à l'eau, et elle est sortie la première. Après quelques minutes, j'ai été la rejoindre pour voir si tout allait bien, et je l'ai trouvée pendue à l'arbre…

Je ne peux réprimer un tressaillement en imaginant l'horreur d'une découverte pareille.

— Elle avait fait une corde avec son leash, mais il était trop élastique. La glacière était tombée sur le côté sous ses pieds. Elle était encore appuyée dessus. Elle était encore vivante.

Je retiens ma respiration.

— Elle m'a dit : « Aide-moi. »

Je serre les poings. Je redoute la fin de l'histoire.

— J'ai couru, je voulais la décrocher. Elle m'a dit non. Avec ses pieds, elle…

Il fait mine de pédaler dans l'air, puis ferme les yeux comme s'il ne pouvait supporter cette image.

— Elle essayait de repousser la glacière, mais elle était trop lourde. Elle voulait que je la déplace.

Il s'arrête un moment pour retrouver une contenance. Je vois bien qu'exprimer tout cela lui coûte terriblement.

— Je n'avais pas à hésiter. Il fallait que je respecte ses vœux. Elle me le demandait, alors je l'ai fait… J'ai déplacé la glacière. Puis je me suis bouché les oreilles et je suis parti en courant. Le temps que je revienne, les autres l'avaient descendue de l'arbre, et elle était morte.

Je prends quelques grandes inspirations, le temps de digérer tout cela.

— Et vous l'avez enterrée sous le pommier…

— C'est ça.

Il ne me quitte pas des yeux, guettant ma réaction.

— Et les autres ? Elke, Ryan ?

S'il avoue avoir tué quelqu'un d'autre, je ne sais pas ce que je ferai.

— Non, je ne leur ai rien fait. Rien qu'elle. Mais c'est déjà bien assez, non ?

— Si j'étais dans la même situation, si quelqu'un me demandait de faire ça… je ne sais pas si je pourrais.

— Crois-moi, si c'est quelqu'un que tu aimes, tu y arriveras.

Les arbres dansent derrière lui en ombres chinoises. La nuit est tombée en avance, la lune cachée derrière les épais nuages.

— Je me suis toujours demandé si j'avais bien fait… Peut-être que j'aurais dû la forcer à se soigner ? Pour qu'elle vive plus longtemps ? On aurait pu tomber sur un remède miracle… Ou peut-être que les médecins se trompaient, je ne sais pas…

Il se laisse aller contre le tronc. On dirait un homme brisé. Je lui prends la main, qui se révèle aussi glacée que la mienne.

— Les vagues étaient merveilleuses les derniers jours avant sa mort, ajoute-t-il d'une voix blanche. J'en suis content. L'océan était un de ses premiers souvenirs, et comme ça un de ses derniers souvenirs aussi…

— Et maintenant ? je demande.

— Retournons aux tentes.

— Quelqu'un a essayé de me noyer.

Il inverse ma prise sur ses doigts : maintenant, c'est lui qui me tient la main.

— Je resterai avec toi. De toute façon, où veux-tu aller ?

Il a raison. Nous devons nous abriter des éléments, et pour cela, pas d'autre solution que le campement. Je me sens plus en sécurité à ses côtés. Il me désigne le ciel qui s'assombrit.

— Mieux vaut y aller maintenant, ou on ne retrouvera jamais notre chemin.

Nous rentrons au pas de course, en trébuchant sur des racines et des branches. Soudain, une pensée me frappe.

— Attends ! Et le sac d'Elke ?

— On verra demain matin.

Lorsque nous arrivons au camp, hors d'haleine, des têtes sortent des tentes : Mikki, Jack, Victor et Sky.

— Où étiez-vous passés ? demande Mikki.

— Quelqu'un a essayé de noyer Kenna, déclare Clemente.

Je tressaille : je ne comptais pas les affronter comme

ça. Il se rapproche de moi, et je sens sa chaleur contre ma hanche.

— Mon Dieu ! s'étrangle Mikki.

— Tu es sûre ? demande Jack.

J'écarte ma veste d'impact pour lui montrer mon épaule. Dans la faible lueur de sa torche, on distingue des empreintes de doigts.

Je les examine avec attention tandis que je leur raconte ce qui s'est passé. L'un d'entre eux est parfaitement au courant. La pauvre Mikki est bouleversée : elle aussi les dévisage tour à tour en se demandant, comme moi, de qui il s'agissait. Jack passe un bras protecteur autour d'elle et regarde Victor et Sky. Cette dernière a la joue gonflée, une égratignure sous l'œil. Je demande :

— Qu'est-ce qui t'est arrivé ?

— Je me suis pris ma planche en perdant l'équilibre.

Je la fixe. Ce ne serait pas plutôt le résultat de mes efforts pour me débattre ?

— Les vagues étaient puissantes, aujourd'hui, poursuit-elle. Le leash de Victor s'est cassé.

— Jack a perdu un ongle à l'orteil, et je me suis défoncé le tibia, renchérit Mikki. Regarde !

Une idée terrible me traverse l'esprit – mais non, bien sûr, ça ne peut pas être elle. C'est ma meilleure amie. Non. Sky est mon premier suspect.

— Retourne dans ta tente, dis-je à Mikki. Tu te fais tremper.

— Je suis déjà trempée ! Et toi ? Quelqu'un a voulu te noyer !

— Je resterai avec elle, intervient Clemente.

Mikki écarquille les yeux et m'attrape le bras.

— Je peux te dire un mot ?

Elle m'entraîne derrière les tentes.

— Et si c'était lui ?

— Ne t'inquiète pas, je réponds à voix basse. Il était déjà dans la forêt quand je suis remontée de la plage. Ça ne peut pas être lui.

— Alors, qui ?

Ses longs cheveux noirs sont collés le long de son visage par la pluie. J'ouvre la bouche pour lui faire part de mes soupçons sur Sky, puis je m'interromps. Je ne sais plus à qui va sa loyauté.

— Aucune idée.

— Tu peux dormir avec Jack et moi, on te fera de la place… Ou alors, Jack ira dormir avec Clemente ! Ça ne le dérangera pas.

— C'est bon, je lui fais confiance.

Tout en le disant, je sens le doute m'envahir. Ce n'était pas Clemente qui a essayé de me noyer, d'accord, mais pour les autres morts… Il va me falloir un moment pour digérer ce qu'il m'a raconté. Mikki semble dubitative.

— D'accord. J'ai remis ton sac de couchage dans ta tente.

Elle et moi revenons vers les autres. Sky nous signale qu'il y a des restes sur le barbecue et, après que je l'ai remerciée, tous repartent dans leur tente. Il fait trop noir pour voir ce qu'ils nous ont laissé – des haricots, du riz et des œufs, je crois. Je me dépêche de manger, si glacée que tout mon corps tremble. Je récupère mon sac de couchage, Clemente ouvre sa tente et je me jette à l'intérieur. Il rentre à ma suite avant de la refermer.

La toile s'agite comme si la tente allait décoller. Il fait noir comme dans un four, là-dedans. J'ai trop froid pour être pudique, si bien que j'enlève ma veste d'impact et mon short, les doigts raides. Je termine par mon haut de bikini trempé. Un frottement près de moi : je devine que Clemente se déshabille également. Nous nous cognons les coudes dans l'espace étroit.

— Tu veux un tee-shirt sec ? me propose-t-il. Tiens…

Je tends la main dans le noir jusqu'à trouver du coton.

— Merci, dis-je en l'enfilant.

— Donne-moi tes fringues mouillées.

Je me glisse dans mon sac de couchage. J'ai toujours les mains gelées : je les ferme en deux poings et je souffle dessus.

— Tu as encore froid ? Viens ici.

Après un moment, il ajoute :

— Enfin, si tu veux.

Il est en train de me demander si ce qu'il m'a avoué change ce que je ressens pour lui. Je n'ai pas eu le temps d'y réfléchir, mais je le cherche à tâtons dans l'obscurité et il me prend dans ses bras.

La pluie tambourine contre la toile de tente, un son apaisant maintenant que je suis au chaud et au sec. Clemente me caresse les cheveux, un geste si tendre que ça me serre la gorge. Maintenant que l'urgence est passée, je prends conscience du choc : je n'avais jamais frôlé la mort d'aussi près que cet après-midi.

— Je crois que c'était Sky, dis-je. Qui a tenté de me noyer.

— On lui parlera demain matin, murmure-t-il. On exigera la vérité.

La douceur de son tee-shirt contre mon visage, et son odeur musquée si familière… Il ne m'en faut pas plus. Je me remets à pleurer, d'énormes sanglots qui me secouent tout le corps. Clemente me serre contre lui.

— Désolée… Je ne t'écrase pas, au moins ?

J'essaie de me reculer, mais il m'attire à nouveau contre lui.

— Tu plaisantes, j'espère. Tu as vu la taille de mes épaules ?

Mon rire se mêle à mes larmes. Comme je n'y vois rien, je ressens tout avec beaucoup d'acuité. Il me caresse le dos, comme pour aplatir les angles de mes omoplates. J'inspire encore son odeur en songeant à quel point notre existence tient à peu de chose. La vie est si courte, notre temps sur cette Terre si précieux. Ma bouche trouve la sienne dans le noir.

La pluie forcit encore, et les grenouilles coassent en un chœur désaccordé, comme des ivrognes sortant d'un bar.

66

Kenna

Je me réveille en sursaut, frappée par mes souvenirs de la veille : des mains sur mes épaules. On cherche à me noyer. Ryan, mort. Puis je sens le corps chaud dans mon dos.

— Salut, murmure Clemente.

Il passe son bras autour de ma taille pour me rapprocher de lui. Des gouttes tombent de la toile de tente agitée par le vent qui hurle toujours. Je me retourne pour lui faire face.

— Tu as les cheveux mouillés…

— Ça fuit, dit-il en tendant la main vers le haut.

Pas étonnant, après que la tempête nous a secoués toute la nuit.

— Tu as réussi à dormir ?

— Oui.

Il soutient mon regard de ses yeux gris-vert si intenses. Puis il fixe mes lèvres.

Je me raidis en entendant des bruits au-dehors. Clemente se redresse pour s'habiller. Je n'ai vraiment, vraiment pas du tout envie de sortir. Je veux rester à l'intérieur, là où il fait bon, là où je suis en sécurité. Mes pensées ne tournent pas rond.

— Ne va nulle part sans moi, prévient Clemente en ouvrant la moustiquaire.

Je sors à sa suite, en culotte et tee-shirt – son tee-shirt. Mikki et Jack sont levés. Aucun signe de Sky ou de Victor. Mikki me fait un sourire anxieux : vu ses cernes et ceux de Jack, ils n'ont pas beaucoup dormi non plus. Clemente patiente devant l'entrée de ma tente pendant que j'enfile mon short, puis nous nous serrons sous la bâche pour manger des bananes trop mûres. La pluie ne cesse pas de tomber.

Les oiseaux sont silencieux, comme pour protester contre la tempête, à moins que je ne puisse pas les entendre avec le vent. Il fait si humide que mes vêtements semblent déjà complètement trempés. J'aurais froid sans Clemente, qui me tient la main. Sa paume est si chaude. Il raffermit sa prise lorsque la tente de Sky et Victor s'ouvre.

Sky en sort, en se frottant les yeux.

— Vous n'avez pas vu Victor ?

— Non, répond Clemente. Il est parti surfer ?

Par un jour comme celui-là, aucune autre raison de se lever tôt. Jack saute sur ses pieds et contourne les toilettes.

— Je vais voir s'il manque une planche… Oui, la jaune, c'est la sienne.

— Je vais à la plage, déclare Sky.

— Attends, lance Clemente. On ferait mieux d'y aller tous ensemble. De ne pas se séparer.

Il me lâche la main, le temps d'ouvrir son K-Way.

— Mets ça, Kenna.

— Non, c'est bon, t'inquiète.

C'est une nouvelle facette de sa personnalité qu'il

me donne à voir. Il me reprend la main et, la tête courbée sous la pluie, nous nous hâtons de suivre Sky. Le chemin est boueux, l'odeur de végétation pourrissante m'emplit les poumons. Le vent nous déporte sur le côté lorsque nous quittons le couvert des arbres. La brume s'est dissipée, et je prends une inspiration soudaine en découvrant la taille des vagues.

— Victor ne pourrait pas surfer là-dedans, objecte Jack. Comment ferait-il pour se mettre à l'eau, déjà ?

Les autres semblent tout aussi inquiets. En nous protégeant le visage de la pluie, nous cherchons une petite silhouette quelque part dans l'océan, mais aucun signe de lui. Sky s'approche des vagues sur le sable mouillé. Quelqu'un est descendu là avant nous : ses traces de pas s'emplissent d'une eau couverte d'écume, comme la mousse d'un cappuccino.

Sky se met à courir. C'est alors que je l'aperçois : une forme sombre sur le sable. *Non !*

Victor est sur le dos, non loin de là où j'ai découvert Ryan la veille. Son leash arraché à sa planche s'enroule sur le sable. La planche elle-même a disparu.

Sky, en arrivant à sa hauteur, tombe à genoux. Clemente l'écarte d'une main.

— Laisse-moi faire.

Ça ne peut pas être réel, me dis-je en regardant Clemente se lancer dans un massage cardiaque. Les minutes s'écoulent, et il finit par se redresser en secouant la tête. Sky fixe le corps immobile de Victor, et nous la regardons debout, silencieux, secoués.

Puis elle relève les yeux, blanche comme un linge. Sur son visage se lit le choc… et la culpabilité. Elle qui n'a pas cessé de se moquer de sa frayeur, elle doit songer qu'il s'est lancé là-dedans par sa faute. Je sais bien ce que l'on ressent dans ces cas-là. Elle ne pleure pas encore ; elle n'a pas encore réalisé. Ça viendra plus tard.

Je balaye la plage du regard, d'un côté puis de l'autre, à la recherche de la planche de Victor. Qu'un leash se rompe n'est pas rare dans le big wave, mais les soupçons me rongent et, vu les regards qu'échangent Clemente et Jack, ils songent à la même chose que moi. Encore un « accident ». Oui, cet endroit est dangereux – surtout en ce moment, avec ces vagues qui font deux fois notre taille – mais ces dernières tragédies sont-elles dues à la nature, ou à l'un d'entre nous ? Tout ce que je sais, c'est que quelqu'un a tenté de me noyer.

Sky pousse un cri de surprise en tendant la main vers le poignet de Victor – son bracelet aux couleurs du Brésil. Elle se couvre le visage des mains et penche la tête, les épaules tremblantes.

— Il ne le portait jamais dans l'eau…, s'étrangle-t-elle. Il avait peur de le perdre.

Elle presse sa main contre sa bouche. Tandis que Mikki et Jack s'efforcent de la consoler, je fixe le bracelet. L'aurait-il gardé pour se porter chance, comme semble le supposer Sky, ou quelqu'un l'a-t-il tué et traîné ici ? Clemente me fixe, et je croise son regard.

— Personne ne pourrait traverser ces vagues sur une planche, fait-il remarquer en désignant l'océan. À quoi bon essayer ?

— Oui, il faudrait un jet-ski pour s'en sortir aujourd'hui, approuve Jack. Oh ! voilà sa planche…

Elle flotte non loin du bord, et il court la chercher. Lorsqu'il revient, il la tient à bout de bras, comme un cadeau indésirable. Je claque des dents ; les autres frissonnent aussi.

— Il faut qu'on rentre, déclare Clemente.

Sky nous emboîte le pas, puis repart en courant pour se pencher sur Victor. Lorsqu'elle revient vers nous, je vois le bracelet à son poignet. Elle marche en silence, le visage tourné vers la pluie – qui se calme enfin.

De retour dans la clairière, Clemente divise en deux les pommes qui nous restent et nous les tend.

— Le sucre, ça aide contre le choc.

Tout en mangeant, je songe aux pommiers du chagrin qui se balancent dans le vent. J'ai l'impression que j'attends qu'il se passe autre chose. Je les soupçonne tous, même Sky. Clemente lui tend un morceau de pomme, mais elle le fixe comme si elle ne savait pas quoi en faire.

Cinq misérables amis s'abritant de la pluie. Je les dévisage l'un après l'autre. Jack a l'air un peu trop heureux de dévorer sa pomme, Clemente semble trop calme, Sky si choquée qu'on pourrait croire qu'elle surjoue. J'en viens même à me poser des questions sur Mikki, dont le regard est étrangement vide.

Jack prend la pomme des mains de Sky, gentiment, et la porte à sa bouche.

— Allez, mange.

Ce geste a quelque chose de dérangeant par son côté intime. Il ne perd pas de temps pour marcher sur les plates-bandes de Victor. Mais Mikki ne semble pas le remarquer, ou s'en formaliser.

— Il faut appeler la police, affirme Clemente. Quand la pluie aura cessé.

La panique monte en moi lorsque je me rappelle que nous sommes piégés. Tant que l'inondation durera, on ne pourra appeler personne.

— Il s'est noyé ! lance Jack. Qu'est-ce qu'ils pourront bien faire, les flics ? Tu veux vraiment qu'ils viennent fouiner par ici ? Réfléchis, mec. On a trois corps dans la forêt, et on est tous impliqués. On a tous aidé à les enterrer.

Lui qui semblait si candide dans la tente de Mikki la veille en est désormais très loin. Je ne l'avais encore jamais vu prendre le contrôle de la situation comme ça.

Sky ne participe pas à la conversation, en état de choc. Si elle joue la comédie, elle est sacrément bonne actrice. Elle place sa pomme sur le barbecue et disparaît entre les arbres. Je l'appelle :

— Tu vas où ?

Mais elle ne répond pas.

Un fracas s'élève derrière les toilettes.

— C'était quoi ? s'inquiète Jack.

— Les planches, répond Clemente.

Nous nous hâtons d'aller voir. La planche du haut s'est écrasée au sol, emportée par le vent. C'est celle de Clemente. Son leash s'enroule autour de ma cheville lorsqu'il la ramasse. Alors seulement, je me demande comment j'ai pu ne pas le remarquer avant.

— Victor était goofy. C'était le seul du groupe.

Ils me fixent comme si j'avais perdu l'esprit. J'insiste :

— Mais quand on l'a trouvé sur la plage, son leash était attaché à la jambe droite !

— Ah bon ? fait Jack en fronçant les sourcils.

— Tu es sûre ? demande Mikki.

— Kenna a raison, souffle Clemente. Je m'en souviens maintenant.

Un silence s'abat tandis qu'ils comprennent ce que cela signifie. Quelqu'un a mis son leash à Victor après sa mort. Il n'y avait qu'une seule raison de faire ça.

67

Kenna

Pendant un long moment, on n'entend que l'eau qui ruisselle de tous côtés.

— Sky ! je hurle.

Il faut qu'elle le sache. Mais pas de réponse – elle est déjà hors de portée. Je me retourne vers les autres.

— Quelqu'un peut me trouver une bonne raison pour laquelle il aurait mis son leash du mauvais côté ?

Ils n'en sont pas capables, évidemment. J'ai entendu parler d'excellents surfeurs qui changeaient de profil de temps à autre – on a même essayé un jour, Mikki et moi – mais c'est le genre d'expérience qui se fait sur des petites vagues. Jamais personne ne tenterait une chose pareille par un temps comme aujourd'hui.

La panique sature l'atmosphère. Clemente reste à mes côtés, mais Mikki s'est éloignée de Jack. Je tente de croiser son regard : le soupçonnerait-elle ? Jack, lui, fixe Clemente – logique, j'imagine, puisque Victor était bien bâti et faisait des arts martiaux. Il aura fallu une sacrée force pour le tuer.

— Clemente était avec moi toute la nuit, dis-je à Jack. Je l'aurais entendu quitter la tente…

Mais en l'affirmant, j'en doute. Aurait-il pu se faufiler dehors, attirer Victor sur la plage et l'y noyer avant de revenir discrètement à mes côtés ? Il se serait fait tremper, mais peut-être s'est-il changé. J'étais si fatiguée que j'aurais bien pu dormir tout du long…

Je cesse de respirer. *Il avait les cheveux mouillés ce matin.*

Non. Je lui fais confiance. Je reviens à Jack en me rappelant son combat contre Victor il y a trois jours. Jack semblait s'en méfier depuis, mais peut-être attendait-il de le coincer seul pour se venger ? Je me représente Jack à l'eau : de gracieux virages qui se changent en vifs moments d'agressivité. Il a des problèmes, et il sait mentir, je suis bien placée pour le savoir.

En me voyant le regarder, Jack court vers sa tente et revient avec un emballage.

— J'ai pris un somnifère hier. Tu vois ?

Ça ne prouve rien du tout. Quant à Mikki, jamais elle n'aurait pu prendre le dessus sur quelqu'un de la taille de Victor.

Et Sky ? J'ai bien vu combien elle était rusée. Et forte. Elle n'aurait eu aucun mal à revenir discrètement dans la tente vide pour s'y changer.

Une branche s'écrase au sol derrière moi, et je sursaute. La forêt est en mouvement constant. Les arbres et les broussailles se balancent. Je ne peux pas me défaire de l'impression que quelqu'un va en sortir pour se jeter sur nous, mais il n'y a personne ici. Personne sauf la Tribu. Il faut se rendre à l'évidence : impossible d'accuser un inconnu. L'un de nous a assassiné Victor.

— La mort de Ryan était peut-être un accident, celle

d'Elke aussi, dis-je. Mais pour celle-ci, aucun doute à avoir. Il faut tout dire à la police.

Les traits de Jack se durcissent.

— Cacher un corps, c'est un crime. On a passé un pacte !

Il n'a vraiment pas envie d'aller voir les flics. D'accord, il y a le pacte, mais tout ça est allé trop loin. Clemente est clairement de mon avis, mais Mikki semble hésiter.

— Je vais aller chercher Sky ! lance Jack. Restez là !

— Fais attention, dis-je.

— Bougez pas, d'accord ? crie-t-il en partant.

Maintenant qu'il ne reste que nous trois, l'atmosphère se détend un peu. Clemente fait du café, et je nous sers des bols de céréales – il faudra les manger sèches, car nous sommes à court de lait. Lorsque j'en tends un à Mikki, elle le repousse.

— Je ne peux pas…

Ses lèvres tremblent. Je l'entoure d'un bras, en me remémorant à quel point elle s'entendait bien avec Victor. Elle est donc bien bouleversée, mais tente d'être courageuse.

Jack revient en courant.

— Elle a sauté ! hurle-t-il. Sky a sauté de la putain de falaise !

68

Kenna

— Oh merde, oh merde, répète Jack, hors d'haleine, en arrivant à notre hauteur. Merde, oh merde…

Je le fixe sans comprendre ce qu'il vient de dire.

— Elle a cogné les rochers ?

— Je ne sais pas, halète Jack. Il faut descendre, aller voir…

— À mon avis…, commence Clemente en secouant la tête.

Mais Jack repart déjà vers la plage, et nous nous hâtons de le suivre, Clemente et moi. Soudain, un cri étranglé nous fige tous les trois sur place. Mikki !

En me retournant, je la vois qui me fonce dessus, un couteau à la main.

Pas le temps de courir, je ne peux que lever les mains pour me défendre. Clemente se précipite, mais il arrivera trop tard. Je suis pétrifiée. Ma meilleure amie…

— Aidez-moi ! gémit Mikki.

Et je comprends soudain que ce n'est pas moi qu'elle vise, mais elle-même, le couteau dirigé vers son tatouage. La parole me revient :

— Arrête ! Qu'est-ce que tu fais ?

— Débarrassez-moi de ça ! sanglote-t-elle.

J'attrape la main qui tient le couteau, mais elle ne veut pas lâcher prise. Jack s'est pétrifié sur le chemin. Clemente se rue sur Mikki pour m'aider.

— C'est lui ! murmure-t-elle en jetant un regard terrifié à Jack. Il a tué Victor.

Clemente est le premier à réagir.

— C'est bon, je m'en occupe ! crie-t-il à Jack. Va sur la plage !

Jack détale.

Mikki tremble en le regardant partir, les yeux écarquillés.

— Il m'a dit qu'il me tuerait si j'en parlais à quelqu'un…

Je suis toujours secouée par la façon dont elle m'a foncé dessus avec ce couteau. Je ne la pensais pas si bonne actrice.

— Quoi ?

— Du calme, reprends au début, lui impose Clemente. Jack a tué Victor ?

— Oui, je l'ai vu !

Clemente et moi échangeons des regards horrifiés. Mikki s'entoure la poitrine de ses bras.

— Et maintenant, je me dis qu'il doit avoir tué Sky aussi…

— Quoi ?

— Revenons à Victor, insiste Clemente. Qu'est-ce que tu as vu, exactement ?

Mikki parle si vite que ses mots se brouillent :

— J'ai entendu un bruit dehors pendant la nuit. En regardant dehors, je les ai vus se battre par terre… Victor étranglait Jack !

Je me remémore son air furieux la veille au matin.

— J'ai couru l'aider, et j'imagine que Victor a été surpris, parce qu'il a lâché prise. Jack l'a plaqué au sol et lui a tordu le cou… J'ai entendu un craquement et Victor ne bougeait plus ! Et Jack m'a dit : *Il faut que ça ait l'air d'un accident.*

Elle jette à nouveau un regard vers le chemin où s'est engagé Jack. Je fais de même pour m'assurer qu'il est vraiment parti.

— Il a pris la planche de Victor, la jaune, il a arraché le leash et l'a mis à la cheville de Victor, puis il l'a traîné vers la plage en me disant de le suivre avec la planche…

Clemente expire longuement.

— Merde. Mais pourquoi ils se battaient ?

— À propos de Sky, j'imagine, dis-je.

— Oui, sûrement, souffle Mikki en tremblant. Mais tuer son ami comme ça, si facilement ! C'est vrai que c'est comme ça qu'il surfe… Quand il est dans les vagues, on dirait quelqu'un d'autre.

— J'avais remarqué, dis-je sombrement.

— Je ne pense pas que Sky a sauté ! Je pense qu'il l'a poussée !

Je la fixe.

— Mais… pourquoi aurait-il fait ça ?

— Je crois qu'elle avait deviné ! Elle savait qu'il avait tué Victor… Peut-être qu'elle l'a accusé et qu'il s'est débarrassé d'elle !

Mikki m'agrippe le poignet.

— Allez ! Il faut partir d'ici !

Je tente toujours de digérer ce flot d'informations.

— Tu ne penses pas que Sky aurait pu…

Alors même que je pose la question, je me rappelle la

hauteur de la falaise. Mikki secoue la tête, et Clemente aussi. Je ne peux pas supporter cette pensée – Jack, faire une chose pareille, alors qu'il a couché avec elle il y a quelques jours à peine… Puis une autre pensée me vient.

— Et Ryan ? Vous ne pensez pas que Jack aurait pu le pousser aussi ? Parce que ses blessures…

Vu l'expression de Clemente, il estime que c'est plus que possible. Cet argent que j'avais trouvé dans la voiture de Jack, je me demandais bien s'il était à Ryan. Si Jack a tué Ryan pour le voler, est-ce aussi ce qu'il a fait à Elke ? Tout ça pour se payer toujours plus de codéine ? Tout cela semble monstrueusement logique.

— Et moi ? Jack aurait essayé de me noyer ? Mais pourquoi ?

Là encore, la réponse est évidente. Je posais beaucoup trop de questions. J'avais trouvé l'argent dans sa voiture, je savais que c'était un voleur. Il devait craindre que je découvre tout le reste sous peu.

— Merde ! hurle Clemente.

— Je suis désolée… Tellement désolée…, balbutie Mikki.

— Ce n'est pas ta faute, dis-je.

— Il faut qu'on s'en aille, répète-t-elle en me tirant par le bras.

Elle a raison : Jack pourrait revenir d'un instant à l'autre.

— Mais la route est inondée ! On ne pourra pas partir.

— Il pleut moins qu'avant, objecte Clemente en levant la tête vers le ciel. On pourra peut-être traverser à marée basse. C'est risqué, mais…

— C'est quand, la marée basse ?

— Ça descendait quand on a trouvé Victor tout à l'heure, réfléchit-il en fronçant les sourcils. Alors ce doit être…

— Maintenant ? suggère Mikki.

— Attrapez tout ce que vous pouvez ! crie Clemente, et nous partons vers nos tentes.

Je remplis mon sac à dos avec tout ce qui me tombe sous la main, toujours sous le choc de toutes ces révélations. Jack semblait pourtant si secoué, si endeuillé, ce matin même… J'y croyais complètement.

Clemente m'attend devant ma tente, l'air coupable.

— J'ai pris ses clés de voiture pour qu'il ne puisse pas nous suivre… Tu crois que c'est une bonne idée ?

Je le rassure aussitôt.

— Oui, on ne peut pas courir ce risque.

Une fois les inondations passées, Jack pourra marcher jusqu'à la route et appeler un camion-remorque, ou louer une voiture. Mais en attendant, cela nous laisse le temps de fuir.

— On devrait aussi prendre les clés de Victor ! lance Mikki.

— Je n'ai pas pu les trouver, répond Clemente.

— Merde. Tant pis, dépêchons-nous avant qu'il revienne !

Nous partons en courant sur le chemin boueux. Mikki et Clemente ont des planches de surf sous chaque bras, et je porte les sacs. Les arbres qui longent la piste sont si courbés par le vent que je m'attends à ce qu'ils se fassent arracher d'un instant à l'autre, mais ils se redressent entre les rafales, en nous fouettant de leurs branches.

Après avoir balancé toutes les affaires dans le coffre de la voiture de Clemente, je saute dans le véhicule, avec Mikki. Clemente fait marche arrière en dérapant dans la boue tandis qu'elle se couvre le visage des deux mains.

— Je ne savais pas si je devais te le dire… C'est mon fiancé. *C'était* mon fiancé…

Elle se met à pleurer, très bas. Je la prends dans mes bras.

— Courage. Tout va bien, on a réussi à s'enfuir.

Je l'avais déjà serrée ainsi contre moi lorsqu'elle s'était retirée d'une compétition, terrifiée par la taille des vagues.

Les branches raclent l'arrière de la voiture lorsque Clemente s'engage sur la piste. Les essuie-glaces ont beau être à fond, le pare-brise ruisselle. En me retournant, j'aperçois une silhouette par la vitre arrière.

— Merde ! C'est Jack !

Clemente enfonce l'accélérateur, mais les pneus patinent. Jack, à pied, est plus rapide que nous et arrive à la hauteur de la portière droite. Il martèle la vitre.

— Stop !

Mikki pousse un cri de terreur. Le chemin est jonché de branches brisées. Clemente évite les plus grandes et roule en cahotant sur les autres. Jack ouvre la portière passager d'un geste brusque. Lorsque je me penche pour la refermer, en me faisant asperger de boue au passage, il m'agrippe le poignet et me tire en avant. Je suis sur le point de tomber hors de la voiture.

En hurlant, Mikki attrape mon autre bras, et chacun tente de me tirer d'un côté. C'est à peine si j'arrive à reconnaître Jack tant ses traits, d'habitude si harmonieux, sont déformés par la fureur.

— Qu'est-ce que vous croyez faire ? vocifère-t-il.

— Plus vite ! je crie à Clemente.

La voiture fait un bond en avant. Je me libère d'un coup et je claque la portière. Clemente enfonce un bouton pour verrouiller l'habitacle. Jack nous course toujours.

— Arrêtez-vous, merde !

Mikki gémit et je la serre encore plus fort contre moi, avant de couvrir ses oreilles de mes mains. Je n'ose imaginer ce qu'elle ressent : découvrir que l'homme avec qui elle partageait sa vie, son lit, était un meurtrier…

Nous arrivons devant le torrent à franchir. Clemente pousse un juron.

— Je fonce ou j'y vais doucement ?

— Aucune idée… Attention ! On dérape !

Il ralentit déjà. Jack abat son poing sur la voiture.

— Vous allez vous arrêter, enfoirés ?

— Dis-moi si ça devient trop profond…, demande Clemente.

— Vas-y, je surveille !

Tandis qu'il avance, l'eau monte autour de la voiture sous mes yeux angoissés. Jack perd un peu de terrain après s'être enfoncé jusqu'aux genoux.

— Ça dépasse les pneus…

— *Mierda.* Je continue ?

Après un regard vers Mikki, je hoche la tête. Et soudain, le niveau baisse, nous sommes de l'autre côté.

— J'y croyais pas, admet Clemente.

En me retournant, je vois Jack, debout dans l'eau, les bras croisés. Le soulagement m'envahit. Nous aurons bientôt retrouvé la civilisation. Puis une pensée me frappe.

— Merde, on a oublié le sac d'Elke…

— Merde, répète Clemente en écho. Tant pis.

Mon cœur bat à grands coups.

— Dès qu'on aura du réseau, il faudra appeler la police.

Silence de la part des deux autres. Puis Clemente lâche :

— Si tu y tiens.

— Attends, qu'est-ce que tu voudrais faire d'autre ? dis-je, abasourdie.

Il prend le temps de contourner un nid-de-poule avant de répondre.

— Ça me fait mal de le dire, mais… À en croire Mikki, Jack et Victor se battaient. Même si on arrivait à prouver que Jack a tué Victor, il pourrait prétendre qu'il ne faisait que se défendre.

Mikki hoche vigoureusement la tête.

— Quant aux autres morts, je ne vois pas comment on pourrait prouver quoi que ce soit. Il n'y a pas de témoins.

Bon sang, il a raison. Nous n'avons plus le sac d'Elke, et de toute façon cela m'aurait beaucoup étonnée que l'on retrouve bel et bien des empreintes digitales dessus. Puis une pensée me vient, et je me tourne vers Mikki.

— Ton visa expire bientôt. Alors, puisque le mariage est annulé…

— Oui, je dois quitter le pays.

— Rentre en Angleterre. Avec moi.

— D'accord, répond-elle d'une petite voix. D'accord.

C'était ce que je voulais, mais elle semble si anéantie que mon cœur se brise. Mieux vaut partir aussi vite que possible, pour éviter que Jack ne nous retrouve. Mon billet de retour me laissait encore deux semaines, mais je pourrai changer la date. Je me penche en avant pour passer mon portable à Clemente.

— Tu veux bien le brancher pour que je regarde les vols ? Je verrai s'il reste des places pour ce soir.

— Trois places, me répond-il avec un regard par-dessus son épaule.

J'en ai le souffle coupé.

— Tu veux dire…

— Enfin, si ça te convient.

Un merveilleux étourdissement chasse un instant toutes mes autres émotions.

— Ça me convient.

Il tend la main vers l'arrière pour attraper la mienne, brièvement. Je ne sais pas où nous mènera cette relation, mais je la vivrai au jour le jour. Un détail m'arrête.

— La maison à Bondi est à toi, non ?

— Eh bien… Officiellement, ma femme est encore vivante, et la maison est à son nom.

— Et tu ne pourrais pas… ?

— Réfléchis-y une seconde.

Il a raison. Pour récupérer l'endroit, il faudrait qu'il signale la disparition de sa femme, et on lui poserait toutes sortes de questions. Si les choses se passent mal, on pourrait l'accuser de meurtre.

Nous venons de rejoindre l'autoroute, et un panneau annonce que Sydney est à trois cents kilomètres. Je me tords le cou pour regarder le parc national disparaître par la vitre arrière. J'en ai le cœur serré, ce qui est complètement idiot, moi qui tente depuis des jours de quitter cet endroit. Mais le fait est que je ne retrouverai jamais des vagues pareilles.

69
Sky

Mon nom est Greta Nilsson, et j'ai peur du vide.

Je suis debout au bord de la falaise. Les vagues semblent si petites, d'ici. De chaque côté s'étend la forêt, un océan vert qui bouge et frémit, comme vivant. Les tentes sont cachées quelque part sous la canopée.

Pourquoi suis-je en proie à une telle douleur ? Comme si j'étais un ballon percé d'un coup d'épingle. L'oxygène s'échappe. Bientôt, je serai vide. Je ne m'étais pas rendu compte que j'aimais Victor à ce point.

Son bracelet aux couleurs du Brésil, c'est ce qui m'a porté le coup fatal. Je l'ai passé à mon poignet. Il est vieux, trop porté, dégoûtant, mais il y tenait beaucoup. Un souvenir de son pays. Il ne surfait jamais avec de peur de le perdre. Pourtant, il l'avait gardé cette fois-ci, comme pour se porter chance. On ne peut pas dire que ça ait marché. La pluie me coule sur le visage, remplace les larmes que je ne peux verser.

Clemente et Jack se demandaient pourquoi Victor serait parti surfer dans des conditions si hostiles. Ils m'en tenaient responsable, et ils ont raison. Tout est ma faute. Je me suis tellement moquée de ses peurs…

Nos séances me profitaient au moins autant qu'à lui. J'ai été longtemps cantonnée au rôle de la victime, avec mon père abusif. Pouvoir contrôler Victor – et le reste de la Tribu – me donnait un pouvoir que je n'avais jamais connu. Une nouvelle place dans le monde, que je m'étais moi-même attribuée.

Les autres ne savent pas que j'avais imposé un ultimatum à Victor la veille. En y repensant, j'ai du mal à respirer.

Quelqu'un a essayé de me noyer ! nous a crié Kenna sous la pluie battante. Et j'ai aussitôt su qu'il s'agissait de Victor, parce qu'il m'avait un jour agrippée comme ça. Mais j'avais réussi à lui envoyer un coup de genou bien placé avant de nager jusqu'au rivage, à demi étranglée. J'avais beaucoup travaillé avec lui depuis pour m'assurer que cela ne se reproduirait jamais. On dirait bien que j'ai échoué.

— C'était toi, hein ? lui ai-je murmuré dès que nous nous sommes retrouvés sous la tente.

Il n'a même pas cherché à nier. Ses sanglots étouffés me semblaient assourdissants dans le noir.

— J'ai tellement honte…

— Si Kenna était morte, je ne me le serais jamais pardonné. Et Elke ? C'était toi ?

Il m'a juré que non. Je lui avais déjà posé la question bien des fois. Mais c'était forcément lui. Forcément…

— Je croyais que tu allais mieux !

— Mais c'est le cas…

— Prouve-le-moi !

Mes propres paroles me résonnent aux oreilles. Je sais ce que je dois faire. Victor a fait face à sa plus grande peur, et je lui dois la même chose. Je baisse mon regard sur les vagues, loin, si loin en contrebas. J'essaie de me blinder pour ce qui va suivre.

Personne dans la Tribu n'est au courant, pour ma phobie. Ces dernières années, j'ai grimpé de plus en plus haut sur la falaise avant de sauter. J'avais parfois tellement peur que je vomissais sous le choc, mais j'avais décidé de ne pas m'y dérober. On carbure à la peur.

Je ne sais pas s'il est physiquement possible de sauter depuis le sommet sans se tuer. Sans savoir s'y prendre, ou en faisant une erreur, survivre semble difficile. Mais chaque fois que nous rentrons à Sydney, je regarde des techniques de saut sur Internet, et je les mets en pratique.

Je place mes deux mains sur la rambarde en bois, qui grince sous mon poids. Puis je l'enjambe. La nausée me prend, et je pince les lèvres. *On carbure à la peur…*

Il n'y a qu'à Elke que j'ai parlé de mon vertige. Elle ressentait la même chose. Parfois, c'est le résultat d'un traumatisme, mais la génétique joue aussi un rôle. Nous en discutions parfois ici même, assises au bord de la falaise. Histoire de nous exposer directement à notre peur.

Quand elle a disparu, j'ai d'abord cru qu'elle avait sauté, avant que l'on ne s'aperçoive que son sac manquait également à l'appel.

Je m'avance jusqu'à faire dépasser mes orteils du rebord. Des cailloux se détachent et tombent dans le vide. Je me force à les suivre du regard. Certains rebondissent sur le flanc de la falaise, d'autres y éclatent en morceaux. Un seul d'entre eux finit dans l'océan. Un vertige me prend, et je m'accroche à la rambarde pour ne pas tomber.

Une branche craque sur le chemin. Quelqu'un arrive ! Je dois me dépêcher si je ne veux pas qu'on m'arrête. Mais mes doigts ne veulent pas s'ouvrir…

Allez, concentre-toi ! Le temps de toucher l'eau, j'aurai atteint une vitesse de quatre-vingts kilomètres à l'heure. L'impact sera monstrueux, comme sur du ciment. Mais je sais quoi faire : garder les orteils légèrement fléchis, me raidir au moment de crever la surface.

Je lâche la rambarde. Je peux contrôler ma respiration, mais pas mon cœur, qui bat à grands coups malgré tous mes efforts pour le calmer.

Avec un dernier regard pour l'océan, je saute.

70

Kenna

Quelques jours plus tard

Clemente et moi sommes dans un charmant petit B&B en Cornouailles, avec un parquet grinçant, des fenêtres qui laissent entrer les courants d'air, et des draps ourlés de dentelle blanche. On voit la mer par la fenêtre. Mes parents habitent dans la même rue. Clemente les rencontrera demain, mais pour le moment, nous sommes tous les deux, seuls derrière une porte fermée à clé, pour la toute première fois.

Pieds nus, en jean et sweat-shirt à capuche, Clemente me jette un regard depuis l'autre côté de la pièce. Vu sa tête, il est aussi nerveux que moi. Depuis l'instant de notre rencontre, il y a toujours entre nous cette espèce d'attraction magnétique qui ne fait que s'intensifier chaque jour. Cela fait longtemps que nous attendions ce moment, mais maintenant qu'il est enfin arrivé nous reculons.

— Viens là, sourit-il enfin.

Je m'avance vers lui, et il me prend dans ses bras pour m'embrasser. Pour la première fois depuis des jours, j'envisage le futur avec optimisme, même si les choses ne seront plus jamais comme elles l'étaient avant mon séjour à Sorrow Bay. Durant le long vol de retour, nous avons planifié la suite. Clemente veut devenir aide-soignant ici, en Angleterre. De mon côté, je vais arrêter ma pratique à Londres et la reprendre dans les Cornouailles. Quant à Mikki, elle redeviendra prof de surf pour le business de ses parents.

Après un moment gênant à l'aéroport – Mikki semblait s'imaginer que Clemente partirait de son côté, peut-être à Bristol pour aller voir son frère –, Clemente a loué une voiture pour nous trois. La mienne était restée à Londres, et celle de Mikki chez ses parents. C'est donc lui qui nous a conduits ici et, aussitôt après l'avoir déposée, il s'est tourné vers moi pour me demander si je voulais passer la nuit avec lui. Oui, bien sûr que oui. Mes parents attendraient.

Il me prend le visage des deux mains, en me couvrant les oreilles, si bien que je suis entièrement présente dans ce moment, sans rien percevoir d'autre que sa bouche contre la mienne.

Je lui ôte son sweat-shirt et son tee-shirt – je veux toucher sa peau. Lorsqu'il se presse contre moi, je sens son érection sous son jean.

— Enlève ça, dis-je en tirant sur sa ceinture.

— Du calme, répond-il en m'attrapant la main.

Il m'embrasse encore, si lent, si doux, sur la joue, puis dans le cou. Je sais que Sky m'a dit que ses fondations étaient fissurées, mais n'est-ce pas notre cas à tous ? Il me faudra du temps pour pénétrer sa carapace – je n'ai fait jusqu'ici qu'entrevoir ce qu'il y avait dessous. C'est aussi ce qui m'intéresse chez lui. J'ai tellement hâte de mieux le connaître.

— On sort ? propose-t-il en se reculant. Je voudrais t'inviter à dîner.

— Ça fait deux semaines que j'attends d'être seule avec toi…

— On se connaît à peine, répond-il en réprimant un sourire.

Je songe à tout ce que nous venons de traverser. La méfiance, les accusations, une crise après l'autre. On dit que ce qui ne tue pas rend plus fort, ce qui semble particulièrement vrai dans notre cas.

— Non, je pense que je te connais bien.

— Ah oui ? C'est quoi, mon dessert préféré ?

— Aucune idée. Mais ce sont des détails, pas l'important.

Il s'adosse au mur.

— Les glaces. Et toi ?

Son torse nu me distrait tant que je mets un moment à répondre :

— Le chocolat.

— Tu vois ? Je ne savais pas. Qu'est-ce que tu détestes le plus manger ?

— Du kale…

J'ai répondu sans réfléchir, mais ma voix s'éteint lorsque je repense à Ryan, qui en cultivait.

— Moi, je déteste les crevettes, et pour un Espagnol c'est très bizarre.

Je me rapproche, amusée.

— Ah bon ? Pourquoi tu n'aimes pas ça ?

— Je ne sais pas… C'est trop mou…

— Et toi, tu n'aimes que ce qui est dur comme la

pierre, dis-je en tâtant son bras, si musclé sous sa peau brune. Ou comme toi…

— Peut-être.

Je fais courir mes doigts sur sa poitrine, ses épaules, ses pectoraux, ses abdominaux, puis dans le creux de son dos.

— Qu'est-ce que tu fais ?

— Je vérifie si tout est bien dur…

— Tout, je te le promets, réplique-t-il avec un sourire en coin.

Nous échangeons un regard.

— Tu as de la chance que je sache me contrôler, murmure-t-il.

— J'adore ça.

Et je trouverai encore plus de plaisir à lui faire perdre ce contrôle.

71

Mikki

Vous devez avoir entendu parler de ces chiens ou chats qui n'aiment qu'une seule personne, leur propriétaire, et détestent tous les autres. Cela peut aussi arriver aux gens. Certains ont beaucoup d'amis, d'autres n'en ont qu'un seul. Je fais partie de la seconde catégorie. J'aime avoir une seule amie, et je préfère qu'elle ressente la même chose. Je ne sais pas partager.

Lors du premier jour d'école de Kenna, nous escaladions la cage à poule dans la cour de récréation. Je n'avais jamais rencontré quelqu'un comme elle. Sans aucune peur. Elle osait tout. D'autres filles sont venues me demander si elles pouvaient se joindre à nous, mais je la voulais toute pour moi.

— Kenna ne vous aime pas, ai-je dit. Elle n'aime que moi.

Elles se sont fait passer le mot, et on nous a vite laissées tranquilles.

La semaine précédant le onzième anniversaire de Kenna, elle a apporté des invitations à l'école. Qu'elle veuille célébrer cela avec vingt autres enfants m'a beaucoup blessée. Je ne lui suffisais donc pas ? J'ai fait courir la rumeur qu'elle ne les avait invités que parce que ses parents l'y avaient forcée, si bien que personne n'est venu. Kenna était triste, mais a avoué que c'était bel et bien l'idée de sa mère.

— T'inquiète pas, ai-je dit. Je suis là, moi.

Pendant des mois et des mois, elle était amoureuse d'un garçon insupportable, Toby Wines. Je lui ai dit, à Toby, qu'elle n'était pas intéressée, mais il continuait de lui tourner autour. Quand nous sommes allés à la carrière, il a suivi Kenna jusqu'en haut de la falaise. J'ai grimpé à sa suite. Le schiste me mordait la plante des pieds. Il vacillait au bord. Moi, j'avais peur, mais lui, il était terrifié. Je voyais bien, à sa tête, qu'il ne sauterait jamais. Du coup, je lui ai donné un petit coup de pouce, en déclenchant une cascade de gravier autour de ses chevilles. Hop ! par-dessus bord.

Pendant notre adolescence, Kenna a enchaîné les petits amis. « Il est tellement ennuyeux », je lui disais. Ou alors : « Il me drague tout le temps. » Si bien que ça ne devenait jamais sérieux. Moi-même, je suis sortie avec quelques garçons, mais aucun d'eux n'arrivait à la cheville de Kenna. Sous son influence, j'étais différente, plus forte, plus courageuse.

Vers nos vingt ans, nous avons emménagé ensemble. Elle sortait avec l'autre idiot de Connor, qu'elle avait rencontré dans les vagues. Il a fini par venir vivre avec nous. Quand j'en ai eu marre, je lui ai dit qu'il m'avait proposé de coucher avec lui, et elle l'a jeté aussi sec.

Tout allait bien jusqu'à ce qu'elle rencontre Kasim. « C'est l'homme de ma vie », m'a-t-elle confié.

Elle a fait de son mieux pour ne pas me tenir à l'écart. Elle m'invitait partout où ils allaient. Mais j'en avais assez de tenir la chandelle. Ce qu'elle partageait autrefois avec moi, c'était à lui qu'elle le confiait. Je ne pouvais pas le supporter. Je voulais qu'il disparaisse.

Et un jour, il a disparu.

71

Kenna

Une horrible sonnerie me tire brusquement du sommeil. Après deux semaines sans réseau, il me faut un moment pour reconnaître mon propre téléphone. Je le cherche à tâtons.

— Allô ?

— Les vagues sont arrivées ! J'ai vérifié sur la webcam de la plage, il y a du lourd. On se retrouve dans dix minutes ?

J'ai l'impression d'être au milieu de la nuit, mais le soleil qui filtre derrière les stores opaques me détrompe. Foutu décalage horaire ! Près de moi, Clemente ouvre les yeux, le visage marqué par les plis de l'oreiller. Nos activités de la nuit dernière m'ont épuisée, et je n'ai qu'une envie, me serrer contre lui.

Mais je ne veux pas dire non à Mikki. À l'époque où je sortais avec Kasim, je l'ai trop souvent délaissée pour passer plus de temps avec lui. Je n'oublierai jamais ce moment, à Sorrow Bay, quand elle s'est mise à sangloter en disant que je l'avais abandonnée pour déménager à Londres. Je n'avais encore jamais saisi toute l'importance que notre amitié avait pour elle. Moi aussi, j'y tiens plus que tout au monde, et j'ai bien l'intention d'être à la hauteur cette fois-ci.

Je fais donc un effort pour me concentrer :

— Super. Je suis au B&B de Little Abberton, avec Clemente. Il nous faudra un café et de quoi manger…

— Je m'en occupe.

— Et des combinaisons, non ?

— Il vaut mieux. J'en ai une de rechange pour toi, et je t'amènerai une planche.

— Super, merci.

Mes planches sont toutes dans le garage de mes parents. J'espère que la combinaison de Clemente suffira pour qu'il brave les eaux des Cornouailles en cette saison. Voilà que l'enthousiasme monte.

— On va où ?

— Les vagues sont un peu trop grandes pour Sandy Point…, hésite Mikki. Ce qui marcherait le mieux, ce serait Archer's Cove.

Un frisson violent me traverse. C'est la plage où Kasim a trouvé la mort. Je regarde Clemente, qui me sourit. Je peux y arriver.

— C'est parti.

Pendant que Clemente enfile sa combi au prix de nombreuses contorsions, je parcours Instagram. Je n'ai pas fini de trier les notifications accumulées durant ces deux dernières semaines. Quelqu'un dont je ne suis pas le compte a demandé à entrer en contact avec moi ; j'accepte son message.

J'espère que c'est la bonne Kenna ! Je ne sais pas quand tu recevras ce message, mais je voulais juste m'excuser d'avoir disparu comme ça. Désolée, mais l'ambiance était vraiment louche. On est parties en quatrième vitesse pendant que vous dormiez. Merci au mec espagnol de nous avoir aidées à replier la tente.

Tanith

— Qu'est-ce qu'il y a ? demande Clemente en voyant mon expression.

— Rien…

Je me sens tellement coupable de l'avoir soupçonné.

Tandis que nous descendons l'escalier, il semble pensif.

— Je n'arrête pas de songer aux parents d'Elke. Je pourrais les contacter et lui dire qu'on surfait ensemble, que je pense qu'elle s'est noyée. Pour leur donner…

— Un peu de paix ?

— C'est ça. Il vaut mieux qu'ils s'imaginent qu'elle a eu un accident en faisant un sport qu'elle adorait, plutôt qu'autre chose…

Je me rappelle encore la façon dont la mère d'Elke s'est agrippée à moi, comme à un tronc dans une rivière en crue.

— Bonne idée.

Mikki nous attend dehors, appuyée contre sa voiture, avec la combi promise et un sac en papier qui contient notre petit déjeuner. Elle nous montre son poignet : son papillon de nuit est désormais d'une belle couleur turquoise.

— Il s'est changé en papillon de jour ! je m'écrie.

— Eh oui ! J'ai trouvé un tatoueur qui travaillait tard le soir.

Nous rions ensemble à l'idée d'un papillon qui changerait de couleur.

— Une minute, dis-je. Tu n'es pas censée éviter de plonger un tatouage récent dans l'eau ?

— On s'en fout, répond-elle en levant les yeux au ciel.

J'ai l'impression de la retrouver. Mais c'est encore mieux qu'avant, car désormais j'ai aussi Clemente. Elle prend le volant pour nous laisser manger. Lorsque nous arrivons en vue de l'océan, la taille des vagues me prend par surprise.

— Merde…

Clemente me serre les doigts et je serre les siens en retour, pour capter un peu de son calme. Le temps que Mikki trouve une place de parking, ma tension s'est évacuée. Après avoir ciré nos planches, nous descendons sur la plage.

— Préparez-vous ! lance Mikki lorsqu'une vague monte à l'assaut du sable.

En sentant l'eau glacée m'enserrer les chevilles, je laisse un cri m'échapper. Clemente jure en espagnol, et Mikki lui envoie un coup de coude.

— Alors, on se dégonfle ?

Enfin, j'ai trouvé un copain qui lui plaît. Elle n'a jamais été aussi familière avec Kasim.

73

Mikki

Kasim était photographe de surf. Il avait l'habitude de voir des planches lui arriver dans la tête. Alors, une de plus, une de moins… La première fois que je lui ai foncé dessus, il s'est laissé couler. La deuxième fois, je lui ai éraflé l'oreille. Jamais deux sans trois : cette fois je lui ai défoncé le crâne, et il a sombré comme une pierre.

Je ne m'attendais pas à ce que Kenna soit si dévastée. Je pensais que les choses redeviendraient comme avant qu'elle le rencontre, mais elle s'est repliée sur elle-même, elle a abandonné le surf, et elle a déménagé à Londres.

Les Cornouailles sans elle, ce n'était plus pareil. J'ai décidé de repartir de zéro, en visa vacances-travail en Australie. Elke séjournait à la même auberge de jeunesse que moi, et on s'est aussitôt bien entendues. J'étais tellement heureuse d'avoir trouvé une nouvelle amie ! Surfeuse de talent, elle n'avait pas froid aux yeux. Elle me rappelait tant Kenna…

Nous avons rencontré Jack et Clemente au bar du rez-de-chaussée. Elke s'est aussitôt mise à draguer

Clemente, si bien que quand Jack m'a approchée je ne l'ai pas repoussé. Ils nous ont emmenées à Sorrow Bay. C'est à peine si nous pouvions croire à notre chance.

Mais Elke s'est mise à passer de plus en plus de temps avec Clemente. Elle lui proposait toujours de nous accompagner, si bien qu'on ne se retrouvait jamais toutes les deux. Un matin, je l'ai invitée à venir nager avec moi. Elle ne voulait pas venir : elle voulait faire la grasse matinée avec Clemente.

— J'ai l'impression de ne plus jamais te voir ! ai-je protesté.

Elle a fini par venir de mauvaise grâce.

— Tu as vraiment un problème, m'a-t-elle dit dans la lumière de l'aube. Tu es tellement... Tu ne me lâches jamais. Tu veux bien me laisser respirer, un peu ?

Je n'avais pas prévu de la tuer. Mais elle m'avait tellement blessée...

Après avoir poussé son corps dans le courant qui l'emmènerait vers le large, j'ai appris que Ryan m'avait vue depuis la falaise. Il avait caché son sac et son passeport avant que je ne puisse m'en débarrasser. Il m'a proposé un marché. Il n'avait presque plus d'économies : si je ne le payais pas tous les mois, il révélerait tout aux autres. Il ne demandait pas beaucoup – en tout cas pas au début –, alors j'ai cédé.

Après la disparition d'Elke, Clemente voulait lancer des recherches. Heureusement, grâce à la tempête, il ne pouvait contacter personne. Je ne m'attendais pas à ce que le corps soit rejeté par les vagues, mais les requins étaient passés par là, et personne n'a rien soupçonné.

Mais les paroles d'Elke me pesaient. Sky avait déjà

commencé à m'aider, si bien que je lui ai confié que je voulais être moins possessive, et moins introvertie.

Ryan, lui, me posait vraiment un problème. Il me demandait toujours plus d'argent, et je sentais que je n'aurais bientôt plus envie de me plier à ça.

L'arrivée de Kenna m'a vraiment déstabilisée. Moi qui commençais à peine à guérir de mon addiction. J'arrivais presque à l'oublier, en dehors de quelques appels. Voilà qu'elle revenait en s'attendant à ce que tout redevienne comme avant. J'en avais tellement envie, mais je ne pensais pas qu'elle resterait. Puis j'ai vu le regard que posait Clemente sur elle, et j'ai compris que je risquais pire encore. S'ils finissaient ensemble, je la perdrais à nouveau. J'aimais bien Clemente : il réprimait ses émotions, comme moi, et ne posait jamais de questions gênantes. Mais je ne pouvais pas tolérer qu'il s'immisce dans ma relation avec Kenna.

J'ai laissé entendre à Kenna qu'il était dangereux, mais ça n'a pas suffi à la décourager.

Un jour, Ryan m'a demandé trois mille dollars. C'était trop.

— J'ai le passeport d'Elke, m'a-t-il rappelé. Ça prouve qu'elle n'a jamais quitté le pays. Si tu ne paies pas, je l'envoie à la police, et je leur donne ton nom.

Ni lui ni moi n'aurions jamais fait venir la police à Sorrow Bay, mais il connaissait mon adresse à Sydney. Je ne pouvais pas courir ce risque. Je lui ai donné trois cents dollars, tout ce que j'avais sur moi, puis je l'ai suivi sur la falaise. Il m'a suffi d'une bonne poussée.

74

Kenna

Je n'aurais jamais cru revenir un jour à Archer's Cove, surtout pas avec des vagues de cette taille. Mais je me sens prête. Peut-être que les méthodes de Sky n'étaient pas si mauvaises, après tout.

Je me mords la lèvre. De toutes les morts, la sienne est celle que j'ai le plus de mal à accepter. Elle était si pleine de vie ! Je n'arrive pas à croire qu'elle a disparu.

Il y a déjà une petite foule dans l'eau : une douzaine de shortboarders à l'air sérieux, quelques mecs plus âgés sur des longboards, et une femme enceinte jusqu'aux yeux, sur un bodyboard. Nous partons les rejoindre en ramant. Bientôt, nous nous retrouvons auprès d'eux, assises sur nos planches avec l'eau glacée des Cornouailles jusqu'à la taille.

— Au fait, tu sais, l'appartement de Muscat Street ? fait Mikki. Je leur ai passé un coup de fil la nuit dernière. On pourra le visiter cet après-midi.

— Super !

Nous avons passé la moitié du vol à chercher un endroit à louer, et il n'y avait pas grand-chose. J'aperçois à nouveau le tatouage de Mikki, qui dépasse de la manche de sa combinaison. Le symbole est parfait. Elle a tant gagné en confiance, que ce soit dans les vagues ou dans la vie ! Sorrow Bay l'a vraiment transformée. Moi aussi, j'ai changé, en seulement dix jours. Non seulement j'ai enfin accepté la mort de Kasim, mais j'ai retrouvé ma passion pour le surf, et j'ai renoué avec Mikki. Je n'oublierai jamais les moments que j'ai passés là-bas, ni les gens que j'y ai rencontrés. Ryan, Victor et Sky surferont toujours dans ma tête, rayonnants, le pied sûr, filant sur les vagues.

Quant à Jack… Je déteste me rappeler qu'il est encore en liberté là-bas.

— Ça va ? demande Clemente en tirant ma planche vers lui.

— Sky et Ryan… Tu penses vraiment que Jack les a poussés ? Sky était si bouleversée par ce qui est arrivé à Victor. Elle n'aurait pas pu simplement sauter ? Et Ryan aurait pu tomber en essayant de récupérer sa boîte…

Clemente crispe la mâchoire.

— Tout ce qu'on sait, c'est que Jack a tué Victor.

— Et moi ? Tu crois vraiment que c'est lui qui a essayé de me noyer ?

Son regard s'assombrit, et je me rappelle soudain qu'ils étaient bons amis.

— J'essaie de ne pas y penser.

— Moi non plus, renchérit Mikki non loin de là. Et maintenant, arrête d'en parler si tu veux choper des vagues !

Justement, en voilà une. Je la prends et je parviens à y creuser quelques virages avant qu'elle ne se referme sur moi en m'envoyant la tête la première dans l'eau glacée. Je ne voulais pas revenir au surf, mais tant pis. Il y a de pires addictions.

— Je me suis fait écraser, dis-je en revenant vers Mikki et Clemente.

— J'ai vu ça, rigole-t-il.

Je ris aussi. Je ne veux pas d'un partenaire qui tente de me protéger de tout. J'en veux un qui m'aide à me relever et me dise d'essayer encore. Clemente ne me bride pas comme le faisait Kasim. Au contraire, il m'inspire, il me pousse à aller plus loin.

Mikki nous regarde intensément. Ses yeux ne cessent de courir entre nous, et elle semble perturbée. Je la comprends : elle avait ses raisons de douter de lui, surtout en ce qui concerne le suicide de sa femme (et elle avait raison, en quelque sorte, mais ce n'est pas à moi de le lui apprendre). Elle ne veut pas qu'il m'arrive malheur.

Ne t'en fais pas, voudrais-je lui dire. *On peut lui faire confiance. Tout ira bien.*

Mais elle fait face à l'horizon et fixe ses sombres ondulations comme dans un effort pour prendre une décision.

Puis elle finit par se retourner vers Clemente.

— Juste au cas où, je te préviens…

Sa voix étrangement haut perchée me donne la chair de poule. Cela me rappelle l'enterrement de Ryan, lorsqu'elle avait chanté, la pelle à la main, un chant si clair qu'on l'entendait malgré la tempête. *Arrête ça, Mikki, tu me fais peur.*

Mais elle continue, les yeux fixés sur lui :

— Tu as intérêt à bien la traiter. Sinon…

Un drôle de petit rire lui échappe.

— Je te tue.

75

Mikki

J'aimais beaucoup Victor. Jusqu'à environ quelques heures avant sa mort.

Quelqu'un avait essayé de noyer Kenna dans les vagues. À l'en croire, ce n'était pas passé loin. Étendue dans ma tente, les jambes prises dans mon sac de couchage, j'étais en état de choc. Puis Jack a lâché la bombe :

— Je pense que c'était Victor. Il m'a fait le même coup l'an dernier. Son leash s'était cassé, il avait perdu sa planche. Quand j'ai nagé vers lui, il a complètement pété un câble. Il s'est agrippé à moi... J'ai dû le tabasser pour qu'il me lâche, cet enfoiré.

Plus j'y songeais et plus cela semblait plausible. Victor avait bel et bien brisé son leash, aujourd'hui encore. N'importe qui aurait paniqué en se retrouvant sans planche, à la merci des vagues énormes. La colère était montée en moi. Mon cœur battait aussi fort que la pluie qui tambourinait sur la toile de tente.

J'ai dû m'endormir, car un bruit qui n'avait rien à avoir avec la tempête m'a réveillée.

— Jack ?

J'ai tapoté le matelas. Il n'était plus là.

Je suis sortie à quatre pattes. La pluie m'a aussitôt trempée, ce qui m'a secouée un peu. Dans la semi-pénombre, j'ai vu Jack et Victor qui se battaient dans la boue. Victor étranglait Jack. Je me suis jetée dans la mêlée et je l'ai pris à la gorge, dans une clé de bras.

Victor a lâché Jack pour tenter de me repousser : il s'est contorsionné, il a rué, il a fini par tomber sur le côté en m'entraînant avec lui, mais je n'ai pas lâché. Il m'apprenait le jiu-jitsu depuis des mois, et c'était un bon professeur. Jack, toujours écarlate et hors d'haleine, lui a immobilisé les bras. On a toujours fait une bonne équipe, tous les deux.

J'ai resserré ma prise.

— Qu'est-ce que tu fais ? a soufflé Jack. Mikki, arrête, tu vas le tuer !

Mais il avait failli noyer ma Kenna. J'ai serré de toutes mes forces. Un air horrifié s'est peint sur le visage de Victor. Il était toujours si doux que c'en était ridicule lorsque nous nous battions ensemble. Il me voyait comme une petite chose délicate. Il avait tellement peur de me faire du mal ! Je n'avais aucun mal à m'imaginer ce qui devait lui traverser l'esprit : Moi qui prenais la petite Mikki pour un lapin. C'était un chat.

Lorsqu'il a cessé de bouger, je l'ai lâché. Jack s'est pris la tête dans les mains.

— Oh, putain de… Tu l'as tué !

— C'est toi qui as commencé, lui ai-je rappelé.

— J'étais sorti pisser et il m'est tombé dessus…

J'étais aussi calme que dans les vagues, en ne songeant qu'à l'étape suivante. Il fallait faire passer cela pour un accident. Le traîner jusqu'à la plage, faire croire qu'il surfait. Je suis partie chercher un couteau près du barbecue. Jack a tressailli en le voyant : j'ai fait mine de ne rien remarquer.

— Prends la plus grande planche, ai-je dit. Maintenant, tends-moi le leash...

C'était un leash flambant neuf. Je l'ai cisaillé. La façon dont Jack me regardait ne laissait aucun doute : il se demandait si j'avais tué Ryan et Elke. J'étais heureuse qu'il ne me pose pas la question – moi-même, je ne lui demandais jamais d'où il tirait ses soudaines rentrées d'argent.

Jack a traîné le corps de Victor le long du chemin, et je l'ai suivi avec la planche. Les vagues ressemblaient à de gigantesques montagnes marines. Nous avons trempé Victor dans l'eau pour enlever le gros de la boue ; la pluie ferait le reste. Puis nous l'avons mis en scène sur la plage. Je me suis hâtée d'attacher le leash rompu. À la mauvaise cheville ! Je pourrais me mettre des gifles.

En revenant dans la clairière, Jack semblait pensif. Sous la tente, il m'a murmuré :

— Je ne peux pas t'épouser. Je suis désolé.

Adieu, visa australien ! Mais Kenna et Clemente avaient déjà annoncé qu'ils comptaient quitter la baie.

Le lendemain matin, lorsque Kenna a mentionné le leash attaché à la mauvaise jambe, j'ai su qu'elle en viendrait rapidement à se questionner sur les autres morts. Il fallait que je trouve quelqu'un à qui faire porter le chapeau, et vite.

Sky semblait d'abord la candidate idéale. Kenna la détestait depuis qu'elle avait couché avec Jack, sans comprendre que c'était mon idée : cela faisait partie de mes efforts pour m'améliorer, voir si j'étais capable de partager quelqu'un. Mais je ne faisais pas confiance à Jack pour se taire et m'appuyer. Quand il a annoncé que Sky avait sauté, j'y ai vu l'occasion de me débarrasser de lui, et j'ai changé de stratégie. Tout s'est arrangé au mieux, puisque me voici de retour dans les Cornouailles, avec Kenna.

Je ne pensais pas que Clemente nous accompagnerait. Je ne sais pas quoi penser de sa présence. Après tout, Kenna n'a jamais semblé aussi heureuse. Et je veux qu'elle soit heureuse, vraiment. Puis-je apprendre à la partager ?

Je ne sais pas encore.

76
Sky

La plage de Bondi est noire de monde, encore plus qu'à l'ordinaire. Je me demande où peuvent bien être Kenna, Mikki et Clemente… Sans doute de l'autre côté de la planète.

Le soleil rasant me fait plisser les yeux. Au loin, un surfeur creuse un virage qui envoie une gerbe d'écume sur la vague. Avec ses larges épaules, dans la lumière dorée, je crois un instant voir Victor. Mais bien sûr que non, ce n'est pas lui. Il me manque à un point qui m'étonne toujours.

Les vagues déferlent l'une après l'autre, chacune avec plusieurs surfeurs. La houle apportée par le cyclone est arrivée jusqu'à Sydney, et les rouleaux dépassent les deux mètres. En temps normal, de telles conditions me rendraient nerveuse, mais depuis que j'ai sauté de la falaise, je me sens invincible. Je me suis tordu la cheville et fêlé les côtes en crevant la surface, ce qui m'a empêchée de surfer pendant quelques jours, mais ça en valait la peine. Ce souvenir me portera pendant des mois. Le plus dur, c'était de revenir à la nage, dans ces vagues énormes, avec ma poitrine douloureuse, ma cheville. Jack m'attendait sur la plage, en pleine panique. J'ai été stupéfaite d'apprendre que les autres étaient partis en voiture. Je savais que Clemente comptait s'en aller, mais pourquoi une telle précipitation ? En emmenant Kenna et Mikki, sans même dire au revoir ? C'était vraiment sans cœur. J'étais dévastée, et si Jack n'avait pas été là pour me soutenir je ne sais pas ce que j'aurais fait.

Je le regarde ramer pour prendre une vague. Ses avant-bras musclés fendent l'eau. Il grille la politesse à un autre surfeur, ce qui me fait grimacer.

J'ai vraiment pu compter sur lui cette semaine. Il m'a aidée à traîner le corps de Victor dans la Prairie pour l'y enterrer. J'avais si mal aux côtes, et j'étais sous le choc. De retour dans la clairière, lorsqu'il m'a offert son dernier cachet de codéine, ce geste m'a semblé incroyablement romantique. Quand il m'a entraînée vers sa tente, je l'ai laissé faire. Et depuis, chaque nuit, j'oublie mes soucis dans ses bras.

Rien qu'une belle gueule. C'est ce que je me suis dit en le voyant pour la première fois. J'avais bien remarqué sa façon de me regarder, mais s'il me désirait, c'était avant tout parce que moi, je ne voulais pas de lui. Il n'avait pas l'habitude qu'une femme le dédaigne. Qu'il s'intéresse à moi me flattait, mais il n'était pas mon genre.

Du moins, c'est ce que je pensais à l'époque, mais je commence à changer d'avis.

— Je ne crois pas aux relations, l'ai-je averti hier.

J'avais donné ce même avertissement à Victor il y a longtemps. J'ai été témoin des souffrances physiques et psychiques qu'a subies ma mère auprès de mon père.

C'est ce qui l'a poussée à boire. De toute façon, je me targue d'être assez forte pour n'avoir besoin de personne.

— Pas de problème, a-t-il répondu.

La Tribu avait beau prétendre se plier aux règles de partage, je sais qu'ils luttaient pour s'y habituer. Les gens sont égoïstes par nature. Quand ils aiment quelque chose, ils veulent le garder pour eux-mêmes. Leurs partenaires ne font pas exception à la règle. Jack était le seul que ça semblait sincèrement ne pas déranger.

Victor savait que mon père m'avait fait du mal. Je le lui avais avoué dans un moment de faiblesse, et je l'avais aussitôt regretté : il essayait d'en discuter avec moi alors que je ne voulais que l'oublier. Jack est complètement différent. Il ne cherche pas à aller en profondeur. De toute façon, je n'ai aucune intention de lui parler de mon passé.

Je l'ai rejoint au lit avec un couteau, la nuit dernière. Il a tressailli en le voyant, mais je lui ai dit de se détendre.

— Je voudrais faire une expérience, c'est tout. Tu as mal au dos ? Voyons ce qui se passe si je t'inflige une autre sorte de douleur. Peut-être que tu arriveras à faire abstraction de la première.

Pendant une demi-heure, je crois bien avoir atteint un certain succès, que ce soit avec le couteau ou avec ma bouche.

Je l'ai vu baratiner quelques backpackers tout à l'heure. Des gens riches, j'espère. On a intérêt à trouver de nouveaux membres pour la Tribu : Northy et Deano passeront dans un mois pour le loyer.

Ce week-end, je travaille dans la boîte de nuit qui employait Mikki. Rien à voir avec mon boulot en Suède, où j'avais mon propre bureau, impeccable, et un bon salaire. Mais on m'a radiée – la faute à mes clients trop faibles, et à mes collègues masculins qui ont conspiré contre moi. J'entends encore leurs voix dans ma tête. *Elle n'a aucune empathie, elle n'a rien à faire dans cette profession, c'est un danger pour tous ceux qui l'entourent...*

Chaque fois que j'y repense, la colère me tord les tripes, mais cela vaut mieux ainsi, en définitive. Si j'étais restée en Suède, je n'aurais jamais découvert Sorrow Bay.

Une vague arrive. J'ajuste mon leash et je rame des deux mains, couchée à plat ventre sur ma planche, en grimaçant de douleur – peut-être que j'ai des côtes cassées plutôt que fêlées. Mais une douzaine d'autres surfeurs me sont déjà passés devant. Et merde ! Je me représente les vagues de Sorrow Bay qui se brisent sans personne pour les chevaucher. Il me tarde d'y retourner.

D'aucuns racontent que l'endroit est maudit, et je comprends pourquoi. C'est vrai que l'atmosphère est particulière là-bas. Les arbres semblent se resserrer sur les gens en les étouffant de leur ombre froide. Les falaises et les vagues paraissent animées d'intentions mauvaises. Mais on vit dans les lieux qui nous ressemblent. Victor, Ryan et Elke connaissaient les risques. J'ai choisi de croire que leurs morts n'étaient qu'une succession d'accidents tragiques.

Même s'il y a bel et bien une malédiction, ça vaut le coup. Je ne trouverai jamais de vagues aussi isolées ailleurs.

LEXIQUE

Air reverse : Figure de surf qui consiste à faire un demi-tour sur la crête de la vague, ce qui fait jaillir la planche partiellement en l'air.

Big wave : Littéralement « grande vague », le big wave est une discipline de surf extrême sur des vagues de vingt mètres en moyenne, réservée aux spécialistes.

Bodyboard : Planche de surf en mousse, très courte, sur laquelle on est en général à genoux ou allongé. Maniable et accessible aux débutants, mais limitée aux petites vagues.

Deck : Face supérieure de la planche, là où se tient le surfeur.

Goofy : Par opposition au regular, un surfeur goofy met son pied droit devant, profil plus rare que l'inverse. Pas forcément lié au fait d'être gaucher.

Leash : Lanière qui relie le surfeur à sa planche.

Longboard : Planche de surf longue, traditionnelle des surfeurs d'Hawaï. Plus stable mais moins maniable qu'un shortboard.

Point break : Haut-fond qui fait se briser les vagues à un endroit précis, donc très recherché par les surfeurs.

Rail : Bord de la planche.

Shortboard : Planche de surf courte. Maniable mais

dangereuse, c'est la planche des professionnels, souvent employée lors des records les plus spectaculaires.

Swag : Tente australienne avec matelas et couverture inclus, très populaire.

Wax : Cire de surf, que l'on frotte sur le deck pour éviter de glisser et tomber de la planche.

REMERCIEMENTS

À mon incroyable agente, Kate Burke, pour ses conseils éditoriaux de génie, une fois de plus, ainsi que son soutien et son encouragement sans faille pendant ces deux dernières années. J'ai bien de la chance de l'avoir. À mon agent télé/ciné, Julian Friedmann, qui vend les droits de mes ouvrages avec une expertise qui n'a d'égal que son enthousiasme. À James Pusey et Hanna Murrell, chargés des droits étrangers, pour avoir vendu *Hors-Piste* à tant de pays. Et à tout le reste de l'équipe chez Blake Friedmann.

À mes merveilleuses éditrices, Jennifer Doyle chez Headline UK, Danielle Dieterich chez Penguin Putnam USA, et Rebecca Saunders chez Hachette Australia, pour leur aide remarquable, leur sens du détail et leur patience infinie. Travailler avec vous est un plaisir, et je vous suis si reconnaissante d'avoir investi tant de temps et d'efforts dans cet ouvrage ! Un grand merci également à Alara Delfosse, Joe Yule, Rebecca Bader, Chris Keith-Wright et au reste de l'équipe de Headline, ainsi qu'aux équipes de Putnam et Hachette Australia.

D'immenses remerciements à tous les auteurs qui ont lu ce roman et le précédent, en donnant leur avis. À tous les blogueurs et critiques qui parlent de mon travail. J'ai été enchantée par l'accueil enthousiaste qu'a reçu *Hors-Piste*, et je vous suis incroyablement reconnaissante pour votre soutien.

À Sue Cunningham, ma première lectrice pour tous mes projets, pour tes conseils et ton soutien. Tu es toujours là pour moi. Aux nombreux auteurs parmi mes amis qui m'ont aidée, soutenue et encouragée : Anna Downes, Lucy Clarke, Sarah Pearse, Roz Nay, May Cobb, Samantha M. Bailey, Kyle Perry, Emma Haughton, Sharyn Swanepoel, Amy McCulloch, Gabriel Dylan, Kirsty Eagar, Ann Gosslin, J.A. Andrews, Rebecca Papin, Jessica Payne, Tobie Carter, Kelly Malacko, Terry Holman, David Thomas et tellement d'autres.

Aux auteurs de Brisbane qui m'ont accueillie parmi eux, notamment Poppy Gee, Grant Ison, Rahnia Collins et Ray See.

À mes fils, Lucas et Daniel. À leur père, qui est un excellent coparent. À Jon : merci pour tout. À tous mes amis pour leur soutien sans faille pendant deux années difficiles : merci Jodie, Anita, Celine, Mandy, Anne et Mick.

À la Mairie et la bibliothèque de Gold Coast. Aux équipes de la bibliothèque de Coolangatta, qui m'accueillent chaleureusement chaque fois que je vais leur rendre visite.

À tous les surfeurs, où que vous soyez dans le monde.

Et à mes lecteurs. Merci d'avoir choisi ce livre : j'espère qu'il vous a plu.

DE LA MÊME AUTRICE :

Hors-piste, Calmann-Lévy, 2021 ; Le Livre de Poche, 2022.

PAPIER CERTIFIÉ

Le Livre de Poche s'engage pour l'environnement en réduisant l'empreinte carbone de ses livres. Celle de cet exemplaire est de :
200 g éq. CO_2
Rendez-vous sur
www.livredepoche-durable.fr

Composition réalisée par Soft Office

Achevé d'imprimer en France par
CPI BRODARD & TAUPIN (72200 La Flèche)
en août 2025
N° d'impression : 3061891
Dépôt légal 1re publication : septembre 2025
LIBRAIRIE GÉNÉRALE FRANÇAISE
21, rue du Montparnasse – 75298 Paris Cedex 06
marketing@livredepoche.com

24/9878/4